KB166010

중한수교 30년, 한국소설에 나타난 중국 담론

이 저서는 2022년도 대한민국 교육부와 한국학중앙연구원(한국학진흥사업단) 해외한국학 씨앗형 사업의 지원을 받아 수행된 연구임(AKS-2022-INC-2230003)

# 중한수교 30년, 한국소설에 나타난 중국 담론

전월매 田月梅

역락

　　2022년 8월 24일은 중한수교 30주년을 맞이하는 뜻 깊은 날이다. 이날 시진핑 중국 국가주석과 윤석열 한국 대통령은 중한수교 30주년을 경축하여 축하서한을 주고받았다. 1992년 중한양국은 수교를 맺은 이래로 20세기 협력동반자관계(1998)로부터 전면적 협력동반자관계(2003)로, 전략적 협력동반자관계(2008)로 부상하였다. 중한관계의 상전벽해, 춘화추실(봄에 꽃이 피어 가을에 열매를 맺는다)의 쾌속적인 발전은 중외교류사상에서는 드문 것이다.

　　이러한 시점에서 중한수교 30년, 한국소설에서의 중국 담론 연구는 중한수교 이래 다층적 방면에서 이루어진 중한교류사와 문화교류사 일부의 체현이고 서로를 바라보고 이해하는 하나의 창구라 할 수 있다. 비록 소설이 작가의 상상력 또는 사실에 바탕을 두고 허구로 이야기를 꾸며나간 산문체의 문학양식으로서 '꾸민 이야기' 혹은 '허구적 이야기'라는 의미를 갖고 있지만 오늘에 이르러 소설 형식은 한 시대와 한 사회의 역사성이 작가의 상상력을 바탕으로 변증법적으로 재현된 조형물 혹은 구성물이라는 의미를 지니고 있다. 그러므로 소설은 일정한 구조 속에서 배경과 등장인물의 행동, 사상, 심리 따위를 통하여 인간의 모습이나 사회상을 드러낸다고 정의하고 있다. 작가, 화자, 작중인물, 독자 간의 긴장과 대립을 바탕으로 하고 있는 소설 형식은 당대를 반영하는 다양한 계층 담론의 상호 교통의 장이면서 이데올로기의 장이다. 더불어 소설이라는 문학 형식은 역사와 철학, 그리고 기타 다양한 담론과 상호 텍스트성을 갖는다. 이는 소설이 또 다른 의미를 생산하는 담론의 장이면서 글쓰기의 원천이기 때문이다.

책의 이해를 돕고자 배경, 이미지, 공간, 공동체, 정체성 다섯 가지의 주제 담론으로 나누어 엮었다. 이에 강석경, 공선옥, 김인숙, 김애란, 김연수, 박찬순, 박범신, 소중애, 신경숙, 이응준, 조정래, 천운영, 한수영, 황석영 등 작가들이 중한수교 이후 창작 발표한 중국관련 현대소설을 텍스트로 그들이 타자시각으로 중국을 바라보는 시선을 여러모로 조명하였다. 여기에는 페미니즘, 형상학, 로빈 코헨, 브루베이커, 듀푸아 등의 이론들이 접목되어 있다.

제1부 중한수교와 중한교류 그리고 조선족의 역정에서는 중한수교의 과정과 수교 30년 중한교류에서 거둔 성과를 짚어보고 조선인에서 조선족으로의 신분변화와 역정을 살펴보았다. 이는 중한수교 이후 한국소설에 나타난 중국을 담론함에 가장 기초적인 배경지식으로 한국사회와 문화공간 내지는 한국인들의 심리와 사상의식을 들여다볼 수 있는 창구이고 근원이다.

제2부 인물이미지는 중한수교 이후 소설에 나타난 중국 한족 이미지, 중국 조선족 이미지, 조선족여성 이미지를 다루었다. 한족과 조선족의 이미지를 살펴봄에 1990년대에 제기된 형상학의 이론인 '자아'와 '타자'에 관련한 '이데올로기' 형상과 '유토피아' 형상이라는 양극화된 시각의 시선으로 바라보았다. 외국인이자 동족인 조선족에 대한 복잡한 시선은 이데올로기와 유토피아의 중간점에 있는 경계인이라는 시점이 추가되었다. 페미니즘 시각에서 바라보는 조선족 여성에 대해서는 프랑스 페미니즘과 영미 페미니즘 이론을 결합하여 인물이나 모티프, 주제 등을 통한 전통적인 비평방법을 중심으로 조선족여성의 삶과 그들이 경험하는 한국 사회상을 살펴보았다.

제3부 공간이미지와 재현에서는 첫째로 논픽션에 가까운 조정래의 '정글

만리'를 중심으로 경제 질서와 정치 질서에 입각하여 중국 공간에 대해 담론하였다. 둘째로 중국 동북도시 하얼빈을 중심으로 도시경관의 이론으로 자연경관, 풍물경관, 인문경관으로 나누어 분석을 하였다. 셋째로 '가리봉동' 소재의 텍스트를 대상으로 비록 동일한 공간이지만 주체와 타자적 글쓰기에 대한 차이에 따라 그 결과가 다른 공간을 재현하고 생산하고 있음을 밝히고 있다.

제4부 조선족 공동체 서사와 정체성 담론에서는 디아스포라의 시각으로 조선족의 이동과 이주, 정착, 공동체 해체와 재영토화에 대해 검토해보았다. 그리고 국가, 민족의 시각으로 정체성을 고찰하였다.

제5부 한국영화와 재한조선족작품에서의 조선족 서사와 정체성은 본 저서의 제목과 꼭 맞물리는 내용은 아니지만 상호텍스트성 관점에서 한국현대소설에 나타난 조선족 서사가 한국영상매체와 재한조선족작품에 나타난 서사와 어떠한 동일점과 상이점이 있는지 살펴보았다.

소설 읽기는 개인과 집단 그리고 역사에 얼룩진 수많은 상흔들을 이해하고 반성하는 계기가 되는 동시에 존재의 당위성을 제시한다. 이러한 의미에서 그동안 쓴 글들을 읽으면서 반성적 시간을 갖는 계기가 되었다. 이 책의 대부분은 2015년부터 학술지에 발표한 논문들을 한데 모은 것이다. 책을 엮으면서 일부 수정을 하였지만 중첩된 부분이 없지 않다.

이 저서는 대한민국 교육부와 한국학중앙연구원(한국학진흥사업단) 해외한국학 씨앗형 사업의 일환으로 출판지원을 받았다. 우선 이 사업을 적극 지지해주신 천진사범대학교 钟英华 총장님, 외국어대학 张维和 당위서기님께 감사의 인사를 드린다. 그리고 2019년 서울대학교 국어교육연구소에 방문학자로 1년간 체류하면서 많은 자료를 수집하고 공부할 수 있게끔 기회를 주신 윤여탁 교수님, 항상 응원을 아끼지 않으시는 김병선 교수님, 김병호 교수님, 孟昭毅 교수님, 항상 정신적 힘이 되어주고 있는 사랑하는 가족에게 고맙다는 말을 전하고 싶다. 책이 나오도록 힘써 주신 역락출판사 이태곤 편집이사님, 강윤경 대리님, 안혜진 팀장님께 감사를 드린다.

2023년 3월

중국 천진에서 저자

# 차례

책머리에 / 5


제1부 ─────────────────────────────────────

## 중한수교와 중한교류 그리고 조선족의 궤적

1. 중한수교 과정과 중한교류 · 15
2. 조선인에서 조선족으로의 역정(歷程)과 국적문제 · 28


제2부 ─────────────────────────────────────

## 중한수교 이후 한국현대소설에 나타난 중국인 이미지

### 1장 한국현대소설에 나타난 중국 한족 이미지 · 37

1. 타자의 시선과 형상학의 분류 · 37
2. 유토피아로서의 중국인 이미지 · 41
3. 이데올로기로서의 중국인 이미지 · 51
4. 나가며: 화합과 협력의 가능성을 위하여 · 58

### 2장 한국현대소설에 나타난 중국 조선족 이미지 · 63

1. 호명과 자본 이동에 따른 이주 · 63
2. '너', '유토피아' 형상으로서의 재중조선족 · 66

3. '그', '이데올로기' 형상으로서의 재한조선족 · 71

4. '너'이자 '그'인 경계인으로서의 조선족 · 75

5. 나가며: 탈영토화와 존재의 복합성 · 80

## 3장 한국여성소설에 나타난 중국 조선족 여성 이미지 · 83

1. 페미니즘과 여성적 글쓰기 · 83

2. 가난하고 불행한 여인상: 공선옥의 「유랑가족」 · 87

3. 실존으로서의 가출과 닫친 출구의 여인상: 천운영의 『잘 가라, 서커스』 · 93

4. 가부장적 질서에 대한 순종과 반항의 여인상:
   한수영의 「그녀의 나무 핑궈리」 · 98

5. 나가며: '고향'에 정주하지 못하는 조선족 여성들 · 104

## 제3부
# 중한수교 이후 한국현대소설에 나타난 중국 공간의 재현

## 4장 중국부상에 따른 국제질서 재편론 담론 · 109
   -조정래의 『정글만리』를 중심으로

1. 부상하는 중국, 중국의 재궐기 · 109

2. 경제질서 재편론: 무궁무진한, 희망의 땅−중국시장 · 112

3. 정치질서 재편론: 세계의 일원으로 되야 · 120

4. 나가며: 국제 부상에 따른 해결 과제들 · 125

## 5장 한국현대소설에 나타난 하얼빈 도시경관 · 127

1. 도시와 도시 경관 · 127

2. 자연경관: 지역화와 역사화 · 133

3. 인문경관: 낭만화와 영웅화, 비애화 · 141

4. 풍물경관: 기이화와 타자화 · 153

  5. 나가며: 도시경관의 내재성과 재해석의 필요성 · 162

# 6장 부동한 글쓰기를 통한 공간의 재현 · 165
  -한국현대소설에 나타난 '가리봉동'을 중심으로

  1. 주체와 타자로서의 글쓰기 · 165
  2. 주체적 글쓰기를 통한 자아 돌아보기: 한국노동자의 아픔과
     이상 실현의 공간-신경숙 『외딴방』 · 167
  3. 경계 너머의 타자 바라보기: 조선족 이주자들의 절망과
     죽음의 공간-「가리봉 연가」, 「가리봉 양꼬치」 · 175
  4. 나가며: 선입견과 편견이 없는 사회로 · 181


# 제4부
# 중한수교 이후 한국현대소설에 나타난 조선족 공동체 서사와 정체성 담론

# 7장 한국현대소설에 나타난 디아스포라 조선족 공동체 서사와 담론 · 187
  1. 조선족 공동체와 디아스포라 · 187
  2. 조선족공동체의 코리안 드림 이동서사와 비극적 삶 · 192
  3. 기존 조선족공동체의 해체 위기 서사와 민족자각의식의 결여 · 199
  4. 새로운 집거지에서의 조선족 공동체 건설 서사와 재영토화의 가능성 · 208
  5. 나가며: 미래지향적인 조선족공동체를 위하여 · 214


# 8장 한국현대소설에 나타난 조선족의 정체성 형상화 · 217
  1. 조선족 디아스포라와 정체성 · 217
  2. 중국 국민으로서의 국가 정체성 · 222
  3. 혈연으로서의 한민족 정체성 · 227
  4. 경계인으로서의 정체성 · 232
  5. 나가며: 세계인으로서 조선족 정체성의 가능성 · 237

제5부 ─────────────────────────────

중한수교 이후 한국영화와 재한조선족작품에서의 조선족 서사와 정체성

9장 '타자'와 경계 · 243
　　－한국영화에 재현된 조선족 서사와 담론

　　1. 국제 이동과 이주의 서사 · 243
　　2. 춤과 사랑의 성공 서사: 순진무구하고 진취적인 밝은 이미지
　　　　<댄서의 순정> · 247
　　3. 폭력과 살인의 범죄 서사: 범법과 불법의 부정적 이미지 <황해> · 253
　　4. 경계에서 갈등하는 딜레마 서사:
　　　　중국인가? 한국인가?－<차이나블루> · 260
　　5. 나오며: 불평등한, 환영받지 못한 · 265

10장 재한조선족 시문학에 나타난 조선족 정체성과 디아스포라 정치학 · 269
　　－『동포문학』의 시작품을 중심으로

　　1. 모국인 한국정체성과 한민족 정서 · 272
　　2. 조국인 중국정체성과 한국사회의 차별 시선 · 274
　　3. 중국과 한국 사이에서 경계인으로서의 조선족 정체성 · 278
　　4. 세계인으로서의 조선족 정체성과 재영토화 · 279

[부록] 중한수교 30년, 한국소설에 나타난 중국 관련 자료 / 283

참고문헌 / 285

# 제1부

---

## 중한수교와 중한교류
## 그리고 조선족의 궤적

# 1. 중한수교 과정과 중한교류

## 1.1. 중한수교의 과정

1992년 8월 24일, 중한수교가 이루어졌다. 이는 한반도 냉전 구조를 해체하는 의미가 있다. 제2차 세계대전 이후, 한국과 중국은 의미 있는 교류가 없었고 한국전쟁을 거치면서 양국은 서로 적대국이 되었다. 한국에게 중국은 '죽의 장막'[1]이었고 중국에게 한국은 금지된 구역, 금구(禁區)였다.

중한수교를 위한 모색은 중국에서는 1978년 개혁개방을 본격적으로 추진하면서 지도자 그룹에서 1980년 초부터 비공식적으로 논의되기 시작했고

---

1  죽(竹)의 장막(帳幕): 1949년 이래 중국의 대비공산권(對非共産圈) 여러 나라에 대한 배타적 정책을 가리키는 용어이다. 중국과 자유진영의 국가들 사이에 가로놓인 장벽을 중국의 명산물인 대나무에 비유하여 이르는 말이다. 소련의 대비공산권 여러 나라에 대한 폐쇄정책을 가리키는 말로 '철의 장막'과 구별하여 1949년 이래 중국의 배타적 정책을 가리킨다. 철의 장막이란 제2차 세계대전 후 소련과 동유럽 공산주의 국가가 채택한 정치적 비밀주의와 폐쇄성을 자유주의 진영에서 비유적으로 이르는 용어로, 영국의 윈스턴 처칠이 1946년 미국을 방문하였을 때 한 연설에서 처음 사용하였다. 주로 저널리즘 등에서 쓰였다. 출처: 네이버 두산백과 https://m.terms.naver.com/entry.naver?docId=1143204&cid=40942&categoryId=39994

한국 내에서도 중국을 새롭게 인식하는 흐름이 있었는데 1983년 중국민항 여객기 납치사건으로 중한양국은 1949년 중국 건국 이후 처음으로 의미 있는 외교접촉을 하게 되었다.

1983년 5월 5일, 중국 민항기가 춘천의 미군 헬기 비행장인 '캠프 페이지'에 불시착하였다. 당시 중국 민항기 납치범 6명은 승객 96명과 승무원 9명을 인질로 삼아 한국 강원도 춘천에 불시착했다. 중화인민공화국 성립 이후 역사상 처음으로 되는 대한민국에 착륙하는 사건이었다. 한국정부는 납치범들을 1년 동안 구속 수감한 이후, 추방 형식으로 대만으로의 정치망명을 허용했다. 당시 중국은 "무장 폭도들이 중국 민항기를 납치하여 춘천공항에 착륙했기 때문에 중국민항총국은 서울에 직접 가서 처리를 위한 교섭할 것을 바라고 있으며 대한민국 측의 협력을 바란다"는 전문(電文)을 발송했다.[2]

사건 발생 3일 만인 5월 8일 중국민항총국 국장인 심도(沈圖)가 33인의 대표단을 이끌고 서울을 방문해 외무부 차관보와 협상한 결과 9개항의 외교 각서에 서명했다. 한국은 실제로 중국인들에게 한국의 발전상을 보여주기 위해 워커힐 호텔에서 환대하고 서울 시내 관광을 시키고 선물 공세를 했다. 이 사건을 계기로 중국은 한국의 배려를 호의적으로 인식하게 되었고 한국도 대만의 비판을 일정 부분 감수하면서까지 중국의 요구를 최대한 수용하고자 했다. 중국은 "첫째, 한반도 정세의 평화와 안정을 촉진한다. 둘째, 한반도와의 관계에서 경제발전의 객관적 규칙을 적용한다. 셋째, 국제적인 왕래를 발전시킨다."고 하였다.[3] 한국 외교사에서 '중화인민공화국'과 '대한민국'이라는 정식 국호가 사용된 것은 이때가 처음이었다.

1983년 8월에는 중국 민항기가 한국의 비행정보구역을 통과하는 합의가

---

2    沈圖, 『沈圖回憶錄』, 百花文藝出版社, 1993, 200쪽.

3    이희옥, 「한중수교 교섭 과정 연구」, 『동북아 평화를 위한 한중관계의 모색』, 동북아역사재단, 2020, 95쪽.

성사되었고 1983년 9월 말, 중국은 1990년 베이징 아시안게임 유치 신청 마감을 앞두고 비정치적 영역인 체육·문화·관광 등에서 중한 교류를 모색하게 되었다. 1984년 2월, 곤명에서 개최된 데이비스컵 테니스대회 동부지역 예선경기에서 한국 선수가 처음으로 중국을 방문했고 1984년 4월에는 중국 청소년 농구 선수단이 처음으로 한국을 방문했다. 1984년 3월에는 상호 친척 방문이 허용되어 중국에 거주하는 조선족들의 한국 방문과 한국인들의 중국 친척방문이 시작되어 양국관계의 물고가 트기 시작하였다.

중한수교 논의의 또 다른 계기는 1985년 3월 21일 발생한 중국 어뢰정 사건이다. 3월 22일 전남 신안군 소흑산도 앞바다에서 표류 중인 중국 북해 함대 소속의 고속어뢰정 3213호가 발견되었다. 당시 한국 정부는 1983년 중국 민항기 사건을 해결하면서 중국과 협상 경험이 있었고 무엇보다 전두환 정권이 대공산권 외교를 강화하겠다고 적극적으로 밝힌 상황에서 어뢰정 사건을 중한관계 모색에 활용하였다.

어뢰정 사건은 중한수교를 논의하는 기폭제가 되었다. 중국의 경우, 1985년 4월 등소평이 중국의 외교일꾼들에게 '이제 한국과 수교할 준비를 해야 한다'는 지침을 주었고 1986년 홍콩에서 열린 미군기 반환을 위한 비공개 협상에 중국은 고위급 인사가 참여하고 국가안전기획부, 국방부, 외교부 합동 팀이 참여하는 등 접촉 창구가 격상되었다. 한국의 경우, '87년 체제' 이후 노태우 정부가 등장하면서 소련과 중국과의 국교 정상화를 목표로 한 북방정책의 외교적 돌파구를 찾고자 하였다. 당시 한국77의 북방정책은 "소련, 중국, 공산주의 국가들과의 관계 개선이 경제적으로 이익이 되고 국적의 향상에 도움이 된다는 것에 출발한다. 그러나 궁극적으로는 북한에 대한 한국의 우위를 확보해 남북관계를 유리하게 끌고 가기 위한 정책적 고려이다."[4]

이러한 분위기 속에서 1986년에 서울 아시안게임, 1988년에는 서울 올림픽대회가 개최되었다. 이 대회에 조선은 참석하지 않았지만 중국은 대표단을 파견하여 중한관계를 더 가속화시켰다. 1988년 중국은 한국인들의 중국관광금지를 해지시키고 한국인들의 중국방문을 허용하여 양국의 국민들 간의 민간교류가 가능하게 하였다. 그 이후 여러 국제학술회의와 스포츠대회를 통해 수교를 하지 않은 상황에서 인적 교류가 활발히 이루어졌다. 인적교류가 활발해지면서 올림픽 이후 중한양국 간에 정기 직항로가 개통되었고 1990년에는 한국발 중국행의 우편 직송이 개시되었다.

중한수교의 국제적 배경을 본다면 1989년 12월 미소 몰타정상회의에서 냉전 종식을 선언했고, 1989년 5월 고르바초프가 중국을 방문하여 중소관계가 정상화되었으며, 1990년 9월 한국이 소련과 수교한 것 등을 중한수교의 디딤돌로 볼 수 있다.

중한수교는 양국 모두 새로운 외교정책을 모색하던 시기에 상호 이해가 일치한 결과이기도 하다. 한국의 경우, 비록 경제발전도상국이지만 무궁무진한 잠재력이 있는 인접국 중국의 시장이 필요했다. 중국의 경우, 개혁개방 이후 주변 국가들과의 외교적 고립을 타파하고 교류가 필요했으며 1990년 베이징 아시안게임을 개최해야 하는 상황에서 이미 올림픽을 개최한 경험이 있는 한국의 국제경기대회 운영 경험을 학습하는 것도 중요한 현안이었다. 더불어 중한수교를 계기로 '하나의 중국'을 내세워 대만의 고립화 여건 마련에도 유리했다.

중한수교 과정을 보면, 1991년 한국과 중국은 무역대표부를 설치해 영사 기능을 일부 수행하며 새로운 교류를 시작했다. 또한 1991년 9월 남북한 유엔 동시가입 이후 1991년 1·2차 중한 외무장관 회담을 개최했는데, 이는

---

**4**　배종윤, 「1980년대 한국 북방정책의 촉발요인으로서의 정치경제적 측면에 대한 연구」, 『21세기정치학회보』 24권 2호, 2014, 95쪽.

중국과 북한의 관계를 고려해야 했기 때문에 남북한 관계 개선의 추이가 영향을 미쳤기 때문이다. 그 당시 중국 외교부와 대외무역부의 대한국 정책은 "적을 벗으로 만든다(化敵爲友), 민간 교류를 한 다음에 관이 나선다(先民後官), 일을 많이 해도 말은 적게 한다, 심지어 한 일에 대해서도 말하지 않고 한 걸음 한 걸음씩 나아간다. 마지막에 도달해도 조금씩 공개해야 한다. 그렇게 되면 참외가 익으면 저절로 꼭지가 떨어지고 물이 생기면 도랑이 생긴다(瓜熟蒂落, 水到渠成). 수시로 북한의 태도를 주목하면서 그들이 받아들일 수 있는 가를 보면서 중한관계를 발전시켜야 한다."[5]였다. 1991년 12월에는 제5차 남북고위급 회담에서 남북한 기본합의서를 채택하고, 12월 31일 비핵화 공동선언을 채택함으로써 남북관계는 상당히 개선되었다. 그 이후 1992년 4월에 한국과 중국의 수교 협상이 개시되었다.

이러한 협상 노력의 결과로 1992년 8월 24일 한국 이상옥 외무장관과 중국 대표 전기침(錢基琛) 외교부장은 북경 영빈관에서 중한 선린우호 협력관계에 합의했다. 그 주요 내용으로는 상호불가침, 상호내정불간섭, 중국의 유일합법정부로 중화인민공화국 승인, 한반도 통일문제의 자주적 해결원칙 등으로 6개항의 「대한민국과 중화인민공화국간의 외교관계수립에 관한 공동성명」을 교환했다. 중한수교는 탈냉전 국면에서 각각 새로운 외교를 모색하던 시기에 중국과 한국이 접점을 찾은 결과라 할 수 있고 중한관계사에서 새로운 장을 연 역사적 이정비라 할 수 있다. 하지만 중한수교의 후속 조치로 중국이 요구한 한국과 대만의 단교가 뒤따랐다.

---

5    이희옥, 「한중수교 교섭 과정 연구」, 『동북아 평화를 위한 중한관계의 모색』, 동북아역사재단, 2020, 104쪽.

## 1.2. 중한관계와 중한교류

중한 관계는 1992년 수교 이래 제반 분야에서 비약적으로 발전하였다. 중한관계는 1992년의 '우호협력관계'에서 1998년에는 '21세기를 향한 협력 동반자 관계'로, 2003년에는 '전면적 협력동반자 관계'로, 2008년에는 '전략적 협력동반자 관계'로 발전하였다. 2016년 7월 사드 배치 결정 이후 양국 관계는 전반적으로 경색되었다가 2017년 5월 문재인 정부 출범 이후 관계가 회복되었는바 2017년 12월 문재인 대통령의 국빈방중을 통해 중한 교류·협력이 복원되고 발전되어 양국 관계가 정상화 국면에 진입하였다.

중한관계의 **경제** 지표를 볼 때 중한 양국간 교역규모는 1992년 63억 달러에서 2021년 3,015억 달러로 약 48배 증가하였다. 한국의 대중 수출은 1,629억 달러이고 수입은 1,386달러이며 흑자는 243억 달러로서 2021년 한국은 중국의 제3위 교역대상국이나.(출처: 중국 해관총서) 2021년 한국의 대중국 교역 주요 품목(2021년)으로는 집적회로, 석유와 역청유, 나프타, 레이저기기, 반도체 보울이나 웨이퍼 등 수출 품목이 전체 수출의 약 43%를 차지하고 집적회로, 전화기, 자동자료처리기기, 축전지, 히드라진과 그 외 무기염 등 5대 수입 품목이 전체 수입의 약 29.1%를 차지한다.[6]

**투자현황**으로 볼 때 2008년 이래 중국은 미국에 이어 한국의 제2위 투자 대상국이었다가 2021년 제3위 투자 대상국이 되었다. 한국수출입은행의 실제투자기준에 따르면 2021년 한국의 대중국 투자액은 66.1억 달러이고 2021년까지 대중국 투자 누계액은 824억 달러이다. 중국의 대 한국 투자액은 2013년 4.8억 달러에서 2021년 18.8억 달러이다. 2021년까지 투자 누계는

---

6    한중관계 발전 지표, 주중대한민국대사관, https://overseas.mofa.go.kr/cn-ko/wpge/m_1222/contents.do

185.6억 달러이다.[7]

**한국기업의 중국 진출 현황**을 보면 한국수출입은행의 2019년 말 누계 기준으로 중국 진출 한국기업은 27,799개이고 2021년 6월에는 28,159개이다. 중국의 환경 규제 강화, 임금 상승의 영향으로 중소기업 위주의 투자는 상대적으로 축소되고 대규모, 고부가가치 투자가 증가하였다. 최근 10년간 규모별 투자 비중의 추세(금액 기준)는 2009년 대기업 70.0%, 중소기업 30.0%에서 2019년 대기업 83.7%, 중소기업 16.3%이다. 최근 고부가가치 투자 내용으로는 삼성디스플레이(소주)(2013), LG디스플레이 8세대 LCD투자(광주)(2017), 삼성SDI 전기차배터리 공장(서안)(2015), SK화학 나프타 분해시설(무한)(2013) 등이다. 그리고 한국은 KOTRA, 대한상공회의소, 무역협회[8] 등을 중국 내에 사무소를 설치하여 기업 활동 지원중이다.

현재 중한양국은 경제통상 제도화 강화 지속을 추진하고 있다. 자유무역협정에서 2015년 12월에 중한 FTA 발효가 되고 중한 FTA 서비스·투자 후속 협상이 진행 중에 있으며 한국과 중국이 참여하는 RCEP는 한국에서는 2022년 2월 1일에 발효되었다. 투자보장협정에서 2007년 12월에 중한 투자

---

7 　신고 기준으로 중국의 대 한국 투자는 2011년 6.51억 달러, 2012년 7.3억 달러, 2013년 4.8억 달러, 2014년 11.9억 달러, 2015년 19.8억 달러, 2016년 20.5억 달러, 2017년 8.1억 달러, 2018년 27.4억 달러, 2019년 9.8억 달러, 2020년 19.9억 달러, 2021년 18.8억 달러이다. 주중대한민국대사관 https://overseas.mofa.go.kr/cn-ko/wpge/m_1226/contents.do,

8 　-KORTA(20): 광주, 남경, 대련, 북경, 무한, 상해, 서안, 심천, 정주, 장사, 장춘, 성도, 중경, 청도, 천진, 하문, 하얼빈, 항주, 홍콩
　-대한상공회의소
　-중국한국상회 북경 소재,
　-지역상회네트워크(45): 강음, 곤명, 광서, 광주, 남경, 남통, 대련, 덕주, 동관, 무석, 상주, 상해, 서안, 소주, 승주, 심양, 심천, 안산, 안휘, 양주, 연대, 연변, 연운항, 염성, 위해, 유방, 의오, 일조, 장가항, 장춘, 정주, 제남, 중경, 전강, 진황도, 창주, 천진, 청도, 치박, 하문, 할빈, 항주, 혜주, 영구
　-무역협회(3): 북경, 상해, 성도
　-중소기업진흥공단 수출인큐비이터(5): 북경, 상해, 광주, 서안, 중경

보장 협정 개정안이 발효되고 중한일 투자보장협정이 체결되고 2014년 12월에 발효되었다. 경제협력 발전방향 논의에서 중한 경제협력공동계획(2021-2025)은 2021년 11월에 채택되었다. 코로나19 발발 이후에도 필수 기업인의 이동을 보장하는 신속통로를 최초로 개설하여 양국간 인적 경제적 교류 유지에 노력하였다.

**중국인 방한 추이**로 볼 때 방한 중국인은 수교 이후 매년 빠른 속도로 증가하다가 2015년 메르스(중동호흡기증후군) 영향으로 전년보다 1.9% 감소하였으나 2016년 다시 증가하여 역대 최고치인 826만여 명을 기록하였다. 중한 수교 당시에 4만 5천명이 10년 후에는 36만 5천명으로 약 9배 증가하였다. 20년 후에는 296만 명으로 약 66배 증가하였다. 방한 중국인이 최고 절정을 이룬 것은 2016년으로 826만이다. 2017년 사드 배치 등에 따른 중한관계 경색으로 전년 대비 46.9% 감소한 439만여 명에 불과하였으나 2018년부터 다시 회복 및 증가 추세를 보였다.[9] 그러나 코로나19 영향으로 방한 중국인이 전년 대비 2020년에는 -88.2%, 2021년에는 -74.6% 감소하였다.[10] [11]

**문화교류**를 볼 때 1992년 중한 수교와 함께 「중한과학기술합작협정」이 체결되었다. 1992년부터 중국의 신문일군협회(新聞工作者協會)와 한국의 기자

---

**9** 주 중국 대한민국 대사관 중한관계와 중국 자료 참조, https://overseas.mofa.go.kr/cn-ko/wpge/m_1220/contents.do

| 중국인 방한 현황(2022년도) | | | | | | |
|---|---|---|---|---|---|---|
| 구분 | 1월 | 2월 | 3월 | 4월 | 5월 | 계 |
| 2019년 | 411,940 | 481,499 | 510,326 | 512,651 | 520,178 | 2,436,594 |
| 2020년 | 509,852 | 116,318 | 17,939 | 4,685 | 6,388 | 655,182 |
| 전년대비(%) | 23.8 | -75.8 | -96.5 | -99.1 | -98.8 | -73.1 |
| 2021년 | 8,228 | 12,710 | 20,341 | | | 41,279 |
| 2022년 | 5,909 | 17,872 | 15,766 | | | 39,547 |
| 전년대비(%) | -28.2 | 40.6 | -22.5 | | | -10.1 |

**10** 2022년도 최근 중국인 방한 현황 출처: 주 중국 대한민국 대사관

협회가 매년 서로 기자를 파견하여 방문함으로써 양국의 신문매체에서의 상호 교류도 확대되었다. 1994년, 「중한문화교류협정」을 체결한 후 공동위원회가 설립되었으며 2년에 한번 씩 회의를 개최하였다. 중한 양국간의 문화교류가 활발하게 이루어지면서 중국에서 여러 문화, 학술 교류기관이 설립되었다. 1993년, 중국사회과학원에 한국연구중심이 한국에 대한 국가적인 종합연구기관으로 설립되었고 중한 양국 학자들의 상호 교류에 편의를 위해 중한우호협회가 설립되었다. 1994년에는 중한양국이 상호 과학기술 정보를 제공하는 중개기구인 고기술개발자문사(高技術開發咨詢公社)가 설립되었고 양국 문화정보의 상호 유통을 위한 한국문화신문처(韓國文化新聞處)가 북경에 개관되었다.

언론매체들도 활발한 교류활동을 하였는데 1999년부터 한국 방송국과 중국 중앙티비 방송국은 해마다 한 번씩 중한음악회를 개최하였다.

1990년대 말부터 한국의 대중문화가 중국에 본격적으로 진출하여 한류(韓流)가 몰아치기 시작했다. 한국의 댄스음악과 드라마, 패션 열풍이 동아시아 여러 지역에서 각광을 받았다. 한류 초기는 인기가수들에 의해 확산된 대중가요의 형태였지만 1-2년이 지나 음반, 드라마, 영화, 게임, 음식, 패션, 헤어스타일 여러 분야로 퍼져나갔다.

교육 분야에서도 활발한 교류가 이루어졌다. 중한수교 즈음하여 한국에서 중국어 붐이 일어나면서 고등학교에 중국어가 제2외국어로 되고 대학에는

| 중국인 방한 현황(2014년~2021년) | | | | | | | |
|---|---|---|---|---|---|---|---|
| 연도 | 2014 | 2015 | 2016 | 2017 | 2018 | 2019 | 2020 | 2021 |
| 방한 중국인 | 6,275,916 | 6,154,730 | 8,268,262 | 4,393,936 | 5,032,906 | 6,284,486 | 740,039 | 187,906 |
| 전년 대비(%) | - | -1.9 | 34.3 | -46.9 | 14.5 | 24.9 | -88.2 | -74.6 |

11　방한 중국인 통계표 출처: 주 중국 대한민국 대사관

중어중문과와 중국학과가 설치되었다. 한국 내 2000여 개의 초중학교의 중국어교사 수요량은 2000명이 넘는다. 한국 인구 4,700만 명 중 중국어를 배우는 인구는 30만 명이고 한국의 200개 대학에 중문학과를 개설하였고 중국어 수업이 이루어지는 학원도 100여 개 넘는다. 중국어 교육은 초중학교에 보편적으로 이루어지고 있다.[12]

수교 이후 한국학생들의 중국 유학붐이 일어 1993년에는 한국유학생이 500명에 불과하였으나 1995년에는 5,000명에 이르렀고 2004년에는 37,000명,[13] 2019년에는 약 6-7만 명으로 추정하고 있다. 중국학생들의 한국유학도 활발히 이루어져 2022년 1월 기준으로 41,899명의[14] 중국학생들이 한국의 각 대학에서 공부하고 있다.

수교를 계기로 중국 대학들에서도 중한 문화교류를 위한 기관들이 설립되었다. 1991년 북경대학에 한국학연구센터가 설립되었고 한국의 역사, 언어, 문학, 사회, 중한관계 등의 연구성과를 수록한 『한국학논문집』이 매년 한권씩 출간되었다. 이어서 1992년에는 복단대학과 산동대학, 1993년에는 항주대학, 그 이후로는 요녕대학, 연변대학, 절강대학, 남개대학 등 대학들에서 한국학연구소들이 설립되어 각 지역의 특수성을 강조하면서 한국학 연구가 활발하게 진행되었다. 이러한 연구기관에서는 복단대학의 한국연구논문집, 연변대학의 조선학연구, 조선학-한국학 연구, 낙양외국어대학의 동방언어문화논총, 중앙민족대학의 조선학, 절강대학의 한국연구, 중국사회과학원의 당대한국 등은 정기적으로 출간되는 대표적인 학술지들이다. 이외에도 많은

---

12  우영란, 『중한·중조조관계사』, 흑룡강조선민족출판사, 2005, 184-185쪽.

13  위 책, 185쪽.

14  2022년 1월 기준으로 출입국외국인정책본부 이민정보과 통계월보 자료에 따르면 유학비자 (D2)의 중국학생은 41,899명인데 여기에는 재외동포자격(F4)을 소지하고 있는 조선족학생들을 포함하지 않았기에 대략 6-7만 명으로 추정하고 있다.

학술지들이 정기적으로 간행되어 한국학의 내실을 확장하는데 기여하고 있다. 이러한 한국학연구소들은 윤번으로 돌아가며 중국한국학학술대회를 하였는데 2022년까지 총 23회를 거행하였다. 그리고 중국한국(조선)어교육연구학회, 외국문학학회조선-한국분회, 중국조선민족사학회,[15] 중국조선사연구회[16]가 있다.

21세기에 들어 중국지역 거점 대학을 대상으로 하는 포럼이 개최되었는데 2004년부터 북경포럼과 국제유학포럼이, 2005년부터 상해포럼과 동북아포럼이, 2008년부터 두만강포럼이, 2015년부터 천진포럼과 남경포럼이, 2016년부터 산동포럼이 개최되었다.[17]

중국에서 최초로 개설된 한국학과는 1945년 중경에 설립된 국립동방어문전과학교(國立東方語文專科學校, 약칭 東方語專)로서 1946년 남경으로 옮겨 정식 학생모집하였다. 해방 이후 국립동방어전의 한국어학과는 북경대학으로 인입되어 조선어학과로 개칭하였는바 이는 중국조선어교육의 선두를 열었다 할 수 있다. 그다음으로 1952년 대외경제무역대학에서 조선어학과 경제무역 방향전공을 개설하였고 이 학교는 2007년에 중국내 최초 중한한중통역 전문 석사과정을 개설하였다. 1953년 중국인민해방군외국어학원이 낙양에 개설되었다. 일명 낙양외국어대학인데 현재 명칭은 국방정보기술대학이다. 1972년에 연변대학, 북경제2외국어대학, 중앙민족대학에 조선어학과와 한국어학

---

15  중국조선민족사학회는 1987년 3월에 설립되었는데 사무주소는 길림성 연길시였다. 2006년 10월 국가민족위원회와 민정부의 비준과 허가를 받으면서 사무주소를 연길에서 북경으로 변경하였다. 학술대회를 주최하고 매년 『조선족연구』 간행물을 출간하고 있다.

16  중국조선사연구회는 1980년 8월에 설립되었다. 주관기관은 중국사회과학원이고 등록기관은 국가민정부이며 주소는 길림성연길시공원로 977호 연변대학 조선한국역사연구소로 되어있다. 2014년까지 17회 학술회의를 개최했으며 2008년부터는 매년 개최하고 있으며『조선-한국역사연구』 간행물을 출간하고 있다.

17  송현호, 「한중인문학 30년의 회고와 전망」, 『한중인문학연구』 제70호, 2021, 10-11쪽.

과가 설립되었다. 이토록 중한수교이전에는 6개 대학이었으나 90년대에 들어와 중한 수교가 이루어지면서 한국과의 교류가 활발해지고 한국기업체들이 대량 중국에 진출함에 따라 한국어인재에 대한 수요가 급증하였으며 한국기업체들의 진출이 집중되어 있는 도시들에서 한국어 붐이 일기 시작했다. 수교 이후 산동대학(1992), 길림대학(1993), 요동학원(1993), 대련외국어대학(1993), 북경외국어대학(1994), 천진외국어대학(1994), 산동사범대학(1994), 복단대학(1995), 상해외국어대학(1995), 북경언어대학(1995) 등 19개 대학교에 한국어학과가 증설되었고 2000년 이후에는 절강월수외국어학원(사립, 2002), 광동외어외무대학(2003), 남경사범대학, 천진사범대학(2003), 길림화교외국어학원(2004, 사립, 현 길림외국어대학으로 개명), 사천외국어대학(2006) 등 25개 대학에 한국어학과가 증설되었다. 2006년 4년제 국립대학 한국어학과는 49개[18]이다. 2021년에는 101개, 2022년에는 97개인데 점차 감소하고 있는 추세를 보이고 있다.[19] 2000년대까지 중국의 한국어학과 졸업생들은 취업의 호황을 이루었으나 현재는 취업난을 겪고 있으며 내실을 다지지 못한 일부 대학들은 폐교되고 있다. 그러나 어려운 시기에 대부분 지역의 학과는 흔들림 없이 꾸준히 발전해가고 있으며 현재는 양적 팽창보다는 질적인 향상을 위해 노력하고 있다.

교육부에서는 2019-2021년 3년에 걸쳐 자원 신청하는 학교를 대상으로 국가급 조선어(한국어) 일류학과 20개를 선정했는데 이들로는 2019년에 선

---

18  김병운, 「중국에서의 대학교 한국어 교육과정 현황과 개선연구」, 『한국학연구』 제15호, 2006, 45-46쪽.

19  <교육부, 2021년도 중국대학 본과 전공 취소 명단 발표> 자료에 따르면 교육부 심사에서 4개의 4년제 대학 한국어학과가 제명되었다. 이로는 하북대학(2003), 중남민족대학, 제로(齊魯)이공학원, 연태과기(科技)학원이다. http://www.moe.gov.cn/jyb_xwfb/gzdt_gzdt/s5987/202202/t20220224_602160.html 《教育部公布2021年度普通高等学校新增和撤销本科专业名单》2022.2.24. 韩语招聘微信https://mp.weixin.qq.com/s/qlN7nBYFLcSTivj-7rFZmA

정된 상해외국어대학, 천진외국어대학, 북경외국어대학, 연변대학, 광동외어 외무대학, 대련외국어대학; 2021년에 선정된 산동대학, 복단대학, 북경제2 외국어학원, 북경언어대학, 천진사범대학, 북경대학, 중국해양대학, 호남사 범대학; 2021년에 선정된 길림외국어대학(사립), 길림대학, 화중사범대학, 사 천외국어대학, 서안외국어대학, 절강월수외국어학원(사립)이다. 실제로 2022-2023년 97개의 4년제 중국대학 한국어학과 평가에서 1-20 순위[20]는 아래와 같다. 상해외국어대학, 북경외국어대학, 복단대학, 광동외어외무대학, 산동대 학, 연변대학, 대련외국어대학, 북경대학, 천진외국어대학, 호남사범대학, 북 경언어대학, 중국해양대학, 천진사범대학, 북경제2외국어대학, 흑룡강대학, 중산대학, 남경사범대학, 사천외국어대학, 길림대학, 서안외국어대학이다.

그리고 중국대학에 대한민국 교육부와 한국학중앙연구원 한국학진흥사업 단에 의해 한국학진흥사업의 체계적인 지원이 이루어졌다. 2022년 11월 현 재 해외한국학진흥사업 가운데 해외 한국학 중핵대학사업은 누적과제로 72 개 가운데 중국에서 12개 과제[21]가 선정되었다. 해외 한국학 씨앗형 사업은 164개 과제가운데 중국에서 21개 과제[22]가 선정되었다.

20  中国科教评价网 http://www.nseac.com/eva/CUSE.php?DDLyear=2022&DDLThird=%E6% 9C%9D%E9%B2%9C%E8%AF%AD

21  해외 한국학 중핵대학사업에는 중앙민족대학(김춘선, 2008.12-2013.12, 2013.11-2018.10), 남경대학(윤해연, 2008.11-2013.12, 2013.11-2018.10), 연변대학(김강일, 2009.5-2014.5), (박찬규, 2015.9-2020.8), 중국해양대학(이해영, 2009.5-2014.5, 2014.9-2019.8, 2022.6-2027. 5), 산동대학(우림걸, 2012.10-2013.9), 요녕대학(장동명, 2018.6-2023.5), 북경대학(김동길, 2021.6-2026.5) 등 12개 과제가 선정되었다. 한국학진흥사업단 홈페이지 해외한국학중핵대 학육성사업 지원과제목록 참조 http://ksps.aks.ac.kr/hpjsp/hmp/bizguide/bizsbjtlist.jsp?bizC d=OLU

22  해외한국학씨앗형사업에는 상해외국어대학(유충식, 2010.12-2012.12), 북경대학(김경일, 2010.12-2012.12), 대련외국어대학(김용, 2011.12-2013.11), 복단대학(황현옥, 2011.12-2014. 11), 위방학원(왕방, 2012.7-2015.6), (왕가, 2016.7-2020.6, 2020.6-2025.5), 하북이공대학 (김홍대, 2013.7-2016.6), 화동사범대학(왕평, 2014.7-2017.6), 산동대학(고흥희, 2015.7-

중한간 국교 수립 이후 중한 교류는 경제, 사회, 문화 등 여러 분야에서 비약적인 발전을 이루었고 정치외교, 안보와 군사영역에서도 진전을 이루었다. 이는 국제관계사에 보기 드문 사례이고 기적이라 할 수 있다. 비록 '사드'나 문화충돌갈등으로 일부 갈등이 있었지만 중한 양국이 상호간 단절에서 친밀한 교류로, 생소하던 데로부터 전략적 협력동반자관계로 끊임없이 새로운 단계로 진입할 수 있었던 것은 양국이 상호 존중을 기반으로 협력을 강화하고 평화를 지향하는 것과 갈라놓을 수 없다. 한국과 중국은 이사 갈수 없는 영원한 가까운 이웃이며 갈라놓을 수 없는 협력동반자이다. 중한 수교 30주년을 새로운 시작으로 중한양국은 이해와 신뢰를 돈독히 하고 교류와 협력을 더욱 깊이 있게 추진하여 양국 국민이 실질적으로 느낄 수 있는 성과를 거두어야 한다.

## 2. 조선인에서 조선족으로의 역정(歷程)과 국적문제

중국조선족의 역사는 이주와 정착, 적응과 생존, 귀환과 순환의 디아스포라 연속이다. 그 속에는 한일합병, 3.1운동, 만주사변, 태평양전쟁 등 동아시아 근대의 전개와 전환의 풍운과 국공전쟁, 조선반도광복, 새중국 창립, 반도분단, 한국전쟁, 대약진운동, 문화대혁명, 개혁개방, 중한수교 등과 같은 한

2018.6), 화중사범대학(지수용, 2016.7-2019.6), 길림대학주해학원(허세립, 2016.7-2019.6), 하북대학(요위위, 2017.6-2020.6), 남창대학(전병욱, 2019.6-2022.5), 절강월수외국어학원(방용남, 2020.6-2023.5), 연안대학(왕건홍, 2021.6-2024.5), 길림사범대학(이염화, 2021. 6-2024.5), 호남사범대학(채미화, 2021.6-2024.5), 소주대학(장내우, 2022.6-2025.5), 천진사범대학(전월매, 2022.6-2025.5), 서남대학(조참훈, 2022.6-2025.5) 등 21개 과제가 선정되었다. 한국학진흥사업단 홈페이지 해외한국학씨앗형사업 지원과제목록 참조 http://ksps.aks. ac.kr/hpjsp/hmp/bizguide/bizsbjtlist.jsp?bizCd=INC

반도와 중국의 냉전기로부터 정치경제 격변기 과정의 형세 흐름과 연결되어 있다.

조선인의 조선반도 이주는 대체로 19세기중엽, 그 기점은 1860년[23] 청나라가 서양 열강과 체결한 북경조약으로 본다. 북경조약 체결과정에 러시아가 개입하면서 아무르강(흑룡강)동쪽이 러시아의 영토로 편입되면서 두만강 하구에서 동해에 이르는 18km의 국경이 만들어졌다. 그 결과 조선반도 북부에서 월강을 통해 조선인들의 이주가 시작되었다. 비록 청정부와 조선정부가 봉금령과 월강금지령을 시행하였지만 효과적인 시행이 어려웠고 1881년부터 봉금령이 해지[24]되고 초간정책이 실시되면서 조선인들의 합법적인 이동이 활발해졌다. 청정부는 17세기 이후부터 만주에서 '변발역복령(辮髮易服令)'을 실시하였는데 이주한 조선인은 청나라 사람들의 머리 모양과 복식으로 바꾸지 않으면 토지 구매와 임대 등에서 불이익을 줬다.

청일전쟁(1894-1895), 러일전쟁(1904-1905)을 겪으면서 식민지쟁탈을 위한 열강들의 힘겨루기에서 영향력이 증대한 일제는 1905년 '을사보호조약'을 맺고 1907년 일본의 조선통감부 간도출장소를 설치하였다. 1910년에는 '한일합병'으로 조선의 주권을 장악하고 식민지화하였다. 일제는 '토지소유권을 확정'한다는 등의 명목으로 '토지조사사업'(1910-1918년)을 실시하고 그

---

23  근대 조선인의 만주 이주의 기점에 대해 여러 가지 설이 있는데 주요하게 토착민족설, 원말명초설, 명말청초설 등이 있는데 그중에서 19세기 중엽설이 비교적 정통설로 인정되고 있다. 김원석, 「중국조선족의 변입 기점에 대하여」, 『한국사학』 제15호, 한국정신문화연구원, 1995, 49-76쪽 참조.

24  비록 청정부는 봉금령을, 조선정부는 월강금지령을 각각 시행하여 이동을 규제하였으나 청나라와 러시아는 가장 주변적인 영토의 이동인구를 효과적으로 조절하기가 현실적으로 어려웠다. 청정부는 1881년에는 봉금령을 폐지하고 1885년에는 조선인에 대한 만주 이주 금지령을 철폐하였다. 조선정부는 1883년에는 월강금지령을 폐지하였다. 신현준, 「동포와 이주자 사이의 공간, 혹은 민족과 국가에 대한 상이한 성원권」, 신현준 엮음, 『귀환 혹은 순환』, 그린비, 2013, 24쪽 참조.

뒤로 '산민증산계획' 등 다양한 약탈성적인 정책을 동원하여 수백만 조선인의 토지를 약탈하였다. 토지를 빼앗긴 조선인들은 살길 찾아 남부여대하여 중국의 동북지역으로 밀려들었다. 1920-1930년대에 조선인에게는 이중국적 문제가 제기되었는데 중국정부는 중국에 귀화한 조선인을 중국공민으로 간주하였고 귀화를 희망하지 않는 조선인에게는 귀화를 장려하였다. 이에 반해 일본정부는 비록 중국으로 귀화한 조선인이라도 일본의 '신민'으로 간주되면 국적이탈을 허용하지 않았다. 만주조선인의 통치 관리를 둘러싼 중일 간의 서로 다른 상황이 격화되었다. 조선인은 그 틈새에 끼여 모순을 짊어지게 되었다.

1931년 '9.18사변', 즉 '만주사변' 이후 일제는 1932년 동북지역에 '만주국'을 설립하고 중국침략전쟁이 확대됨에 따라 이 지역을 전진 기지로 삼고자 대량의 조선인 농민들을 중국의 동북지역에 이주시켜 '집단부락'을 설치하였다. 집단이주로 인해 1930년에 조선인 인구는 60만 명에 이르렀고 1940년에는 145만 명으로 두 배 이상 증가했다, 1945년에는 중국 경내 조선인 이주민 수효가 216만 3,515명에 이르렀다.[25] 괴뢰국 '만주국'이 내세운 슬로건인 '오족협화(五族協和)'와 '낙토만주(樂土滿洲)', 그리고 일찍이 일본제국의 '국민'으로 편입되었다가 '만주국'의 국민으로 편입된 조선인은 오족(일본인, 조선인, 한족, 몽고족, 만족) 중 '2등국민'이라 하였는데 실제로 그 신분은 허상에 불과하였다.[26] 일제식민통치시기 일제는 조선인이라 부르지 않고 선인(鮮人)이라 불렀다. 일제는 조선과 조선인의 역사를 지워버리기 위해 조선인의 '태양'을 의미하는 '조'자를 빼버리고 일부러 선인이라고 일컬었다. 조선어와 조선글을 빼앗고 민족의 호칭마저 거세해버린 것이다. 그러나 조선인들

25    윤인진, 『코리안 디아스포라』, 고려대출판부, 2004, 50쪽.
26    전월매, 「'민족협화'의 허상과 백석의 만주행」, 『재중조선인 시에 나타난 만주인식』, 역락, 2014, 213쪽.

은 적어도 표면상으로는 '망국노'의 신분에서 벗어나 '만주국 국민'의 신분을 획득할 수가 있었다. 이에 일부 조선인들은 '만주국'을 하나의 '공동체'로, 자신들로 하여금 동북지역에서 '새로운 기원'으로 될 수 있게끔 하는 '공동체'로 상상하게 되었다.[27]

한편 조선이 1905년 을사보호조약으로 일제의 식민지 전략이 확실시되면서 대부분 조선인 애국지사들은 중국으로 망명하여 조선이민사회를 기반으로 교육문화운동과 항일투쟁을 전개하였다. 이들은 민족주의자, 무정부주의자, 공산주의자 등으로 정치입장은 달랐지만 일제를 몰아내고 조국을 광복해야한다는 신념은 같았다. 그중에서도 공산주의자들은 중국공산당의 영도하에 '팔로군', '신사군', '동북항일연군' 등 항일군대에 가입하여 항일투쟁과 중국혁명을 전개하였다. 이방인이자 이민족인 조선인혁명가들의 공로는 조선인이 후일 토지개혁이나 국적부여에서 자신의 권리와 이익을 보장받는 것으로 이어졌다.

1945년 일제가 패망하고 조선반도가 광복되면서 동북지역에 거주하던 216만 3,515명의 조선인 가운데서 절반 넘게 귀환하였다. 1953년 실시된 제1차 전국 인구 보편 조사에 따르면 당시 중국의 '조선인' 인구는 112만 405명이었다. 국공내전에서 중화인민공화국 건국초기(1945-1949) 중국 동북지역에서 실시한 토지개혁(1946-1948)에서 조선인은 중국인들과 동등한 대우

---

27  중국 조선인 문단에서 활약했던 안수길 등 작가들과 조선인 중학교의 문학도들은 '북향(北乡)'이란 문학단체를 성립하였는데 '북향'은 바로 '한반도 북쪽의 고향'을 의미하였다. 소설가 안수길은 '북향' 의식을 선전하는데 가장 적극적이었던 대표적인 인물로 자기의 소설 『북향보(北乡譜)』의 서문에서 "우리 부조(父祖)들이 피와 땀으로 이룩한 이 고장을 그 자손이 천대만대 진실로 새로운 고향으로 생각하고 이곳에 백년대계를 꾸며야 할 것"이라고 쓰고 있다. 이 소설의 주인공인 초기 조선이민의 꿈은 바로 "우리의 아들과 손자와 그리고 증손자, 고손자들을 위하여 아늑하고 아름다운 고향"을 건설하는 것이었다. 최일, 「조선인에서 조선족으로」, 지행자, 2016.10.7.

를 받는데 이는 중국 땅에 뿌리를 박는 계기가 되었다. 건국 직후 발발한 한국전쟁(1950-1953)에 약 5만 명의 조선인이 중국인민해방군과 인민지원군의 신분으로 참전하는데 휴전이 되면서 이들의 일부는 조선에 남고 일부는 중국으로 귀국하였다. 당시 수만 명의 조선인들은 난민의 형식으로 중국으로 들어왔는데 이들은 중국공민이 아닌 조선교민이 된다.[28] 조선인의 조국관은 1950년 12월 10일자에 발표된 『인민일보』에 실린 「중국동북 지역의 조선민족」이란 글에서도 조선을 중국조선인의 '조국'이라고 칭하면서 '그들은 조국을 보위할 권리가 있다'라고 주장하고 있고 한국전쟁이 끝난 후에도 '이중조국' 즉 조선은 '민족조국', 중국은 '현실조국'이 지배적이었다. 중국 정부는 당시까지 중국조선인들의 국적 문제에 관하여 명확한 대책을 내놓지 못하고 있었다.[29]

조선족이 중국에 편입되는 과정에서 결정적인 계기가 되었던 것은 1949년 1월 21일부터 반년간 중공중앙이 길림성위원회에 위탁하여 개최된 연변의 민족문제에 관한 회의 토론인데 1952년 9월에 성립한 연변조선족자치구의 주석으로 취임한 주덕해의 주장을 받아들이는 형태로 결론이 났다.[30] 1953년 제1차 전국인구보편조사 및 그와 병행된 인민대표대회 선거에서 조선인들은 선거인등록을 통하여 법적으로 중국공민의 범주에 귀속되고 중국의 소수민족인 조선족의 신분을 확립한다. 조선족의 명칭은 1953년 9월 3일

---

28 1953년 4월, 중국공산당동북국(東北局)의 중공중앙에 제출하여 동의를 받은 "1949년 10월 이전 동북에 거주했고 가업을 가진 자는 중국 소수민족으로 보아야 한다. 하지만 본인이 교민을 원하면 스스로의 뜻에 맡길 수 있다. 그 이후, 특히는 '조선전쟁' 이후 동북에 온 자들은 일률로 조선교민으로 본다."의 중국조선인의 국적문제 처리의 원칙에 따른 것이다.

29 최일, 「조선인에서 조선족으로」, 지행자 위챗계정, 2016.10.21.

30 회의에서는 조선인을 북한에 귀속시킬 것인지, 소련식 가맹공화국을 성립시킬 것인지 자치를 실시할 것인지 세 가지 다른 의견이 제시되고 논쟁이 있었지만 최종적으로 주덕해의 주장을 받아들였다. 리해연, 「중국공산당의 국가통합과 내셔널리즘-연변조선족자치주의 장소」, 『중국연구월보』 제696호, 2006, 22-25쪽.

'연변조선민족자치구' 건립 당시에도 '조선인'[31]으로 쓰다가 1955년 '연변조선족자치주'로 변경되면서 '조선족'으로 통용되었다. 그 이후 남북이 분단되고 냉전구도가 심화되어 교류의 문이 닫히면서 조선족은 중국에서 대약진운동, 문화대혁명(1966-1976) 등을 거치면서 중국은 조국, 한국은 모국이라는 조국관과 모국관이 확고해졌다.

조선인에서 조선족의 전환은 민족으로부터 국민으로의 전환이며 이 속에는 동아시아 근현대의 풍운과 국적문제가 있다.

중화인민공화국 성립이후, 중국조선족 인구의 통계조사를 보면 1953년 제1차 전국인구조사에서 112만 405명, 1964년 제2차 전국인구조사에서 133만 9569명, 1982년 제3차 전국인구조사에서 176만 5204명, 1990년 제4차 전국인구조사에서 192만 597명, 2000년 제5차 전국인구조사에서 192만 3,842명, 2010년 제6차 전국인구조사에서 183만 929명이다. 2020년 제7차 전국인구조사에서 170만 2,479명[32]이다.

2020년 제7차 전국인구조사 기준으로 조선족은 중국 56개 민족가운데서 인구 순위가 10번째[33]이다. 조선족인구는 1953년 제1차 전국인구조사 때

---

31  1954년 11월 1일 발표된 <중화인민공화국 국가통계국의 제1차 전국인구보편조사 등록결과에 관한 공보>에는 '조선인'이란 표현을 쓰고 있다. 기타 소수민족도 '몽골인', '위구르인' 등으로 표현하고 있다.

32  최근 국가통계국에서 발표한 <중국통계년감(中國統計年鑒), 2021>에 따르면 2020년 말 기준으로 조선족인구는 170만 2,479명으로서 전체 인구의 0.12%이다. 그중 남성이 83만 107명, 여성이 87만 2,372명으로서 여성이 남성보다 4만여 명 많다. <중국 조선족인구 170만 2,479명…중국통계년감 2021 발표>, 『흑룡강신문』, 2022.1.19.

33  <중국통계년감 2021>에 따르면 중국 인구는 1,409,778,724명인데 그중 남성이 721,416,394명, 여성이 688,362,330명이다. 그중에서 한족이 1위로 총 1,284,446,389명(남성 667,368,603명, 여성 627,077,786명)로서 절대 대부분을 차지한다. 1000만 명이 넘는 소수민족으로는 장족(壯族)이 총 19,568,546명(남성 10,125,270명, 여성 9,443,276명), 위글족 총 11,774,538명(남성 5,928,453명, 여성 5,846,085명), 회족이 총 11,377,914명(남성 5,753,371명, 여성 5,624,543명), 묘족이 총 11,067,929명(남성 11,067,929명, 여성 5,323,647명), 만족이 총

112만 405명에서 시작해 꾸준히 증가해 2000년 192만 3,842명으로 최고치 기록으로 정점을 찍은 뒤 20년간 내리 감소했다. 2020년 제7차 때는 2000년 제5차 때에 비해 22만 1,363명 줄었다. 특히 지난 10년간 12만 8,450명 줄었는데 그중 남성이 8만 428명 줄고 여성이 4만 8022명 줄었다. 이는 중국의 개혁개방과 중한수교이후 일자리를 찾아 대거 한국으로 떠난 것이 가장 큰 원인으로 꼽힌다. 반면 중한 수교이후 한국내 체류 조선족은 지속적으로 증가하여 2020년 1월 기준 70만 800명에 달한다.

움직이는 조선족, 디아스포라 조선족은 오늘도 현재진행형이다. 이는 인구통계조사보고서가 증명해주고 있다.

---

10,423,303명(남성 5,352,343명, 여성 5,070,960명)이다. 1000만 이하 500만 이상 소수민족으로는 이족(彝族)이 총 9,830,327명(남성 9,830,327명, 여성 4,991,137명), 토가족이 총 9,587,732명(남성 4,968,899명, 여성 4,618,833명), 장족(藏族)이 총 7,060,731명(남성 3,518,532명, 여성 3,542,199명), 몽고족이 총 6,290,204명(남성 3,141,714명, 여성 3,148,490명)이다. 조선족은 1,792,479명(남성 830,107명, 여성 872,372명)이다.

# 제2부

---

## 중한수교 이후
## 한국현대소설에 나타난
## 중국인 이미지

# 1장

# 한국현대소설에 나타난 중국 한족 이미지

## 1. 타자의 시선과 형상학의 분류

중국과 한국은 지정학적으로 이웃하여 역사 이래로 지속적인 교류를 해왔다. 고대의 고구려, 백제, 신라는 당나라와 남북조 등 나라와 문화, 무역교류를 하였고 고려는 정치적으로 송나라와 밀접한 우호관계를 맺으면서 양국은 빈번한 교역을 통해 문물을 교환하였다. 조선은 전통적인 외교정책의 하나로 명나라·청나라에 대해 사대 정책을 취하였는데 조공과 회사(回賜)의 형식을 통한 교류를 하였다. 그러나 청일전쟁을 거쳐 조선이 주권 국가임을 선언하면서 정치상의 종속관계가 해소되었다.

근대에 들어서서 조선이 식민지로 전락하자 많은 항일지사들이 중국에서 한국독립운동을 펼쳤고, 이 과정에서 대한민국 임시정부는 국민당의 물심양면의 도움을 받고 조선의용대는 중국공산당과 함께 항일투쟁을 하는 등 중국 측과 긴밀한 협력 관계를 맺었다. 1949년 10월 중화인민공화국 건국 이후 중한관계는 부동한 이데올로기로 반세기 침묵을 지켜오다가 1980년대 말이 되어서야 외교뿐만 아니라 자유로운 방문이 허락되어 상호 간의 학술, 언론,

특히 이산가족 교류가 가능해졌다. 그러다가 1992년 8월 중한수교가 이루어
지면서 한국과 중국은 새로운 관계에 접어들며 공존과 번영의 길을 걸어가
야 하는 동반자관계로 상승하였다.

고대에서 근현대, 당대로 이어지는 이러한 중한교류는 문물이나 무역교류
로부터 문화나 문학교류로 이어졌다. 이러한 교류는 양국의 문학작품에도
반영되었는바 현재 고대에서 근현대의 한국문학 작품에 형상화된 중국과
중국인에 관한 연구는 활발히 진행되고 있는 편이다. 그러나 조선(한)반도가
광복이 되고 중화인민공화국이 건립된 이후, 한국문학 작품에 나타난 중국
인에 대한 연구는 미미한 편인데, 이는 단절의 역사와도 관련이 있거니와
특성상 현재까지도 계속하여 작품이 창작되고 있고 가변성을 띠고 있는 성
격과도 관련이 있다. 중국인이 조선반도 광복에서 교류가 별로 없던 중한수
교이전까지는 한국에게 상상속의 존재였다면 중한수교 이후에는 교류가 가
능하였기에 체험을 통한 이미지의 서사라 할 수 있다.

중한수교 이후 중국 혹은 중국인이 등장하는 한국현대소설로는 강석경의
단편소설 「500마일」(2002), 박찬순의 단편소설 「지하삼림을 가다」(2009), 조
정래의 장편소설 『정글만리』(2013), 김연수의 단편소설 「뿌녕숴」(2005), 「이
등박문을 쏘지 못하다」(2005)와 『밤은 노래한다』(2008), 김인숙의 단편소설
「바다와 나비」(2002), 「감옥의 뜰」(2005), 김노의 단편소설 『중국여자, 한국남
자』(2016), 이현수의 단편소설 「난징의 아침」(2009), 은희경의 단편소설 「중국
식 롤렛」(2017) 등이 있다. 그동안 한국근현대소설에서의 중국인 연구는 많
이 진행되어왔지만 주로 조선반도 광복 이전의 연구가 주를 이룬다. 그 일례
로 최일, 원영혁, 송정, 김성욱, 유인순, 한승옥의 논문[1]이 있다. 그러나 중한

---

1    崔一, ≪韓国現代文学中的中国形象研究≫, 延边大学博士論文, 2002年 6月; 유인순, 「근대 한
     국소설에 투영된 中國·中國人」, 『中韓人文科學研究』 제8집, 中韓人文科學研究會, 2002, 169-
     194쪽; 유인순, 「한국 장편소설에 투영된 중국·중국인1: 『북간도』·『관부연락선』을 중심으

수교 이후 한국현대소설에 나타난 중국인 이미지 연구는 극히 적은 편이다. 朴玲一의 ≪韩国当代文学中的中国形象研究≫[2] 박사학위논문에서는 중국인 형상을 한 부분으로 다루었는데 이 연구는 조정래의 장편소설 『정글만리』 (2013)에 등장하는 인물을 주요로 살펴보고 있다. 유인순의 논문 「현대 한국소설에 투영된 중국·중국인」[3]의 한 부분인 중국의 개혁개방 이후 중국인 이미지는 자본주의의 독성에 중독된 사람들이라고만 분석하고 있다.

이 글은 중한수교 이후 한국현대소설에 나타난 중국인 이미지를 살펴봄에 있어서 중국의 56개 민족 중의 한족을 대상으로 한다. 왜냐하면 중국인이라면 한족이 전체 인구의 대부분을 차지하고 있고 한족과 다른 소수민족은 문화나 여러 면에서 많은 차이점을 보이고 있기 때문이다. 특히 중국 소수민족의 하나인 조선족은 한국과 한민족이라는 특수한 성격을 갖고 있기에 다음 장에 다루고자 한다. 2017년 말 기준으로 중국 인구는 13억 9,008만 명인데 2010년 인구조사결과에 의하면 한족이 12억 2,593만 2,641명으로서 전체 인구의 91.51%를 차지한다. 그리고 현재 한국에 체류하고 있는 재중한국인

로」, 『한중인문학연구』 제13집, 한중인문학회, 2004.12, 333-358쪽; 한승옥, 「1930년대 이광수 소설에 나타난 간도의 의미」, 『현대소설연구』 제23호, 한국현대소설학회, 2004.9, 47-68쪽; 위엔잉이, 「가해자에서 같은 배를 탄 동시대인으로: 한국문학에 나타난 중국인 이미지 변주」, 『대산문화』 21호, 대산문화재단, 2006.9, 37-40쪽; 金成旭, 「1920년대 한국소설에 나타난 중국인 '형상' 연구: 소설의 공간 차이에 따른 양상을 중심으로」, 『한국언어문화』 제34집, 한국언어문화학회, 2007.12, 111-137쪽; 金成旭, 「시차적 관점에서 바라본 근대소설의 중국 인식: 만주사변 직전 중국인을 형상화한 소설을 중심으로」, 『한국언어문화』 제35집, 한국언어문화학회, 2008.4, 5-32쪽; 김성욱, 「한국근대소설에 나타난 '타자 이미지' 연구: 중국인 '형상'을 중심으로」, 한양대학교 박사학위논문, 2009; 宋靜, 「일제강점기 한국소설에 나타난 중국인 이미지 연구: 간도배경소설을 중심으로」, 제주대학교석사학위논문, 2014; 苑英奕, ≪韩国现代文学中中国人形象的变迁小考≫, ≪东北亚外语研究≫, 2013年 9月.

2    朴玲一, ≪韩国当代文学中的中国形象研究≫, 中央民族大学博士论文, 2018年 5月.

3    유인순, 「현대 한국소설에 투영된 중국·중국인」, 『한중인문학연구』 제12집, 한중인문학회, 2004.6, 22-47쪽.

중 한족 인구는 2019년 2월 기준으로 335,273명[4]이다.

이 글은 타자 시각에서 본 중국인 이미지를 분석함으로써 한국사회가 중국인을 바라보는 시선과 더불어 한국 사회와 문화, 이러한 이유를 갖게 된 문화공간의 원인과 맥락을 살펴볼 것이다.

1990년대에 제기된 형상학은 '타자'에 대해 '자아'와 관련하여 긍정적인가 아니면 부정적인 대상인가에 따라 나뉜다. 즉 '유토피아'와 '이데올로기'로 양극화된 시각을 포함하고 있다. '유토피아' 형상은 '자아'에 대해서는 부정적인 시각을 갖고 있는 동시에 '타자'에 대해서는 동경의 시각을 보이는 것이다. 반면 '이데올로기' 형상은 '자아'에 대해서는 긍정적이지만 타자에 대해서는 부정적인 시각을 보이는 것이다. '유토피아' 형상이 주로 한 사회의 패러다임이 변하는 전환기에 발생하여 사회현실에 대한 불만이나 부정과 미래사회에 대한 희망이나 기대심리를 반영한 것이라면 '이데올로기' 형상은 사회나 집단, 계급기반을 형성하는 신념체계로서 '타자'의 부정적 평가를 통하여 '자아'의 국가사회나 공동체의 사회구성원을 결속시키는 작용을 한다.[5]

이는 유럽학계에서 주장하는 양극화된 '자아'와 '타자'에 대한 수직적 측면의 조명과 관련된다. 다시 말해서 '유토피아'나 '이데올로기'는 모두 '자아'를 중심으로 '타자가 어떠하다'는 것으로서 우열을 밝히는 과정에서 나온 것이다. 수평적 관계에서 '타자'를 바라볼 때 '유토피아'는 자아인 '나'와 타자인 '너'가 하나의 '우리'라는 공동체의식이 형성되며 M.부버의 견해와 같이 동등한 인격적 관계가 형성된다. 반면 '이데올로기'는 자아인 '나'와 별개의 타자는 '그'로 배타적 존재가 되며 비인격적인 관계가 된다. 그리하

---

4    2019년 2월 한국출입국관리소 외국인정책본부 통계에 의하면 한국에 거주하는 외국인은 총 2,311,519명인데 그중 중국인은 1,061,982명이다. 중국인 중 한족은 335,273명이고 조선족은 726,709명이다.

5    陳惇等 主編, 《比較文學》, 高等敎育出版社, 1997年, p.174.

여 '자아'를 중심으로 보았을 때 '타자'는 인격적 관계인 '너', '유토피아' 형상이 될 수도 있고 비인격적 관계인 '그', '이데올로기' 형상이 될 수도 있는 것이다. 이러한 견해는 한국문학작품에 나타난 타자형상을 해석하는데 유효하다.

이 글에서는 중한수교 이후 한국현대소설에 나타난 중국인 이미지를 살펴봄에 인격적 관계 속에서의 '유토피아' 형상과 비인격적 관계 속에서의 '이데올로기' 형상으로 나누어 고찰하고자 한다. 더불어 형상 부각자의 다른 일면도 비추어 보고자 한다.

한 사회가 타자를 바라보는 시선은 복잡한 과정을 거치는바 여기에는 시간, 장소, 거리, 빈도수, 신분, 선입견, 트라우마 등 여러 가지로 포함된다. 즉 문학작품에서의 타자형상은 그 사회의 문화와 현실의 재현이고 반영이다. 이로부터 작품을 창작하게 된 개인이나 단체와 국가의 의식 형태와 문화적 공간을 이해할 수 있다.

다시 말하면 한국문학작품에 투영된 중국인 이미지는 한국 사회에서 중국인을 바라보는 시각, 그들의 문화적 심리와 역사문화의 맥락, 그리고 중한관계를 읽을 수 있는 부분이다. 이 글에서는 여기에 초점을 맞추어 그러한 이유를 갖게 된 문화공간의 원인과 맥락을 살펴보고자 한다.


## 2. 유토피아로서의 중국인 이미지

형상학 이론에서 '유토피아'는 '자아'에 대해서는 부정적 시각을 갖고 보는 동시에 '타자'에 대해서는 긍정적이고 동경의 시각을 보이는 것이다. 유토피아 형상의 사회적 상상과 사회 실천 의의는 "양인억기(揚人抑己)"(타자를 찬양하고 자신을 억누르다)의 이국형상이다. 유토피아 형상은 본질적으로 자아를 부정하고 자신이 처한 사회문화현실에 대하여 도전한다. 이는 주로 한 사회의 패러다임이 변하는 전환기에 발생하며 사회현실과 미래사회에 대한 기대심리를 반영한 것이다.

유토피아 형상을 나타낸 한국현대소설 속의 인물로는 강석경의 단편소설 「500마일」에서의 중국여성들, 조정래의 장편소설 『정글만리』에서의 여대생 리옌링, 박찬순의 단편소설 「지하삼림을 가다」에서의 10대 중국소년 등이 있다.

### 2.1. 중국 여성의 사회 지위 향상과 자아실현 이미지

강석경의 단편소설 「500마일」은 1인칭 주인공 50대 한국 여성의 관찰자 시점으로 그녀가 중국 광조우(廣州)에서 체험한 일들을 엮어나감에 한국 사회와의 비교 속에서 중국 사회, 문화, 정치, 경제, 윤리, 가치관, 그리고 존재하는 사회 폐단과 미래 등에 대해 담론하고 있다. 주인공 인영은 한국에서 남편과 이혼을 하고 그들의 요구대로 세 살난 아들은 시어머니에게 남겨두고 중국 광조우 도시로 간다. 광조우에서 그녀는 한편으로는 학생 신분으로 학원에서 중국어를 배우고 다른 한편으로는 교사 신분으로 고려물산 한국회사의 중국인 직원들에게 한국어를 가르친다. 인영은 발달한 광조우 음식문화에 관심이 많았고 발전하는 중국, 훌륭한 지도자를 둔 중국에 흠모와 동경을 나타냈지만 실제로 그녀가 가장 부러웠던 것은 중국 여성의 사회적 지위였다.

인영의 눈에 비친 "중국은 문화 혁명으로 남녀평등이 이루어지고 성에 개방적인 나라"이고 "여성상위시대"(138쪽)였다. "중국여성들의 모습은 그지없이 활달하고 발랄"했으며 "기차여행 중에 보았던 중국 여승무원들도 당당하고 거침없이 직무를 수행"(154쪽)했다. 그리고 "여성들은 식당에서 아이를 안은 채 수수한 모습으로 자연스럽게 담배를 피웠다." 이 모습을 보고 "한국 사회는 하나부터 열까지 모성이 강요된 사회, 여자 스스로도 거의 강박관념처럼 모성에 매달리는 사회라 아이를 위해 모든 것을 참을 터"(142쪽)이라고 했다. "중국의 같은 직장에 다니는 부부는 부인의 지위가 더 높았는데 회사에서도 남편이 일을 못하면 마구 호통을 친다"는데 "물론 공과 사가 분명해야겠지만 한국에서라면 그런 일이 있겠"(154쪽)는가 라고 질문한다. 인영은 "가부장제를 뛰어 넘은 중국여자들이 좋았"(154쪽)고 "중국은 여자천국"이고 "여자들을 보면 중국에 희망이 있다"(154쪽)고 단언한다.

중국에서의 여성들이 사회에 진출하여 떳떳하게 일하는 장면이나 가족에서도 자연스럽고 소박하며 꾸밈없는 모습을 보며 인영은 한국 사회를 떠올린다. 한국 사회는 가부장적이고 남녀불평등하다. 남편에게 맞고도 자랑삼아 이야기하는 시어머니나 시누이 같은 여성들이 있는가 하면 가정만이 여성의 행복이라고 생각하는 전형적인 한국적 친정어머니가 있고 이혼만 안하면 모두 행복하다고 착각하는 선배나 이웃들이 있다. 인영은 이러한 한국인들의 잘못된 행복관을 꼬집는다. "속을 들치면 너나없이 환부를 가지고 있건만 한국인들은 겉만 무사하면 잘된 삶이라고 생각한다. 인생에 대한 상상력이 결핍되어서 관습을 군주처럼 섬기고, 남보다 가진 것이 많으면 성공이라 여기는 사람들, 영혼의 질과 상관없는 가짜 행복들이 환부에 당의를 입힌 채 여기저기 굴러다녔다. 인영은 행복하지 않더라도 사람들의 행복이란 것이 가볍고 비속하다는 것을 알기에 무관심할 뿐이다."[6] 인영이 생각하는 행복은 겉치레가 아닌 영혼의 진실에서 우러러 나오는 행복이다. 중국여성들은 자신이 하고 싶은 일을 하기에 당당하고 사회적 지위가 있으며 관습의 사회적 규제도 받지 않는다. 이러한 여성이야말로 진실로 행복을 거머쥐고

---

6  강석경, 「500마일」, 윤후명 외 『나비의 전설 외』, 이수, 2002, 136쪽.

있다고 생각한다. 그러면서 중국에서 이러한 여성의 지위가 이루어지는 데에는 중국남자와 중국 문화혁명의 배경이 있다고 역설한다.

> 권위적이지 않고 소탈하여 더없이 편한 중국남자들, 여자를 위해 요리하는 것을 당연한 일로 알고 약국에서 두 여자가 자위기구를 들여다보아도 아무도 쳐다보거나 히죽거리지 않았다. 땅이 크면 사람들도 대범해지는 것일까. 좁은 반도에서 유교가 허위와 가식의 문화를 만들었다면 혁명으로 스스로 해체하고 쌓아올린 중국인들은 더 이상 꾸미고 과장할 것이 없어 솔직했다.[7]

중국 여성의 사회적 지위는 중국남자들의 대륙적인 기질과 더불어 사회적 변혁과도 관련된다. 실제로 중국 여성의 사회적 지위는 여러 변혁을 거쳤다. 1911년 중국의 신해혁명이전까지만 해도 중국에는 "부모지명, 매작지언(父母之命, 媒妁之言)"이라고 여성들의 결혼은 부모의 동의와 중매쟁이의 소개를 통해 이루어졌고 시집간 딸은 "생자농장, 생녀농와(生子弄璋, 生女弄瓦)"라고 아들을 낳으면 구슬을 장난감으로 주고 딸을 낳으면 기와를 장난감으로 준다는 말이 있었다. "여자무재변시덕(女子無才便是德)"이라고 여자가 재능 없는 것이 바로 덕이었으며 여자는 어릴 때부터 발을 천으로 싸두어 자라지 못하게 전족(纏足)을 하였다.

그러다가 1911년 신해혁명을 계기로 서양의 새로운 문물과 신사상이 들어오면서 자아를 강조하고 여성해방을 논하는 '여권'이라는 새로운 개념이 생겼으며 여성운동이 일어났다. 1949년 신중국 건립 제1회 중국인민정치협회는 "여성은 정치, 경제, 문화교육, 사회생활 각 방면에서 남성과 평등한 권리를 가지며 남녀 혼인의 자유를 갖는다."고 규정했다. 대약진운동과 문화

---

7    위의 책, 138-139쪽.

대혁명을 거치면서 여성노동력의 필요성이 증가되었고 여성의 사회진출이 크게 늘어났다. 제2차 전국 부녀자 사회지위 조사의 통계에 따르면 중국 도시 농촌 근로자 중 여성 노동력은 3.3억 명으로 총 근로자의 47.7%가 여성이었고 『중국부녀보(中國婦女報)』에 따르면 16%의 여성들이 활발한 정치활동을 하는 것으로 밝혀졌다. 1978년 등소평의 개혁개방정책과 실용주의 노선을 거치면서 여성의 경제참여율은 더욱 활발해졌고 지위도 더욱 상승하였다.

소설에서 주인공 인영은 중국여성의 사회적 지위를 긍정적으로 평가하면서 한국여성의 사회지위가 상승할 수 없는 한국사회 폐단을 이야기하고 있다. 한국사회는 중국에서 전래된 공자의 유교문화와 사상이 너무나 깊이 뿌리박혀 거기에 치우친 나머지 겉치레를 따지는 허위와 가식의 문화가 심하다는 것이다. 이러한 한국인들의 문화의식은 한국사회와 한국인들의 일상생활을 지배하면서 여성의 자유를 속박하는 도구로, 걸림돌로 작용하였다. 그리하여 인영의 꿈은 "지금은 문화소비자이지만 돈을 벌면 뒤에 중국여성에 관한 다큐멘터리를 찍어보고 싶"(149쪽)은 것인데 이는 한국여성들이 한국사회에서 지위상승을 하기 바라는 기대와 바램이다.

강석경의 「500마일」이 중국여들의 군상을 통해 여성 지위를 말하고 있다면 조정래의 『정글만리』에서는 매혹적인 외적 미모에 지적 매력을 갖추었으며 사랑을 쟁취하는 활발하고 진보적인 성격의 여대생 리옌링의 유토피아 형상을 부각하고 있다.

리옌링은 중국 명문대의 여대생으로서 "싱그럽고 청순한 얼굴"(1권-130쪽)에 검은 윤기가 도는 긴 머리칼을 가졌으며 몸까지 늘씬한 중국 남방 미인이었다. 게다가 공부욕구가 강해 틈만 나면 책을 펼치는 것이 체질화되어 있었고 부잣집 딸임에도 불구하고 아버지 리완싱처럼 과시욕이 없이 소박하였다.

중국의 최고학부인 베이징대학교 역사학과 학생인 그녀는 국제국내정세에 대해 자신의 사상과 관점이 뚜렷한 신세대 중국지식여성의 전형이다.

그녀는 마오 주석의 공로와 당대 중국인들의 신앙의 필요성과 마오 주석에 대한 신격화의 연결성, 중국과 미국 사이에서 한국이 영세중립국으로서의 필요성 등 나름대로의 관점을 갖고 있었다.

리옌링은 베이징대 한국유학생 송재형과 사귀었는데 송재형은 리옌링의 영향으로 전공을 경제학으로부터 역사학으로 전과하였다. 송재형은 무궁무진한 힘과 잠재력을 가진 중국과 중국의 역사를 연구해 중국학 교수로 되는 것이 꿈이다. 그는 여자친구 리옌링을 통해 중국사회와 문화에 대해 더욱 깊은 이해를 갖게 되고 여러 궁금한 점들도 그녀를 통해 하나하나 풀어나간다. 송재형은 가끔 한국이 땅이 작은 나라이고 분단된 민족이라는 데 열등감을 갖게 되는데 리옌링은 그에게 자신감을 갖게 한다. 또한 한국이 작은 나라이고 예전 중국의 속국이라고 딸이 한국인과 연애하는 것을 별로 탐탁하지 않게 생각하는 아버지 리완싱을 설득시킨다. 소설의 결말은 결국 아버지의 동의를 받아내는 국제적 사랑의 쟁취로, 해피엔딩으로 장식된다. 이러한 국경을 뛰어넘는 국제결혼은 민간차원 뿐만 아니라 정부차원에서의 중한관계의 정치, 경제, 문화 등 여러 영역에서 중한관계의 협력적 동반자 관계[8]와 함께 더욱 밝은 미래를 제시하는 희망 메시지로 읽을 수 있다.

1992년 수교 이후 중한관계는 경제, 통상을 중심으로 한 '선린우호 협력관계'를 유지해오다가 1998년 정상회담을 통해 정치, 군사, 안보, 문화 등으로 협력의 범위를 대폭 확대하는 '전략적 협력 동반자관계'로 양국 협력수준을 한 차원 격상시켰다. 중국은 지난 1996년부터 수교국과의 양자관계를 단순

---

8    동반자 관계는 세 가지 기본특징을 갖는다. 첫 번째는 서로 대항하지 않고 양국 우호를 발전시킨다. 두 번째는 상호존중과 호혜평등의 원칙아래 서로 의견이 다른 사안은 일단 제쳐두고 의견 일치점을 보이는 문제부터 협의해나간다. 세 번째는 어느 특정한 제3국을 겨냥하지 않는다. 동반자관계는 전략적 또는 건설적 수식어가 붙으며 그에 따라 조금씩 내용을 달리한다. 중국은 프랑스(1997), 인도(1998), 영국(1998)과 건설적 동반자관계를 체결하였다.

수교관계에서, 선린우호관계, 동반자관계, 전통적 우호협력관계, 혈맹관계의 다섯 개 순으로 협력순위를 높였다. 중한관계에서 한국은 세 번째 단계에 해당하는 것으로 러시아(1996), 미국(1998)에 이은 전략적 동반자관계이다. 조선과는 혈맹관계로서 최고단계이다. 소설은 부상하는 중국과 급변하는 한반도 정세 하에서 중한동반자관계가 앞으로 더욱 협력하여 격상하기를 바라는 염원을 나타내고 있다.

## 2.2. 한국과 한류에 매료된 10대 중국 소년 이미지

박찬순의 단편소설 「지하삼림에 가다」에서는 밝고 씩씩하며 한국문화와 한류에 매료된 10대 중국소년의 유토피아 형상을 창조하고 있다.

박찬순의 「지하삼림을 가다」에서 주인공 나는 중국 연길에서 열리는 세미나에 참석하게 된다. 세미나의 목적은 다중언어정보처리로 중국인들에게 한글에 대한 흥미를 돋우어주는 것이다. 세미나가 끝나고 장백산 관광을 가게 되는데 관광버스를 타게 되면서 10대 중국소년과 짝이 된다. 교사인 부모와 함께 세미나에 참석한 이 10대 소년은 베이징 북쪽 허베이성 출신의 고교 1년생으로서 이름은 유안수아(哀率)[9]이다. 수아는 아버지의 분부대로 깍듯이 예의바르게 내 가이드 역할을 하기 시작했는데 영어를 제법 할 줄 알아 버스 안에서부터 내 친구가 되었다.

수아는 "외국엔 나간 적이 없는 데도 웬만한 우리나라 대학생, 아니 어학연수를 1, 2년 다녀온 우리나라 대학생 수준의 영어를 구사했다."(248쪽) '나'는 수아가 "빡빡머리에 풍성한 콧방울, 짙고 두꺼운 눈썹, 그리고 겉이 까칠

---

9    원문 248쪽에서는 "베이징 북쪽 허베이성 출신의 고교 1년생 유안 수아(哀率), 유안(哀)은 성이고 이름은 수아(率),"라고 중국 성 '유안'을 '哀'로 표기하고 있는데, 실제로 한자 '哀'의 독법은 '아이'로서 '유안'으로 읽는 한자 '袁'을 잘못 표기한 오자라 본다. —필자

하게 튼 입술"를 지녔는데 "누군가를 꼭 빼닮은 모습이다."라고 생각한다. 수아는 여러 면에서 좋았다. "공부에 지쳐 보이지 않으면서도 영어도 잘하고 운동도 세 가지나 하는 데다 인터넷이나 휴대폰, 게임에도 빠져 있지 않은 건강한 아이"(267쪽)였고 "풋풋하고 힘찬 기세를 지니고 있"었고 "어떤 편견이나 선입견도 없이 세계를 향해 끝없이 열려 있는 천진스러운 아이"(268쪽)였다.

"그런데 이상도 하지. 만난 지 겨우 1주일, 그것도 세미나장에서는 별로 얘기도 나누지 못하고 얼굴만 알고 있다가 오늘 백두산행 버스에서 말을 튼 아이에게 나는 말할 수 없는 친밀감을 느끼고 있었다." 그러면서 "내가 수아에게 느끼는 이 훈훈한 감정은 또 무엇 때문인지 알 수가 없었다. 전혀 이국 소년 같지가 않고 마치 이웃집 아이처럼, 어쩌면 가족처럼 가깝게 여겨졌다. 단지 영어가 통한다는 이유에서일까. 그건 단연코 아니라고 자신 있게 말할 수 있다. 영어가 아니더라도 수아와는 손짓과 발짓, 눈짓으로도 아마 잘 통했을 것 같다."(253쪽) "어쨌든 수아와는 마치 전부터 알고 있던 아이처럼 한나절 만에 절친한 사이가 되어버렸다. 그렇다고 외모가 수려하거나 말재간이 있는 아이도 아닌데. 나 혼자만의 착각일까. 나는 이렇게 중심 없이 흔들리고 또 흔들리고 있다. 억측인지는 모르지만 수아도 나를 바라보는 눈빛이 각별하다는 느낌이 든다."(255-256쪽)고 했다. 인식은 서로 상대적이어서 한국인인 나뿐만아니라 중국인 소년 수아도 한국에 대한 인상이 대단이 좋았다. 수아는 한국 유학의 꿈을 갖고 있었다.

"서울은 굉장이 발전된 도시라고 들었어요. 아름답다고 하던데 빨리 가보고 싶어요."

처음부터 이런 말을 하지 않나, 대학에 가서는 무슨 공부를 하고 싶으냐는 내 말에 이렇게 답해서 나를 놀래키질 않나.

"의대에 갈 건데 서울에서 공부하고 싶어요."

"그러려면 한국어 공부를 많이 해둬야 할 텐데."

"의대는 거의 영어를 쓴대요. 한국어 공부도 열심히 하죠. 뭐"

교사 부모의 능력으로는 엄두도 못 낼 일이겠지만 내 눈에는 벌써 서울의 대학생들 사이에 끼어있는 키다리 의대생의 모습이 보이는 듯하다.[10]

"한국은 의학도 많이 발전됐고 매력 있는 나라예요. 드라마 「대장금」도 본 걸요."[11]


수아는 한국의 매력에 푹 빠진 소년이다. 그는 한국의 드라마 <대장금>을 보았고 한국이 아름답고 매력적이고 굉장히 발전했다는 것을 알고 한국 서울대에 가서 의학을 배우고자 한다. 그뿐만이 아니다. 수아는 음악선생인 아버지가 평소에 흥얼거리는 아리랑을 듣고 자신도 아리랑을 부른다.


수아가 손으로 박자를 맞추면서 콧노래를 부르기 시작한다. 라 라라 라라 라라라라…… 아리랑 멜로디다. 허밍으로 두 소절을 부르더니 놀란 내 얼굴을 보며 말한다.

"아빠가 자주 흥얼거리세요. 음악선생님이거든요."

수아가 백두산 숲 속에서 아리랑을 흥얼거리는 모습을 바라보자 이 산이 장백산이 아니고 원래는 백두산이라는 얘기 따위는 꺼내고 싶지 않다. 나는 오른손 검지로 수아의 손바닥에 '아리랑'이라고 천천히 쓴다. 내 오른손 검지가 촉촉하게 젖어 있는 손바닥에 자음과 모음을 그려 갈 때마다 간지러워서인지 아니면 따라하느라고 그런지 소년의 입술이 조금씩 달싹거린다. 이윽고 수아가

---

10  박찬순, 「지하삼림을 가다」, 『발해풍의 정원』, 문학과 지성사, 2009, 256쪽.

11  위의 책, 257쪽.

아, 리, 랑하고 크게 소리를 낸다. 벌어진 수아의 입속에서 혀가 돌아가는 모습이 보인다. 겉은 조금 튼 것 같지만 속은 유난히 붉고 윤곽이 또렷한 입술, 그 안에 약간은 누런 기가 도는 탄탄한 앞니 두 개가 대문짝만하게 자리 잡았다. '아'는 수아라고 할 때의 아, '리'는 여배우 꿍리의 리, '랑'은 배우 랑차오웨이 때의 랑이야. 내 설명에 수아는 아, 리, 랑, 아, 리, 랑하고 소리내어 읽는다.[12]

곁에서 뭔가 흥얼거리는 소리가 들린다. 수아가 부르는 아리랑 멜로디다. <u>으으음 으으음 으으으음 으으음 으으음 카오야 허브</u> …… 허밍에 카오야 허브를 섞어 들릴 듯 말 듯 부르는 노래소리에 나는 수아가 애당초 낯선 이국의 소년이 아닌듯한 착각에 빠진다.[13]

수아는 비록 아리랑의 깊은 함의를 모르고 부르지만 그가 아리랑 노래를 할 줄 안다는 것만으로도 나와의 깊은 교감이 형성된다. 수아에게 써주는 아리랑 글자, 한글이 아닌 중국 인명을 곁들어 써보이는 한자, 여기에는 수아에 대한 친근감과 중국문화를 상징하는 연예인 꿍리(鞏俐)와 랑차오웨이(梁朝偉)에 대한 동경이 있다. 이들의 친근감은 문화에 대한 상호적 인식과 배려에서 출발한 것이다.

아리랑, 아리랑, 아라리요. 간단하면서도 기본적인 아리랑멜로디, 아리랑은 한민족의 운명과 함께 울고 웃으며 살아온 노래로서 한민족의 정체성을 표상하는 민족의 노래이다. 현재 50여 종의 갈래에 8천여 수로 세계로 널리 퍼져있는 아리랑은 한민족의 유전자 압축 파일같은 존재로서 거기에는 민족 정서인 한과 대동정신의 신명과 같은 감성, 하나가 되는 어울림 정신이 있다. 한국 아리랑을 대표하는 한류의 세계적 열풍, 세계 최대 규모를 자랑하는

---

12  위의 책, 258쪽.
13  위의 책, 266-267쪽.

조선의 아리랑 대집단체조, 그리고 세계스포츠대회에서 여러 차례 남북의 스포츠 단일팀의 국가나 응원가로 된 아리랑은 민족과 세계 통합적 이데올로기로서 남북의 화합과 세계 화합의 가능성을 제시하고 있다. 아리랑 정신은 예술을 넘어서서 손에 손잡고 마음을 터놓을 수 있는 대동과 상생의 한마당, 민족과 국가의 경계를 넘어 세계 통섭과 평화의 장, 어울림의 장임을 제시하고 있다. 이러한 아리랑 정신이 국제적으로 나와 수아를 어울리게 하였고 수아를 한국문화에 매료되게 하였다.

내 눈에 비친 수아는 한류에 매료되고 한국을 동경하는 밝고 긍정적인 소년의 이미지이다. 이는 서로의 문화에 대한 상호인식과 이해, 존중, 그리고 상호 믿음에서 기인한 것이다.


## 3. 이데올로기로서의 중국인 이미지

형상학의 이론에서 이데올로기는 자아와 관련된 타자형상에 대해 '자아'에 대해서는 긍정적 시각을 갖고 보는 동시에 '타자'에 대해서는 부정적 시각을 보이는 것이다. 즉 일반적으로 이데올로기를 자기가 속한 사회나 집단, 혹은 계급의 기반을 이루는 신념체계라 할 때 이는 '자아'에 대한 긍정임과 동시에 '타자에 대한 부정으로 나타난다.

한국현대소설에 나타난 중국인 이데올로기 인물 형상으로는 두 부류로 나눌 수 있는데 하나는 조정래의 장편소설 『정글만리』에서의 농민공과 같은 가난하고 편견 받는 최하층의 중국인 형상이고 다른 하나는 조정래의 『정글만리』에서의 왕링링, 박찬순의 「가리봉 양꼬치」에서의 뱀파 등과 같은 비도덕적이고 남에게 피해를 주거나 심지어 살인마저 저지르는 부정적인 중국인 형상이다.

## 3.1. 가난과 편견 속에서 고통 받는 하층민 이미지

조정래의 장편소설『정글만리』에서는 개혁개방 이후 중국의 산업화를 위해 말없는 공헌을 하지만 사회적으로 지위가 없고 편견 받는 가난하고 비천한 농민공 부부의 형상을 부각하고 있다.

농민공이란 중국에서는 일명 '進城務工人員(도시로 들어온 노동자)'라고 하는데 호적은 농촌에 있고 도시로 진출해서 비농업산업에 6개월 이상 종사하고 이를 주요수입으로 생활하는 노동자를 말한다.[14] 중국의 농민공은 중국이 1978년 개혁개방이래 빠른 속도로 산업화로 진입하면서 농촌의 농민들이 도시로의 이동이 이루어지면서 생겨난 것이다. 가족 단위농업생산책임제의 실행, 도시 경제의 재편성, 민영 경제의 흥기와 외자유치, 그리고 대규모의 인구 유동 속에서 농촌 대량의 "잉여노동력"은 저임금지대에서 고임금지대로 이동하였다. 이들의 이동은 자신이 가까이 살던 시억의 도시나 타 지역의 연해도시, 대도시로의 이동으로 이루어진다. 1980년대 초기에 1-2천만 명에 불과하던 농민공의 수량은 점차 급증하였다. 2017년 2월 28일 국가통계국의 발표에 따르면 전국 농민공의 총 숫자는 28,171만 명[15]이다. 이는 중국노동자 총인구의 60%를 차지한다. 농민공은 중국의 광업, 제조업, 건축업 및 날로 발전하는 서비스업 등 여러 영역에 대량의 저렴한 노동력을 제공하였다.

소설에서 쑹칭과 장완싱도 고향을 떠나 대도시로 돈벌이하러 온 농민공 부부이다. 고향에는 할아버지, 할머니가 어린 손자와 함께 생활하고 있었다.

---

14　≪进城务工人员≫, https://baike.baidu.com/item/%E8%BF%9B%E5%9F%8E%E5%8A%A1%E5%B7%A5%E4%BA%BA%E5%91%98/758713?fromtitle=%E5%86%9C%E6%B0%91%E5%B7%A5&fromid=581&fr=aladdin

15　≪2016年国民经济实现"十三五"良好开局≫, 中华人民共和国国家统计局, 2017.1.20. http://www.stats.gov.cn/tjsj/zxfb/201701/t20170120_1455942.html

그들의 꿈은 도시에서 돈을 벌어 고향에다 잡화상을 꾸리고 아들을 대학에 보내는 것이다. 그러나 도시에서 쑹칭은 파출부로, 장완싱은 고층건물 건설 현장에서 일하는 그들의 생활은 녹록치 않았다.

> 자신(쑹칭)이 두 집에서 일해 버는 것이 한 달 3,000위안(한화 60만 원)이었고 남편이 버는 것이 2,000위안 정도였다. 그 돈에서 단칸 셋방의 월세로 1,000위안, 아무리 아끼고 아껴도 식비로 1,500위안이 나갔다. 그럼 나머지 돈 2,500위안을 전부 고향으로 보냈다. 시골에서는 시아버지 시어머니가 손자를 돌보고 있었다. 세 입이 먹고, 아들 학교를 보내는 데 1,200위안 정도가 쓰였다. 소(초등)학교지만 그 뒷바라지가 쉬운 게 아니었다.[16]

농민공들의 수입은 적고 기본적인 생활비는 지출하게 되어있어 별로 남는 게 없었다. "농사만 지어온 농민공들은 누구나 배운 것도 없고 특별한 기술도 없었다. 그들이 믿을 건 몸뚱이 하나뿐이었고 몸뚱이는 그들의 전 재산이었다."[17] 이러한 전 재산인 몸뚱이가 쓸모없게 되는 일이 장완싱에게 발생한다. 그는 고층아파트 공사장에서 떨어지는데 작업모 덕에 머리에 별 이상이 없어서 빨리 깨어났지만 왼쪽 갈비뼈가 세 대, 그리고 다리뼈까지 부러졌다. 장기간 치료를 필요로 하지만 치료비가 없어 그는 그냥 저는 다리로 퇴원한다. 회사 측은 보상은커녕 오히려 깡패를 시켜 때리고 가두고 을러멘다. 결국 그는 회사에 저항하는 행위인 분신자살로 인생을 마무리한다. 소설은 "그들(농민공)은 전 세계가 놀라는 중국의 비약적이고 눈부신 경제발전의 맨 밑바닥에서 온갖 궂은일들을 다 해낸 계층이었고 그러면서도 도시 빈민층을 형

---

16  조정래, 『정글만리1』, 해냄, 2013, 352-353쪽.
17  위의 책, 345-346쪽.

성하고 있었다."[18]고 지적하고 있다.

농민공들은 도시의 경제를 발전시키고 외자를 끌어들이며 도시와 농촌의 차이를 줄이는 데 커다란 기여를 하였다. 그러나 호적제도를 중심으로 한 낡은 체제의 억제로 인하여 농민공은 여러 면에서 차별 대우와 배척을 받고 있다. 그들은 정상적인 도시 거주권이 없을 뿐만 아니라 취업, 교육, 의료 및 사회보장 등과 같은 도시 주민들이 소유할 복지를 누릴 수 없는 것이다. 이외에도 합법적 권익마저 보장받지 못하는 경우까지 존재한다. 이를테면 작업 환경이 열악하거나 노동 강도가 크거나 산재 사고율이 높거나 노임을 체불하는 등이다. 이러한 문제들은 심각하여 사회적 관심을 불러일으켰다.[19] 농민공 문제의 근원이 되는 호적제도를 개선하고 호적제도를 통한 복리, 의료, 양로, 취업 등 보장의 일체화는 중국이 장기적으로 해결해야 할 과제이다.

## 3.2. 사회적 금기를 넘어서는 범법자 이미지

조정래의 장편소설 『정글만리』에서 왕링링은 중국에 사업하러 들어온 재미화교이다. 그녀는 여러모로 매력적인 면이 있지만 교활하고 돈에 대한 끝없는 욕망으로 수단을 가리지 않고 어떤 것도 서슴거리지 않고 저지르는 부정적 이미지로 등장한다.

골드그룹의 회장인 왕링링은 "다 내가 알아서 해요"라고 할 정도로 모든 일에 거침없고, 망설임 없고, 자신만만했다. "미모에 자신 있고 지식에 자신 있는 것처럼 그녀는 사업에도 언제나 자신이 넘쳤다. 그녀의 미모에 현혹되지 않을 남자 없고 그녀의 폭넓은 지식에 감탄하지 않을 지식인이 없음을

---

18    위의 책, 340쪽.

19    郑功成, 黄黎若莲, ≪中国农民工问题与社会保护≫, 人民出版社, 2007年。

앤디 박은 흔쾌하게 인정했다."[20] 그동안 그녀의 중국 사업은 막힘없고 꼬임 없이 승승장구해왔다. 그러나 그녀는 사업을 함에 수단을 가리지 않았는바 중국에서 10여 명 고위적 관리의 공동 얼나이(二奶, 내연녀)로 알려지고 10억 위안 계획 부도를 내고 태평양을 건너 도주한다. 소설은 왕링링의 애인이자 시안공사장 건설사장인 앤디 박의 간접적인 시선을 통해 왕링링의 '여우같 은 교활'과 돈에 대한 끝없는 욕망을 말하고 있다.

> 자신은 평소에 왕링링의 무한포식적 욕망이 어디서 비롯되었는지를 의아해 하곤 했었다. 그런데 그 욕망은 결국 이런 사태까지 빚어냈다. 막대한 은행 융자는 접어두더라도 공사 현장의 수많은 노동자들의 임금은 어쩔 것인가. 그 리고 그 많은 사원들의 느닷없는 실직…… 이런 것을 생각하면 그 음모는 점점 잔인하게 느껴졌다. 그리고 아름답고 우아한 왕링링이 살모사의 독 같은 그런 잔인함을 품고 있다니…… 책을 그리도 많이 읽어 철학적 허무와 예술적 정감 과 종교적 자애를 간직했던 사람이 어찌 그렇게 냉혹할 수 있었을까. 답은 하나 돈이었다. 돈의 악마성은 인성을 그렇게 마비시켜 버릴 수 있었다.[21]

돈은 사물의 가치를 나타내고 상품의 교환을 매개로 하며 재산 축적의 대상으로도 사용하는 물건으로서 속담에 '돈만 있으면 귀신도 부릴 수 있 다.', '돈만 있으면 개도 멍첨지라.' 할 정도로 위력을 가지고 있다. 그러나 돈에 대한 욕망이 끝없어 도덕에 어긋나는 일을 저지르게 되면 인간성을 상실하게 되고 비난의 대상, 범법의 대상이 된다. 소설은 외모는 아름답고 일도 잘해나가지만 도덕적으로 타락하고 물질과 금전의 노예가 되는 왕링링

---

20    조정래, 『정글만리2』, 해냄, 2013, 64쪽.
21    조정래, 『정글만리3』, 해냄, 2013, 229쪽.

의 형상을 부각하였다. 비뚤어진 가치관으로 인해 인간성을 상실하고 타인과 국가에 막대한 피해를 끼치는 범죄자 왕링링의 형상은 현 사회 지나친 물질만능주의, 금전숭배주의로 타인을 곤경에 빠뜨리는 인간의 추악한 일면을 꼬집고 있다.

박찬순의 단편소설 「가리봉 양꼬치」에서는 중국인 깡패인 뱀파와 호박파가 등장한다. 그들이 활개치며 다니는 가리봉 거리는 더럽고 허름하고 지저분하며 한국인, 중국인, 조선족이 혼재하는 디아스포라 공간이다.

> 마주 오는 차 두 대가 겨우 길을 비켜갈 정도로 좁은 구로공단 가리봉 오거리 시장 통엔 연길양육점(延吉羊肉店), 금란반점(今丹飯店), 연변구육관(延邊狗肉館) 등 한자로 쓰인 허름한 간판이 즐비하고 어디선가 진한 향료냄새가 훅 풍겼다. 앞에서 보면 작고 나지막한 옛날 집들이 피곤에 찌든 어깨를 서로 기댄 채 겨우 체면치레를 하고 서있고 뒤쪽으로 돌아가면 버려진 냉장고며 싱크대, 녹슨 철사 뭉치 등 온갖 쓰레기더미를 그러안고 있는 동네였다. 언제 주저앉을지 모를 만큼 폭삭 삭아버린 것처럼 보이는 거리는 간판에서 언뜻언뜻 보이는 붉은색으로 인해 겨우 기운을 찾는 듯이 보였다. 이따금씩 머리를 박박 깎거나 스포츠형으로 바싹 치고 짙은 눈썹에 몸집이 건강해 보이는 사내들 몇이 중국말을 주고받으면서 지나갔다. 여름철엔 그런 사내들 팔뚝에 뱀이나 호박 모양의 문신이 새겨진 것을 쉽게 볼 수 있었다. 그것이 뱀파와 호박파를 뜻한다는 것은 나중에 알았다. 교포들은 이들 얘기가 나올 때면 입을 빈정거렸다.
> "체불 임금 해결사는 무슨, 지들이나 날강도질 말라디."[22]

가리봉 오거리는 "마주 오는 차 두 대가 겨우 길을 비켜갈 정도로 좁은

---

22    박찬순, 「가리봉 양꼬치」, 『발해풍의 정원』, 문학과 지성사, 2009, 74쪽.

거리"이고 "언제 주저앉을지 모를 만큼 폭삭 삭아 버린 것처럼 보이는 거리"
이다. 거기에 당장 무너질 것 같은 나지막한 옛날 집에, 쓰레기더미에 뱀파니
호박파니 하는 중국 깡패들이 활개 치며 다니는 안전이 보장되지 않은 위험
한 거리다. 뱀파와 호박파들은 "머리를 박박 깎거나 스포츠형으로 바싹 치고
짙은 눈썹에 몸집이 건장"해 보이는 사내들로서 "팔뚝에 뱀이나 호박 모양
의 문신"을 새겼다. 이들은 가리봉에 있는 가게들의 체불 임금 해결한다는
명의로 날강도질을 하였다.

　뱀파와 호박파는 한국내 침투한 외국인 조직 폭력배들이다. 외국인 주먹
들이 국내에서 '조폭화'된 것은 2000년 전후이다. 처음엔 불법체류자를 상대
로 돈을 빼앗거나 환치기, 불법 도박장을 운영하다가 유흥업소 관리, 인신매
매, 마약밀매, 보이스피싱, 청부폭력에까지 손을 뻗치고 있는데 이들 중에서
가장 세력이 강한 조직은 중국계 조직인 '흑사회(黑社會)'로 알려져 있다. 한
국에 들어온 흑사회 멤버들도 초기에는 흑룡강파·뱀파·호박파 등 군소 조직
으로 나뉘어 활동하다 2005년 중국 흑사회 행동대장 출신이 밀입국한 뒤
'연변 흑사회'를 만들어 통합하면서 부상하기 시작했다. 연변 흑사회가 등장
하기 전 차이나타운은 '흑룡강파'가 사실상 맹주로 자리 잡고 있었다. 그러
나 흑사회가 점점 조직을 확대하자 2006년 12월 흑룡강파는 도전하는 흑사
회의 두목을 공격하는 사건이 발생했고 8일 만에 복수에 나선 흑사회에 의해
흑룡강파는 무참히 보복을 당했고, 이후 흑사회가 주도권을 잡으면서 차이
나타운을 장악하기 시작했다.[23]

　「가리봉 양꼬치」는 이러한 환경 속에서 소설 속 주인공 불법체류자 김파
가 양꼬치의 레시피를 뱀파와 호박파들에게 알려주지 않았다는 이유로 그들

23　기사,『중국 폭력조직 흑사회 한국 장악하나』, 2012.9.1. 출처 https://www.ilbe.com/164612
　　302

의 칼에 찔려 죽는다. 가리봉에 등장하는 이주자들의 이야기는 어둡고 침침하고 절망적이다. 그렇다면 과연 한국 내 중국인 범죄는 어떠할까? 2016년 경찰청의 범죄통계에 의하면 국적별 범죄 건수는 중국(2만2천567명), 태국(3천211명), 베트남(2천355명), 필리핀(673명), 스리랑카(559명), 인도네시아(385명) 등의 순위로서 체류 외국인 인구 순위와 동일한 수치다. 그러나 인구 대비 발생 건수로 분석한다면 국적별 인구 10만 명당 외국인 범죄 인원이 가장 많은 국가는 러시아 4천837명, 몽골이 4천678명으로서 내국인 10만 명당 범죄 인원 3천495명보다 높은 수치이다. 그리고 중국은 2천220명으로서 이는 러시아, 몽골의 절반 수준이며 경찰청이 범죄 통계에서 분류한 16개국 중에 중간정도의 위치이다. 강력범죄(살인, 강도, 강간, 방화 등)도 지난해 10만 명당 강력범죄 발생이 많은 나라는 파키스탄(1천60명), 몽골(801명), 스리랑카(590명), 러시아(520명) 등의 순이며 중국(163명)은 9번째 순위였다.[24] 중국인의 경우, 체류 인구가 가장 많은 탓으로 국적별 범죄건수도 가장 많았지만 인구대비 발생 건수나 강력범죄는 중간정도였다. 외국인의 범죄는 마약, 납치, 청부살인 등 저지르는 범죄의 종류도 점점 다양해지고 있는데다 범행 후 해외로 잠적하거나 위조여권으로 신분을 위장하는 등 경찰들의 추적도 쉽지 않아 심각한 사회문제로 대두되고 있어 우려를 자아내고 있다.

## 4. 나가며: 화합과 협력의 가능성을 위하여

이상 중한수교 이후 한국현대소설에 나타난 중국인 이미지를 타자의 시각

---

**24**    기사, 『한국내 중국인 범죄율 실제로 높은 걸까』, 『연합뉴스』, 2017.9.14. 출처 https://www.yna.co.kr/view/AKR20170913168200797

으로 비교문학 형상학 이론을 활용하여 살펴보았다. 현대소설에 나타난 중국인 이미지는 유토피아 형상과 이데올로기 형상으로 두 부류로 나누어 살펴보았다.

유토피아 형상은 '자아'에 대해서는 부정적 시각을 갖고 보는 동시에 '타자'에 대해서는 긍정적이고 동경의 시각을 보이는 형상이다. 여기에는 중국 여성의 사회 지위와 자아실현 형상과 한국과 한류에 매료된 10대 중국 소년 형상으로 나누어 살펴보았다. 강석경의 단편소설 「500마일」에서 한국인 주인공 인영은 중국 광조우에서 여성 군상들을 통해 중국여성들의 사회적 지위를 높이 평가하는데 이는 중국 혁명을 거쳐 쌓아온 것이라 한다. 반면 한국 사회는 깊이 뿌리박힌 유교사상으로 인하여 가식과 허례를 중시하는 사회풍조를 산생시켰다고 폐단을 지적하고 있다. 조정래의 장편소설 『정글만리』에서의 베이징대 여대생 리옌링은 중국 신세대 지식여성의 전형이다. 그녀는 외적 미모에 지적매력까지 갖추었으며 역사학과 학생으로서 현 정세에 대해 자신의 분명한 관점을 지니고 있으며 한국유학생 남자친구와의 사랑 쟁취를 위해 반대하는 아버지를 설득한다. 국경을 넘어선 국제적 사랑의 해피엔딩은 중한양국 협력의 밝은 미래를 제시한다. 박찬순의 단편소설 「지하삼림을 가다」에서의 10대 중국소년은 한국문화와 한류에 매료된 긍정적 형상이다. 바르고 씩씩하게 자란 소년은 영어를 유창하게 잘해 나와 금방 친해졌으며 소년의 꿈은 서울대에 가서 의학을 전공하는 것이다. 그리고 그는 한민족의 징표라 할 수 있는 아리랑 노래도 제법 잘하는데 문화 공감이 형성된 우리는 서로에게서 친근감을 느끼게 된다. 단편소설 「300마일」에서는 주인공 인영이 중국여성의 사회지위에 대해 동경의식을 드러내고 자신이 살던 한국 사회에 대한 폐단을 이야기하고 있다면 『정글만리』와 「지하삼림을 가다」에서의 주인공 리옌링과 10대 소년의 형상은 '자아'와 '타자'가 동등한 인격체가 됨으로써 '우리'라는 공동체 의식이 형성된다.

이데올로기 형상은 자아와 관련된 타자형상에 대해 '자아'에게는 긍정적 시각을 갖고 있는 동시에 '타자'에게는 부정적 시각을 보이는 형상이다. 여기에서는 가난하고 편견 받는 최하층 인물 형상과 사기치고 살인하는 범법자 형상으로 나누어 살펴보았다. 조정래의 『정글만리』에서는 중국 산업화를 위해 공헌했지만 비천하고 사회의 편견을 받고 있는 농민공들이 등장한다. 이들의 불합리한 대우는 중국의 호적제도와 관련이 있다. 이는 중국정부가 장기적으로 해결해야 할 과제이다. 조정래의 『정글만리』에서 왕링링은 외적 미모에 사업까지 잘하는 재미화교이지만 비뚤어진 가치관으로 인해 사기치고 도덕성이 타락되고 인간성을 상실한 부정적인 범법자 형상이다. 이는 현 사회 물질만능주의, 금전숭배주의로 인한 인간의 그릇된 일면을 꼬집고 있다. 박찬순의 「가리봉 양꼬치」는 한국 가리봉에서 활개 치며 다니는 뱀파와 호박파라는 중국인 조직 폭력자들이 등장한다. 이들은 자신의 이익을 위해서는 살인까지 저지르는 범법자 형상이다. 외국인으로서의 그들의 존재는 경찰수사에 어려움을 줌과 동시에 심각한 사회문제로 떠오르고 있다. 작품에 등장하는 농민공, 왕링링, 뱀파와 호박파와 같은 중국인들은 부정적 이미지로서 그들을 바라보는 시선은 '타자'의 시선으로 비인격화되어 있다.

긍정적인 유토피아 형상은 동반자관계인 중한관계를 잘 나타내고 있지만 반면 이데올로기 형상인 한국내의 중국인 이미지는 긴장한 중한관계를 제시하고 있고 중국내의 이데올로기 형상은 국제적 부상을 이루고 있는 중국사회에 존재하는 빈부격차, 금전만능주의, 인간도덕성의 상실 등 사회적 폐단을 지적하고 있다.

중한수교 이후 한국현대소설에 나타난 중국인 이미지는 중한양국이 서로의 타자성의 관점을 이해하고 민족, 이념을 뛰어넘는 만남과 소통의 가능성을 제시한다. 이는 급변하는 세계정세 속에서 경쟁과 대립보다 화합과 협력으로 나아가는 희망이기도 하다. 중한수교 이후의 현대소설에 나타난 중국인 한족과 조선족 외에 기타 소수민족의 형상에 대한 연구, 공간의 연구, 그리고 중한수교 이전과 이후의 중국인 형상의 비교연구는 차후의 과제로 남겨둔다.

# 2장

# 한국현대소설에 나타난
# 중국 조선족 이미지

## 1. 호명과 자본 이동에 따른 이주

　중국 땅에 살고 있는 조선족을 중국에서는 공식적으로 55개 소수민족의 일원으로 '조선족' 용어로 쓰고 있지만 한국에서는 각자의 다른 시각에 따라서 교포, 조선족, 중국동포, 재외동포, 해외동포 등 용어[1]를 쓰다가 근래 한국인이 '조선족'이란 용어에 대해 부정적인 이미지를 갖고 있다는 조사 결과가 나옴에 따라서 언론매체에서는 '중국동포'라는 말을 쓰고 있다. 본 논문에서는 중국에서의 민족적 표기 및 문학작품에서 많이 사용되는 원문을 존중하는 입장에서, 호칭의 통일성을 고려하여 '조선족' 용어를 쓰기로 한다.

　'조선족'이란 개념은 중국에서 1949년 해방직후까지도 공식적으로 존재

---

[1]　이 용어들의 사전적 의미를 찾아보면 교포(僑胞)는 다른 나라에 아예 정착하여 그 나라 국민으로 살고 있는 동포를 가리킨다. 동포(同胞)는 한 부모에게서 태어난 형제자매 또는 같은 나라 또는 같은 민족의 사람을 다정하게 이르는 말이다. 해외동포는 바다건너 이주한 동포를 가리킨다. 재외동포는 외국에 있는 동포를 가리킨다. 조선족(朝鮮族)은 중국에 사는 한민족 겨레이다.

하지 않았다. 1948년경부터 조선민족이라는 개념이 쓰이다가 1952년 9월 3일 연변 조선민족 자치구가 성립되고 이 자치구가 1955년 8월 30일에 연변 조선족자치주로 개칭되면서 조선족이라는 개념이 정식적으로 사용되었다.

현재 중국 조선족의 선조들은 대체로 1860년대 이후에 이민한 조선인이다. 이민 초기 조선인들은 만주 벌판을 개간하였고 민족학교를 세워 민족교육을 하였으며 민족 고유의 문화와 언어를 지켜가면서 나름대로의 새로운 민족 문화를 창출하였다. 또한 중국에서 공산당과 손잡고 항일투쟁에도 참가하여 중국의 통일내지는 동북아 평화에 기여하였다. 그리하여 조선족은 해방 후 중국의 국민으로 당당하게 자리 잡아 중국 땅에 정착할 수 있었다.

한국인들이 중국조선족의 존재를 알게 된 것은 중국정부가 개혁개방 정책을 추진하기 시작한 1970년대 말이다. 당시 친척방문을 위해 홍콩을 통해 중국을 드나들거나 홍콩을 통해 한국에 드나드는 극소수의 사람들에 의해서였다. 한국 언론매체가 중국 조선족들에게 관심을 모은 것은 80년대 초반부터이다. 등소평의 개혁개방정책에 힘입어 중국이 서서히 대외로 개방을 하면서 중국내 조선족들 가운데서 '모국방문열'이 일기 시작했다. 80년대 중반부터 '친척방문'이란 이름으로 한국과 중국 조선족들의 거래가 이루어지면서 한국과 조선족들의 관계는 급속한 발전을 가져왔다. 1988년 서울 올림픽, 1992년 중한수교 이후 한국과 중국의 교류는 새롭게 시작되어 조선족과의 교류도 증가되었다. 한국 경제의 고속성장과 급격한 글로벌화는 한국에 외국인 노동력의 유입을 불러왔는데 외국인 노동력에 대한 제도화는 2004년 고용허가제로 이루어졌다.

2015년 한국에 거주하는 조선족은 50만 명(그중 방문취업자 약 35만 명 정도), 총 183만 명의 조선족 인구 중 36%에 해당하는 수치이며 한국의 140만 외국인 중 42%에 육박하는 숫자이다. 따라서 중국 조선족 관련 문제는 심심찮게 한국의 언론매체에 떠올랐고 한국의 사회문제로 떠오르기도 했다. 더불어 한국작가들은 자신의 시야에 포착된 조선족의 형상을 자신의 작품에 투영시켰다.

현재까지 중국조선족 문학작품에 나타난 한국이나 한국인의 이미지 연구는 최병우, 김호웅, 최삼룡, 차성연 등에 의해 어느 정도 연구 성과[2]가 축적되었지만 한국문학에 나타난 조선족의 이미지 연구는 아직 미비한 상황이다. 그나마 이호규의 논문 「'타자'로서의 발견, '우리'로서의 자각과 확인: 2000년대 이후 한국 소설에 나타난 조선족의 양상」[3]이 있다. 이 논문은 타자와 '우리'라는 두 개념을 '거리'의 개념을 통해 소설 양상과 작가의식, 그를 통한 전망의 문제를 다루었다. 중국 심양과 하얼빈의 공간에서 조선족이 겪는 사회적 차별에 대한 암시와 조선족 내에서의 갈등을 유발하는 사회적 문제를 제기했으며 한국 현대문학에 있어서 조선족은 주체적 면에서나 그와 결부되는 현실적 문제인식에 있어서 아직 본격적으로 소설적 대상이나 주제로 다루어지지 못하고 있음을 지적하고 있다.

이 글은 중한수교 이후 한국현대소설에 재현된 조선족 형상을 제1장[4]에서 언급한 형상학[5]의 시각으로 분석함으로써 한국인들이 조선족을 어떻게 인식하고 있는지를 밝히고자 한다. 그럼으로써 이를 창작하는 개인 혹은 단체의

---

2    최병우, 「중국조선족 소설에 나타난 한국의 이미지 연구」, 『한중인문학연구』 제30집, 한중인문학회, 2010, 29-50쪽; 김호웅, 「재중동포문학의 '한국 형상'과 그 문화학적 의미」, 제24회 한중인문학회 국제학술대회 발표논문, 2009; 최삼룡, 「조선족 소설속의 한국과 한국인」, 『한중인문학연구』 제37집, 한중인문학회, 2012, 57-84쪽; 차성연, 「중국조선족문학에 재현된 '한국'과 '디아스포라 정체성': 허련순의 작품을 중심으로」, 『한중인문학연구』 제31집, 한중인문학회, 2010, 75-98쪽.

3    이호규, 「'타자'로서의 발견, '우리'로서의 자각과 확인: 2000년대 이후 한국 소설에 나타난 조선족의 양상 연구」, 『현대문학의 연구』 제36집, 한국문학연구학회, 2008, 143-177쪽.

4    1장 「한국현대소설에 나타난 한족 이미지」에서 1. 형상학의 이론과 분류 부분을 참조해볼 것.

5    형상학이론의 종주국인 프랑스어로는 'Imagologie'인데, 영어로는 'Imagestudies'라 한다. 중국에서는 '形象學'이라 한다. 한국어로 '이미지 연구' 혹은 '형상학'이다.

의식형태와 그런 문화적 공간을 이해하고자 한다.

이 글에서는 한국인의 조선족 인식을 살펴봄에 '너'의 인격적 관계 속에서의 '유토피아' 형상과 '그'의 비인격적 관계 속에서의 '이데올로기' 형상, 그리고 '너'이자 '그'인 관계 속에서 경계인으로서의 조선족 세 부류로 나누어 고찰한다. 더불어 형상 부각자의 다른 일면을 비추어보고자 한다. 타자형상은 타자의 현실 표상에 대한 간단한 복제가 아니라 하나의 복잡한 과정을 거치는데 여기에는 타자를 바라보는 시간, 장소, 거리, 빈도수, 신분, 선입견 등 여러 가지가 포함된다. 즉 문학작품 속에서의 타자형상 연구는 문화현실에 대한 재현이다. 이러한 재현은 그것을 창작하는 개인 혹은 단체의 의식형태와 그러한 문화적 공간을 이해할 수 있다. 다시 말하면 한국문학작품 속에 투영된 조선족 이미지는 한국 사회에서 동포를 바라보는 시각, 그들의 문화적 심리와 그들의 역사문화 맥락, 나아가서 한국인과 조선족의 관계를 읽을 수 있는 부분이다. 본고에서는 여기에 초점을 맞추고자 한다.


## 2. '너', '유토피아' 형상으로서의 재중조선족

조선족은 1945년 일제의 무조건 투항에 따라 만주 땅에 남은 조선인들의 후예다. 당시 조선인은 숫자가 220만 명인데 절반이 귀환하고 남은 숫자는 100만 명좌우이다. 남은 이들은 중국조선족으로 살면서 조선과는 자유왕래가 있었지만 한국과는 수교 전까지 서로 상대방을 잘 알지 못했다. 1992년 중한수교의 물꼬가 터지면서 서로서로 알아가기 시작했다. 한국에게 조선족은 같은 핏줄로서의 혈육이고 동포이고 귀환자이기도 했지만 또한 중국 소수민족이기도 했다. 조선족과의 관계를 인격적 관계로 설정된 작품으로는 조정래의 장편소설 『정글만리』, 황석영의 장편소설 『바리데기』 등을 들 수 있다.

조정래의 『정글만리』에서는 조선족이 여러 명 등장한다. 중국 시장을 무대로 한 한국 비즈니스맨들의 이야기가 펼쳐진다. 소설은 중국에서 비즈니스를 함에 스쳐버릴 수 없는 부분인 꽌시(關係, 관계)문화를 떠올리는데, 한국의 비즈니스가 중국시장에서의 빠른 적응과 발전에 한 몫을 한 조선족의 역할을 말하고 있다. 소설에서는 꽌시로 작용한 조선족인 최상호 검찰과장을 일례로 들고 있다. "최상호 검찰과장은 인민해방군에 20년 넘게 근무하고 검찰조직으로 옮겨 앉았는데 그 영향력이 대단했다." 그의 꽌시로 시안의 한국 포스코 지사는 일본 회사와의 철강 납품 경쟁에서 빠른 시간 안에 잡음 없이 깨끗하게 이길 수 있었다. 닷새 만에 철강 12만 톤 납품 계약을 완료한 것이다. 한국의 비즈니스맨 김현곤이 최상호를 바라보는 시각은 상호 인격적 관계라 할 수 있다.

　　술을 다섯 번째 마신 날이었다. 최상호 검찰과장이 말을 꺼냈다.
　　"당신은 남자로서 아주 됐어. 예의 잘 지키고, 말이 무겁고, 학식이 풍부하고, 그러면서도 잘난 척하지 않고 겸손하고, 일에 열성이고, 중국을 진심으로 이해하고…… 아주 좋아, 아주 맘에 들었어. 어때, 나랑 의형제 하지 않겠는가!"
　　그리고 그는 의형제 형의 책무인 것처럼, 또는 '우리끼리 돕자'는 자신의 말을 실천이라도 하는 듯 이번의 골드 그룹 건(철강 납품 건)을 발 벗고 나섰던 것이다.[6]

중국에서의 의형제는 아무나 맺는 게 아니다. 이는 중국문화의 믿음의 발로로 상대방에 대한 신임, 존중이 곁들어 있다. 여기에서 중국 조선족 최상

6　조정래, 『정글만리2』, 해냄, 2013, 233-244쪽.

호와 한국인 비즈니스맨 김현곤의 관계는 서로 대등하고 평등한 인격적 관계로 설정되어 있다. 조선족 지성인이자 엘리트인 최상호는 조선족의 현재와 미래에 대해 근심하기도 한다.

> "우리 조선족의 앞날이 참 걱정스럽소. 그 수가 자꾸 늘어나더라도 장래 보장이 문제인데, 수가 자꾸 줄고 있단 말이오, 55개 소수민족 중에서 열세 번째로 200만이 미처 못 되는데 개혁개방 이후 돈벌이하려고 남조선으로, 중국 천지 사방으로 흩어지고 있소. 나부터도 조선족자치주로부터 만 리 넘게 떨어져 있으니, 그러다가는 자치주 자체의 존재가 위협당할 수 있소. 그리고 더 큰 문제는 타향으로 떠난 여자들이 무작정 한족 남자들과 결혼하려는 풍조요. 자기 자식만은 조선족으로 알게 모르게 차별당하게 살게 하지 않겠다는 욕심때문이오. 그것이 몇 십 년 계속되면 조선족 앞날은 어떻게 되겠소. 조선족은 언제까지나 보존되어야 하고, 그러려면 우리끼리 돕는 수밖에 없소."[7]

중국 조선족의 인구 마이너스성장, 조선족 여성들의 혼인관, 조선족 교육 등을 들어 조선족의 앞날에 대해 이야기하고 있다. 100여 년 역사를 갖고 있는 조선족은 언제나 보존되어야 하고 그 멸을 막기 위해서는 조선족끼리 힘을 합쳐서 해결해야 한다는 것이다. 『정글만리』에서는 다른 한 조선족처녀가 등장하는데 그는 독립군의 후손으로서, 조선족으로서 자부심을 갖고 있다.

> "저는 조선족일 뿐만 아니라 저의 할아버지는 동북항일연군이었습니다. 그리고 포스코는 우리 민족의 희생과 피의 대가인 대일청구권자금으로 설립된 유일

---

7    위의 책, 242-243쪽.

한 민족기업이기 때문에 오래전부터 포스코에서 일하는 것이 꿈이었습니다."

'아아, 동북항일연군!'

김현곤은 허리를 곧추세웠다. 중국공산당과 우리나라(한국) 독립군이 만주 일대에서 연합전선을 형성해 일본군과 싸운 역사, 그것이 동북항일연군의 존재 였다. 그리고 중국공산당은 우리 독립군들의 그 업적을 인정해 중화인민공화국 을 세운 다음 55개 소수민족 중에서 맨 처음 조선족자치주를 세웠던 것이 아닌가. 김현곤은 자신의 앞에 있는 독립군의 손녀딸을 쳐다보았다. 새삼스럽 게 그녀의 눈빛이 더 형형하게 느껴졌다. 또렷또렷하고 반듯반듯한 그녀의 말 은 그녀의 총명과 지적수준을 말해 주고 있었다……

그녀는 다른 조선족들처럼 한국을 '모국'이라고 분명하게 구분했다. 그리고 그들은 중국을 자기들의 '조국'이라고 했다.[8]

"저의 아버지가 병을 오래 앓다 2년 전에 돌아가시고 저는 고학을 해서 대학 을 마쳤습니다. 그런데 제 아래는 남동생이 있어서 제가 학비를 대줘야 합니다. 아시겠지만 소수민족에게는 자식을 둘씩 낳게 허가했고 어머니는 잡일 하는 것 외에는 생활력이 없습니다."김현곤은 그녀의 뒷모습을 물끄러미 바라보고 있었다. 그녀의 구지레한 입성이 그 어떤 성장 차림보다도 값지게 보였다.[9]

조선족은 일제시기 항일독립군, 만주개척자의 신분으로 온 조선인들의 후예이다. 새 중국 건립 이후 중국국적으로, 60여 년의 세월 중국에서 생활해 온 조선족의 조국관, 민족관은 이미 형성되었다. 즉 조선족에게 한국은 모국 이고, 중국은 조국이며, 민족은 한민족이기도 하고 중국 소수민족 중의 하나 이기도 한 것이다. 중국의 조선족은 어디까지나 중국에서 생활하여 왔기에

---

8    위의 책, 246-247쪽.
9    위의 책, 249쪽.

'한국의 물'보다는 '중국의 물'을 더 많이 먹었고 '한국인의 기질'보다는 '중국인의 기질' 즉 '대륙적인 기질'이 더 다분하다고 보아야 할 것이다. 소설에서의 주인공들은 여기에 해당된다.

김현곤이 조선족처녀를 바라보는 시선은 긍정적이고 우호적이다. 총명하고 지혜로우며 생활력이 강한 그녀를 바라보는 그는 며칠간 차를 타고 면접 온 "그녀의 구지레한 입성이 번듯한 성장 차림보다 값져 보인다"고 한다.

황석영 소설 『바리데기』는 이름이 바리데기인 '나'의 조선에서 중국으로, 중국에서 영국으로 가는 험난한 탈북자의 '이동' 과정에서의 이야기를 담아내고 있다. 소설에는 조선족 미꾸리 아저씨, 루아저씨 등이 등장한다. 미꾸리 아저씨는 본명이 박소룡인데, 몸집이 작고 가늘다하여 미꾸리라 부른 것이다. 그는 연길의 중국회사 부장되는 남자이다. 그는 조선의 '고난의 행군'시기, 중국에서 월병, 옥수수가루, 기름 밀가루, 여러 모양의 과자와 사탕 등 먹을 것들을 우리 집에 가져다주며 우리 가족의 배고픔을 해결해준다. "할머니 말마따나 그는 하늘에서 내려온 신령님이었다." 그 뿐만 아니라 바리데기가 중국에 갔을 때도 도움의 손길을 선뜻 내민다.

요컨대, 『정글만리』에서의 조선족 최상훈 검찰과장은 중국에서 영향력도 있고 재중한국인과 한국기업을 적극 도와주며 조선민족을 관심하는 조선족 지성인이자 엘리트 형상으로, 독립군후예인 조선족 처녀는 총명하고 지혜로우며 생활력이 강한 조선족 여성으로, 『바리데기』에서의 미꾸리아저씨 등은 북한인을 적극적으로 도와주는 상업인으로 부각되었다. 이는 이상적인 '유토피아' 형상이라 할 수 있다. 소설에서 한국인과 조선족의 관계는 인격적 관계로서 긍정적이고 우호적이며 대등한 관계로 설정되어 있다. 이들의 공통점은 모두 중국이라는 공간을 배경으로 하고 있다는 것이다. 중국에서 오랜 세월 거주한 조선족은 중국국적의 중국인으로서, 중국소수민족의 하나인 조선족으로서 사회적 지위가 있다. 중국에서 그 사회적 역할을 담당하고 중국어와 한국어 이중언어를 마음껏 구사하며 한 핏줄인 한국인을 도울 때 이러한 관계가 성립되는 것이다. 여기에서 이들의 존재는 중국에서의 한국 비즈니스 추진에도, 북한의 춥고 어려운 시기에도 도와줄 수 있는 존재인 것이다. 여기에서 '타자'와 '나'는 동등한 인격체로서 '우리'라는 공동체 의식이 형성된다.

## 3. '그', '이데올로기' 형상으로서의 재한조선족

2015년 현재 한국에 거주하는 재한조선족은 50만 명인데 그중 방문취업자는 약 35만 명 정도, 결혼이민자는 약 13만 명 정도이다. 대부분의 재한조선족은 한국의 최하층 밑바닥 삶을 살아가는 3D업종 노동자가 아니면 결혼이주민자들이라 할 수 있다. 조선족 관련문제가 언론매체에 떠오르면서 한국 문학작품에서도 이들이 주인공으로 형상화되었다.

작품들로는 천운영의 장편소설 『잘 가라, 서커스』, 김인숙의 단편소설 「바다와 나비」, 박찬순의 단편소설 「가리봉 양꼬치」, 공선옥의 단편소설 「일가」와 연작소설 「가리봉 연가」 등을 들 수 있다.

작품에 등장하는 재한조선족들은 대개가 불법체류자들이거나 결혼생활에서 도망 나온 도피자들이다. 그들은 가난하고 무식하고 도덕성이 무너지고 불순한 부정적 이미지의 조선족으로 등장한다.

조선족하면 우선 가난을 떠올릴 수 있다. 오늘날 가난은 무능력하고 낡은 것, 더러운 것, 혐오스러운 것, 그리하여 일종의 페스트 같고 에이즈 같은 것이다. 작품에서 조선족들은 가난을 탈출하기 위해 오로지 한국에 갈 목적으로 모든 수단을 가리지 않는다. 특히 국제결혼을 수단으로 한 조선족여성들이 전형적이다. 여기에는 김인숙의 「바다와 나비」 중의 채금과 그의 어머

니, 천운영의『잘 가라, 서커스』중의 림해화, 그리고 이름 모를 미모의 어린
여성 등을 들 수 있다.

> 내 어머니 말에 의하면, 채금의 어머니가 아직 젊디젊은 딸에게 마흔이 넘은
> 남자를 붙여준 것은, 딸에게 한국 국적만 생기면 당장 그 결혼을 걷어치우게
> 할 작정이기 때문이라는 것이었다. 그래서 기왕이면 만만하고 유순한 놈을 고
> 른 것 같다고, 어머니는 당신도 잘 알고 있는 그 납품업자를 한순간에 '계집한
> 테 오쟁이를 질 놈'으로 만들어 버렸다. 그 남자가 중국에 있는 채금을 만난
> 것도 단지 두 차례, 처음 만나서는 얼굴을 익혔고 두 번째 만나서는 서류절차를
> 밟았다고 했다. 나는 나중에야 그 서류절차라는 것이 일종의 혼인신고라는 것
> 을 알게 되었다.
> 내 어머니의 말만 듣고는 구체적인 사연까지 알 수는 없었으나, 어쨌든 마흔
> 이 넘도록 아직 아내를 구하지 못한 한국 남자는 어떻게든 여자가 필요했을
> 것이고, 채금에게는 무엇보다도 한국행 비자가 필요했을 것이다. 처음 듣는
> 이야기는 아니었다. 그렇게 한국으로 시집온 조선족 여자들이 어느 날 자기
> 몸으로 낳아놓은 아이까지 내팽개치고 주민등록증 한 장만을 달랑 챙겨 도망
> 가버린다는, 그래서 심각한 사회적 문제가 야기되고 있다는, 그런 이야기는
> 한동안 신문과 텔레비전뉴스에서도 자주 보았던 것이다. 어쨌거나 나하고는
> 상관이 없는 일이었다.[10]

  김인숙의 「바다와 나비」에서 채금은 한국남자와 단 두 번의 만남을 가지
고 혼인신고를 했고, 채금어머니는 젊디젊은 딸에게 만만하고 유순한, 마흔
이 넘는 남자를 골라 붙여주고 한국 국적만 챙기면 당장 그 결혼을 집어치워

---

10   김인숙, 「바다와 나비」, 『그 여자의 자서전』, 창비, 2005, 72-73쪽.

자신이 잘 아는 납품업자를 한순간에 "계집애한테 오쟁이를 질 놈으로 만들어버렸다." 그리고 천운영의 『잘 가라, 서커스』에서 림해화와 이름 모를 미모의 조선족 여성도 마찬가지였다. 림해화는 "결혼증과 한국으로 가는 티켓이 필요"했기에 브로커를 통해 맞선 여행을 온 한국남자 이인호와 첫 만남에 결혼식을 올린다. 결혼상대가 어릴 때 사고로 목을 다쳐 쇠톱같은 이상한 목소리로 알아들을 수 없는 말을 하고 뇌손상이 되어 어린애로 변해버린 장애자임에도 불구하고 말이다. 이름 모를 조선족여성도 한국남자에 의해 선택되어 순순히 따라나선다.

본디 사랑은 순수하고 신중해야 하건만 그들에게 국제 혼인은 한국으로 향한 탈출구이자 물물교환과 흡사했다. 한국행을 위해 자신의 혼인대사를 경솔히 결정해버리는 조선족여성들, 몰래 가짜이혼을 했다가 다시 결합하는 조선족여성들, 결혼해서 한국비자를 따내고 결혼생활은 하지 않거나 심지어 자신이 낳은 애까지도 팽개치고 주민등록증 하나만 챙겨 도망가는 조선족여성들, 당신이 잘 알고 있는 사람을 미끼로 삼아 목적을 이루는 조선족 여성들…… 여기에서 여성들의 사랑은 상품으로만, 하나의 목적 수단을 이루기 위한 방패로만 존재한다. 이러한 사랑과 혼인은 애초부터 비극인 셈이다. 그리하여 그들의 삶은 항상 고단하고 순탄치가 않다.

가난하지만 불순하고 도덕성까지 무너져 재회의 희망을 보여주지 않는 조선족여성들도 등장한다. 박찬순의 「가리봉 양꼬치」에서의 조선족처녀 분희는 조선족 애인이 열심히 연구하여 개발한 기술을 한국인에게 팔아넘기는 배신을 때린다. 이런 증발한 여자들은 신용이고 도덕은 운운할 여지조차 없으며 여전히 종적을 찾을 수 없다.

그리고 공선옥의 「가리봉 연가」에서의 조선족 결혼이민자 이명화는 남편을 버리고 배사장이라는 작자를 따라 서울로 상경하는데, 동네에 한국아줌마 미정이 엄마까지 꼬드겨 가족을 버리게 한다. 서울 가리봉동에서 이명화는 노래방을 전전하지만, 그녀를 서울로 꾀어낸 배사장은 그녀의 돈을 몽땅 가지고 자취를 감춰 찾을 길 없다. 여러 우연이 겹친 끝에 이명화는 돈을 노린 칼에 찔려 죽는 비참한 최후를 맞는다.

조선족은 한국인과 같은 민족 언어와 문자를 쓰지만 한국인들에게는 분명 '타자'로 인식되었다. 공선옥의 단편소설 「일가(一家)」에서는 열여섯 살 청소년 한희창의 순수한 시각으로 우리 집에 온 손님이자 친척인 중국조선족, 당숙을 바라보고 있다. 한희창 할아버지의 큰 형님은 일제시대에 만주로 가서 해방이 되고도 돌아오지 않았다. 이 손님이 바로 그 아들인 것이었다. 희창에게는 오촌 되는 당숙이었다.

처음으로 열여섯 살 소년의 눈에 비친 "아저씨는 결코 기분 좋은 느낌 따위는 손톱만큼도 주지 않는 사람이었다." 첫 만남에 아저씨는 희창의 과수원에서 볼일을 봤고 말투까지 낯설었다. 정말 재수 없고 북한간첩이란 생각이 들었다. 한희창은 그 사람이 무서워지며 자전거바퀴를 굴려 집으로 도망가다 시피 한다. 아저씨는 "내 행동 하나하나에 '조선 사람의 예의범절'을 따지는 신경이 보통으로 쓰이는 손님이 아니었다." 아저씨는 온 다음날, 그 다음날도 눈치도 없이 우리 집을 떠날 생각을 않고 시키지도 않은 우사로 가서 소먹이 준다, 바닥 청소한다, 과수원에 거름 낸다 하면서 분주하게 돌아쳤다.

어머니는 아버지와 싸움을 하고 집을 나간다. 아저씨는 어머니가 집을 나간 것이 모든 게 자신의 탓이라고 자책한다. 엄마가 집을 나간 지 사흘째 되는 날, 희창은 당숙의 외할아버지, 외삼촌 이야기를 듣다가 잠이 들고 그 이튿날 엄마는 돌아오고 아저씨는 떠난다. 아저씨가 떠난 후 희창은 "나의 일가, 나의 당숙 때문에 울고 있는 나를 종종 발견하게 된다." "그런데 지금 이 눈물은 왜 나오는 것일까. 이것도 나중에 저절로 알아지는 눈물일까. 그것은 아직 알 수 없었다. 다만, 한 가지 알 수 있는 것은 어떤 한 사람의 외로움이 이제사 내게로 전해져 왔다는 것뿐." 주인공이 아저씨의 외로움을 이해하고 그에 대한 동정과 연민의 정서로 전가했음을 볼 수 있다. 비록 조선족이자 한국에서는 이주노동자로 살아가는 아저씨의 삶을 다 이해는 못했을지라도.

한국에서의 조선족은 대부분이 방문취업제 비자로 있는 노동자이다. 한국인에게 그들은 가난하고 무식하고 힘없는 존재로, 그들을 바라보는 시선은 '우리'가 아닌 '타자'로서의 시선이며 작품에서 설정된 조선족 인물 또한 '이데올로기' 형상이다. 재한조선족은 한국인으로부터 소외되고 '배제'된다는 사회적 지위를 가지고 있다. 이는 제2차 세계대전 이후 '반일반공(反日反共)'이라는 이데올로기 하에 "한국=한국인=한민족"이라는 국민국가 건설의 길을 걸어온 한국 사회와 관련이 있다. 즉 한국에서는 한민족과 한국인, 한국 국민이 거의 동일한 개념으로 인식되어왔기에 40여 년의 단절을 겪고 나서 80년대 중엽에 한국에 찾아온 조선족은 그들에게 '타자'로 인식된 것이다.[11] 동포로서 불완전한 주체성은 한국인의 사회구조, 의식 등과 밀접한 관계가 있는 것이다. 그러나 이는 일방적인 것이 아니라 한국 사회뿐만 아니라 재한 조선족사회에서도 그 문제점을 찾아봐야 한다.

## 4. '너'이자 '그'인 경계인으로서의 조선족

조선족의 이주 역사는 한반도에서 만주로, 중국에서 한국으로, 다시 한국에서 중국으로 타국으로 이어지는 중첩된 디아스포라이다. 이러한 초국가적 이산의 과정에서 중국조선족의 정체성은 끊임없이 변화하였다. 이러한 디아스포라는 중국의 개혁개방 이후 국내는 물론 국외에서도 소규모 공동체와

---

11 안성호, 「'타자'의 시각에서 본 조선족과 한국인」, 『지행자』 위챗 공식 계정, 2015.4.17.

이산된 정체성을 형성하였다. 정판룡 교수는 조선족을 한반도에서 '중국에 시집간 딸'[12]로 비겨서 이야기했다. 이는 조선족이 이중정체성을 갖고 있으면서도 반면 이쪽도 저쪽도 아닌 경계인으로도 통한다. 문학작품에서 이런 경계인으로서의 조선족은 천운영의 『잘 가라, 서커스』, 박찬순의 「가리봉 양꼬치」 등에 등장한다.

> "그래? 사과배는 도대체 어떤 맛이냐?"
> "그거이 겉은 사과같이 생겼는데, 껍질은 더 단단하고 속살은 꺼끌꺼끌하지 않아 부드럽슴다. 한입 베어물면 시원하면서도 단맛이 싸악 도는 것이 아주 맛납다. 나중에 함께 가서서 맛도 보고 그럼 좋겠슴다. 벼이삭이 누렇게 익어갈 때쯤이면 어른 주먹만한 게 주렁주렁 열리는데 다들 차를 끌고 먹으러 가지 않슴까. 겨울에는 얼려서 먹기도 한단 말임. 그걸 뚱리하고 하는데, 말 그대로 언 배라는 뜻임. 깡깡 언 뚱리를 물에 불궈서 얼음이 빠져나오게 한 다음 먹으면 단물이 주르르 나오는데 별맛이지요."[13]

중국조선족시인 석화는 그의 연작시 「연변7, 사과배」에서 "사과도 아닌 것이 배도 아닌 것이 한 알의 과일로 무르익어 가고 있다"고 하였다. 연변 사과배는 사과와 배를 접합하여 만든 신종과일이다. 시인은 연변 특산물 '사과배'를 소재로 하여 사과배처럼 한국(조선)'만'도 아니고 중국'만'도 아니면서 '달콤하고 시원한 한 알의 과일로 익어간' 조선족 동포의 삶을 그려 내었다. 한편 연변 사과배는 한국과 조선 사이에서뿐만 아니라 중국과 한국 사이에 낀 중국 조선족의 정체성을 빗대는 말로도 자주 사용되어 왔다.

---

12    정판룡, 『세계 속의 우리 민족』, 료녕민족출판사, 1996, 289쪽.
13    천운영, 『잘 가라, 서커스』, 문학동네, 2005, 61쪽.

"··· 처음으로 한국에 오기로 했을 때 말입니다. 고향을 찾는다는 기분으로 왔다 말입니다. 물론 상황이 어쩔 수 없어서 큰돈 벌자고 오기도 했지만, 그게 다는 아니었습니다··· 짐작하셨겠지만, 저는 발해사를 연구하는 사람입니다. 중국에서 역사를 공부한다는 게 여기 생각과는 많이 다르죠. 궁금했습니다······ 그리고 알고 싶었습니다, 내가 누구인지···"

"그래, 이제 알겠습니까?"

"아니요, 모르겠습니다. 제가 알게 된 건······ 어쨌든 여기서 저는 이방인이라는 거죠. 아니면 저렴한 노동력이든가요."

(중략)

"밀항을 할 겁니다. 일본으로 가는 밀항선을 알아두었습니다. 가서 탐사대가 입성하는 걸 볼 겁니다. 그리고 거기서 살 겁니다. 중국에서 소수민족으로 사는 것도, 여기서 외국인으로 사는 것도 싫습니다."[14]

천운영의 『잘 가라, 서커스』에서 중국에서 역사교사로 있다가 한국에 온 이름 없는 남자의 말이다. 한국에서는 이방인으로, 저렴한 노동력으로, 외국인으로 취급당하고 중국에서는 소수민족으로 취급당하는 게 싫다는 것이다. 그리하여 한국도 중국도 아닌 제3의 길―일본을 선택한다. 이는 최인훈의 「광장」에서 이명준이 남한도 북한도 아닌 인도를 선택하는 장면을 떠올리게 한다. 그러나 일본도 밀항선으로 가는 것인 만큼 희망의 풍경은 아니다. 조선족은 이쪽에도 저쪽에도 속하지 못하는 경계인으로 등장하며 조선족에게는 이것도 저것도 갈 곳이 없는 것으로 설정되어 있다.

박찬순의 「가리봉 양꼬치」에서 조선족 주인공 김파는 "한국에 온 것도 어머니의 행방을 찾고 나서 중국 동포와 한국인들 사이에서 뭔가 할 일이

---

14  위의 책, 227쪽.

있을 것이라며 안정된 교사직을 버리고 나온 것이었다."

일제시대 때 목수 일자리를 찾아 만주로 왔던 할아버지 덕분에 헤이룽장성 닝안시에서 태어난 아버지는 오랜 타향살이에 서러움을 달래려는 듯 소식의 '내 본시 집 없거늘 또 어디로 간단 말이냐(我本无家更安住)'라는 구절을 자주 읊곤 했다.

아버지는 어디에서나 잘 적응하고 살아갈 코스모폴리탄이었다. 이쪽에도 저쪽에도 속하지 못하고 겉도는 우리 같은 사람들을 흔히 경계인이라고 말하지만 아버지는 그런 사람들이야말로 상대방의 아픔을 어루만져줄 수 있고 양쪽을 이어줄 수 있는 사람들이어서 세상에서 할 일이 많다고 했다. (중략)

어느 쪽에도 속하지 못해 겉도는 것 같지만 실은 양쪽을 잘 아는 사람들이 바로 경계인이고 그들이야말로 양쪽에서 바라는 것을 만들어 낼 수 있는 사람들이라고, 어쩌면 추이지엔도 조선족 부모에게서 태어나 중국에서 살면서 서양 음악을 공부해 더 깊은 음색을 갖게 되었는지도 알 수 없었다.[15]

주인공은 경계인이야말로 "상대방의 아픔을 어루만져줄 수 있고, 양쪽을 이어줄 수 있는 사람들"이라던 아버지의 말씀을 기억하며 한국인들의 입맛에 맞는 양뗌(양꼬치) 소스를 개발한다. 미래에 대해 희망의 끈을 놓지 않는 것이었다.

문득 한국 사람들은 왜 샹차이를 싫어할까 하는 궁금증이 일었다. 절에서는 스님들이 옛날부터 즐겨먹던 미나리 비슷한 야채인데 한국 관광객들은 중국 식당에만 들어서면 뿌야오(不要, 필요없다의 뜻) 샹차이 하고 외친다고 얘기를

---

15    박찬순, 「가리봉 양꼬치」, 『발해풍의 정원』, 문학과 지성사, 2009, 81쪽.

들은 적이 있었다. 그러다가 갑자기 부추 생각이 떠올랐다. 그렇다. 한국 사람들도 부추는 싫어하지 않는다. 부추로 김치도 담고 만두 속도 만들고, 돼지고기와 섞어서 볶음도 하고 계란찜도 하고 데쳐서 나물로도 먹고 못하는 요리가 없다. 그중에서도 나는 갈치조림을 할 때 넣어서 먹는 부추가 가장 맛이 있었다. 갈치맛과 고추, 마늘 양념이 베어든 부드럽고도 쫄깃한 부추만 골라 흰 쌀밥에 걸쳐 먹으면 금세 밥 한 그릇을 뚝딱 해치웠다. 양쪽 사람들의 입맛이 일치하는 야채가 있다면 그건 단연 부추였다.[16]

중국조선족은 오랜 세월 중국에서 생활하면서 한편으로 한민족의 문화와 정서를 지켜오면서도 다른 한 편으로 중국의 문화와 음식에 습관이 되었다. 김치를 먹으면서 동시에 중국요리를 먹어야 하는 음식 습관을 예로 들 수 있다. 한국인은 중국조선족이 좋아하는 샹차이(고수풀)를 안 먹는다. 그래서 '나'는 양고기 노린내를 없애는데 한국인이나 중국조선족이나 모두 즐겨먹는 음식인 부추를 생각한다. "얼핏 양고기를 부추즙에 재어 뒀다 구우면 어떨까 하는 생각을 떠올랐다." 여기에서 부추는 한국인과 조선족 양쪽을 이어주고 융합하는 역할을 하는 매개물이라 볼 수 있다. '내'가 꿈꾸는 것은 경계인으로서 발해풍의 정원을 만드는 것이다. 그렇다면 발해풍의 정원은 어떤 곳인가? "할아버지와 아버지가 꿈꾸던 정원, 아무도 배고프지 않고 아무도 남의 나라라고 쭈뼛거림 없이 당당하게 살 수 있는 곳, 거기에다 한국 사람들 입맛에 꼭 맞는 가리봉 양꼬치를 개발하는 것이다." "내 양꼬치로 해서 가리봉, 내 누나같은 가리봉은 이제 유명해질 것이었다. 그러면 나는 닝안에서도 서울에서도 찾을 수 없는 발해풍의 정원을 만들 수 있을지도 몰랐다."

---

16   위의 책, 89쪽.

발해풍의 정원은 '타자'의 멸시와 차별을 받지 않고 자신의 적성에 맞는 일을 찾아서 자유롭게 그리고 당당하게 살아가는 곳이다. 주인공은 바로 발해풍의 정원을 가리봉에 건설하고자 한다. 이는 경계인으로서의 재영토화 터전을 꿈꾼다 할 수 있다. 그러나 작품에서 재영토화는 세부적이고 리얼하게 묘사되어 있지 않다.

조선족의 글로벌화와 함께, 조선족 공동체의 탈영토화가 되면서 중국연해 도시 내지는 해외에서의 도시중심형 조선족 공동체가 형성되었다. 이러한 현상은 정주지를 재영토화하는 특수성으로 나타났다고 할 수 있다. 재영토화는 한국 사회에서 조선족공동체의식을 응집시키는 한편 조선족공동체의 경제적 실리를 추구하기 위한 자원적 수단으로 활용되기도 한다. 이러한 새로운 공동체의 모색은 영원한 정신적 고향-발해풍의 정원으로 묘사되고 있다.


## 5. 나가며: 탈영토화와 존재의 복합성

중국조선족의 존재는 한국 사회 그리고 중국의 외교 정책에 영향을 미치는 요소이다. 미래의 바람직한 한-중-조 상생관계와 한국과 동포사회와의 관계, 또한 간접적인 통일시대를 대비함으로써 한국과 조선족의 세밀하고 철저한 연구는 필요하다. 본 연구는 중한수교 이후 한국의 문학작품에 나타난 조선족을 '너', '유토피아' 형상으로서의 재중조선족, '그', '이데올로기' 형상으로서의 재한조선족, '너'이자 '그'인 경계인으로서의 조선족 등 세 가지로 부류를 나누어 살펴보았다.

"'너', '유토피아' 형상으로서의 조선족"에서는 조정래의 『정글만리』에서의 최상훈, 조선족 처녀, 황석영의 『바리데기』에서의 미꾸리 아저씨 등 재중

조선족 인물형상과 그들과의 관계에 대해 이야기하였다. 소설에 등장하는 재중조선족들은 사회적 지위도 있고 신용이 있으며 '한국인'이나 '북한인'을 적극적으로 도와주는 '유토피아' 형상으로 그려져 있다. 그리고 '작품에서 한국인과 조선족의 관계는 우호적이고 긍정적이며 대등의 관계이다.

"'그', '이데올로기' 형상으로서의 재한조선족"에서는 천운영의 『잘 가라, 서커스』, 김인숙의 「바다와 나비」, 박찬순의 「가리봉 양꼬치」, 공선옥의 「가리봉 연가」, 「일가」를 다루었다. 소설에 등장하는 재한조선족인 주인공들은 대부분 이주노동자, 결혼이민자, 불법체류자들로서 그들은 가난하고 무식하며 법을 지키지 않는 '이데올로기' 형상으로 그려져 있었다. 한국에서 재한조선족은 한국인으로부터 소외되고 '배제'된다는 '타자'의 시각과 사회적 지위를 가지고 있다. 이는 "한국=한국인=한민족"이라는 국민국가 건설의 길을 걸어온 한국 사회와 관련이 있다. 즉 한국에서는 한민족과 한국인, 한국 국민이 거의 동일한 개념으로 인식되어왔기에 40여 년의 단절을 겪고 나서 80년대 중엽에 한국에 찾아온 조선족은 그들에게 '타자'로 인식된 것이다.

"'너'이자 '그'인 경계인으로서의 조선족"에서는 천운영의 『잘 가라, 서커스』, 박찬순의 「가리봉 양꼬치」 등을 다루었다. 여기서 조선족들은 이것도 저것도 아닌 경계인으로서, 중국도 한국도 아닌 다른 곳을 이상국으로 택하거나, 아니면 서울의 가리봉에 '타자'의 멸시와 차별을 받지 않고 자신의 적성에 맞는 일을 찾아서 자유롭게 그리고 당당하게 살아갈 수 있는 발해풍의 정원 건설을 꿈꾼다. 이는 경계인으로서의 재영토화 터전을 꿈꾼다 할수 있다. 그러나 작품에서 재영토화는 세부적이고 리얼하게 묘사되어 있지 않다.

앞으로 조선족의 역할이 더 확대되기를, 그리고 문학작품에 더 발전되고 성숙한 조선족의 이미지가 나타나고, 한국인과 조선족의 관계가 '우리'의 공동체 의식을 재현하는 작품이 많이 나오기를 내심 기대해본다.

# 3장

# 한국여성소설에 나타난
# 중국 조선족 여성 이미지

## 1. 페미니즘과 여성적 글쓰기

문학작품 속의 여성상의 의미를 고찰하는 것은 페미니즘(Feminism)[1]의 비평의 시작이라 할 수 있다. 페미니즘의 비평은 문학 속의 여성상을 분석하여 여성에 대한 사회 담론의 실제와 그 영향을 예리하게 포착해 내고 있는 것이다. 그리하여 문학 속에 재현된 여성상은 우리가 직접 간접적으로 접하는 '사회화'의 가장 중요한 형식이다.

여기에 짚고 넘어가야 할 용어들이 있는데 바로 '페미니스트', '여자', '여성적' 등이다. '페미니스트'는 모든 여자라고 해서 모두 페미니스트가 되는 것이 아니라 사회적, 정치적 역동성을 염두에 두고 남성 위주의 사회에 대항하여 여성의 권익을 신장하려는 사회적인 의지를 담고 행동하는 여자 혹은

---

[1]  페미니즘(Feminism)은 "여성의 특질을 갖추고 있는 것"이라는 뜻을 지닌 라틴어 '페미나(femina)'에서 파생한 말로서, 성 차별적이고 남성 중심적인 시각 때문에 여성이 억압받는 현실에 저항하는 여성해방 이데올로기를 말한다. 한국문학평론가협회 편, 『문학비평용어사전』, 국학자료원, 2006.

남자들을 말한다. '여자'라는 용어는 다분히 생물학적 성(sex)으로 구분되는 개념이다. '여성적'이라는 것은 "문화적으로 규정되어 있는 일련의 여성적인 특성에 대한" 것을 말한다. 생물학적으로 '성(sex)'이라는 개념을 쓴다면, 사회적으로 규정된 성은 '젠더(gender)'라고 한다. 페미니스트 비평의 유형을 크게 나누어보면 영미 페미니즘과 프랑스 페미니즘이 있다. 겉으로 보이는 커다란 차이는 프랑스 페미니즘이 심리분석학적 이론과 포스트구조주의의 이론을 크게 차용하고 있다면, 영미 페미니즘 비평은 주제, 모티프, 인물 분석 등을 통한 전통적인 비평 방식을 견지하는 것이라 볼 수 있다.

프랑스 페미니즘은 포스트구조주의의 쟈크 라캉, 미셸 푸코, 쟈크 데리다 같은 학자들의 이론과 관점을 기반으로 출발하여 자신들의 이론을 전개하였다. 프랑스 페미니즘을 대표하는 학자들로 줄리아 크리스테바, 헬린 식수, 루스 이리가라이가 있다. 이들은 미국의 페미니스트들이 주로 하는 것과 같은 문학작품에 대한 구체적 분석보다는 보다 포괄적인 관심사인 언어, 재현, 심리학 등에 관심을 기울여 철학적이고 이론적인 시각을 구축하였다. 이들은 여성적 글쓰기에 대한 관심을 기울였다.

영미 페미니스트 비평의 특성은 문학작품을 현실의 반영으로 보고 작품 분석을 구체적으로 하고 있다. 그리하여 작품에 표출된 여성의 삶과 경험하는 세계를 분석하고 평가하고 가늠할 수 있는 것으로 간주한다. 이는 문학작품 비평에서 흔히 쓰는 전형적인 작업이다. 대표적인 비평가로는 일레인 쇼왈터, 샌드라 길버트와 수잔 구바 등이다.

한국에서의 여성문학은 1980년대에 접어들어 후기 산업사회의 징조를 보이면서 탈중심주의 문화 논리의 대두와 함께 착취당하는 노동자의 실상을 파헤치는 노동자문학과 함께 80년대 중반에 나타나기 시작했다. 노동자나 여성이나 모두 지배문화에 억눌려 온 계층이었기 때문이다.[2]

남존여비가 아닌 남녀동권주의에 대한 인식이 확산되면서 문단에서도 여성의 억압구조를 밝히고 여성의 정체성에 대한 문제를 새로운 시각으로 탐색하는 여성 작가들의 활동도 두드러졌다. 여성작가들은 가부장제와 같은 지배적 이데올로기에 의문을 제기하고 저항하며 전복을 시도하는 '여성적 글쓰기', '몸으로 글쓰기'를 시도하였다. 그리하여 1990년대는 여성작가 시대라고 할 만큼 여성작가들의 창작활동이 문화 영역에서 토대를 확고히 구축하며 대중성을 확보하게 되었다. 현재에도 한국문단에서 여성작가들이 차지하는 위상은 크다. 대표적 여성소설가들로는 박완서, 양귀자, 은희경, 공지영, 공선옥, 천운영, 오정희, 신경숙, 김인숙, 김애란 등을 들 수 있다.

현재까지 한국 페미니즘 문학 연구는 많은 성과를 거두었다. 대표적인 사례로 이덕화, 정영자, 김이듬의 저서,[3] 이미화, 노병춘, 박미경, 박선경, 김지연, 명형대, 정문권과 윤남희, 장진선 등의 논문[4]을 들 수 있다. 논문은 많이는 탈식민지적 페미니즘, 에코페미니즘 연구방법론을 적용하였고 저서와 논문은 김명순, 정이현, 은희경, 나혜석, 염상섭, 오정희, 김유정, 박완서,

---

2   이상우, 이기한, 김순식 공저, 『문학비평의 이론과 실제』, 집문당, 2002, 318-328쪽 참조.

3   이덕화, 「자기길 찾기로서의 여성문학」, 한국여성문학학회 편, 『한국여성문학의 이해』, 예림기획, 2003; 정영자, 『한국 페미니즘 문학 연구』, 좋은날, 1999; 김이듬, 『한국현대 페미니즘 시 연구』, 국학자료원, 2015.

4   이미화, 「김명순 소설의 탈식민지적 페미니즘 연구: 「탄실이와 주영이」, 「손님」, 「나는 사랑한다」에 나타나는 제국주의 자본을 중심으로」, 『한국문학논총』 제66집, 한국문학회, 2014, 111-142쪽; 노병춘, 「김선우 시에 표현된 생태사상 연구: 에코페미니즘을 중심으로」, 『비평문학』 제53호, 한국비평문학회, 2014, 59-92쪽; 박미경, 「신동엽 시의 에코페미니즘 연구」, 『현대문학의 이해』 제50집, 한국문학연구학회, 2013, 291-326쪽; 박선경, 「페미니즘 이론과 문학에서의 '여성성' 변이와 증식 과정: 정이현 작가의 작품을 중심으로」, 『어문학』 제121호, 한국어문학회, 2013, 269-301쪽; 김지연, 「'여성성'의 재조명과 이시영 시의 에코 페미니즘적 의의」, 『한국언어문학』 제83집, 한국언어문학회, 2012, 281-304쪽; 명형대, 「여성주의 관점에서 본 은희경의 「빈처」 연구」, 『한국문학논총』 제57집, 한국문학회, 2011, 145-174쪽; 정문권·윤남희, 「「경희」의 페미니즘 수사 전략」, 『한국언어문학』 제68집, 한국언어문학회, 2009, 455-477쪽; 장진선, 「염상섭 『효풍』의 여성인물에 관한 연구 – 제3세계 페미니즘적 관점을 중심으로」, 전남대학교 석사학위논문, 2004.

고정희, 최승자, 김혜순, 김선우, 신동엽, 이시영 등 여러 작가들의 작품을 다루었다. 연구는 문학 속에 나타나는 성표현과 결혼, 여성의 위상과 자아실현, 여성문제 등을 고찰하였다.

이토록 한국문학에서 페미니즘 연구가 많이 축적되었음에도 불구하고 페미니즘 시각으로 재한조선족여성을 대상으로 다룬 연구는 거의 없는 편이다. 다만 한국에서의 이주여성을 다룬 이미림의 논문[5]이 있다.

2015년 11월 한국에 거주하는 조선족은 70만 명에 가까운데 대부분이 방문취업자이다. 절반이상이 여성으로서 결혼이민자는 약 15만 명 정도이다.[6]

따라서, 한국현대문학에서 황석영, 박범신, 김연수, 조정래, 오정희, 공선옥, 김인숙, 박찬순, 한수영, 천운영, 이현수 등 작가들에 의해 외국인소재, 중국조선족 소재의 글들이 속출하고 있는데 재한외국인내지는 조선족을 반영한 작품에서 등상하는 주인공들은 대부분이 불법체류자나 결혼이주여성들이다. 그중에서 한국여성작가들이 조선족여성을 주인공으로 다룬 여러 편의 작품이 있는데 소설속의 여주인공들은 한국을 무대로 하고 있으며, 그들의 신분은 결혼이주여성이다.

---

5 　이미림, 「2000년대 소설에 나타난 조선족 이주여성의 타자적 정체성」, 『현대소설연구』 제48호, 한국현대소설학회, 2011, 645-672쪽. 이 논문은 중국동포인 조선족 이주자는 한민족이라는 동질성으로 코리안 드림을 안고 한국을 찾아왔으나 차별적·배제적 시선으로 인하여 갈등과 혼란에 빠지고 정체성을 고민하고 있으며, 언어, 피부색의 유사성에도 불구하고 문화, 정서, 이념, 경제 체재의 차이는 한국인과 조선족 사이에 오해를 양산하거나 상처를 줌으로써 다문화사회에 화두를 던진다고 지적하였다.

6 　조선족의 한국방문은 중국정부가 개혁개방 정책을 추진하기 시작한 1970년대 말에 극소수의 사람들이 친척방문을 통해 한국을 드나들다가, 80년대 초반에는 중국이 서서히 대외로 개방이 되면서 '모국방문열'이 일기 시작하여 80년대 중반부터는 '친척방문'이란 이름으로 이루어졌으며, 1988년 서울 올림픽, 1992년 중한수교 이후 증가되었다. 따라서 2004년 외국인 노동력에 대한 제도화로 고용허가제가 실시되면서 대량 증폭되었다.

이 글에서는 한국여성작가들에 의해, 조선족여성을 주인공으로 그린 작품을 중심으로 그들의 인물상을 다루고자 한다. 왜냐하면 그동안 여성작가들은 남성작가들보다 여성 자신에 대한 탐구에 몰두하여 여성의 특질과 본질에 주목하고 여성의 사고방식 등을 탐색하는 데 더욱 주력하였다고 할 수 있기 때문이다. 그 대상 작품으로는 천운영의 장편소설『잘 가라, 서커스』, 한수영의 단편소설「그녀의 나무 핑궈리」, 공선옥의 연작소설「유랑가족」, 김인숙의 단편소설「바다와 나비」 등이다.

이 글은 문학작품에 나타나는 인물이나 모티프, 주제 등을 통한 전통적인 비평방법을 중심으로 조선족여성의 삶과 그들이 경험하는 한국 사회상을 살펴보고자 한다. 재한이주여성들의 여성상을 가난하고 불행한 여인상, 실존으로서의 가출과 닫친 출구의 여인상, 가부장적 질서에 대한 순종과 반항의 여인상 세 가지로 나누어 살펴볼 것이다. 더불어 작품에 표출된 한국에서의 조선족 여성의 사회화, 한국인들이 조선족 여성을 바라보는 시각, 한국의 문화공간을 살펴보고자 한다.


## 2. 가난하고 불행한 여인상: 공선옥의 「유랑가족」

한국여성작가들에 의해 쓰여진 재한조선족여성의 삶을 주인공으로 다룬 한국현대소설을 살펴보면 우선 가난을 떠올릴 수 있다. 공선옥의 「유랑가족」에서의 장명화, 한수영의 「그녀의 사랑 핑궈리」에서의 만자, 김인숙의 「바다와 나비」에서의 채금 등 조선족여성들이 주인공으로 설정된 작품들에서 그들의 공동분모는 가난이다.

소설에서 조선족 여성들은 가난 때문에 돈을 벌려고 더 잘 사는 나라인 한국행을 선택한다. 그 한국행은 대부분이 결혼을 수단으로 한다.

김인숙의 「바다와 나비」에서의 25세의 조선족 처녀 채금은 한국행을 위해 마흔이 넘는 한국남자를 선택한다. 그것도 한국에 있는 채금의 어머니가 딸에게 주선한 것이다. 그리고 작품 중의 조선족 가정교사도 "한때는 초등학교 교사가 되는 것이 꿈이었으나 지금은 한국에 가서 돈을 버는 것이 꿈"이다. 한수영의 「그녀의 나무 펑궈리」에서의 만자도 "병든 친정아버지 치료비를 대려고" 한국남자 동배에게 시집온다. 공선옥의 「유랑가족」에서의 장명화는 "무엇보다 간암에 걸린 오빠를 치료하기 위해서는 가족 중에 누군가는 어디로든 가서 돈을 벌어야 했"기에 전라도 시골마을의 가난뱅이 농촌총각과 결혼한다.

채금, 만자, 장명화를 비롯한 조선족 여성들이 섭외결혼이란 방식을 통해 한국 진출의 꿈을 이루는 이면에는 경제적 원리가 작동한다. 이는 한국의 한 관계기관에서 실시한 섭외혼인조사에서 조선족여성들이 "경제적으로 더 나은 한국에 살기 위해서" 한국행을 선택했다는 결과와도 어울린다.[7]

결혼을 위해 얻는 비자 또한 순탄치가 않았다. 그 비자를 위해 조선족 여성들은 자신보다 나이가 훨씬 많거나 자신보다 훨씬 못한 결혼 상대자임에도 서슴거리지 않았고 심지어 위장 결혼까지 하였다. 그녀들이 비자를 받을 때의 지루한 기다림과 받았을 때의 환희는 이루 말할 수 없었다.

내 손에 쥐어진 것은 F-2 비자였다. 한국에서 자유롭게 살 수 있고, 부모까지 초청할 수 있는 동거방한사증, 많은 사람들이 그토록 원하는 비자가 내 손에

---

7    한국의 한 관계기관에서 강원도 내에 거주하는, 한국 남성과 중국 조선족 여성이 결혼한 총 300가정을 대상으로 섭외혼인에 이르게 된 경위, 혼인생활 등에 관한 설문조사를 한 결과, 한국 남자와 결혼하게 된 이유로서 80.4%가 "경제적으로 더 나은 한국에 살기 위해서"라고 응답하였다. 김숙자, 「한중 국제혼인 실태와 그 가정복지」, 제11회 한국가정복지정책세미나 자료집, 1998, 58쪽.

들려 있었다. 뭔가 대단한 것이라도 쥔 것처럼 몸이 부르르 떨려왔다. 이것을 위해 화순(조선족-필자 주)은 직업을 버리고 순정도 버렸다. 그는 이것이 없어서 무덤 같은 지하방에 숨어 지냈다. 또 누군가는 몇 만 위안을 들여 위장결혼을 하거나 밀입국을 한다고도 했다. 그것이 지금 내 손에 있는 것이다. 단 한 번의 만남으로, 십 수 가지의 서류가 필요하긴 했지만 그 모든 것은 나그네의 돈으로 소개소에서 알아서 해주었다. 도대체 이게 무어길래. 한낱 종이쪽지에 불과할 뿐인데. 알 수 없는 서러움이 가슴을 치고 올라왔다.[8]

F-2 동거방한사증, 이는 한국방문길이 열리지 않은 90년대, 조선족여성들이 가장 빠르고 돈 적게 들여서 한국에 갈 수 있는 경로라 할 수 있다. 그리하여 한국으로 가는 지름길인 비자를 위해 조선족 여성들은 모든 것을 아랑곳하지 않는다. 그러나 한국으로 가지만 모두가 행복을 거머쥐는 게 아니었다. 가난으로 쪼들리고 허덕인다.

가난을 가장 진지하고 리얼하게 묘사한 작품으로 공선옥의 「유랑가족」을 들 수 있다. 장명화의 한국행은 간암 걸린 오빠의 치료비를 대기 위함도 있겠지만 중국에서 "바람을 피운 남편 용철이에 대한 배신감 때문에 한시바삐 고향을 떠나고 싶"은 것도 있었다. 그러던 중 한국에 있는 불법체류자 외사촌이 농촌 총각과의 결혼을 알선해준다는 단체의 광고를 서울의 전철 안에서 보고 알려주었다. 처녀라고 속이고 전라도 시골마을의 가난뱅이 농촌총각 기석이와 결혼하여 한국으로 갔건만 마음이 하나도 붙지 않았다.

사실, 전라도 남자 기석이한테 정이 붙지 않았던 것도 다 두고 온 딸 향미 때문이었는지도 모른다. 용철이야 어차피 이혼을 한 사이여서 일부러 생각하려

---

8    천운영, 『잘가라, 서커스』, 문학동네, 2005, 42쪽.

고 하지 않는 이상은 생각할 필요가 없는데 딸 향미만은 밤이고 낮이고 눈에 밟혀 명화가 새 생활을 시작하는 데 여간 장애물이 되는 게 아니었다. 더군다나 기석에게 처녀라고 속이고 결혼을 했는데 그것이 탄로가 날까 봐 노상 불안한 데다가, 땅 한마지기 없이 가난한 주제에 애를 낳으라고 들볶는 시부모에, 부모 없는 조카까지 딸린 생활 능력도 없는 남편에, 그곳 전라도에는 명화가 정 붙이고 살만한 것이 아무것도 없었다.[9]

장명화가 한국에 마음을 못 붙이는 원인은 중국에 놔두고 온 딸 향미 때문이다. 엄마는 자식과 항상 연결되어있는 존재이다. 이혼은 했다지만 엄마로서 자식을 떼어놓고 살길 찾아서 한국 간 장명화에게 딸은 항상 걱정거리고 새 생활하는 데 '장애물'이 되었다. 결국 마음은 항상 멀리 떨어져 있는 딸에게 있기에 한국남편에게 정을 붙일 수 없는 것이었다.

결국 그녀는 남편 기석을 버리고 배시장이란 자와 함께 야반도주하여 서울 가리봉으로 가는데 이름을 '허승희'로 고치고 노래방을 전전하는 노래방 도우미가 된다. 조선족 고유의 '장명화' 이름을 '허승희'로 고침은 서울이란 새로운 환경에서의 새로운 출발을 뜻한다. 그러나 그녀에게 있던 돈은 배사장에게 모두 털리고, 고향의 오빠는 돈 없어 치료도 못 받아 허망하게 저세상으로 돌아가고, 그의 몸도 만신창이 된다.

허승희, 아니 장명화는 그날 밤 도저히 더 이상 노래방 일을 할 수가 없어서 두 사람의 한국 남자가 놀러 온 자리에서 <슬픈 노래는 부르지 않을 거야>, <침밀밀>, <야래향> 세 곡 정도만 뽑고 나서 그만 핸드폰을 꺼버렸다. 몸도 안 좋은 데다가 아무래도 복래반점에서 술을 마시고 일을 했던 게 화를 더

---

9    공선옥, 『유랑가족』, 실천문학사, 2005, 61쪽.

자초한 것 같았다. 숙소인 신도여인숙으로 서둘러 걸어가고 있는데 자꾸 발걸음이 헛디뎌지면서 눈앞이 아득해졌다. 그래서 잠시 쉬어갈 짬으로 신도여인숙 간판이 보이는 골목 입구에 몸을 부렸다. 그러고 있자니 갑자기 눈물이 났다. 사람이 가장 서러울 때가 몸 아플 때라더니, 눈물이 절로 샘솟았다 …… 승애는 돈을 쫓아 내 여기까지 왔노라며, 슬피 울었다. 나는 무얼 찾아 여기까지 오게 되었을까. 결국 가난이 나를 여기까지 오게 했지, 가난이, …… (중략) 목을 빼고 돈을 기다리고 있을 고향의 부모가, 그 부모와 살았던 제 고향 해림의 흙바람 일던 골목이 떠올랐다 사라졌다.[10]

장명화는 전라도에서 서울 가리봉동으로 전전하는 생활의 고달픔 속에서 고향에 두고 온, 돈을 기다리는 가족들과 고향이 그리웠다. 그녀는 한국에 오게 된 것이 모두 '가난' 때문이라 한다. 가난은 몹시 힘들고 어렵다는 뜻의 한자어 간난(艱難)에서 종성 'ㄴ'이 동음 축약되어 나온 단어이다. 가난은 공적인 영역에서 빈곤이라는 표현과도 통하는데 빈곤은 절대적 빈곤과 상대적 빈곤으로 구분한다. 절대적 빈곤에서 경제적 빈곤으로의 가난은 오늘날 무능력하고 혐오스럽기까지 하다. 결국 그녀는 '가난'을 벗지 못하고 가족의 '희망'이 되지 못한 채 어느 날 돈을 노린 불량배의 칼에 찔려 죽는다.

장명화는 오늘날 한국 사회에서의 가난의 조선족 형상이다. 가난의 형상이 숨 쉴 때마다 그 숨구멍들을 통해서 고통스럽고 소외된 삶을 살아가는 조선족여성들이 내뿜는 신음소리와 피고름이 흘러나온다. 거기에는 부서진 빈집, 더럽고 위험한 골목길, 가리봉 노래방의 더러운 벽지, 때에 전 여인숙의 이불 등이 있다.

가난의 상처와 아픔을 갖고 사는 사람들, 그리하여 그네들은 가난한 고향

---

10    위의 책, 100쪽.

보다는 고달픈 한국 생활을 선택한다. 고향은 정겨우면서도 돈 없는 가난한 존재로 안겨온다.

> 자고로 똥파리는 똥 있는데 꼬여들 듯이 사람은 밥 있는 데로 꼬여드는 것이 인지상정 아니겠습네까? 한번 고향 떠난 사람들 다시는 고향에 안 가는 이치와 같은 겁네다. 돈 없는 고향 왜 갑네까. 가면 앞날이 보이지 않는 고향은 고저 심정 안에 고향일 뿐입네다. 피죽을 먹어도 돈 있는 땅에서 먹는 게 좋습네다. 먹고살기 어려워 돈 찾아 고향 떠난 사람은 절대로 고향 안 가요…[11]

물질적 가난은 문화적 가난으로 나타난다. 소설에서 조선족 여성들은 물질적으로 가난 할 뿐만 아니라 문화적으로도 빈곤했다. 그들이 종사하는 일은 공장, 식당의 3D(더럽고, 힘들고, 위험한) 업종이었다. 소설에서는 조선족인 용철이의 말을 통하여 "배운 게 없어서" 못 살고, "기술이 없어서 못 산다"고 말하고 있다. "기술이 있어야 기술로써 성공할 수 있고 기술자는 망하지 않는다는 것이 동서고금의 진리"라는 것이다. 배우고, 기술을 장악하고 하면 더욱 빨리 가난을 떨칠 수 있는 것이다.

저자는 소설에서 주인공 '한'의 말을 통하여 가난은 사랑으로 극복할 수 있다고 한국인 경수 부부의 이야기를 빌려 이야기하고 있다.

> 가난 때문에 가정이 파괴되는 모습을 무수히 보아온 한이었다. 가난은 사람을 황폐하게 만들기도 하고 난폭하게 만들기도 하고 무기력하게 만들기도 했다. 가난은 다양한 형태로 사람들의 삶을 무너뜨렸다. 가난한 사람들이 그들의 가정을 지켜낼 수 있는 마지막 무기는 사랑뿐이었다. 그 사랑이 경수 부부에게

---

11   위의 책, 86쪽.

있다는 것이 얼마나 다행한 일이냐. 부자들의 사랑보다 가난한 사람들의 사랑
이 그래서 더 눈물 나는 사랑이다. 돈도 받쳐주지 못하는 것을 사랑이 받쳐주지
않는가. 가난한 사랑이.[12]

　가난은 사람을 황폐하게도 난폭하게도 무기력하게도 만들며, 다양한 형태
로 삶을 무너뜨린다. 한편, 가난은 사랑으로 극복하고 승화할 수도 있다.
그러나 결혼이민 조선족 여성들의 삶은 한국에서 남편과의 사랑을 읽어 볼
수 없어 경제적 가난, 정서적 빈곤으로 불행한 여인상으로만 남아있다.

　요컨대, 한국현대소설에 등장하는 조선족여성들은 가난과 연관 지을 수
있다. 가난을 떨치고 돈을 벌기 위해 그녀들은 한국행을 선택했고 결혼을
수단으로 삼았다. 그녀들의 한국인 결혼상대자는 대개가 나이가 많거나 신
체적 장애자, 혹은 농촌총각이었다. 가난을 벗기 위해 한국으로 달려간 그녀
들의 삶은 순탄치 않았다. 가난은 사랑으로 승화할 수도 있지만 조선족 여성
들의 한국에서 남편과의 사랑은 글줄에서 찾을 수가 없어 불행한 여인상으
로만 남아있다.


## 3. 실존으로서의 가출과 닫친 출구의 여인상:
　　천운영의 『잘 가라, 서커스』

　한국이란 존재는 조선족에게 가난을 떨치게 하는 존재일 뿐아니라 민족정
서가 닿아있는 모국이기도 하다. 천운영의 「잘 가라, 서커스」에서 여주인공
림해화의 한국행은 여느 조선족여성들과 좀 다르다. 그녀의 한국행은 그의

---

12　위의 책, 74쪽.

마음속에 자리 잡은 발해와 그를 찾아 나선 것이다.

그녀의 고향에는 발해의 무덤이 있다. 그녀는 어릴 적부터 그 무덤을 보아오며 자라왔다. 호기심 많은 열 살의 소녀시절 그녀는 무덤에서 발굴을 돕는 학생인 그로부터 해동성국 발해국과 정효 공주의 이야기를 듣는다. 그는 발해국의 존재와 정효 공주가 남편이 죽고 난 뒤 너무 슬픔에 잠겨서 일 년 뒤에 죽은 이야기, 정효 공주의 죽음을 슬퍼한 아버지 문왕이 사위와 공주의 관을 나란히 쓰고 비석을 세운 이야기, 그리고 강력한 왕인 문왕마저 공주가 죽은 후 일 년 뒤에 죽게 되어 왕국이 쇠락의 길을 걷게 되었다는 역사이야기를 들려주었다. 림해화에게 그는 '발해'의 전문가이고 발해무덤과 연관되는 대명사이기도 했다. 해화는 발해무덤에 있으면서 벽화나 이것저것을 보기 좋아했는데, 무덤은 그녀에게 있어, 그와 함께 있는 듯 마음이 편안해지게 하는 정신적 안식처이기도 했다. 그러던 그가 후에 "대학에서 사학을 전공하고, 동북지역의 무덤과 성터를 전전하다가 돌연 한국으로 떠났다. 왜 갑자기 한국으로 가야 하는지는 말해주지 않았다. 기다리라거나 기다리지 말라거나 하는 말도 없었다." 실제로 그의 한국행은 조선족의 정체성을 찾아 나선 것이다.

림해화가 그를 찾기 위해 한국행을 선택한 것은 그처럼 발해, 나아가서는 조선족의 정체성을 알고 싶은 것도 있겠지만, 소녀시절부터 마음속에 자리 잡은 그와 정효 공주 부부와 같은 참사랑을 이루고 싶은 것도 있었다. 그러나 아이러니 한 것은 그녀의 한국행은 한국남자와의 결혼이라는 경로를 통해서이다. 이 길은 림해화가 남의 아내라는 이름하에 그 남자와의 재회의 가능성이 더욱 묘연해짐과 그녀의 비극적인 사랑을 미리 암시해주고 있다.

림해화의 결혼상대인 남편 인호는 어릴 적 사고로 목소리를 잃었을 뿐만 아니라 정신적으로 유아상태에 있는 비정상인이다. 그럼에도 불구하고 그녀는 그의 결함을 정면으로 응시하고 이것저것 계산하지 않으며 시어머니와 시동생, 남편을 극진하게 잘 대해준다. 그녀는 "강인하면서도 부드럽고 각자의 주체이면서도 타자에 대한 배려를 늦추지 않"[13]는 형상이다.

그러던 중 정신적 의지가 되었던 시어머니가 세상을 뜨고 시동생이 집을 떠나자 자립능력이 없는 남편과 단둘이 남게 된다. '면역력이 없는 갓난애' 같이 착하기만 했던 남편은 아내마저 떠날 거라는 불안감과 두려움에 아이로 퇴행해 마조히스트적 행위를 한다. "먹이를 지키려고 이빨을 드러내고 털을 세운 들짐승"처럼 변했고, "독기를 품은 승냥이의 눈빛으로 변하였다." 낮에는 하루종일 아내를 지켜보고 저녁에는 전선으로 손목, 발목을 감아 묶어놓는다. 그러나 전선이 몸에 감길수록, 붉은 생채기가 늘어날수록, 림해화는 "나그네의 두툼한 손바닥이 등에 닿을 때마다 섬찟섬찟 소름이 돋았"지만 그냥 체념하면서 산다.

> 체념은 이제 내가 할 수 있는 전부였다. 내가 체념을 배워가는 동안 배롱나무 꽃잎이 모두 지고 첫서리가 내렸다. 봄은 순식간에 사라졌다. 내게 남은 것은 메마르고 강사나운 겨울바람뿐이었다. 겨울은 길고 지루할 것이다.[14]

체념은 어느 특정한 상황에서 사람이 희망을 잃고 개선에 대한 희망이 거의 없다는 사실 때문에 일어나는 현상이다. 희망이 사라지고 고통만이 남아있는 삶은 기나긴 겨울처럼 차갑고 지루하고 혹독한 것이다. 림해화는 남성적 상징질서에 순응한다. 그러던 어느 날, 아파서 쓰러지고 마는데 거울을 보면서 자신을 찾는다.

---

13  류보선, 「하나이지 않은 그녀들」, 『잘 가라, 서커스』, 문학동네, 2011, 280쪽.
14  위의 책, 120쪽.

가슴에 손을 올려놓았다. 따뜻했다. 내 몸은 피가 흐르고 숨을 쉬는 육체였다. 묶이고 갇혀야 할 고깃덩어리가 아니었다. 나는 수건에 거품을 가득 묻혀 몸을 닦기 시작했다. 가능한 부드럽고 정성스럽게, 거품이 일면서 내 몸이 조금씩 살아나는 것도 같았다. 딱딱해진 복사뼈가, 욱신거리는 손목이, 생채기 난 발목이, 고통을 잊고 발그라니 달아올랐다. 배꼽이 짜릿짜릿해왔다.

나는 다시 거울 앞에 섰다. 그리고 거울 속 얼굴을 바라보며 이름을 불렀다.
"해화야!"

내 이름은 해화야. 림. 해. 화. 나는 계속해서 내 이름을 불렀다.

......

"내 이름은 해화예요. 림해화"

마지막으로 나그네의 얼굴을 한 번 더 보고 방문을 열었다. 문턱을 넘어 첫발을 내딛자마자 모든 두려움이 사라졌다. 문을 열면 새로운 어둠이 몰려왔지만, 두려울 것이 없었다.[15]

체념하면서 살던 해화는 자신의 존재를 새롭게 인식한다. 림해화, "내가 그의 이름을 불러주었을 때 / 그는 나에게로 와서 꽃이 되었다"는 김춘수 시인의 시「꽃」에서처럼 림해화라는 자신의 이름을 부르며 실존적인 자아를 인식한다.

그녀는 가정에서 비정상인인 남편의 억압에 체념하다가 자아의 정체성을 되찾았을 때, 실존으로서의 자아를 찾고자 홀몸으로 가출을 선택한다. 그녀의 가출은 가정의 심리적 압박상황에서 벗어나고자 하는 무의식적 탈출의 감행으로서 현실을 극복하고자 하는 일종 일탈이자 자신의 존재를 확인하고자 하는 몸부림이기도 하다.

---

15    위의 책, 123-125쪽.

그러나 가출은 했지만 딱히 갈 곳이 없고 자신이 찾고 있던 그 사람도 어디에 있는지 모른다. 그러다가 시장에서 잠깐 만난 적 있는 조선족 아짐이 생각나서 그의 쪽방을 찾아가는데 거기에서 소개받아 속초에서 약장사하는 조선족 여자 서옥분의 집을 찾아간다. 예전에 찾고 있던 그 사람이 속초에 있었다는 얘기를 듣고 혹시나 만나지 않을까싶어서였다. 그러나 그 남자는 중국에서는 소수민족, 한국에서는 이방인으로 살기 싫어서 일본으로 밀항을 한 뒤여서 찾을 길 없었다.

그녀는 잠깐 서옥분네 집에 있다가 모텔에 취직한다. 그러나 모텔에서도 여러모로 고생을 하다가 쫓겨나 여러 곳으로 전전한다. 외국인등록증도 여권도 없는 신세여서 모든 게 쉽지 않았다.

게다가 유산을 하여 제때에 치료를 못 받아 몸이 더 허약해진다. 해화는 태아를 상실하고 아픔의 고통을 무마하고자 서옥분이 팔다 남은 약을 아무 것이나 되는대로 주어먹는다. 결국 고향에 있었던 따뜻한 발해의 무덤을 연상하며 아늑한 세계로 갈 준비를 한다.

언젠가 변기 속에 흘러 보냈던 핏덩이를 생각해. 내 몸의 일부였던 그 붉은 덩어리. 나그네의 웃음소리도 들려. 어머니의 나긋나긋한 목소리도 버리기로 했어. 모두. 그리고 이젠 돌아갈 테야. 거기. 따뜻한 무덤 속으로. 내가 살았던 곳으로. 이제 몸을 좀 뉘어야겠어. 누군가 내 이름을 부르고 있는 것 같아. 당신이 온 걸까? 아, 참 따뜻한 봄볕이야.[16]

림해화는 태아의 상실과 더불어 자신도 완전히 훼멸시킴으로써 속세와의 인연을 끊는다. 그의 죽음은 결국 자신을 세계와 완전히 단절시킴으로써

---

16  위의 책, 246쪽.

출구를 닫아버린 것과 마찬가지다. 이는 무덤이란 상징적 의미와도 관련이 있다. 무덤은 지나간 과거만을 이야기할 뿐, 오늘을 말해주지 않는다. 더구나 오늘날의 희망을 말해주지 않는다. '해동성국'이라 불릴 만큼 국세를 떨친 발해였지만 이젠 아스라이 저 역사 속으로 사라지고 무덤만이 남아있는 것이다. 그 남자의 사랑과 더불어 림해화는 무덤 속에 묻히게 되는 것이다.

림해화가 바라는 것은 자신의 나라에서 사랑하는 사람과 그리고 어머니를 비롯한 가족들과 함께 오손도손 정답게 지내며 평범한 일상을 살아가는 삶이다. 발해를 찾아 한국 땅으로 갔건만, 그녀는 발해를 찾을 길 없었고, 이방인이고 여성이라는 젠더와 이주로 중첩된 결혼이주 조선족여성으로서 자아를 찾고자 가출하였지만 한국 땅에서 발 디딜 곳이 없었다. 결국 실존으로서의 자아도 찾지 못하고, 소망도 실현하지 못하며 비극적 죽음으로 해결에 이르게 되어 닫친 출구의 비극적인 여인상으로 남게 된다.


## 4. 가부장적 질서에 대한 순종과 반항의 여인상: 한수영의 「그녀의 나무 핑궈리」

가난을 떨쳐버리기 위해 한국으로 간 조선족 여성들에게 차려진 것은 행복이 아니었다. 타자로서의 시선과 사회로부터의 소외, 결혼상대에 대한 불만 등은 그녀들로 하여금 현실을 직시하게끔 하였다.

이러한 환경에서 군세고 우악스럽게 일하며 현실에 적응하려고 노력하는 한수영의 「그녀의 나무 핑궈리」에서의 만자, 김인숙의 「바다와 나비」에서의 채금 엄마, 공선옥의 「유랑가족」에서의 승애 등은 긍정적이고 전통적인 여성상이라 할 수 있다. 여기서는 중점적으로 한수영의 「그녀의 나무 핑궈리」에서의 만자 씨를 다루고자 한다.

만자 씨는 가부장적 질서에 순종도 하고 반항도 하는 여성상이라 할 수 있다. 소설은 만자 씨가 키우는 강아지의 시점으로 중국 연변에서 시집온 만자 씨의 결혼이민자 이야기를 풀어내고 있다. 외부시점을 통한 '힘없는 강아지의 눈'을 통하여 주인물들과 거리를 유지하면서 동시에 객관적으로, 한국에서의 외롭고 고달픈 이민자의 삶을 전지적 작가시점으로 재현하고 있다. 그러면서 일정 정도의 현실 반영과 아울러 자기 탐색도 함께 이루어진다.

소설에서 강아지는, 만자는 마냥 좋고 사랑하기에 항상 '만자 씨'라 부르고, 동배는 '씨'자마저 부치기 아까워서 그냥 '동배'라고 부른다. 이 글에서도 그대로 '만자 씨'로 인용하기로 한다.

만자 씨는 한국남자 동배의 부인이자 연변에서 한국으로 시집온 '수입품'이다. "동배가 몽달귀신 될까 봐 겁이 난 동배 어머니가 오년 전에 알음알음으로 연변에서 데려왔다." 만자는 "병든 친정아버지 치료비를 대려고 한국까지 온 것이다."

우선 만자 씨의 생김새를 보자. 만자 씨는 생김새가 크고 못났다. 그녀의 체대는 '을지문덕' 장수 같고, "손은 솥뚜껑만하"며, "발등은 슬리퍼 밖으로까지 도도록이 올랐"고, "얼굴은 서리 맞아 시큼시큼한 해바라기 크기만한데 얼기설기 얽"었고, "머리카락은 불불이 일어섰"으며, "입도 얼마나 큰지 벌리면 놀랄 정도"다. 여성으로서의 매력은 찾아보기 어려웠다. 그러나 이렇게 큰 만자 씨지만 '쪽밤' 같은 남편 동배한테는 꼼짝 못했고 또 항상 얻어맞아 멍이 들면서 지냈다.

만자 씨의 남편 동배는 "허우대 멀쩡한데 일할 생각 안하고" "만자 씨에게 우려낸 돈에 제 어머니 조의금 남은 것을 보태서 주식에 투자"해서 모두 날리는가 하면, 일 년에 대여섯 번은 바람이 나서 가출을 하는데 거기에는 자신의 지하방에 사는 아가씨도 있고 동네에서 단란주점을 운영하는 장마담도 있다. 즉 동배는 일은 하지 않고 마누라에 의존해 살아가는 건달이자 소문난 바람둥이다.

이런 남편을 두고 만자 씨는 미싱 공장에서 일하면서 점심시간에는 두 정거장을 걸어와서 남편에게 점심상을 봐주고, 남편이 바람이 나서 가출할 때면 온 동네를 샅샅이 뒤지며 찾아다녔고, 바람을 피우는 현장을 잡았을 때는 오히려 남편에게 맞고 쫓기어 바깥에서 묵묵히 기다리곤 했다. 이렇게 만자 씨는 모든 것을 참고 견디었다.

만자 씨는 부지런하고 억척스럽게 일도 잘했는데 공장에서 인정받는 일급 미싱사였다. 그의 일하는 장면을 살펴보자.

철커덕, 철거덕. 오늘도 만자 씨의 미싱은 돌아가요. 비가 오고 눈이 오고 핑궈리 나무에 꽃이 피고 져도 만자 씨는 하루 종일 미싱을 타요. 고급 숙녀복을 만드는 공장이에요. 환풍기 두 대가 정신없이 돌아도 늘 메케한 냄새와 먼지가 가시지 않는 곳이지요. 지금까지 만자 씨 손을 거쳐 백화점으로 간 옷만 해도 수천 벌은 될 거예요. 한국에 나오자마자 봉제 일을 시작했으니까요. 하지만 그중에 만자 씨의 옷이 된 건 한 벌도 없어요. 그래도 만자 씨는 미싱 앞에만 앉으면 행복한가 봐요. 이곳 출신 미싱사보다 일은 더 해도 월급은 늘 적어요. 그래도 만자 씨는 행복한가 봐요. 노루발 밑에 옷감을 넣고 바늘이 내려오는 순간 만자 씨는 부어서 침침했던 눈앞이 환해지면서 잘 탄 가르마를 보듯이 바늘이 지나갈 자리가 훤히 보인대요.[17]

만자 씨는 고급 숙녀복을 만드는 공장에 일한다. 그녀가 일하는 곳은 "늘 메케한 냄새와 먼지가 가시지 않는" 열악한 환경이었고. "그녀가 만든 옷은 수천 벌로서 현지출신 미싱사보다 억척스레 일을 잘하지만 월급은 항상 적

---

17    한수영, 「그녀의 나무 핑궈리」, 『그녀의 나무 핑궈리』, 민음사, 2006, 76쪽.

었다." 그렇지만 그녀는 조선족으로서, 외국인으로서 받는 차별에 대한 불평 불만 없이 하는 일에서 행복을 느끼며 열심히 했다. 즉 만자 씨는 직장에서 억척스레 일하여 인정도 받으며 한국 사회에서 생존하기 위해 다양한 노력을 한다. 이른바 만자 씨는 사회에 적극적으로 용납되고 수용되기를 바라는 능동적인 모습을 보여주고 있다.

그녀가 공장에 결석하는 날은 공장일이 축이 나지 않아 작업반장은 발을 동동 굴렀다. 만자 씨가 빠지는 날은 남편 동배가 바람 피워 가출한 날이다. 남편이 집에 오면 출근을 했다. 그래서 작업반장은 "한 번도 보지 못한 동배에게 바라는 것이 있다면 공장일이 바쁠 때는 가급적 가출을 삼가달라는 것, 그리고 재미 봤으면 얼른 집으로 돌아오라는 것, 이렇게 딱 두 가지"였다.

만자 씨는 공장에서도 동료들과 관계가 괜찮았는데 시다 일을 하는 한국 여자와 짝이 되어 친했다. 짝은 툭 튀어나온 광대뼈 때문에 사나워 보이지만 만자 씨에게는 큰 언니 같은 사람이었다. 이 여자가 만자 씨랑 짝이 된 뒤로 공장의 다른 여자들은 만자 씨를 둘치라 놀리지 못했다. 뱃속에 들어선 아이마다 오뉴월 비에 풋감 떨어지듯 해서 둘치라고 불렀다.

공장의 작업반장과 다른 여자들인 직장동료들의 행위를 통해 바라보이는 한국 사회는 여자로서 애를 낳아야 하는 윤리와 남편이 바람을 피워도 대수롭지 않는 남녀차별의 남존여비사상, 남성우월주의 남성 중심의 가부장사회임을 말해주고 있다.

만자 씨는 한국에서 부딪치는 난관들을 웃어넘기며 낙천적으로 살지만 사랑 앞에서는 종속적이다. 그 원인은 전통적인 위계질서 속에서 여자는 남자에 종속되고 남자의 말을 들어야 한다는 여성 자체 성에 대한 폄하와 의식이 있는 것이다. 전통적인 남성우월주의 사상을 떨쳐버리지 못한 것이다. 그녀가 어려움을 참고 견딜 수 있는 또 다른 하나의 원인은 고향에 대한 환상이다.

고향에서는 늘 자전거를 탔었지요. 만자 씨는 페달을 밟아 댑니다. 바늘이 옷감 위로 길을 내며 달리기 시작합니다. 어깨가 이어지고, 소매가 붙습니다. 만자 씨는 쉬지 않고 달립니다. 저 멀리 눈에 익은 산들이 보이고 그 아래로 친정어머니의 젖무덤 같은 구릉들이 펼쳐집니다. 조금만, 조금만 더 달리면 마루에 앉아 해바라기하는 병든 친정아버지와 그 곁의 친정어머니를 볼 수 있겠지요. 초청장만 기다리는 남동생도요. 바늘이 앞섶을 내달립니다. 이제 산정 모퉁이만 돌면 고향집이 나타나요. 언뜻 고향집 앞에 서있는 핑궈리 나무를 본 것도 같습니다. 종은 항상 그때 울리지요.[18]

사과와 배를 접목한 독특한 나무 핑궈리, 핑궈리는 만자 씨를 고향으로 이어주는 나무이다. 연변에만 있는 그 나무는 그녀가 꿈꾸는 천상의 나무다. 그 나무에 대한 환상이 있었기에 그녀는 남편의 구박을 참고 살아간다. 그녀를 살아가게 하는 힘은 아마 순종적인 의식보나노 크게는 자연에 대한 그리움과 고향에 대한 환상이었을 것이다.

주목되는 부분은 결말이다. 바람을 피우는 동배를 거세하기 위해 만자 씨는 가위를 간다.

만자 씨가 가위를 갈고 있거든요. 만자 씨가 피아노 위에서 녹이 슨 가위를 집어 든 순간 늙은 시다의 말이 떠올랐거든요. 제 아랫도리가 오그라드는 것만 같았어요. 가위가 할 수 있는 일이 뻔하잖아요… 오늘 아침에 들어온 동배는 지금 안방에서 정신없이 자고 있어요… 저 얼굴, 가위를 갈고 있는 만자 씨의 저 얼굴 때문에. 저렇게 평화로운 얼굴을 본적이 있으세요? 고향 강가에서 빨래를 할 때 저런 얼굴이었을까? 어쩌면 핑궈리 꽃그늘 아래에서도 저런 표정이었

18   위의 책, 77쪽.

겠지요. 그래요. 슬픔이, 지독한 슬픔이 순간적으로 그런 평화로움을 만들어내는 걸 거예요. 지금 이 순간 내 사랑 만자 씨의 행복을 깨뜨리고 싶지 않아요. 초청장을 기다리는 동생도 그리운 친정어머니도 만자 씨의 평화를 깨뜨릴 수는 없을 거예요. 단물 그득한 핑궈리도요.[19]

만자 씨의 짝궁 늙은 시다는 만자 씨더러 동배가 바람 한 번 더 피면 그 부위를 잘라버리라고 한다. '남근'을 잘라내는 것, 프로이트의 이론은 남근에 중심을 두고 전개된다. 그러나 정신분석학 이론이 여러 분야로 확장되면서 처음 프로이트가 의도했던 남근의 개념도 확장되어, 남근을 가짐으로써 누리게 되는 특권을 상징하는 기표가 되었다. 여성의 입장에서 보면, 남자가 가진 여러 가지 기득권들을 뜻하며, 특히 가부장적 사회 내에서 중요한 권력의 상징이다. 그리하여 남근이 없다는 것은 해부학적 신체구조만을 두고 그러는 것이 아니라 결국 여성에게 거세된 상태를 의미한다. 여성이 남근이 없음을 샌드라 길 버트와 수잔 구바의 문학비평서에서는 '사회적 거세'라는 개념으로 설명한다. 여성이 사회 내에서 지위가 없고, 권력을 향유하지도 못하는 상태가 바로 사회적으로 거세당한 것이다.[20] 만자 씨가 남편을 거세시키려는 것은 가부장적 사회에 대한 반항이자 저항이다.

작품의 아쉬운 점은 상황 전개가 주인공 개인의 체험과 의식으로만 제시되어 있어 환경과 현실을 바라보는 시각이 개인적 차원에서의 해결방법에만 머무르고 공감대를 형성함에는 한계를 보인다고 할 수 있다.

---

19  위의 책, 89쪽.
20  이상우, 이기한, 김순식 공저, 앞의 책, 322쪽.

## 5. 나가며: '고향'에 정주하지 못하는 조선족 여성들

문학 속에 재현된 여성상은 직접 간접적으로 접하는 '사회화'의 가장 중요한 형식이다. 이 글은 조선족여성의 삶을 다룬 작품인 공선옥의 연작소설 「유랑가족」, 천운영의 장편소설 「잘가라, 서커스」, 한수영의 단편소설 「그녀의 나무 핑궈리」를 대상으로 작품에 나타난 조선족 여성들의 여성상을 살펴보았다. 작품에 나타난 주인공인 조선족 여성들은 한국을 무대로 하고 있으며 결혼이주자들이다.

한국현대소설에 등장하는 조선족여성들은 가난과 연관 지을 수 있다. 가난을 떨치고 돈을 벌기 위해 그녀들은 한국행을 선택했고 결혼을 수단으로 삼았다. 그녀들의 한국인 결혼상대자는 대개가 나이가 많거나 신체적 장애자, 혹은 농촌총각이었다. 가난을 벗기 위해 한국으로 달려간 그녀들의 삶은 순탄치 않았다. 가난은 사랑으로 승화할 수도 있지만 조선족 여성들의 한국에서의 남편과의 사랑은 글들에서 찾을 수가 없어 불행한 여인상으로만 남아있다. 여기에서는 공선옥의 「가리봉 연가」에서의 장명화를 들 수 있다.

천운영의 『잘가라, 서커스』에서 주인공 림해화는 강인하면서도 부드럽고 각자의 주체이면서도 타자에 대한 배려를 늦추지 않는 여성이다. 그녀는 남편의 결함을 정면으로 응시하고 이것저것 계산하지 않으며 시어머니와 시동생, 남편에게 극진히 잘해준다. 그러나 남편의 억압을 받았을 때 가출을 선택한다. 가출은 가정의 심리적 압박상황에서 벗어나고자 하는 무의식적 탈출의 감행으로서 현실을 극복하고자 하는 일종 일탈이자 자신의 존재를 확인하고자 하는 몸부림이기도 하다. 가출 후 그녀는 태아를 상실하고 온갖 질병에 시달리며 죽음의 훼멸에 이른다. 그의 죽음은 결국 자신을 세계와 완전히 단절시킴으로서 출구를 닫아버린 것과 마찬가지다. 이방인이고 여성이라는 젠더와 이주로 중첩된 결혼이민 조선족 여성은 실존으로서 가출하였지만 한국 땅에서 발 디딜 곳이 없었고 결국 죽음으로서 해결에 이르게 되어 비극적인 여인상으로 남게 된다.

한수영의 「그녀의 나무 핑궈리」에서 만자 씨는 가부장적 질서에 순종도 하고 반항도 하는 여성상이다. 그녀는 건달이자 바람둥이인 남편의 억압에 순종한다. 그러나 남편의 거듭되는 외도에 가위를 갈며 거세하려는 장면으로 끝을 맺는데 아쉬운 점은 상황 전개가 주인공 개인의 체험과 의식으로만 제시되어 있어 환경과 현실을 바라보는 시각이 개인적 차원에서의 해결방법에만 머무르고 공감대를 형성함에는 한계를 보인다고 할 수 있다.

가난하고 불행한 여인상, 실존으로서의 가출과 닫친 출구의 여인상, 가부장제 질서에 대한 순종과 반항의 여인상, 이러한 조선족 여성상들은 자신이 태어나고 성장한 지역과 이주국 사이를 넘나들면서 영향을 주고받는 경계인의 삶으로써 한국 다문화사회의 가능성과 문제점을 제시해 주고 있다. 끝으로 중국조선족작가들에 의해 그려진 재한조선족여성들의 여성상과의 비교는 차후 과제로 남겨둔다.

제3부

———

중한수교 이후
한국현대소설에 나타난
중국 공간의 재현

# 4장

# 중국부상에 따른 국제질서 재편론 담론

### ─조정래의 『정글만리』를 중심으로

## 1. 부상하는 중국, 중국의 재궐기

중국이란 명칭은 은(殷)의 갑골문에 따르면, '중'은 '중앙'이라는 의미로, 그 당시는 국가라는 개념이 생기기 전이었기에 지역(地域)이나 성(城)의 의미로, 즉 중국이 '가운데 있는 지역'이란 뜻으로 쓰였고, 『시경』과 『예기』에서는 두 가지 의미, 첫째는 수도라는 의미, 둘째는 한족이 거주하는 지역이나 한족이 세운 국가라는 의미로 쓰였다. 즉 당시 한족의 활동 범위가 황하 중류 일대였으며, 동이(東夷), 서융(西戎), 남만(南蠻), 북이(北狄)이라는 사이(四夷)의 중간, 혹은 구주九州의 중앙에 위치하였기에 중국이라 불렀다. 이후 진한(秦漢) 시기를 지나면서 중국은 민족과 중원지역이라는 경계를 뛰어넘어 정권을 일컫는 말로 사용되었다.

중국이란 명칭이 예전에는 이렇게 일반명사로 쓰이다가 국명을 나타내는 고유명사로 사용하게 된 것은 1911년 신해혁명과 더불어 탄생한 중화민국, 그리고 1949년 10월 1일 성립한 중화인민공화국(People's Republic China, 약칭 PRC)이다. 중화민국과 중화인민공화국을 줄여서 '중국'이라 부른 것이다.

한국문학작품 속에서의 중국 인식에 대한 연구는 고전과 근현대문학에서는 일부 다루어왔지만 당대문학에서는 거의 불모지와 같다. 이는 광복 이후 중국과 한국의 각기 다른 정치체제로 인해 장시간 교류가 없었던 것과도 관련이 있다.

2013년 7월, 한국에 중국대륙을 무대로 삼은 조정래의 장편소설『정글만리』가 등장했는데 이 소설은 출간 7개월 만에 100만부를 돌파해 최단 기간에 밀리언셀러에 등극했고 인터파크도서가 독자 투표로 진행한 "최고의 책과 최고의 작가를 선정"하는 '제8회 인터파크 독자 선정 2013 골든 북 어워즈'에서 2013년 한국 내 발행된 모든 책들 중 "독자들의 마음을 가장 움직인 책"으로 선정이 되었으며, 작가도 "최고의 작가"로 등극했다.

『정글만리』는 조정래 작가가 중국에 대한 전방위적 자료 조사와 2년여에 걸친 현지답사로 거대한 중국대륙 곳곳의 변화를 생생하게 써내려간 소설적 탐험이라 할 수 있다. 소설은 '세계의 공장'에서 '세계의 시상'으로 탈바꿈한 중국에서 뭐든지 크고, 뭐든지 넓고, 뭐든지 많은 그곳에서 벌어지는 한국, 중국, 일본, 프랑스 등 각국 비즈니스맨들의 생존 전쟁을 다루고 있다. 그뿐만 아니라 중국에 대한 수많은 정보들을 압축해서 한국독자들에게 보여주고 있다. 중국경제, 정치, 문화, 중국인의 기질, 취미, 중국에서 제기되는 환경오염, 농민공문제, 빈부차이, 과속성장으로 인한 부작용… 더불어 세계 경제를 집어삼키며 세계의 중심이 된 중국의 급부상이 수천 년 국경을 맞댄 한국에 친구인지 적인지, 세계질서가 어떻게 되고 있는지에 대한 심도 있는 질문을 던지고 있다. 『정글만리』는 한국인들의 통상적인 중국에 대한 인식을 깨게 한 작품이기에, 조정래는 한국정부를 대표하여 '2013년 중한교류민간특사'의 역할을 하였다고 해도 과언이 아니다.

지금까지 『정글만리』에 대한 연구논문으로는 김주영의 「글로벌화와 지방화의 충돌 속의 중국－조정래의 정글만리를 중심으로」와 박령일의 「조정래의 장편소설 『정글만리』에 나타난 중국인 형상」이 있다. 김주영의 논문은 한국학자의 시각에서, 윤리학의 각도로 개인윤리, 국가윤리, 문화윤리의 문제를 지적하면서 소설에 등장하는 인물들의 배금주의를 비판하였다. 박령일의 논문은 비교문학 형상학 연구와 칼 만하임의 '집단무이식' 이론을 결합하여 인물형상을 이데올로기와 유토피아 두 부류로 나누어 분석을 진행하였다. 이데올로기 형상으로서 부패한 관리 샹신원과 빈곤한 도시 농민공의 형상을 다루었고, 유토피아 여성 형상으로는 외국기업 여총재 왕링링과 베이징 여대생 리옌링의 형상을 다루었다. 『정글만리』는 인물형상 부각보다는 한국독자들에게 중국에 관한 수많은 정보 제공을 통해 중국의 현재를 알고 미래를 내다보는 데 초점을 맞춰 쓴 논픽션에 가까운 작품이라 생각된다. 작가는 서문에서 작품 창작의 의도를 이렇게 적고 있다.

> 지금 중국의 인구는 14억에 이르렀고 중국은 G2가 되었다. 이 느닷없는 사실에 세계인들이 놀라고 중국 스스로도 놀라고 있다. 예상을 40년이나 앞당겼기 때문이다. 그러나 그건 흔히 말하는 '기적'이 아니다. 중국 전 인민들이 30여 년 동안 흘린 피땀의 결실이다. 우리의 지난날이 그렇듯이 이제 머지않아 중국이 G1이 되리라는 것을 부인하는 사람은 아무도 없다. 그런데 중국이 강대해지는 것은 21세기의 전 지구적인 문제인 동시에 수천 년 동안 국경을 맞대온 우리 한반도와 직결된 문제이다. 중국인들이 오늘을 이루어내는 동안 겪은 삶의 애환과 고달픔도 우리의 경험과 다를 게 무어랴. 그 이야기를 두루 엮어보고자 했다.[1]

보다싶이 이 글은 G2 중국을 중심으로 이야기가 펼쳐진다. G2/G-2(영어:

---

1   조정래, 「작가의 말: 두 가지 의미」, 『정글만리1』, 해냄, 2013, 4-5쪽.

Group of Two)는 경제적, 정치적으로 세계 2대 강국인 미국과 중국을 이르는 말이다. 미국은 국내총생산 14조 5천억 달러로 수년간 1위였고, 중국은 5조 878억 달러로 2010년 일본을 제치고 2위가 되었다. 미국은 현재 세계를 이끌어나가는 초강대국이고, 중국은 신흥 초강대국으로서 미국을 대적 할 수 있는, 거의 유일한 국가이다.

소설은 상하이종합상사 부장 한국인 전대광, 성형수술의사 한국인 서하원, 주 상하이 포스코철강회사에서 시안으로 회사를 옮긴 한국인 김현곤, 세 명의 한국인 비즈니스맨을 중심으로 이야기가 펼쳐진다. 그 속에는 중국 고급관리 샹신원, 리옌링의 아버지인 중국 상인 리완싱의 이야기도 들어있다. 그리고 베이징대 한국유학생 송재형과 베이징대 중국학생 이옌링의 사랑이야기를 다루면서도 젊은 세대들의 현시대에 대한 사색을 고백하고 있다. 더불어 일본회사 주재원 이토 히데오와 도요토미 아라키, 외국대기업의 여총재 왕링링, 프랑스 비즈니스맨 자크 카방 등 여러 인물군상들이 등장한다. 그들은 제각기 다른 시각에서 보는 중국을 말하고 있다.

본고에서는 『정글만리』에서 나타나는 중국 부상에 따른 국제질서를 논의함에 경제질서와 정치질서 두 갈래로 나누어 담론하고자 한다. 더불어 중국의 G2급속성장의 발전 원인과 거기에 뒤따르는 폐단, 중국에 대한 전망 등을 분석함으로써 중국이 G1로 부상할 경우, 한국에 대해서 세계질서에 대해서 어떤 역할을 할지에 대해 한국인이 바라보는 시각으로 짚어보고자 한다.


## 2. 경제질서 재편론: 무궁무진한, 희망의 땅—중국시장

그들이 빛의 속도로 산업화하고 근대화할 수 있다는 것을 믿는다.

—펄벅

이는 미국작가 펄벅이 1962년에 중국을 두고 한 말이다. 작가의 투시력이 40년 앞을 내다본 것이다. 중국은 현재 G2에, 외환보유고 세계 1위, 철강 생산 세계 1위, 항공산업 세계 1위, 자동차산업 세계 1위, 인재 국제기구 특허 출원 1위……

소설에서 표현된 중국은 G2인 동시에 GDP는 5천불이며, 국가 경제력은 강대하지만 대부분 중국인은 자질이 높지 못한 국민이다.

소설에서 한국인을 대표하는 전대광, 김현곤, 서하원이 중국경제를 보는 시각은 매우 긍정적이고 우호적이다. 그들은 중국미래의 희망 비전을 보아내고, 중국무대를 자신의 삶을 발전해나가는 터전으로 삼는다.

전대광은 중국에서 생활한 '중국 사람처럼 중국어를 잘'할 뿐 아니라 중국 역사와 문화에 정통한 '중국통'이다. 결말에서 그는 십여 년 근무하던 대기업을 사직하고 중국에서 창업을 시작한다. 2천년 고도의 도시 시안을 사랑하는 김현곤도 한국회사 시안지사 지사장으로 승직한다. 성형의사 서하원도 새로운 파트너를 찾아 중국에서 사업을 시작한다.

일본인을 대표하는 이토 히데오와 도요토미 아라키는 식민지였던 한국과 중국에 대해 '조센진'과 '야만인'이란 용어로 혐오와 멸시를 나타내며, 또한 일본 소니가 한국 삼성에 진 것에, 일본이 G2 자리를 중국에 내준 것에 화가 나면서도, 중국이 경제발전의 기회의 땅임을 알고, 중국과의 합작기회를 거절한 일본정부를 원망하기도 한다.

왕링링은 어머니는 베트남인, 아버지는 미국인, 양아버지는 중국인인 복잡한 혈통을 가졌다. 그녀는 서양의 우월주의 인식으로, 중국인의 속물적인 근성에 혐오를 느끼면서도, '외환보유고가 1위인 부자 나라'라고 중국경제력에 탄복하기도 한다. 그녀는 열 명의 중국고급관리들의 얼나이(二奶, 내연녀)로, 그들과 꽌시를 맺어 사업에서 승승장구한다. 그러나 금전의 노예인 그녀는 지나친 배금주의에 빠져 거금을 빼돌려 회사 가짜 부도를 내고 잠적

한다.

왕링링의 부하이자 한국인인 앤드박은 중국을 경멸하면서도 미국의 금융위기, 유럽의 경제위기의 태풍이 연달아 몰아닥치는 데도 끄떡없이 안정적 성장을 하고 미국의 거품이 빠져도 끄떡없는 중국의 부동산 사태를 지켜보면서 중국의 강한 경제체력에 동감한다.

프랑스인 자크 카방은 중국 문화에 대해 내심으로 흠모를 하면서 중국시장이야말로 프랑스 경제력을 더욱 발전시킬 수 있는 곳이라 생각하고 있다.

소설에 등장하는 외국인들은 중국이 G2가 될 수 있었던 요인을 싼 인건비, 기술력 보유, 내수시장으로의 확대, 중국인 고유의 상술 등에서 찾고 있다.

G2 성장의 첫째 요인인, 싼 인건비는 값싼 노동력을 말한다. 인간의 노동력은 자본주의사회에서 일종의 상품이다. 이는 일반적인 상품과는 달리 생산자와 인격적으로 합세되어 존재한다는 특성이 있지만 돈으로 파고 사는 교환의 대상이라는 점에서 같은 상품 범주에 속하며 이 상품은 노동력을 임대하는 경우, 임금의 가격이라 할 수 있다. 노동자들은 자기생존을 위해 생활해야 하고 바로 그러한 자연인으로서의 개인적 생활이 자본가에게는 노동력이라는 상품이 생산되는 과정이다.

소설에서 프랑스인 자크 카방은 "중국이 마술을 부리듯 G2가 된 것은… (중략) 1억여 명의 근로자들이 싼 인건비에 몸을 내맡기며 각종 제조업에서 그들의 솜씨를 발휘했고, 2억 5천여 명의 농민공이란 사람들이 그보다 더 헐값의 돈에 그들의 솜씨를 판 결과"(2:213쪽)였다고 하고 한국인 김현곤도 "중국이 G2가 된 것은 제조업에 무한정 투입된 값싼 노동력의 힘이지 문화수준과는 아무 상관이 없"(2:370쪽)다고 한다.

중국의 초스피드 경제발전과 대도시의 하루가 몰라보게 올라서고 있는 고층건물 건설, 고속철 건설 이는 모두 중국의 싼 노동력이 한몫을 한 것이다. 싼 노동력의 대상은 대개 개혁개방의 물결을 따라 잘 살기 위해 농촌에서

도시로 몰려든 농민공, 근로자들이다. 이들은 중국의 눈부신 경제발전의 공헌자인 셈이다.

소설에서는 전대광이 미국과의 비교 속에서 왜 중국이 G2가 될 수밖에 없는지를 이야기하고 있다.

110년 동안 세계 1위를 차지해왔던 미국의 제조업이 중국에 무너진 건 중국의 제조업 노동자 1억의 힘 때문이었소. 미국발 세계금융위기와 함께 그 사실을 뒤늦게 깨달은 미국이 중국에 나와 있던 자국의 제조업체들을 특혜를 줘가며 불러들이기 시작했소. 그렇다고 미국의 제조업이 살아나겠소? 중국처럼 값싼 노동력이 없는데, 미국의 노동자 임금은 중국의 5배, 이미 국제 경쟁력을 상실해버려 이윤을 낼 도리가 없는 것이오. 국내 일자리 해결이나 좀 할 수 있을까?… 그런데 또 한 가지 무서운 사실이 있소. 일자리 부족을 해결하기 위해서 오바마 대통령이 스티브 잡스를 만찬에 초대했소. 오바마는, 전량을 외국에서 생산하고 있는 애플의 아이폰을 미국에서 생산해 일자리를 늘릴 수 없겠느냐고 얘기를 꺼냈소, 잡스는 한마디로 'NO'하고 했소. 왜냐하면 경쟁이 치열한 세계적 상황에서 디자인이 갑자기 바뀌는 경우, 중국에서는 자정에서라도 수천 명을 불러내 일을 시킬 수 있지만 미국에서는 한사람도 불러낼 수 없기 때문이라고 했소. 이런 노동환경이 차이가 바로 미국이 어찌해 볼 수 없는 중국의 힘이오. 그리고 미국이 도저히 이길 도리가 없는 또 하나의 문제가 있소. 중국은 값싼 노동력이 앞으로는 2억, 3억 계속 대기하고 있소. 지금 현재 농촌 인구는 6억 5천만 정도요. 중국 정부는 농촌 인구의 도시화를 계속 추진하고 있고, 농업의 기계화와 함께 농촌 인구가 2-3억 정도 도시로 이동해 제조업 노동자가 되는 것이오.[2]

---

2   조정래, 『정글만리3』, 해냄, 2013, 394-395쪽.

'인구는 국력이다'는 마오쩌둥의 3대 명언 중의 세 번째가 적중하게 맞아떨어져 중국의 많은 인구, 싼 인건비가 G2 성장의 주요 요인으로 되었고 더불어 중국은 머지않아 미국을 제치고 G1이 될 것임을 확신하고 있다. 이는 스티브 잡스의 말을 통해 더 한층 실증해주고 있다. 그러면서 전대광은 'IMF의 예견이 맞다면 오바마는 유일 초강대국 미국의 마지막 대통령이 될 거'(3: 397쪽)라고 했다.

14억 인구에, 6억 5천만정도의 농민인 인구 구조, 게다가 중국정부의 농촌인구의 도시화 추진 정책에 따라 중국 노동력은 점차 늘어날 것이며, 앞으로의 노동력은 20-30년 내지는 30-40년은 문제없을 거라는 전망이다. 다른 한편 소설에서는 계층간의 극심한 빈부격차, 연해지역과 내륙지역간의 지역격차, 농민공들의 불운한 삶, 공해문제 등 G2 중국이 안고 있는 문제점들을 진지하게 지적하고 있다.

소설에서는 중국 G2 성상요인 중의 나른 하나로 중국의 핵심기술력 보유를 꼽고 있다. 한 나라가 누리는 경제생활의 풍요는 그 나라가 보유하고 있는 기술력에 크게 의존하기 마련이다. 선진국으로 분류되고 있는 모든 나라들의 공통된 특징가운데 하나는 모두 첨단적인 선진기술을 갖추고 있다는 점이다. 기술력은 과학기술 지식과 생산현장 경험의 합성체로 형성된다.

과학기술분야인 우주항공기술에서 중국은 일찍이 1960년대에 미사일 개발에 착수하여 1966년에 최초의 비행을 성공시켰고, 21세초에 중국 최초의 유인 우주선을 발사하여 미국과 러시아에 이어 세 번째 우주기술의 선진국으로 발돋움했다. 그러나 2차 산업인 제조업이나 건축업, 3차 산업인 서비스업(운수, 도소매, 관광, 교육, 금융, 연구)의 기술은 부족했다. 소설은 제조업과 건축업에 관해서 치중하여 소개하고 있다.

일본인 도요토미 아라키는 "일본에서는 20여 년 생산되지 않은 1회용 가스라이터가 싸구려 한국산에 먹혀 생산 중단을 했고, 중국이 개혁개방을 하면서 한국도 똑같은 과정을 거쳤다는 것이다. 한국의 단순 제조업들이 중국의 싼 인건비를 뜯어먹고 치부를 하려는 황홀한 꿈들을 품고서, 바다에 뛰어들었는데 그는 황금의 바다가 아니라 익사의 바다"였다는 것이었다. 왜 냐하면 "중국은 단순기술을 재빨리 습득해서 역공의 인해전술을 펼치기 시작했기 때문이라는 것"이었다. "한국의 패배는 고기압이 저기압 쪽으로 흐르고 물이 높은 곳에서 낮은 곳으로 흐르는 것과 같은 필연적 경제순환"(1: 147-148쪽)이었다.

단순기술 뿐만 아니라 중국은 "5성급 호텔 건축물도 이태리, 프랑스, 독일 등 유럽의 기술을 동원 받던 데로부터 10여 년이 지나 그 기술습득을 해버려 100퍼센트 차이나 건물을 지었"(1:31-32쪽)고 "합작으로 시작한 독일 기술을 습득해서" "우리(한국)의 KTX보다 훨씬 더 속도가 빠른 고속철을 손수 만들어냈다."(1:32쪽)고 전대광은 말하고 있다.

> '정치 수도' 베이징과 '경제 수도' 상하이를 잇는 고속철은 외형만 늘씬하고 미끈한 현대형이 아니었다. 내부 시설도 고급스럽고 세련되게 꾸며져 있었다. 고속철이 정시에 출발하자 출입문 위에 붙은 속도계의 숫자가 빠르게 바뀌기 시작했다. 눈이 어지러울 정도로 그 숫자들은 숨 가쁘게 바뀌고 있었다. 10분이 되었을까 어쩔까⋯ 속도계의 숫자는 300을 넘어서고 있었다. 시속 300킬로로 달리고 있는 열차. 그런데 객실에서는 전혀 그런 속도감을 느낄 수가 없었다. 그 어떤 소음도 진동도 없는 안락한 승차감을 제공하고 있었던 것이다. 속도계 숫자는 340에서 멈추었다.[3]

한국유학생 송재형과 중국베이징대학생 이옌링이 탄 중국 고속철 허셰호

---

3  조정래, 『정글만리1』, 해냄, 2013, 128쪽.

(和諧號)는 늘씬하고 미끈한 현대외형에, 고급스럽고 세련된 내부시설, 그리고 안락한 승차감에 시속 340킬로! 이는 프랑스 TGV 시속 320킬로, 한국 KTX 300킬로보다 빠르고 발전한 G2 중국의 기술이었다.

그리고 상하이를 대표하는 랜드마크이고 '동방의 빛나는 진주'인 동방명주도 100퍼센트 중국 기술로 만들어졌다. 그 속에는 세계에서 제일 빠르기로 기네스북에 오른 엘리베이터가 있는데, 바로 높이가 263미터인 제2전망대까지 단 40초 걸린다는 엘리베이터다.

중국의 기술력 발전은 외국과 합작해서 많은 자금을 쏟아 부은 것도 있겠지만, 또 다른 하나의 중요한 요인은 인력개발에 있었다. 한국인 김현곤이 중국 관광하러 온 자녀들에게 중국의 과학기술에 대해 소개하는 대목을 보도록 한다.

"우리나라(한국)가 오늘날과 같이 과학기술 수순이 발선한 것이 지난 '70년대부터 40년이 걸렸지. 그런데 중국은 80년대부터 시작해 30년 만에 우리나라 수준과 같아진 거야. 왜 그런지 아니? 한 가지 분명한 이유가 있어. 과학 연구인력이 학부생 650만 명 정도, 대학원생 50만 명 정도가 확보되어 있는 거야. 이건 어느 나라도 따라올 수 없는 세계 1위지. 그리고 모든 분야의 최신 과학기술을 확보하기 위해서 정부가 총력 지원을 한단다. 또 기업은 기업들대로 눈에 불을 켜고 덤비고 그러니 최신 기술이 발전하지 않을 수가 없지. 그리고 또 다른 게 있지, 중국은 우리가 엄두를 못 내는 두 가지 최첨단 기술을 가진 나라야. 원자폭탄 제조와 유인우주선 발사."[4]

무한경쟁의 글로벌시대, 새로운 기술개발은 경제시장을 장악하는 승패가

---

4    조정래, 『정글만리2』, 해냄, 2013, 353쪽.

된다. 새로운 기술개발은 연구 인력을 필요로 한다. 한국인 시각에서 보는 중국의 과학기술은 과학 연구인력이 학부생 650만 명, 대학원생 50만 명으로 확보되어 있고 정부에서도 대폭적인 총력 지원을 아끼지 않으니 발전하지 않을 수 없다는 것이다.

소설은 현재 중국의 대부분 핵심기술이 2차 산업단계에 머물고 있음을 설명하고 있다. 대부분의 3차 서비스 산업은 아직 더 발전해야 할 과제임을 암시하고 있다. 소설에서는 중국의 항공 산업이 싱가포르 항공과 독일 루프트한자를 제치고 세계 1위(3:400쪽)답게, 프랑스인 자크 카방이 중국인 항공 서비스업에 만족하는 장면이 나온다.(3:30쪽) 그러나 부족하거나 개진되어야 할 산업도 지적되고 있다. 예를 들면, 김현곤과 자크 카방이 시안에서 느끼는 '시안은 무작정 부시고 뒤엎어 새로 건설하는 개발보다도 역사유적을 보존만 잘하고 공기만 깨끗하게 해놓아도, 전 세계에서 관광객이 벌떼처럼 몰려들 것'이라고 생각하는 관광 산업, 호텔건물은 미끈하게 잘 지어놔도 그걸 효과 있게 잘 이용해 이익을 극대화 해나갈 줄 모르는 경영 테크닉, 골동품가게에서의 위생이 더럽고 추잡하며 또한 내 나름대로의 서비스, 기술부족의 의료산업, 그리고 교육산업 등이다.

"G2를 한마디로 하자면 '세계 공장'이었던 중국이 '세계시장'으로 바뀌었다는 뜻"이다. "중국이 세계의 소비시장이 된 구체적인 예는 많지만 두 가지만 든다면, 상용차를 포함한 모든 자동차의 수가 2억 대를 넘어 미국을 제치고 세계 1위가 된 것, 여성들의 명품 사냥이 브라질을 밀어내고 2위가 된 것인데 미국을 제치고 1위를 차지하는 것은 시간문제이다."(1:17쪽) 조사에 의하면 "중국이 G2가 되면서 경제전문지 『포춘』이 꼽은 세계 500대 기업 중 95퍼센트가 중국시장을 먹이 삼아 진출해 있었다."(1:228쪽) 중국은 무역을 해외교역에 의존하던 데로부터 서서히 내수시장 확대로 전환시키고 있다. 이 점은 소설에서 자크 카방이 리완싱과 중국인 명품사냥을 목표로 한,

상품의 현지화 개발 비즈니스를 하면서, 중국 내수시장의 위력을 감탄하는 장면으로 나오기도 한다.

소설중의 인물들은 하나하나 의심할 바 없이 중국은 미국을 제치고 G1로 부상할 것이라고 확신하고 있다. 그게 언제쯤 될까? "경제전문기관이나 경제학자들이 나서서 제각기 예측을 해대느라고 분주한데, 내(전대광)가 가장 믿는 건 미국 쪽 견해요. 왜냐하면 그들이 중국이 G1이 되는 걸 가장 원치 않기 때문이오. 그런데 미국의 입김이 가장 센 IMF에서 2016년으로 점쳤고 또 다른 연구소에서는 2020년쯤이라고 했소, 그럼 그 둘 더하기 나누기 2하면 언제요?" 대략 2018년이 된다는 얘기다.

한국인 전대광은 "14억 인구가 있는 중국시장은 그야말로 무궁무진하고 망망대해와 같"(1:17-18쪽)으며 "나같은 사람한테는 앞으로 30년은 너끈히 파먹을 수 있는, 젖과 꿀이 흐르는 땅"이라 하였다. 세계가 주목하고, 세계인이 보일, 중국시상을 집약적으로 표현한 것이다.


## 3. 정치질서 재편론: 세계의 일원으로 되야

국가 경제력은 그 정치체제에 기반하고 있다. 중국의 정치체제는 공산당이 국가의 다양한 영역과 레벨에서 지도적 위치를 차지하는 '당-국가'체재로서, 중국공산당이 핵심적 역할을 한다. 1921년에 사회주의혁명을 위한 정치조직체로 탄생한 중국공산당은 28년이란 장기간에 걸친 국민당과의 정권투쟁에서 승리하여 1949년 중화인민공화국을 수립한 후 현재까지 65년간 집권당으로, 중국의 정치, 경제 등 사회 전반에 걸쳐 일관되고 강력한 영향을 행사해왔다.

중국이 G2로 부상하여 세계의 주목을 받게 되면서 외신들은 여러 가지 보도를 쏟아 부었다. 그 보도 중 하나가 중국 관리들의 부정부패가 너무 심해 사회 불안요소가 되고 있고 이 문제로 인해 중국이 위기에 몰릴 수도 있다는 것(3:375쪽), 다른 하나는 중국관리들의 타락과 횡포가 자꾸 심해지고, 경제 모순으로 빈부격차가 날로 심해지고, 빈곤층과 농민공들의 사회 불만이 갈수록 커지고, 그들의 민주의식이 차츰 강화되어 민주화 세력으로 뭉쳐지면 중국에도 민주화 투쟁이 일어나 민주주의가 실현될 거라는 등등이다.(3:380-389쪽)

소설에서는 중국인민들의 공산당 집권과 관리에 대한 생각을 전대광의 시각을 통해 명쾌하게 해석하고 있다. 전대광은 "이런 보도들은 그럴듯한 시나리오를 쓰고 있는 것과 같은데 이는 서양국가들의 중국인민들의 생각이나 의사와는 너무나 거리가 먼, 그들의 자기중심적이고 일방적인 판단이며, 중국인민의 마음을 완전히 외면한 일방적 잠꼬대일 뿐"이라 하였다.(3:380-382쪽)

그러면서 "쏘련의 몰락 원인이 모두 무책임하게 게으름 피워 야기된 물적 토대의 빈약이 절대적인 것과 당원과 관리들의 대책 없는 타락이어서 안 망할 도리 없는 극한 상황이었다면, 65년 이어온 1당 독재의 공산당 관리들은 부정부패가 있긴 하지만, 중국은 쏘련과 다르게 제조업을 토대로 계속 건강한 성장을 하고 있고, 인민들은 모두 의욕에 차서 부지런하다"(3:376쪽)는 것이다.

그리고 더욱 중요한 것은 "중국인민이 당과 관리에 대해 갖고 있는 너그러운 믿음"이라는 것이다. "중국 인민들 중에 성인치고 관리들의 타락과 횡포를 모르는 사람은 한명도 없"고 "또 그걸 모두 싫어하고 비판하고 있"으며 "그러면서도 그들은 능력이 있고 나라를 위해 애쓰고 있으니 어느 정도는 그럴 수 있다고 생각하는 것"이라는 것이다. 이는 "서양사람들도, 우리 한국 사람들도 이해하기 어려운 중국사람들의 복잡함"인데 이는 "당원들의 공통

점은 모두 학생시절에 우수한 모범생"이었고 "관리들은 몇 백 대 일의 경쟁을 뚫고 그 자리에 오른 존재들"이니 "평범한 인민들로서는 그들의 능력을 인정하지 않을 수 없고, 그들이 막강한 권력까지 가지고 있으니 기죽지 않을 수 없는 일"이라는 것이다.(3:377쪽)

중국인민이 당에 대한 믿음은 당이 인민을 위해 이루어낸 업적과 직결된다는 것이다. 그 업적은 크게 혁명을 통해 신중국을 건설하면서 토지개혁을 실시하여 수천 년 동안 올가미가 된 농민의 소작인 신세를 면하게 해준 것, 그리고 개혁개방하면서 인민들을 잘 살게 한 것이다. "중국공산당은 전체 인민들에게 절대적인 존재"인바 "그건 마오쩌둥이 세월이 갈수록 높게 떠받들려져 결국 신의 위치에 오른 것과 맞통하는 것"이다. "중국공산당이 혁명을 이룩해 신중국을 건설하면서 해낸 일이 여러 가지지만, 인민들이 잊지 않고 기억하는 것이 한 가지가 있"는데 "토지개혁을 실시해 수천 년 동안 올가미기 되어온 소작인 신세를 면하게 해준 것"이다. "그 덩시 인민의 85% 가 농민이었고 그중의 85%가 소작인"이었다. "그게 마오(모택동)가 신으로 숭상되는 살아있는 증거"이다. 그리고 "중국의 천지개벽이라고 할 수 있는 개혁개방은 누가 주도한 것이요? 공산당이 하지 않았소. 그러니 인민은 당을 믿는 것이요"(3:377-387쪽) "개혁개방과 함께 중국의 인민들은 그전에는 전혀 누릴 수 없었던 사유재산 소유의 자유, 직업 선택의 자유, 특대도시를 뺀 거주이전의 자유, 결혼의 자유, 취미생활의 자유, 국내외 여행의 자유, 해외 유학의 자유를 누리"고 있으며 "이런 천국을 베풀어 준 게 당이고 정부"이므로 "별다른 불만이 없고 오로지 기대가 있을 뿐", "나라가 우리를 이렇게 잘살게 해주었으니 조금 더 참고 기다리면 더 잘살게 해줄 것이다. 이런 믿음은 누구한테서나 확인할 수 있"는바 "절대다수의 서민들은 선거의 자유라는 것에 거의 관심이 없"으므로 "서양 언론들이 기대해 마지않는 민주화 투쟁이란 요원할 뿐"이라는 것이다.

다시 말하면, 중국 인민들은 마오쩌둥 시기에 토지개혁을 실시해 소작인 신세를 면한 것과 덩샤오핑 시기에 개혁개방을 실시해 잘 살게 된 것을 공산당 은덕으로 생각하고 항상 고마워하면서 더 잘 살 수 있을 것이라는 기대에 부풀어 있다는 것이다.

소설에서는 중한관계가 제기되고 있다. 중한관계에 있어서 "중국과 한국은 저 머나먼 과거에서부터 이웃나라로 돈독한 관계로 유지하며 살아왔고 현재는 물론이고 먼 미래까지 영원히 선린우호적 관계를 유지하며 사이좋게 살아가야 하는 공동운명체이다. 그 기반을 튼튼히 하기 위해서는 두 나라 국민들이 상호 이해가 깊어져야 한다."(3:175쪽)고 피력하고 있다. 중한관계에 있어서 중국은 한국에게 최대교역국, 최대흑자국, 제2투자대상, 최대인적 교류국이며, 가치에 기반한 전략군사동맹 및 전략적 협력 동반자 관계이며 박근혜 대통령 방중으로 중한관계는 전략적 협력동반자 관계의 '내실화'를 이룩하는 진전을 거두었다. 소설에서 한국유학생 송재형과 베이징여대생 리 옌링의 국제적인 사랑과 결합은 중한 두 나라의 더욱 밝은 미래와 협력을 상징한다.

그러면서 앞으로 중국의 자세에 대해서도 이야기하고 있다. "지금 중국 정치인들은 어쩔 수 없이 세계무대에 올라 서 있소. 그들도 고민이 많겠지만, 그들이 가야 할 가장 현명한 길은 이미 제시되어 있소, 작년엔가 중국 최고령 문필가, 106세의 저우유광은 중국의 미래에 대한 글을 썼소. 그분은 한마디로 지구촌 시대가 된 지금, 중국은 '세계의 중심'이 아니라 '세계의 일원'이 돼야 한다고 갈파"했다는 것이다.

비록 경제대국으로 되었지만 '세계의 중심'이 아닌 '세계의 일원'으로서의 중국, 이는 세계인이 바라는 중국의 역할일 것이다. 소설에서 베이징대에서 진행된 한국기자의 인터뷰 장면이 있는데 여학생의 대답이 여기에 관한 부연설명이 아닌가 싶다.

한국 여기자가 질문했다.

"중국은 세계를 놀라게 하며 G2가 되었습니다. 그리고 머잖아 G1이 되리라는 것은 아무도 의심하지 않습니다. 그때 중국은 어떤 식의 세계 지배를 해야 한다고 생각합니까?"

잠시 이어진 침묵을 다른 여학생이 깼다.

"굉장히 어려운 질문입니다. 지금 우리의 입장에서는 당연히 미국과 다른 방식, 상호 호혜와 평등과 공존의 방식이어야 한다고 생각합니다."[5]

'상호 호혜와 평등과 공존의 방식'은 글로벌시대, 중국 내지는 세계가 걸어가야 할 길이다. 일전에 시진핑은 독일순방연설에서 '중국에 잠자던 사자가 깨어났다. 그러나 이 사자는 우호적인 사자이다'라고 말했다. 정치인들이 세계평화론에 입각하여 정치를 하기 바라는 것은 세계인의 바램 인 것이다.

요컨대, 『징글만리』에 나타난 G2중국의 정치질서는 인민이 공산당에 반족하는 존재로 나타나고 있으며, 인민이 현실생활에 만족을 느끼기에 국가의 위기라든가 하는 것은 매우 요원한 일로 지적되고 있다. 그리고 중국이 G1이 되면서 어떤 역할을 할지에 대해서는 더 지켜봐야 한다는 식으로, 작가는 필을 아끼면서, 중국인 저우유광이 말한 '세계의 중심'이 아닌 '세계의 일원'으로서의 중국과 베이징대 여학생이 말한 '상호 호혜와 평등과 공존의 방식'에 대한 희망의 메시지를 남겼다.

---

5    조정래, 『정글만리3』, 해냄, 2013, 184쪽.

## 4. 나가며: 국제 부상에 따른 해결 과제들

이 글은 한국 당대의 저명한 작가 조정래의 장편소설 『정글만리』에 나타난 중국 부상에 따른 국제질서를 논의함에 경제질서와 정치질서 두 갈래로 나누어 담론하였다. 더불어 중국의 G2 급속성장의 발전 원인과 거기에 뒤따르는 폐단, 중국에 대한 전망 등을 분석함으로써 중국이 G1로 부상할 경우, 한국과 세계의 질서에 어떤 역할을 할지에 대해 한국인이 바라보는 시각으로 짚어보았다.

한국인, 프랑스인 외국인이 바라보는 G2 중국의 경제전망은 밝다. 그들이 바라보는 중국경제시장은 '무궁무진하고 망망한 대해'와도 같으며 '30년은 너끈히 해먹을 수 있는 꿀과 젖이 흐르는 땅'이었다. 그들은 GDP가 5천불인 중국이 G2가 될 수 있었던 요인을 싼 인건비, 기술력 보유, 내수시장 확대, 상술 등으로 들고 있다. 작품에서는 중국이 제2산업인 제조업이나 건축업에서의 기술습득 뿐만 아니라 제3산업 서비스산업에서도 발전을 필요로 함을 지적하면서 글로벌시대, 세계시장은 능력 있는 자만 살아남는 약육강식, 적자생존의 처절한 정글게임임을 제시하고 있다. 그리고 G2 중국이 해결해야 할 과제인 빈부차이, 농민공문제, 환경오염문제 등 여러 문제점들도 지적하고 있다.

작품에 나타난 한국인이 바라보는 G2 중국의 정치질서는 인민이 공산당에 만족하는 존재로 나타나고 있으며, 인민이 현실생활에 만족을 느끼기에 국가의 위기라든가 하는 것은 매우 요원한 일로 지적되고 있다. 그리고 중국이 G1이 되면 어떤 역할을 할지에 대해서는, 중국인 저우유광이 말한 '세계의 중심'이 아닌 '세계의 일원'으로서의 중국과 중국대학생이 말한 '상호호혜와 평등과 공존의 방식'이라는 메시지를 희망과 기대사항으로 남겼다.

중국이 강대국가가 진행될수록 중국의 역할은 점차 재부각되고 확대될 것이다. 이 글은 외국인, 특히 한국인 시각에서 당대 G2 중국의 경제질서, 정치질서로부터 중국부상에 따른 세계질서를 분석해보았다. 당대 중국의 여러 방면을 두루 다룬 장편소설 『정글만리』에서의 중국 문화와 국민성에 대한 연구는 추후로 미루기로 한다.

# 5장

# 한국현대소설에 나타난
# 하얼빈 도시경관

## 1. 도시와 도시 경관

이 글은 타자시각에서 본 중한수교 이후 한국현대소설에 나타난 중국 동
북도시 하얼빈의 도시공간에 대한 재현양상을 살펴봄에 도시와 도시경관의
연구방법으로 주목해보고자 한다. 그럼으로써 한국인들의 무의식 속에 잠재
되어 있는 사상의식과 정체성, 역사문화의 공간을 추적하는데 목적이 있다.

도시(都市, city)라는 말은 도읍(都邑)과 시장(市場)이 합쳐져 이루어진 말이
다. 도읍은 행정 및 정치 중심지를, 시장은 상업 경제 중심지를 의미한다.[1]
이렇듯 도시는 사회경제정치 활동의 중심이 되는 일정한 지역 내에 밀집되
어 있는 사람들이 공동생활을 유지하는 지역단위이다.[2] 도시(都市)의 출현은

---

[1]  도시 네이버 지식백과 https://terms.naver.com/entry.naver?docId=794588&cid=46636&cate
goryId=46636

[2]  도시(都市, city)는 정치나 행정의 중심지, 경제나 상거래의 중심지 역할을 하는 곳, 일정한
지역 내에 밀집되어 있는 이질적인 사람들이 주로 비농업 경제활동에 종사하면서 공동생활
을 유지하는 지역 단위이다. 도시가 갖추어야 할 요건은 많은 인구와 인구밀도, 농업이
아닌 산업, 도시 경관, 중심성 등이 있다. 그러나 현재는 정보매체, 교통, 상공업 관리 등

인류가 성숙과 문명으로 나아가는 표지이며 인류가 군체 생활을 하는 고급적인 형식이다. 도시의 기원에 대하여 현대의 고고학자 칠드(Chila, G)는 "사람이 토지에 정착하여 도구를 이용한 농경을 농업혁명이라 하는데 이 농업혁명의 결과로 농산물의 잉여현상이 일어난다. 그리고 이때 네 사람이 다섯 사람분의 식량을 생산하면 농경에서 해방된 한 사람은 학자, 예술가, 기술자 등 비농업적 전문가가 된다. 이러한 사람의 수가 늘면서 그들은 필연적으로 활동여건이 좋은 중심촌락에 모이게 되고 여기서 국가와 계급이 생기고 따라서 도시도 형성되었다"고 하였다. 그는 이러한 변화를 도시혁명이라 하고 도시혁명은 5천년 내지 1만년 이전에 이루어졌다고 설명하고 있다. 서구사회의 도시는 그리스시대의 도시 국가 이후로 시민공동체 또는 시민적 경제활동 중심지라는 성격을 띠고 있다.[3]

'경관(landscape)'이란 단어는 고대 독일어 "Landscipe"이나 "Landscaef"에서 유래했다. 초기에 '경관'은 생태학과 시리학의 개념으로 쓰이다가 후에는 회화, 미술, 예술 시각 영역으로 쓰이었다. '경관'과 문화를 결합하여 '문화경관'을 처음으로 제기한 학자는 경관학파의 창시자인 독일의 O.슐뤼터(施呂特尔, Schlüter, 1872-1952) 지리학자이다. 그는 지리학 연구는 경관에 대한 연구라 하면서 경관은 하나의 지역에 여러모로 결합된 외형단위로, 인간도 하나의 경관 요인으로 보아야 하며 지리학자는 지구표면에 주의를 돌려 감지하고 인지되는 사물 경관의 전체를 포착해야 한다고 주장하였다. 역사지리학의 연구방법으로 경관을 분석하되 원시경관과 문화경관으로 나누어 우선

---

각 기능의 중심성이 중요시되고 있다.

3  영어의 'city', 불어의 'cité'가 모두 고대 로마의 '도시' 또는 '로마시민권'이라는 뜻을 가진 'civitas'를 어원으로 하듯, 서구사회의 도시는 그리스시대의 도시국가 이후로 시민공동체 또는 시민적 경제활동 중심지의 성격을 강하게 띠고 있다. [네이버 지식백과] 도시 [city, 都市](한국민족문화대백과, 한국학중앙연구원)

인류활동이 중대한 개혁을 거치기 전에 존재한 원시경관을 연구하고 그다음 원시경관이 변환된 문화경관을 연구해야 한다고 했다. 즉 인류문화가 창조한 경관의 변화과정을 연구해야 한다는 것이다.[4] 그는 1906년에 문화경관과 자연경관의 차이점에 대해 이야기하면서 문화경관은 자연경관에서 발전 진화되어온 현상으로 연구해야 한다고 하였다. 미국지리학자 칼 사우어(卡尔索尔, Carl O. Sauer)는 문화경관 영역의 창도자이자 실천자이며 권위자이다. 그는 처음으로 자연경관과 문화경관의 개념을 미국에 들여왔고 인류는 문화의 기준에 따라 천연환경의 자연과 생물현상에 대해 영향을 주면서 그것들을 문화경관으로 변화시킨다고 주장하였다. 그리고 경관을 지구표면의 기본적인 토대로 보고 지리학은 인류문화와 경관사이의 상호적 관계를 탐구하고 경관의 형태와 변화를 연구하여야 한다고 하였다.[5] 그는 문화경관은 "자연경관에서의 인류의 활동형태이다."[6]라고 하였다. 역사의 발전과정에서 "landscape"의 의미는 계속하여 해석되고 의미가 부여되고 재창조되었다. 테일러(泰勒, Taylor)는 "landscape"의 기원은 "문화과정과 가치와 관련이 있는 인공적 산물이다."[7] 현대성 도시의 전문용어로서의 "도시경관"은 도시의 건축이나 자연지리 풍경뿐만 아니라 도시문화와 여러 문화형태를 가리키는 것으로 인간

---

4     http://www.jintaitangye.com/kx/zrkx/dqkx/dlx/37400.html

5     칼 사우어는 1923년에 켈리포니아주대학 지리학과 교수로 초빙되었는데 어느 강연에서 지리학은 지구표면의 지역과 관련된 사물을 연구하는 것인데 거기에는 자연사물과 인문사건 그리고 각 지역간의 차이성의 과학을 연구하는 것을 포함한다고 하였다. 1924년 미국지리학자협회 학술대회에서 지리학이 환경에 대한 영향만 연구하는 것을 비판하면서 응당 인류활동의 지역표면의 조사연구를 통하여 관찰한 사실로부터 인간과 지면의 관계에 대한 결론을 내려야 한다고 주장하였다. 그는 미국의 인문지리학 분야에서 커다란 공헌을 하였다. 周尚意, 文化地理学[M], 北京: 高等教育出版社, 2004, 7页.

6     周尚意, 文化地理学[M], 北京: 高等教育出版社, 2004, 7页.

7     Taylor, K., "Cultural Landscapes and Asia: Reconciling International and Southeast Asian Regional Values", Landscape Research, 2009(1).

과 자연, 인간과 인간, 인간과 도시 공간, 인간과 현대문명 사이의 여러 관계를 내포하고 있으며 도시사회활동의 매체로서 지역 지리 문화의 표징이다.

문화경관은 자연요소와 인문요소 두 가지로 나뉜다. 문화경관은 지리적 표면에 존재하며 일정한 지리공간을 차지한다. 그러므로 문화경관에서 자연요소는 우선 문화경관의 설립과 발전의 기초이다. 다음 기후 지형, 기후, 동식물 등 각종 자연요소는 각종 문화경관의 중요한 부분이다. 이들의 독특한 조합이 독특한 인문 활동으로 결합된다면 하나의 완벽한 여행경관으로 된다. 문화경관 구성에서 인문요소는 물질요소와 비물질요소 두 가지로 나뉜다. 물질요소는 부락, 인물, 복식, 교통체계, 생산대상 등으로 감지할 수 있는 유형의 인문요소이다. 문화경관에서 가장 중요한 연구내용은 부락구조, 토지기획구조, 건축구조 인공생태계통인데 이들도 물질요소에 속한다. 비물질요소는 사람들이 직접 감지할 수 없지만 경관의 발전에 특수한 중요한 의의가 있다. 사상의식, 사회심리, 생활방식, 풍속습관, 종교신앙, 가치관, 심미관, 도덕관 등이다. 비물질요소의 연구는 문화경관의 물질적 외형을 통하여 경관의 내포적 함의를 탐구한다. 그밖에 문화경관은 물질요인과 비물질적요인을 압도하는, 느낄 수는 있지만 형용하기 어려운 '분위기'를 연출하는데 이는 ㄱ 지역의 개성과도 같이 추상적인 느낌이고 문화경관이 구성하는 비물질 문화성분이다. 그러므로 가시성의 인류활동의 성과와 더불어 느낄 수 있는 지역적 분위기 역시 문화경관이라 할 수 있다.[8]

도시경관의 의미는 물질적으로 단순한 배경이나 장소, 공간이 아니다. 이는 인물의 내심 세계의 반영이고 행위의 기점으로 구조나 이동 자체가 서사진행의 원동력이자 의미생산의 출발점이다.[9] 그러므로 도시경관에 대한 연

---

8    周尙意、孔翔、朱竑,《文化地理學》, 高等教育出版社, 2020年 7月, 302页.

9    도시라는 공간은 단순한 물리적 공간이 아니라 공업화, 현대화, 상품경제, 공용공간, 시민사회, 인간문제 등의 개념이 연관되어 있는 복잡한 가치공간도시이다. 曹丙燕,《消費时代的

구는 실제로 작가의식과 작가가 보여주려는 주제의식에 관한 연구이다. 문학작품에 체현되는 도시는 "작가가 도시를 표현함에 도시의식을 가지고 예술적으로 승화한 것"[10]이라 할 수 있다.

도시경관은 자연경관, 도시문화활동이 내재하고 있는 인문경관과 풍물경관을 포함하고 있다. 자연경관은 기후, 지형, 토양 따위의 자연적 요소에 대하여 인간의 활동이 작용하여 만들어낸 지역의 통일된 특성이다. 문화경관은 자연경관에 인간의 영향이 가해져 이루어진 경관이다. 오늘날 지표면의 대부분이 이에 해당한다. 인문경관은 인류의 문화, 인물과 문물 아울러서 이르거나 인류의 질서를 말하는 것인만큼 사회, 경제, 교통, 인구, 촌락, 지방전통의 풍습, 예술 따위의 인문적 환경 조건에 의해 생기는 풍경이다. 풍물경관은 어떤 지방이나 계절 특유의 구경거리나 인간이 살아가는 풍경이다.

하얼빈은 금나라와 청나라 왕조의 발상지였고 19세기말에는 수십 개의 촌락과 3만여 명의 주민들이 거주하여 교통, 무역, 인구 등 경제요인들은 도시의 형성과 발전을 촉진하였다. 1896년부터 1903년까지 제정러시아의 중동철도의 건설에 따라 하얼빈은 만주 지배의 거점으로 되었다. 이에 철도건설 및 도시 건축을 위해 많은 공상업 인구들이 집거되고 기사나 부대원, 노동자 등이 이주하였다. 거기에는 러시아인, 중국인, 조선인, 일본인 등으로 다양한 종류의 거류공간을 형성하였다. 하얼빈은 20세기초에 국제적인 상업도시로 부상하여 33개 국가의 16만 교민이 집거하였는바 19개 나라가 하얼빈에 영사관을 설립하였다. 따라서 중국민족자본이 크게 발전하여 동북 경제중심과 국제도시가 되었다. 하얼빈의 통치세력은 시대의 추이에 따라서 러시아에서 중국으로, 중국에서 다시 일본으로 옮겨갔다. 1931년 9.18사변

　"人"与"城"－1990年代以来的城市文学研究》, 吉林大学博士论文, 2018年 6月, 2页.

10　徐剑艺, 《城市文化与城市文学－当代城市小说的文化特征及其形成》, 《文艺评论》, 1987年 5号, 50-57页.

이 발발하고 1932년 2월 5일에 하얼빈은 일제에 점령당하고 3월 1일 만주국 건국이 선언됐다. 그리하여 동북지방은 일본 식민지로 전락되고 하얼빈도 일제의 세력 판도에 들어갔다. 1933년 7월 1일에 하얼빈특별시 공서가 설립되었고 1937년 7월 1일에 하얼빈시공서로 변경되고 빈강성공서에 속하게 되었고 직할시로 정해졌다. 1945년 하얼빈은 일제의 통치에서 벗어났는데 당시 인구는 70여 만 명이다. 1946년 4월 28일 인민정권이 설립되면서 빈강성은 송강성으로 변경되었고 하얼빈은 중국해방군에 의해 가장 일찍 해방된 대도시가 되었다. 1949년 3월 1일 하얼빈특별시정부는 하얼빈정부로 변경되었고 송강성 인민정부 직속으로 송강성 직할시가 되었다. 1954년 8월 1일, 송강성과 흑룡강성이 합병되어 새로운 흑룡강성이 설립되었으며 하얼빈시는 흑룡강성에 속하게 되었다.

이 글은 중한수교 이후 한국소설에 나타난 하얼빈이라는 지정된 도시의 경관을 연구하고자 한다. 하얼빈도시는 근대소설과 산문에 사주 등상[11]하고 그 연구논문[12]들도 일정한 성과를 거두었지만 중한수교 이후의 한국소설에는 많지 않은 편이다. 대표적으로 김인숙의 단편소설 「감옥의 뜰」(2004)[13]과

---

11    이효석의 작품에 하얼빈이 등장하는 소설로는 「합이빈」(『문장』, 1940.10), 『화분』(인문사, 1939.1), 『벽공무한』(『창공』이란 제목으로 1940년 1월 25일부터 7월 28일까지 『매일신보』에 연재)을 들 수 있다.

12    김윤식, 「이효석문학과 하얼빈」, 『現代文學』 통권571호, 2002.7, 204-211쪽; 방민호, 「이효석과 하얼빈」, 『현대소설연구』 제35호, 한국현대소설학회, 2007.9.30, 47-69쪽; 이경재, 「이효석의 『벽공무한』에 나타난 하얼빈」, 『현대소설연구』, 한국현대소설학회, 2015.4.30, 331-358쪽; 서재원, 「이효석의 일제말기 소설 연구: 『벽공무한』에 나타난 '하얼빈'의 의미를 중심으로」, 『國際語文』 제47집, 국제어문학회, 2009.12.30, 265-291쪽; 한홍화, 「일제말기 이효석 소설에 나타난 '할빈'의 의미: 「화분」, 「벽공무한」, 「하얼빈」을 중심으로」, 『국어국문학』 제164호, 국어국문학회, 2013.8.31, 545-565쪽; 박종홍, 「'하얼빈' 공간의 두 표상: 「심문」과 「합이빈」의 대비를 통한」, 『현대소설연구』 제62호, 한국현대소설학회, 2016.6.30, 97-123쪽.

13    이 글은 『문학동네』 2004년 여름호에 실렸으며 김인숙의 다섯 번째 소설집 『그 여자의

---

김연수의 단편소설 「이등박문을, 쏘지 못하다」(2005), 김훈의 장편소설 『하얼빈』(2022) 등이 있다. 「감옥의 뜰」은 2005년 제12회 이수문학상 수상작이고 「이등박문을, 쏘지 못하다」는 다른 8편의 작품과 함께 김연수의 네 번째 단편소설집 『나는 유령작가입니다』에 실려 있는데 이 소설집은 제13회 대산문학상을 수상하였다. 김훈의 장편소설 『하얼빈』은 2022년 동리목월상을 수상하였다.

이 글은 김인숙의 단편소설 「감옥의 뜰」과 김연수의 단편소설 「이등박문을, 쏘지 못하다」를 중심으로 소설에 나타난 중국 동북도시 하얼빈의 도시경관을 자연경관, 인문경관, 풍물경관 세 개로 나누어 도시공간에 대한 재현을 살펴보고자 한다. 자연경관은 지역화와 역사화, 인문경관은 낭만화화 영웅화, 비애화, 풍물경관은 기이화와 타자화의 의미로 하얼빈 도시경관의 재현 양상을 살펴봄으로써 한국인들의 무의식 속에 잠재되어 있는 하얼빈 공간의 의미와 그들의 사상의식과 정체성을 추적해보고자 한다.


## 2. 자연경관: 지역화와 역사화

자연경관이란 사람의 손을 더하지 아니한 자연 그대로의 지리적 경관이다. 하얼빈의 자연경관으로는 기후, 지형, 건축, 명칭 유래 등을 들 수 있다. 소설에서는 하얼빈의 명칭 유래와 추운 기후뿐만 아니라 건축, 유적지 등이 등장하고 있다.

---

자서전』(창비, 2005)에 수록되었다. 이 글은 소설집에 실린 것을 텍스트로 한다. 김인숙은 25년간 소설을 쓰면서 '하나 되는 날'로 1987년 전태일문학상 특별상을, '먼 길'로 1995년 한국일보 문학상을, '개교기념일'로 2000년 현대문학상을, '바다와 나비'로 2003년 이상문학상을, '감옥의 뜰'로 2005년 이수문학상을 받았다.

소설 「감옥의 뜰」에서는 주인공 가이드 규상이 하얼빈에 대해 "쏘피아성당을 생각했을 것이고 혹은 사원이나 공원들을 떠올렸을 것이다. 역사에 특별히 관심이 있는 사람들이라면 안중근 의사가 이등박문을 저격한 하얼삔 역전으로도 안내할 수 있을 것이다. 혹은 관광에 열정을 보이는 사람들이라면 아청까지 나가서 금나라 유적지를 보게 할 수도 있을 것이고 일행 중에 아이들이 끼여 있다면 호랑이 방목장에 가서 새끼 호랑이를 끌어안고 사진을 찍게 해줄 수도 있을 것이다."[14]고 하였다. 소설 「이등박문을, 쏘지 못하다」에서는 하얼빈의 지형지리학적인 요소들을 이야기하고 있다. "진회색 직사각형 편석을 깔아놓은 중앙대가를 빠져나오다가 거기서 보행신호를 받아 길을 건너면 완다그룹이 짓는 쇼핑몰 부지와 호텔이 나오고 치우지 않아 눈이 얼어붙은 길을 조금 더 걸어가면 군중상을 드높이 세운 방홍기념탑이었다. 그리고 방홍기념탑 너머부터는 송화강이었다."[15] "방홍기념탑 계단을 걸어 올라가면 '쓰띨린 공원'이 있고 '쓰딸린 공원실 양옆에는 벌 받는 아이저럼 서서 가지를 떠는 자작나무'들이 늘어서있다. 송화강 너머로는 '태양도(太陽島)공원'이 있는데 공중에는 '송화강과 태양도를 한가롭게 오가는 케이블카'가 있다. 송화강 '둑에는 레닌이나 스딸린 따위가 등장하는 러시아 우표를 파는' 상인들이 있고 그와 붙어있는 '중앙대가 연변에는 러시아 민예품 가게'가 있다"고 이야기하고 있다.

지리적으로 송화강, 태양도, 중앙대가가 등장하고 역사유적지와 관광지로 금나라 박물관, 쏘피아성당, 러시아가게, 하얼빈역, 731부대 유적지, 방홍기념탑(防洪紀念塔), 호랑이방목장 등이 등장한다.

자연경관에서는 하얼빈의 명칭 유래와 기후, 역사유적지와 관광지에 대해

---

14    김인숙, 「감옥의 뜰」, 『그 여자의 자서전』, 창비, 2005, 118쪽.
15    김연수, 「이등박문을, 쏘지 못하다」, 『나는 유령작가입니다』, 창비, 2005, 183쪽.

지역화와 다원화로 특징지어 살펴보고자 한다.

하얼빈(哈尔滨)의 명칭은 할빈, 합이빈 등으로도 불리고 있다. 그 명칭의 유래에 대해 「감옥의 뜰」에서는 "하얼삔은 만주어로 그물 말리는 곳이라는 뜻을 가진 도시였다"[16]고 하면서 주인공인 화선이 "그녀는 그 이름이 마음에 들어 하얼삔에 정착을 했다고 했다."[17]고 밝히고 있다. 실제로 그 유래에 대해 백조설, 몽골어의 평지설, 러시아의 큰 묘지설, 만주어의 쇄골설, 통구스어의 나루터설 등 여러 설이 있다.[18] 이는 하얼빈이라는 도시가 몽골, 러시아, 만주, 통구스 등이 혼합하여 이루어진 혼종의 도시임을 설명하는 예증이기도 하다.

하얼빈의 기후는 어떠한가? '하얼삔은 몹시도 추운 도시'인데 '수은주가 영하 이십삼도를 가리키고' '꽝꽝 얼어붙어 있는 창문'이며 '얼어붙지 않은 데가 없'(「감옥의 뜰」, 104-105)다. 하얼빈은 "추위에 움츠러든 햇살이라 너무 성긴 까닭인지 오후 세시면 가로수 사이가 벌써 침침해지기 시작했다. 강이든 산이든, 보이는 그 모두가 하얀 고장에서는 석양마저도 설색(雪色)에 물드는 모양이었다. 희부옇기만 한 북쪽 하늘아래 대안은 얼른 그 생김새를 가늠하기가 어려울 정도로 희끄무레했다."[19] 하얼빈은 "12월이면 기온이 영하

---

16  김인숙, 「감옥의 뜰」, 『그 여자의 자서전』, 창비, 2004, 132쪽.

17  위의 책, 132쪽.

18  백조(白鵝)설은 하얼빈의 원음이 '갈루웬(galouwen)', 즉 '하르윈(哈爾溫)'이라고 주장하는데 이는 '백조, 고니'는 뜻으로 하얼빈 지명의 유래로 인정되는 '통설(通說)'이다. 하얼빈은 "고니의 진주"라는 미칭을 갖고 있다. 몽골어 평지(平地)설은 1913년 위성화(魏声和)가 『지린지(吉林地志)』에서 하얼빈이 몽골어 '평지'와 발음상 상충되었다고 밝혔다. 러시아어 '대묘지설'(大墓地說)은 1928년 러시아어로 된 『상공지침商工指南』이란 책에서 러시아인들이 처음부터 이곳을 영구 점유했다는 의미를 담고 있다. 만주어 쇄골은 완전한 음역이며 만주어 할라빠(哈拉吧)는 쇄골锁骨이라는 뜻에서 추론된다. 통구스어인 나루터설과 배나, 루터설에 따르면 하얼빈이라는 말은 배가 정박하는 곳이라는 뜻의 통구스어의 유래로 보고 있다.

19  위의 책, 183쪽.

20도까지 내려가는 곳이었다. 공기가 너무 얼얼해 성재의 머리도 같이 얼어
버린 모양이었다."[20] "기온은 아마도 영하 삼십도 아래로 내려가 있을 것이
다. 바깥에 있는 동안은 콧물이 훌쩍훌쩍 나오는가 싶더니 코 바깥으로 흘러
내리기도 전에 코 안에서 살얼음이 되어버리곤 했다."[21] "장난 아니게 춥소이
다, 내가 하얼삔에 간다고 했더니 누가 그럽디다. 거기서 노상방뇨를 했다가
는 오줌줄기가 그냥 얼어붙는다고 말이오."[22] 바로 "그렇게 추운 지방에 하
얼삔처럼 큰 도시가 있을 줄"[23]은 누가 생각이나 하랴, 그야말로 한국에서는
겪어보지 못한 겨울의 맹추위를 느끼게 한다. 중국 동북 평원의 동북부 북단
에 위치하고 있는 하얼빈은 중국에서 위도가 가장 높아 겨울이 길고 그 추위
가 오랫동안 지속된다. 그리하여 빙설제, 빙등제[24]로 유명하며 얼음성이라는
호명을 받고 있다.

하얼빈은 '얼음의 도시', 빙설의 도시, 빙등의 도시이다. 하얼빈얼음축제·
하얼빈눈축제·하얼빈빙등제라고 하는 눈과 얼음의 축제는 빙능제와 빙설제
가 별도의 장소에서 1월 5일에서 2월 5일까지 한 달간 개최된다. 빙등제는
조린공원(兆麟公園)에서 열리는데, 이 공원은 중국의 항일 영웅인 이조린(李兆
麟)을 기념하기 위해 설립한 공원으로 원래 이름은 하얼빈공원이다. 안중근
의사가 사형내에 올라가며 소국이 독립될 때까지 자신의 시신을 묻어 달라
고 유언했던 곳이기도 하다. 빙설제는 빙등제와 별도로 송화강 북쪽에 있는
"송화강의 섬"인 태양도공원(太陽島公園)에서 열리며 이곳에서는 눈으로 만든

20    김연수, 「이등박문을, 쏘지 못하다」, 『나는 유령작가입니다』, 창비, 2005, 184쪽.

21    김인숙, 「감옥의 뜰」, 『그 여자의 자서전』, 창비, 2004, 125쪽.

22    위의 책, 124-125쪽.

23    김연수, 「이등박문을, 쏘지 못하다」, 『나는 유령작가입니다』, 창비, 2005, 201쪽.

24    김연수의 「이등박문을 쏘지 못하다」에서는 빙등제로(200쪽), 김인숙의 「감옥의 뜰」에서는
      삥쒜에제로, 중국어로 氷雪祭, 직역하면 빙설제이다.

조각품을 전시한다.

하얼빈은 금나라와 청나라 발상지이다. 금나라 발상지는 하얼빈시 아청구[25]에 위치해 있다. 아청은 "하얼삔에서 고속도로를 타고 한 시간 가까이 벗어나 있는 소도시(129쪽)"이다. 아청(阿城) 이름의 유래는 청나라 선통(宣統) 원년에 아러추카(阿勒楚喀) 지역의 부도통관아를 현으로 변경하면서 아(阿)자를 떼내고 성(城)을 합쳐서 간소화하여 한자독음 아청현으로 부르게 된 것이다. 아라추카는 청나라 옹정 7년에 북경으로 수도를 옮긴 청나라가 외적의 침략을 막기 위해 동북지역의 개발과 통치를 강화하기 위해 설치한 관아가 있는 신도시였다. 「감옥의 뜰」에서는 금나라 박물관을 이야기하고 있다.

아청은 아골타가 세운 금나라의 발상지였다. 북쪽 오랑캐 여진족들은 무서운 기세로 남쪽으로 뻗어나가 북경까지 점령했다. 그러나 그 영화의 기간은 백년이 채 되지 못했다. 아청에는 금나라 유물들을 전시한 박물관이 있었다. 박물관은 현대식으로 지어진 멋진 건물이었으나 아마도 예산부족 때문인 듯 관리가 형편이 없었다. 박물관의 유물들은 세월보다 먼저 낡아가고 있었다. 전시실의 유리상자들은 금이 가 있었고 화폭들은 투명테이프로 찢어진 자리를 메우고 있었다.[26]

금나라는 1115년에 세워져 1234년에 멸망한, 여진족이 동아시아 중국 북부에 세운 나라이다. 개조는 완안 아골타이고 수도는 초기에 상경 회녕(上京會寧)이었으며 후에 금나라의 4대 군주인 해릉왕에 의해 연경으로 옮겼다. 상경 회녕이 현재의 아성구 성남4리허(阿城區城南4里許, 阿什河街道白城村)이다.

---

25   아청은 하얼빈의 직속 현성으로 있다가 2006년에 하얼빈시 하나의 구가 되었다.
26   김인숙, 「감옥의 뜰」, 『그 여자의 자서전』, 창비, 2005, 130쪽.

아청은 "금원내지(金源內地)"로 불리며 중외사학자들로부터 "인류의 소중한 역사유물중의 하나이다"라는 평가를 받고 있다. 아청에는 금상경(金上京)역사박물관이 있는데 4000여 건의 유물이 전시되어 있다.

하얼빈을 대표하는 기호들 중에서 가장 많이 차지하는 것이 '쏘피아 성당', '사원과 공원', '쓰딸린 공원', '러시아 우표', '러시아 민예품 가게'들을 비롯한 러시아 이국풍에 대한 묘사이다.

중앙대가 편석길 좌우의 가로등에는 이미 불이 들어왔다. 가로등기둥에 설치해놓은 스피커에서는 옛날 팝송이 흘러나왔다… (중략) 한때 그 거리에는 러시아인들이 살았다. 하지만 이제 그들은 모두 사라졌다. 성재는 1904년에 개업했다는 러시아풍의 성 안나 커피숍 벽에 붙어 있던 흑백사진을 떠올렸다. 그 사진 밑에는 '1930年代前後哈爾濱俄罗斯人生活写真'이라는 설명이 붙어 있었다. 1932년 舍회징이 범람해 중앙대가 부근에 서푸하던 백계 러시아인들의 집이 침수됐는데 그 시절의 고난상을 찍어놓은 사진들이었다.[27]

하얼빈은 러시아 문화의 영향이 큰 도시로서 동방의 모스크바로 불리고 있다. 그 원인은 역사적으로 하얼빈을 포함한 흑룡강성 지역은 18세기 서세동점(西勢東漸)시기에 청이 쇠약해진 틈을 타 러시아가 동진정책을 전개한 결과 1689년(강희 28년)청과 러시아 사이에 야블로노이 산맥을 국경으로 네르친스코 조약이 체결된 것을 계기로 러시아 영향권 하에 들어갔다.[28] 그리

---

27  김연수, 「이등박문을, 쏘지 못하다」, 『나는 유령작가입니다』, 창비, 2005, 198-199쪽.

28  17세기 중엽 러시아는 흑룡강 지방까지 진출하고 네르친스크, 알바진 등지에 성을 구축하였다. 당시 청은 입관초기로 국내 정비에 여념이 없어 러시아의 세력 진출을 견제하지 못하였다. 러시아는 통상을 위하여 수차례 사절을 보냈으나 실패하였고 청은 내정이 안정되자 러시아가 침공한 영토 회복에 나서 양국 간에는 전투가 개시되었다. 이 전쟁을 계기로 청러 양국간에 체결된 조약이 네르친스크 조약으로 흑룡강의 외지류 즉 고르비차강과 외흥안령

고 양국 간에는 신강 지역의 이리(伊梨)를 중심으로 한 교역을 조정하기 위하여 1851년(함풍 1년) 이리조약을 체결하였지만 이때 이미 러시아는 흑룡강전 유역을 사실상 불법 점유하고 있었으며 당시 청이 태평천국의 내란과 애로우호사건, 영불 동맹군의 광동공격 등으로 고통 받고 있는 틈을 타서 국경선 변경을 강요하였다. 이 결과 1858년(함풍 8년) 양국간에는 흑룡강을 새로운 국경선으로 하고 우수리강 동쪽의 연해주를 양국 공동 소유로 한다는 아이훈조약이 체결되어 극동지역에까지 러시아의 세력 확장이 이루어지게 되었다.[29] 하얼빈은 19세기말 제정 러시아에 의해 건설되었고 볼셰비키혁명 이후로는 반볼셰비키적 백계러시아인들의 최대 근거지였다. 오늘날까지도 하얼빈 지역에 러시아풍 건축이 많이 남아 있고 중국인과 러시아인이 혼혈인이 많은 까닭은 바로 이러한 역사적 사실로부터 기인한다.

하얼빈의 중앙대가는 1903년 중동철도 개통시 러시아에 의해 철도부속지로 편입되면서 부두구는 일약 번화가로 변모하게 되었다. 그 이후 북만주의 긴자(金座)로 불리게 되는 키타이스카야로 부상한다. 키타이스카야는 중국인 노동자들이 자재를 운반하던 길이라고 해서 중국인거리 그대로 거리이름으로 남은 것이다. 지금은 중앙대가로 불리는 키타이스카야는 러시아 자본가의 상점들 뿐만 아니라 일러 전쟁 이후로 미국과 영국 구미자본의 상점과 은행이 들어서 하얼빈 경제의 심장부가 되었다. 중앙대가를 중심으로 한 부두구 일대는 만주 유수의 상업중심지로서 하얼빈의 상징적 존재이기도 했다.

하얼빈역은 소설 「이등박문을, 쏘지 못하다」에서 "전직 하버드대 교수는 하얼삔 역에 가봤느냐고 성재에게 물었다. 한국인이라면 하얼삔 역에는 꼭

---

이 양국 간의 국경으로 정하여졌고 러시아의 세력이 공식적으로 극동지역에까지 미치게 되었다. 조의호, 『세계대사전』, 민중서관, 1976, 116쪽.

29 김창경, 『동양외교사』, 집문당, 1984, 65쪽.

가봐야 합니다. 안중근 때문입니까라고 성재가 묻자 그는 고개를 끄덕였다."[30] 한국인이라면 꼭 가봐야 하는 하얼빈역, 안중근의 거사가 치러진 하얼빈역, 그만큼 한국인에게 있어 하얼빈은 특수한 공간이다. 하얼빈역은 러시아 중동철도가 부설되면서 생겨났으며 송화강역으로 부르다가 1903년 하얼빈역으로 개명했다. 그렇다면 안중근의 의거는 왜 하얼빈역에서 치르졌으며 이토는 왜 하얼빈에 왔는가? 이는 당시 러시아가 흑룡강을 집권한 같은 맥락에서 읽힌다. 1868년 이래의 메이지 유신으로 부국강병의 길에 들어선 일본은 1894년 청일전쟁에서의 승리를 통해 조선에서의 청의 우월적 권리를 배척하는데 성공하였고 1904년 러일전쟁에서도 승리함으로써 조선을 병탄하는 데 유리한 고지를 확보하게 되었고 이를 기반으로 중국 동북아지역으로 세력 확대를 도모하려 하였는데 여기에는 러시아와의 협력이 필수적이었다. 러시아 또는 극동지역에서의 세력 확대를 위해서는 일본과의 협력과 세력 범위의 확정을 통한 분쟁 방지가 필요하였던바 이토의 하얼빈 방문은 바로 이러한 러일 양국의 공통적 필요성에서 비롯되었다.[31]

하얼빈에서의 세력이 러시아에서 일본으로 넘어간 뒤 일제는 끔찍한 만행을 저질렀다. 731부대 유적지(日軍第73部隊 罪證陳列館)가 이를 증명해주고 있다. "첫 번째 목적지는 731부대 유적지였다. 가이드 노릇을 할 만한 상식이 있는데다가 731부대를 모르는 사람도 없을 듯했기 때문에. 그는 차 안에서 간단한 정도로만 설명을 했다. 다들 아시겠지만 731부대는 2차세계대전 당시, 세균전을 실시하기 위해 창설된 일본군 부대입니다."[32] 731부대는 하얼빈의 남쪽 20km 지점에 떨어진 평방구 신장대로(平房區新疆大街) 25번지에

30    김연수, 「이등박문을, 쏘지 못하다」, 『나는 유령작가입니다』, 창비, 2005, 195쪽.

31    오수열, 「안중근 의사의 생애와 하얼빈 의거」, 『서석사회과학논총』 제2집 1호, 2009.1, 11쪽.

32    김인숙, 「감옥의 뜰」, 『그 여자의 자서전』, 창비, 2005, 116쪽.

위치하고 있으며 총면적 1,500제곱미터, 15개 전시관과 유적지를 포함하고 있다. 1982년 개관 이래 대량의 사진 증거와 물증, 실증을 바탕으로 한 자료들을 전시하고 있는데[33] 이는 아직까지 세계에 현존하는 가장 큰 규모의 생물전 지휘센터다.

731부대는 제2차 세계대전 때 일본 제국 육군 소속 관동군 예하 비밀 생물전 연구기관으로 공식명칭은 관동군 검역급수부(關東軍防役給水部)이다. 1936년 설립 초기에는 관동군 방역 급수부로 위장하다가 1941년 만주 731부대로 개명하였다. 설립을 주창한 사람은 세균학 박사이자 육군 군의중장(中將) 사령관인 이시이 시로(石井)이었는데 그는 1930년대 초 유럽 시찰에서 세균전의 효용을 깨닫고 이에 대비한 전략으로 생물 무기 연구, 실험, 생산기지를 건설하기에 이르렀다. 그리하여 세균전 부대, '이시이 부대'라고도 한다. 731부대는 1936년에서 1945년 여름까지 전쟁포로와 기타 구속된 사람 3,000여 명을 대상으로 각종 세균실험과 약물실험 등을 자행했다.

하얼빈은 금나라로부터 청나라, 근대와 현대를 거치면서 금나라박물관, 소피아 성당, 하얼빈 역, 731부대 유적지 등 역사적 유적지가 남아 지역화와 역사화가 되고 있다.


## 3. 인문경관: 낭만화와 영웅화, 비애화

인문경관은 인류의 문화, 인물과 문물 아울러서 이르거나 인류의 질서를 말하는 것인 만큼 사회, 경제, 교통, 인구, 촌락, 지방전통의 풍습, 예술 따위

---

33  중국 정부는 일본의 전쟁범죄를 세계에 알리기 위해, 731부대의 시설의 유네스코 세계유산 등록을 추진하고 있으며, 이에 따라 23개 시설을 대상으로 2001년 3월초부터 본격적인 복원공사를 진행 중에 있다.

의 인문적 환경 조건에 의해 생기는 풍경이다. 여기에는 인간의 인문정신과 정신적세계가 깃들어있다. 하얼빈은 얼음의 도시로서의 낭만의 도시, 안중근 의사의 하얼빈의거로 인한 영웅의 도시 의미를 갖고 있다. 반면 731부대의 전쟁참상으로 인한 비애의 도시 의미도 갖고 있다.

하얼빈은 얼음의 도시, 빙설의 도시, 빙등의 도시, 낭만의 도시이다. 겨울이 길고 그 추위가 오래동안 지속되는 하얼빈은 빙설제, 빙등제로 유명하며 빙성, 얼음성이라는 호명을 받고 있다. 소설 「이등박문을, 쏘지 못하다」에서는 '빙등제'[34]로만 언급이 되고 거기에 대한 묘사를 찾아볼 수 없는 반면 소설 「감옥의 뜰」에는 빙설제에 대한 묘사가 등장한다.

> 얼음과 눈의 축제는 아름다웠고 웅장했고 거대했다. 축제가 열리는 곳은 송화강의 섬, 태양도였다. 하루종일의 고된 관광에 지쳐 보이던 여행객들은 축제의 마당에 도착을 하자 갑자기 생기가 돌았다. 우아, 머리가 희끗한 사내의 입에서 그런 감탄사가 새어나오기도 했다. 삥쉬에제[35]의 얼음과 눈으로 만든 조형물들은 조각이라기보다는 건축에 가까웠다. 얼음 조형물 속에 등을 넣어 오색의 불을 밝힌 빙등은 맹렬하게 기온이 떨어져가고 있는 혹한의 밤을 폭죽이 터지는 것처럼 밝혀놓았다. 일월 한달동안 하얼삔은 얼음의 도시였고 태양도는 축제의 섬이었다. 그것은 결코 소멸하지 않을 것처럼, 환상적으로 도도했다.[36]

'빙쉬에제'가 열리는 일월, 하얼삔의 호텔들은 어디가나 여행객들로 넘어났다. 자정이 가까운 시간이 아니라고 하더라도 빈객실을 여유있게 갖고 있는

---

**34** 빙등제(氷燈祭) 기간을 잘못 하는 바람에 너무 일찍 하얼삔에 도착한 북경대 유학생 여자 (195쪽) 오로지 관광으로만 다시 하얼삔 역에도 가보고 빙등제도 보자고 했다.(200쪽)

**35** 삥쉬에제: 중국어 冰雪节의 음역으로서 빙설제를 말한다.

**36** 김인숙, 「감옥의 뜰」, 『그 여자의 자서전』, 창비, 2004, 123-124쪽.

호텔을 찾기는 쉬운 일이 아닐 것이다.[37]

　하얼빈얼음축제·하얼빈눈축제·하얼빈빙등제라고 하는 눈과 얼음의 축제
는 빙등제와 빙설제로 조린공원과 태양도공원에서 별도의 장소에서 개최된
다. 빙등제 개최 기간에는 전 세계의 유명 얼음조각가들이 모여들어 영하
20℃ 이하의 추운 날씨에 얼어붙은 송화강(松花江)의 단단하고 하얀 얼음을
이용하여 세계 유명 건축물이나 동물·여신상·미술품 등의 모형을 만들어
전시한다. 어스름이 깃드는 오후 4시 이후에는 얼음 조각 안의 오색등이
밝혀지면서 신비하고 아름다운 장관을 연출해 건축·조각·회화·춤·음악 등
이 고루 어우러진 예술 세계를 보여준다. 빙설제가 열리는 태양도 공원은
섬 자체가 하나의 거대한 공원으로 새하얀 눈으로 세계의 유명한 건축물을
조각해 전시하는데, 특히 영하 30℃까지 내려가는 추운 밤이면 대기 속의
수증기가 얼어붙어 '다이아몬드 더스트'현상[38]이 일어나 환상적인 야경을
연출한다. 눈이 충분히 내리지 않을 경우에는 인공 눈을 만들어 행사를 개최
하기도 한다. 이 빙등제와 빙설제가 열리는 시기가 되면, 중국 국내는 물론
홍콩·타이완 등 세계 각지에서 관광객이 몰려든다. 해마다 1,500여 점 이상
이 전시되는데 이는 세계 빙설문화 발원지의 하나로서 일본의 삿뽀르 빙설
제, 캐나다의 퀘벡 카니발 겨울 축제와 오타와 겨울축제와 함께 세계에서
몇 안 되는 콘텐츠가 풍부한 빙설축제이고 세계에서 가장 오래된 대규모
눈·얼음 축제 가운데 하나로 꼽힌다.
　얼음과 눈의 축제, 눈은 흰 색으로 순결과 청정, 희망과 순수, 행복, 치유를
상징하고 얼음은 투명과 신비, 보석과 같은 영롱함으로 부귀와 재물을 상징

---

37　위의 책, 106쪽.
38　'다이아몬드 더스트'는 세빙, 극히 미세한 수많은 얼음 결정이 지표면 가까운 공기 중에
　　떠 있는 것처럼 보이는 현상이다.

한다. 얼음은 지금은 쉽게 볼 수 있는 흔한 것이지만 옛날 옛적엔 궁궐 왕족들이나 쓰던 매우 귀한 재료였다. 얼음은 그 자체로 권력을 뜻했다. 거기에 근대 상징물인 불빛을 밝혀주는 등까지 합세한 빙설제, 빙등제는 황홀한 환상을 연출한다. 빙설제, 빙등제로 흥이 도도한 하얼빈 도시는 황홀의 도시, 환상적 도시, 낭만의 도시로서의 이미지를 갖는다.

하얼빈은 영웅의 도시이다. 김인숙의 소설 「감옥의 뜰」에서는 관광업을 하는 규상을 따라 화선이 하얼빈과 여순의 관광지를 돌아보며 안중근에 대한 이야기를 풀어나가고 있다. 김연수의 소설 「이등박문을, 쏘지 못하다」에서 하얼빈의 안중근 이야기는 하버드 대학교 고고학 교수 출신에게서 듣는 끼워진 이야기다. 하얼빈-안중근, 중한수교 이후 현대소설에서 하얼빈은 안중근 의사의 항일의거의 공간으로 연상되고 부각된다.

> 안중근 의사는 서른 살에 이등박문을 저격했다. 하얼삔역에서 그는 이등박문을 저격하고 고레아 우라,라고 러시아 말로 조선 만세를 외치고, 그리고 서른한 살에 여순감옥에서 죽었다.[39]

안중근의 거사가 치러진 하얼빈역, 그만큼 한국인에게 있어 하얼빈역은 특수한 공간이다. 소설은 안중근의 생애나 이등박문을 쏜 과정[40]이나 쏘게

---

39  김인숙, 「감옥의 뜰」, 『그 여자의 자서전』, 창비, 2005, 121쪽.

40  1909년 10월 26일 안중근은 일본인으로 가장하고 하얼빈 역에 잠입하여 역 플랫폼에서 러시아군의 군례를 받는 침략의 원흉 이토 히로부미(伊藤博文)를 사살하고 하얼빈 총영사 가와카미 도시히코(川上俊彦), 궁내대신 비서관 모리 타이지로(森泰二郎), 만철 이사(滿鐵理事) 다나카 세이타로(田中清太郎) 등에게 중상을 입히고 현장에서 러시아 경찰에게 체포되었다. 일본 관헌에게 넘겨져 중국 여순에 위치한 형무소에 수감되었고 이듬해 2월 14일, 재판에서 사형이 선고되었으며, 3월 26일 형이 집행되었다. 안중근의 의거는 일제의 침략에 항거하던 한국 독립운동가는 물론 만청정부 타도운동을 벌이던 중국의 혁명운동가들로부터 큰 찬사를 받았고, 더 나아가 일제의 한국침략을 주시하던 서구 열강의 주목을 끌기에

된 이유에 대해 설명이 없다. 만약 심문과정에서 안중근이 제출한 이등박문이 죽어야 하는 열다섯 가지 이유[41]를 소설에서 구구히 옮겨놓는다면 소설은 역사 사실 이야기 속으로 빠져들어 취미성, 교양성 등 소설이 갖는 특성을 살려낼 수가 없는 것이다. 김인숙의 「감옥의 뜰」은 대신 안중근 어머니가 옥중의 아들에게 보낸 편지 이야기를 이끌어내면서 감화력을 획득하고 있다.

저게 바로 그 하얼삔역 아닌가? … 안중근 의사도 안중근 의사지만, 그 어머니가 대단하시지 … 안중근 의사가 감옥에 갇혔을 때, 그 자당께서 감옥으로 편지를 보내셨다는 거야. 그 내용인즉슨, 항소를 하지 말라는 것이지. 어차피 일본놈들이 너를 살려주지 않을 것이니 너는 그냥 죽어라. 억울하게 죽어라. 그 자당께서 그런 편지를 왜 보내셨느냐. 안중근 의사가 억울하게 죽을수록. 조선 백성의 분노가 더 대단해질 거라는 것이지. 자당이 편지 말미에 쓰시기를 네가 혹시 늙은 에미를 남겨놓고 먼저 죽는 것이 동양 유교사상에 어긋난다는

---

충분한 사건이 되었다. 안중근의 의거는 본 세기 초엽 동아시아 역사에서 일대 사건으로서 당시 세계 각국의 광범위한 주목을 끌었다. 특히 한국과 마찬가지로 제국주의 식민지 압박을 받고 있던 중국의 사회여론도 이에 대한 관심으로 집중되었다.

**41** 첫째, 조선왕비 민비 시해한 죄. 둘째, 1905년 을사 5조 강제 늑약한 죄. 셋째, 1907년 정미 7조약 강제로 맺은 죄. 넷째, 이등박문이 조선황제를 폐위시킨 죄. 다섯째, 한국군대를 강제 해산시킨 죄. 여섯째, 의병을 토벌한답시고 양민들을 많이 죽인 죄. 일곱째, 한국의 정치 및 그 밖의 모든 권리를 빼앗은 죄. 여덟 째, 한국의 모든 좋은 교육용 교과서를 빼앗아 불태운 죄. 아홉째, 한국국민들을 신문 못 보게 한 죄. 열 번째, 이등박문은 충당시킬 돈이 전혀 없는데도 불구하고 한국 국민 몰래 못된 한국 관리들에게 돈을 주어 결국 제일은행권을 발행하게 한 죄. 열한 번째, 한국 국민의 부담으로 돌아갈 국채 이천삼백만 원을 모집하여 이를 국민들에게 알리지도 않고 관리들 사이에서 분배하거나 토지 약탈을 위해 사용한 죄. 열두 번째, 동양평화를 교란한 죄. 열세 번째, 한국국민은 원하지도 않는 한국 보호명목으로 이등박문이 독선적인 정치를 하고 있는 죄. 열네 번째, 지금으로부터 40여 년 전 지금 황제의 아버지를 살해한 죄. 열다섯 번째, 이등박문은 한국국민이 분개하고 있음에도 불구하고 일본 황제와 세계 각국에 한국은 별일 없다고 속이고 있는 죄. 이기웅 편역, 『안중근 전쟁 끝나지 않았다』, 서울열화당, 2000, 34쪽.

이유로 망설일까봐, 특별하게 일러둔다 하였다는 거야, 과연 범 같은 어머니가
아니신가.[42]


　부모가 자식에 대한 사랑은 인류의 보편적 가치이다. 그러나 옥에 있는
아들에게 "동양 유교사상에 어긋난다 망설이지 말고 떳떳하게 죽어라" 이렇
게 순국을 권유하는 어머니가 몇이 있으며 그 마음인들 어찌 아프지 않았을
까? 안중근의 어머니 조마리아(1862-1927)는 1910년 중국 여순감옥에 수감된
아들의 사형 집행 소식을 듣고 마지막으로 편지를 보냈다. "네가 만약 늙은
애미보다 먼저 죽을 것을 불효라 생각한다면 이 어미는 웃음거리가 될 것이
다. 너의 죽음은 너 한사람 것이 아니라 조선인 전체의 공분(公憤)을 짊어지고
있는 것이다." "네가 항소를 한다면 그것은 일제에 목숨을 구걸하는 짓이다.
네가 나라를 위해 이에 이른즉 딴 맘 먹지 말고 죽으라" "옳은 일을 하고
받은 형이니 비겁하게 삶을 구하지 말고 대의에 죽는 것이 어미에 대한 효
도"라고 했다. 실제로 조여사는 변호사를 찾아다니면서도[43] 아들에게는 당
당히 죽어라고 하였다. 겉으로는 범같지만 마음으로는 한없이 아들을 사랑
하는 조여사는 기개가 담대하고 성품이 당당한 '남다른 여걸'로 불린다.[44]

---

**42**　김인숙, 「감옥의 뜰」, 『그 여자의 자서전』, 창비, 2005, 119쪽.

**43**　조마리아 여사는 안중근 의사의 재판일이 정해지자 변호사를 찾기 위해 조선인 중 가장
　　　유능한 변호사를 찾으러 동분서주하였는데 당시 평양에 있던 안병찬 변호사를 직접 찾아가
　　　변호를 부탁하였다. 안 변호사는 이에 흔쾌히 변호를 맡았으나 일본이 조선인 변호사는
　　　공판에 참여할 수 없다고 규정을 바꿔 참여할 수 없었다. 「'모성의 리더십' 안중근 어머니의
　　　마지막 편지」, 여성신문, 2014.1.21. http://www.womennews.co.kr

**44**　조 여사는 1907년 국채보상운동 참여로 직접 '안중근 자친'이란 명의로 은가락지, 은장도
　　　등을 기부한 것을 시작으로 하여 아들의 행방을 탐문하러 온 일본 순사들을 향해 의연히
　　　꾸짖어 머쓱하게 해 '그 어머니에 그 아들'이란 제목으로 <황성신문>에 실리기도 했다.
　　　아들이 죽은 후 아예 가족들을 이끌고 연해주로 망명하여 독립운동가들의 생계를 봐주었고
　　　1920년 4월 상해임시정부가 설립되자 가족과 함께 상해로 이주하여 독립운동의 안살림을
　　　챙겼다. 1926년 상해 재류동포정부경제후원회 위원으로 선출돼 위원 자격으로 활동하는

31살의 나이에 나라와 민족을 위하여 하나 밖에 없는 목숨을 바치고 불꽃같은 삶으로 신념을 현실로 이루어낸 안중근 의사의 배후에는 민족독립의 대의를 위해 평생을 바쳐온 '모성의 리더십'이라 불리는 어머니가 있는 것이다. 위대한 인물 뒤에는 그를 낳아 키워준 위대한 어머니가 있다.

김인숙 소설이 정면으로 안중근의 거사에 대해 말하고 있다면 김연수의 단편소설 「이등박문을, 쏘지 못하다」는 뒤틀어진 눈길로 안중근 사건을 읽고 있다. 아이러니한 것은 엉뚱한 미국 대학 출신의 교수가 "한국인이라면 하얼삔 역에는 꼭 가봐야 합니다."라고 역설하고 안중근에 대해 높이 평가한다.

성재는 자기로서는 사실 안중근이 그때 이또오를 저격한 일이 잘한 것인지, 잘못한 것인지도 모르겠다고 대답했다. 혹시 소영웅주의가 아니냐는 생각도 든다며 조심스레 덧붙였다.

그러자 전직 교수는 안중근이란 고유명사가 아니라 보통명사라고 했다. 아시겠소이까? 그의 설명에 따르면 안중근 일행이 이또오를 저격할 기회는 모두 두 번이었다. 안중근은 혹시 어떻게 될지 몰라 자신과 뜻을 함께 하겠다고 결심한 우덕순에게 다른 역에서 기다리고 있다가 서로 기회가 닿는대로 이또오를 저격하자고 제의했고 우덕순은 이 의견에 동조했다. 그래서 하얼삔에서는 안중근이, 하얼삔 남쪽에 있는 채가구에서는 우덕순이 브라우닝을 들고 이또오가 도착하기만 기다리고 있었다. 둘의 권총에는 탄두에 열십자가 그어진 덤덤탄이 장전돼 있었다. 마침내 안중근이 이또오를 저격하기 전까지 두 사람의 조건은 동일했다. 어느 쪽이든 상관이 없었겠지만 그 시기와 장소를 결정하는 것은 바로 역사 그 자신이다. 안중근이란 편의상 붙인 이름일 뿐이다. 만약에 우덕순이 이또오를 죽였다면 그 이름은 아마도 우덕순이 됐을 것이다. 그러므로 **안중**

---

등 독립운동을 하였다.

**근이란 특정한 인물을 일컫는 단어가 아니라 우리 민족 전체의 독립의지를 대변하는 용어다.** 이는 안중근이 아니었더라도 이또오는 한국인에게 저격당할 운명이었다는 얘기였으며 따라서 안중근의 거사를 개인적인 소영웅주의로 모는 것은 부당하기 이를 데 없는 자조적 견해에 불과하다는 것이다.[45]

한국인 성재는 안중근 의사의 영웅적 행동에 대해 회의적이고 역사인식이 명확하지 못하다. 이때 미국 교수가 "안중근의 거사를 개인적 소영웅주의로 보는 것은 부당하기 이를 데 없는 자조적 견해에 불과하다." 안중근, "안중근이란 고유명사가 아니라 보통명사이다", "안중근이란 특정한 인물을 일컫는 단어가 아니라 우리 민족 전체의 독립의지를 대변하는 용어이다"라며 입장을 표시한다. 전쟁에서의 영웅은 그 민족의 영웅인 것이다. 그러나 일제의 침략과 통치를 받아온 중국과 한국에게 있어서 안중근은 중한 공동의 영웅으로 추앙된다.

안중근의 시 「장부가丈夫歌」에서는 "아아, 장부가 세상에 처함이여, 그 뜻이 크도다. 시대가 영웅을 지음이여, 영웅이 시대를 지으리로다."[46]라고 안중근 의사의 의협심과 나라 걱정이 너무나 잘 표현되어 있다. 이 시는 이토가 하얼빈을 방문할 것이라는 정보를 접하고 동지 우덕순[47]과 함께 거사

---

45  김연수, 「이등박문을, 쏘지 못하다」, 『나는 유령작가입니다』, 창비, 2005, 196쪽.

46  장부가(丈夫歌) 세상에 처함이여 그 뜻이 크도다(丈夫處世兮 其志大矣)/ 때가 영웅을 지음이여 영웅이 때를 지으리로다(時造英雄兮 英雄造時)/ 천하를 웅시함이여 어느 날에 업을 이룰고(雄視天下兮 何日成業)/ 동풍이 점점 차짐이여 장사의 의기가 뜨겁도다(東風漸寒兮 壯士義熱)/ 분하다 한번 감이여 반드시 목적을 이루리로다(憤慨一去兮 必成目的)/ 쥐도적 이등이여 어찌 즐겨 목숨을 이을꼬(鼠竊伊藤兮 豊肯比命)/ 어찌 이에 이르렀단 말이오 시세가 고연하도다(豊至比兮 事勢固然)/ 동포 동포여 속히 대업을 이룰지어다(同胞同胞兮 速成大業)/ 만세 만세여 대한독립이로다(萬歲萬歲兮 大韓同胞)/ 만세 만세여 대한동포로다(萬歲萬歲兮 大韓同胞)

47  실제로 안중근 의거 이후 거사에 가담했던 사람들은 체포되었고 안중근은 사형을 선고받고

를 결정한 후 김성백의 집에 머물며 비분강개한 마음을 읊은 시이다.

안중근 의사의 의거로 독립의지를 대변하고 상징하는 하얼빈역은 하나의 기호로써 독립운동의 공간으로 하얼빈은 영웅화의 도시로 자리매김하고 있다.

하얼빈은 일제의 끔찍한 만행을 증언하는 731부대 유적지(日軍第73部隊 罪證陳列館)가 있는 공간이다. 731부대는 1936년에서 1945년 9년간 3,000여명을 생체실험대상으로 각종 세균과 약물실험을 자행했다.

마루따라고 들어보셨지요? 말하자면 마루따는 생체실험 대상인 사람들을 일컫는데, 뜻이 뭐라더라. 껍질 벗긴 통나무라던가, 하여간에 들어가보시면 설명이 있을 겁니다. 기분이 그리 좋은 곳은 못될 겁니다. 일본인들 지독하긴 진짜 끔찍하게 지독하지요. 마루따들한테 콜레라, 매독, 발진티푸스 등의 세균을 투여하고 그 경과를 보거나, 일본군인들의 동상을 효과적으로 치료하는 방안을 알아내기 위해 실험대상들을 한겨울의 진흙밭 속에 알몸으로 묻어놓고 동상환자로 만들거나 진공기에 넣어 인체의 피와 수분을 이탈시키거나, 말의 피와 사람의 피를 교환시켜보기도 했고⋯[48]

마루타는 731부대에서 희생된 인체실험 대상자를 일컫는 말인데 일본어

1910년 3월 26일 순국했다. 우덕순도 3년형을 선고받고 옥고를 치렀다. 거사의 동지로서 감옥생활을 하고 나온 우덕순은 10년 뒤 이상행보를 보이기 시작하는데 하얼빈 조선인민회 회장으로 있으면서 일본 외무성 보조를 받으며 밀정으로 일한다. 1924년 매일신보 보도에 따르면 우덕순은 치치하얼 조선인민회 회장으로 활약하며 독립운동가의 정보를 수집하는 협회로 활용하였다. 그는 1962년 독립유공자로 독립훈장을 받았고 국립현충원에 안장되어 있다. 안중근은 순국했지만 그는 살아남았다. 살아남아 밀정이 되었다. 우덕순은 인간으로서 최소한도의 것을 지키지 못했다. 역사는 새로 써야 할 것이고 소설도 새로 써야 할 것이다. 「밀정: 배신의 기록, 임시정부를 파괴하라」, 『시사기획 창』, kbs2, 2019.8.13. 참조

48  김인숙, 「감옥의 뜰」, 『그 여자의 자서전』, 창비, 2005, 116쪽.

인 '통나무(마루타)'로 완곡어법으로 불리었다. 마루타란 용어는 구성원 중 일부의 농담에서 유래했고 이 시설을 지역당국에서는 제재소라 했다. 실험 대상은 '반일 정서를 강하게 품고 있는 자', '이용가치가 없는 자' 등으로 분류하여 중국, 러시아, 한국 등 포로들과 주위 인구 집단들이었는데 여기에는 남녀노소를 불문하고 심지어 임산부마저도 실험대상으로 잔인한 생체실험을 자행하였다.

731부대는 3,000여 명의 병력에 8개의 부서[49]로 운영되었으며 이러한 부대는 731부대를 포함해 총 5개의 부대[50]가 더 있었다고 한다. 부대 예하에는 바이러스·곤충·동상·페스트·콜레라 등 생물학 무기를 연구하는 17개 연구반이 있었고, 각각의 연구반마다 마루타를 생체실험용으로 사용했다.[51] 산 사람을 대상으로 한 인체실험으로 만행을 저지르고[52] 악명을 떨친 731부대

---

**49**  1부는 페스트, 콜레라균 등 각종 전염병균에 대한 연구를 중점 실시해 300~400명을 수용할 수 있는 감옥에 수감된 마루타들에게 세균실험을 자행했다. 2부가 이들 세균을 사용하는 실행부서였다. 제4부인 생산부는 병균과 세균을 대량생산하는 부서였다. 마루타, 네이버 지식백과(시사상식사전, pmg 지식엔진연구소)

**50**  장춘 인근 명자둔의 '관동군 군마방역국'이라는 이름의 100부대, 일명 '에이'라고 불린 남경의 '1644부대', '나미'라 불리었던 광동의 8605부대, 그리고 싱가포르에도 1개 부대가 더 있었다고 한다.

**51**  1947년 미 육군 조사관이 도쿄에서 작성한 보고서에 따르면 1936년부터 1943년까지 부대에서 만든 인체 표본만 해도 페스트 246개, 콜레라 135개, 유행성출혈열 101개 등 수백 개에 이른다. 생체실험의 내용은 세균실험 및 생체해부실험 등과 동상 연구를 위한 생체냉동실험, 생체원심분리실험 및 진공실험, 신경실험, 생체 총기관통실험, 가스실험 등이었다. 731부대, 네이버 두산백과, https://terms.naver.com/entry.naver?docId=1211080&cid=40942&categoryId=31744

**52**  1940년 10월 27일에는 남경의 1644 세균전 부대와 함께 중국 녕파(寧波)에 페스트균을 대량 살포하여 100명 이상을 사망하게 하였고, 1941년 봄에 호남성(湖南省)의 한 지역에 페스트 벼룩을 공중 살포하여 중국인 400여 명을 희생시켰다. 특히 이 작전을 수행하던 중에 일본군도 경험 부족으로 자체 1개 사단의 병력이 감염당한 사례가 있었다. 최근 731부대 장교가 작성한 것으로 보이는 문서가 일본의 한 대학에서 발견되어 일본군의 세균전 및 생체실험이 사실로 입증되었다. 이에 따르면 페스트균을 배양해 길림성 농안(農安)과 장춘(長春)에 고의로 퍼뜨린 뒤 주민들의 감염경로와 증세에 대해 관찰했다는 내용이 상세

에는 1940년 이후 해마다 600명의 마루타들이 생체실험에 동원되어 최소한 3,000여 명의 한국인·중국인·러시아인·몽골인 등이 희생된 것으로 소련의 일제전범재판 결과 드러났다. 이 재판에서 731부대 관계자[53]들은 마루타 감옥이 만들어진 뒤 살아나간 사람은 아무도 없다고 증언하기도 했다.

이러한 731부대 "유적지 문밖으로 나오는 일행들은 모두들 더러운 것을 한웅큼씩 씹은 듯 불편한 표정들이 역력했다." 유적지는 그야말로 "기분이 좋은 곳은 못 되고", "사실은 한번이라도 제대로 보고 싶은 곳이 아니며", "또 보고 싶은 곳"이 아니다. "유적지의 마당에는 눈이 두껍게 쌓여 있었는데 그 눈밭에 장난스럽게 찍힌 발자국 하나 보이지 않았다. 전시실을 관람하고 나오는 사람들은 희게 쌓인 눈밭 위에 자기 흔적을 남길 생각 같은 것은 하지 않게 마련이었다. 여기는 전쟁유적지가 아니라 무슨 성소 같단 생각이 들지 않아요?"[54] 너무나 비참하고 잔인하여 유적지가 아니라 성소같다는 생각마저 들 지경인 유적지, 소설 <감옥의 뜰>은 인간으로서 근본적인 문제, 인간적인 것에 질문하고 있다.

그는 너 같으면 또 보고 싶겠냐고 퉁명스럽게 되받았다. 규상은 이제까지 세 번쯤 여행객들과 함께 731부대를 관람했다. 그러나 사실은 한번이라도 제대로 보고 싶은 곳이 아니었다. 처음 볼 때의 충격과 고통과 역겨움은 사라졌지만

---

히 기록되어 있고, 이로 인해 중국인 수백 명이 목숨을 잃었다.

**53** 일제는 731부대 죄악 만행의 흔적을 없애고 감추기 위해 1945년 8월 9일 일본 육군성은 일본의 패전을 미리 알고 살아남은 150여 명의 마루타까지 모두 처형하고 부대시설을 파괴하라고 명령했다. 이에 공병대가 긴급히 투입되어 8월 9일부터 13일까지 4일간 본부동을 제외한 주요 건물들은 모두 폭파시켰다. 종전 후 이시이 시로를 비롯한 부대원들은 세균전 의학실험 연구결과를 모두 미군에 넘기는 조건으로 전범재판에 회부되지 않고 면책되었으며 내내 비밀로 부쳐지다가 1980년대 초 731부대 장교가 작성한 것으로 보이는 문서가 일본의 한 대학에서 발견되면서 영원히 묻힐 뻔했던 진실이 세상 밖으로 낱낱이 공개되었다.

**54** 위의 책, 118쪽.

인간에 대한 두려움은 그대로 남았다. 살아있음에 대한 냉소와 환멸, … 사람이 어느 정도까지 악해질 수 있고 그 악에 대해 무감각해질 수 있을까 그는 거의 두들겨 맞는 듯한 느낌으로 731부대의 기록들을 보았다. 선과 악은 어느 지점에서 구분이 되는 거 같아요? 삶과 죽음처럼, 그건 그냥 맞닿아 있다는 생각이 들어요. 충격은 사라지고 환멸만 남은 목소리로 화선이 그렇게 말했을 때, 토할 것 같은 역경과 인간에 대한 두려움에 고스란히 사로잡혀 있던 규상은 이렇게 대꾸했다. 한 가지 분명한 건 무엇이든 사람이 하는 일이라는 거지. 사랑은, 연민은, 아픔은… 살인은, 폭행은, 강간은 … 전부 사람이 하는 일이지.[55]

인간의 근본문제에 대한 질문, 전쟁이라는 극한의 상황에서 인간이 저지르는 죄악, 그 악은 어느 정도의 악까지 내려갈 수 있는지 731부대 유적지가 그 대표적인 사례로 남아 대답하고 있다. 니체의 새로운 인간학이 인간적인 차원을 뛰어넘는 위비맨쉬의 윤리학, 인간 조극의 윤리학이었다면 아감벤은 곧 살아있는 생명은 어디까지 어떻게 내려갈 수 있는지 보여준다. 아감벤은 이제 현대의 시계가 빠르게 돌아 인간이 대규모로 처분되는 시대로 눈을 돌린다. 인간에 대한 권력의 지배는 엄밀하고 정교해졌다. 나면서부터 즉각 정교한 현대 국가 장치에 편입되는 인산조건을 아감벤은 "호모 사케르", 곧 '벌거벗은 생명'이라 불렀는데 이는 단순히 현대에 시작된 기제가 아니라 먼 고대 그리스 도시국가 체제에 이미 시작점을 엿볼 수 있다는 것이다. 아감벤은 인간에 대한 새로운 이해를, 따라서 윤리학의 '새로운' 지평을 열어 보였다. 현대 인간의 '근대문제'라는 것은 인간적인 것, 인간성의 한도를 뛰어넘는 니체적 물음 대신에 그 최저한을, 인간성의 밑바닥을, 인간과 인간 이하 또는 이전의 경계를 탐사하는 것임을 논의했다.[56]

---

55   위의 책, 117쪽.

731부대 유적지에 갇힌 자들은 일제의 실험용으로 되어 살게 하는 역학에서 배제되고 산채로 죽음으로 수렴되어 마무리된다. 아감벤이 현대 정치의 새로운 역학은, 현대 이전의 권력은 피치자들을 죽이거나 살도록 내버려둔 반면 현대 권력은 이제 사람들을 살리거나 죽게 내버려둔다는 것이다. 관리되는 자들은 관리되면서 살아가지만 관리를 벗어난 곳에는 죽음이 기다린다는 것이다. 아우슈비츠라는 현대 정치학에서 권력은 생명, 즉 살아있는 자들을, 부단히 죽음 쪽으로 밀어붙여 죽게 하거나 죽음을 살게 한다는 것이다. 아우슈비츠의 정치학은 전면적 포괄적 생명 통제, 관리가 정치의 강력한 특징임을 말해주고 있다.

요컨대, 하얼빈은 빙설제, 빙등제로 흥이 도도한 황홀의 도시, 환상의 도시, 낭만의 도시이기도 하고 안중근의 의거가 있었던 영웅의 도시이기도 하다. 반면 일본 관동군에 의해 참혹한 만행이 저질러져 수많은 생명을 앗아간 우울과 비애의 도시이기도 하다.

## 4. 풍물경관: 기이화와 타자화

풍물경관은 어떤 지방이나 계절 특유의 구경거리나 인간들이 살아가는 풍경이다. 소설에서 풍물경관은 개썰매, 발 마사지는 기이화로 다가오고 하얼빈에서 살아가고 있는 사람들과 하얼빈 그리고 중국의 모습을 타자화로 그리고 있다.

중국 동북부에 자리 잡은 하얼빈은 추울 때는 영하 40도까지 내려갈 때도 있다. 소설 「이등박문을 쏘지 못하다」에서는 삼라만상이 은색으로 뒤덮인

---

56  방민호, 「'수용소 문학'에 관하여」, 『문학사의 비평적 탐구』, 예옥, 2018, 543쪽 참조.

엄동설한에 두터운 눈과 빙설, 개썰매는 한국인에게 신기하고 기이하게 다가온다.

> 성수는 장갑을 낀 손으로 얼어붙은 강을 가리키며 더듬더듬 중국에서는 개도 사람을 탄다고 말했다. 이건 또 무슨 소리인가 해서 성재는 동생이 가리키는 곳을 바라봤다. 수직추를 이용해 얼음덩어리를 하나씩 쌓은 뒤, 끌로 튀어나온 부분을 잘라내는 인부들 옆으로 개썰매가 줄지어선 썰매장이 보였다. 썰매 앞의 개들은 깔아놓은 천에 앉아 둑 위의 관광객들을 올려다보고 있었다. 개가 어떻게 사람을 타냐고,[57] 개가 사람을 타든… 이게 다 무슨 꼴인가. 중국에서는 개도 사람을 태워, 라고 성수는 말을 고쳤다.[58]

한국인 성수는 언어장애인이다. '사람이 개를 타는 것'을 '개가 사람을 탄다'고 표현하였다. 어찌되었든 성수에게 개썰매는 처음 보는 풍경이있다. 개썰매는 얼음을 나르거나 사람을 태우는 하얼빈에서의 이색적 풍경이다. 체구가 작고 가볍고 날렵하여 개썰매에 주로 사용되는 사냥개는 눈과 얼음의 부하를 줄이고 자유자재로 움직일 수 있기에 겨울에 환영받는 운송도구이지 스포츠이다. 한겨울 혹한과 눈보라를 헤치고 달리는 개썰매는 인간의 한계에 도전하는 한편의 드라마이기도 하다. 개썰매는 수잔 버처에 의해 대중적 인기를 끌게 되었는데 추운 겨울 하얼빈의 매혹적이고 이색적인 풍경이다.

개썰매 외에도 중국의 발 마사지는 한국인들에게 이국적문화로 안겨왔다. 「감옥의 뜰」에서 발마사지의 장면을 보도록 하자.

---

57  김연수, 「이등박문을, 쏘지 못하다」, 『나는 유령작가입니다』, 창비, 2005, 186쪽.
58  위의 책, 187쪽.

규상은 대충 샤워를 한 뒤 안마실로 자리를 옮겼다. 아침부터 전신마싸지를 받고 있을 생각이 사라져서 그는 발마싸지만을 부탁했다. 머리를 양갈래로 딴 안마사가 따뜻한 물과 마싸지 크림과 수건을 들고 그의 자리로 와서 무릎을 꿇고 앉았다. 수십 석이나 되는 자리를 갖춘 안마실은 시간이 일러서인지 텅 비어 있다시피 했다. 짜오샹 하오. 안마사가 그의 발을 감싸쥐면서 아침인사를 건넸다. 그는 잠시 망설였다가 짜오샹 하오. 그 인사를 받았다.[59] 그의 맨발을 주무르고 누르고 쓰다듬는 마사지사의 손길에서… (중략) 마싸지크림을 듬뿍 바른 발가락 사이에 마디가 단단한 손가락을 집어넣어 힘주어 마찰을 시키고 있는 여자의 정수리를 내려다보며 그는 한숨을 내쉬었다. 그의 발에서 다섯 개의 성기가 자라나고 있다는 느낌이 들었다.[60]

발마사지는 중국의 대중문화로 자리 잡았다. 걷는 발은 어디든지 갈수 있고 걸을 때는 체중이 바닥에 닿는 충격과 부담을 흡수하고 신체 가장 아래에 위치하면서 몸이 안전하게 활동하도록 지렛대 역할을 해준다. 발은 온몸에 퍼져있는 혈관들이 모이는 곳으로 제2심장이라고 불릴 정도로 중요하다. 그만큼 발마사지는 피로가 풀리고 스트레스와 불안을 해소하고 질병이 없도록 하여 몸을 건강하게 해준다. 예로부터 중국인들은 양생을 중시하였으므로 발을 지압하거나 마사지를 하면 건강에 크게 도움이 된다고 믿었다. 발건강법의 기원은 5000년 전 중국 고대 의학서 『황제내경』과 『화타비지(華陀秘誌)』에서 유래를 찾아볼 수 있다. 발마사지는 '활력 에너지' 혹은 '기'에 대한 믿음에서 온 것이다. 기는 각 사람의 몸에 흐르는 것인데 스트레스나 질병에 노출되면 기의 흐름이 막히게 되어 몸의 불균형을 일으킬 수 있다.

---

59    김인숙, 「감옥의 뜰」, 『그 여자의 자서전』, 창비, 2004, 113쪽.
60    위의 책, 115쪽.

소설에서 안마사가 한국인 규상의 '발을 감싸쥐고 주무르고 누르고 쓰다듬는 마사지' 과정은 기가 몸을 통해 흐르도록 균형을 유지하기 위함이다. 발마사지는 다년간 하얼빈에서 생활해온 규상이 자주 애용하는 피로회복의 수단이기도 하다. '발에서 다섯 개의 성기가 자라나고 있다는 느낌이 들었다'는 주인공 규상의 발마사지를 통한 새로운 활력 찾기, 새로운 삶의 시작의 결심 등으로 풀이될 수 있다.

작품에 등장하는 하얼빈에서 살아가는 인간들의 삶의 풍경은 어떠한가? 우선 소설의 이야기 줄거리를 살펴본다면 김인숙의 소설 「감옥의 뜰」은 한국에서 사업과 혼인에 실패하고 중국 하얼빈에서 관광업을 하는 형을 대신해 술을 사고 여자를 사는 규상과 초등학교에 입학하는 아들을 남편에게 맡기고 중국에 와서 새로운 환경에 적응하고자 치열하게 살아가는 화선의 이야기다. 김연수의 소설 「이등박문을, 쏘지 못하다」는 주인공 한국인 성재가 인어 징애자이며 나이가 마흔이 되도록 결혼도 못한 동생 성수를 데리고 조선족 여자를 아내로 맺어주려고 중국 하얼빈에 갔다가 겪는 이야기이다.

소설 「감옥의 뜰」은 규상의 눈길로 바라보는 한국인 화선과 중국인 쇼우친에 대해 가장 많은 필묵을 들였고 소설 「이등박문을, 쏘지 못하다」는 한국인 성재의 눈길로 바라본 동생 성수, 동생에게 소개 들어온 조선족여자, 조선족중매군, 미국의 대학 교수 등에 대해 이야기하고 있다.

중국인 샤오친은 '한족과 만주족의 혼혈'로서 한국어라고는 한마디도 알지 못하"고 규상 또한 "중국어는 겨우 필요한 말만 하는 수준이"지만 "적어도 하얼삔에서는 규상의 가장 친한 친구였다."

유흥가의 조선족들이나 한인회의 교포들, 그리고 상사 주재원과 유학생들까지 규상의 발은 넓었다. 그러나 그 중의 어느 누구도 샤오친보다 더 편안하다는 느낌을 주지는 않았다. 규상이 그의 차를 처음 탄 날부터 샤오친은 규상에게

속을 빼줄 듯이 굴었다. 샤오친이 규상을 '하오펑여우(好朋友)'라고 부르기 시작한 것은 그들이 다섯 번을 만나기도 전이었다. 중국어로 하오펑여우는 정말로 친한 친구일 때가 아니면 쓰지 않는 말이라고, 화선은 말했었다. 그러나 샤오친은 그의 고객이기만 하면 누구든지 하오펑여우였다. 항상 돈이 두둑한 지갑을 갖고 있는 한국인 고객이라면 샤오친의 하오펑여우가 아닐 수 있는 방법은 없는 셈이었다.[61]

중국어로 하오펑여우, 한국어로는 좋은 친구, 친한 친구로 풀이되는데 본시 관시(관계)를 중요시하는 중국에서 중국인들은 쉽게 마음을 열지 않고, 주지 않기에 친한 친구관계는 오랜 시간의 검증을 거쳐 형성된다. 그러나 중국인 쇼우친이 한국인 규상을 다섯 번을 만나기도 전에 하우펑유라고 함은 쇼우친이 규상에 대해 진정 마음을 나누는 친구로서가 아니라 자신의 이익으로부터 출발하여 규상이 항상 돈이 두둑한 지갑을 갖고 있는 한국인이라는 데서 연유한 것이다. 다른 한편 샤오친은 붙임성이 좋고 비위가 좋아 처세술에 능하고 후더분한 일면이 있어 상대편을 편하게 해준다. 그러므로 쇼우친은 여행업을 하는 규상의 단골 택시기사였으며 규상이 저녁 12시에 불러도 금방 나갔고 수시로 대기상태에 있었다. 규상과 쇼우친은 말은 통하지 않았지만 규상이 "일주일이나 이주일에 한번쯤 샤오친을 불러서 같이 술을 마셨고 그동안 묵혀두었던 이야기들을 털어놓군 하"는 사이였다. 샤오친은 외국인으로 하얼빈에 거주하는 규상에게 비록 마음이 통하지는 않고 진정 하오펑여우라고 생각하지는 않지만 하나의 안식처이긴 하다. 그러다가 규상이 죽은 여친인 화선의 유품을 쓰레기더미에 버리는 것을 보고 쇼우친이 "펑여우의 예의로 유품을 가져다가 태워주겠다"고 하자 "샤오친은 정말

---

61    김인숙, 「감옥의 뜰」, 『그 여자의 자서전』, 창비, 2004, 113쪽.

로 그의 친구일지도 모른다"고 생각한다. 쇼우친은 그만큼 의리를 지키는 일면이 있는 것이다. 쇼우친의 이미지는 현대를 살아가는 일반 중국 서민의 초상화라 할 수 있다.

동생 성수를 만나러 온 조선족여자와 중매군의 모습은 어떠한가? 여자는 해림에서 왔는데 "싸구려 티가 물씬 풍기는 검은 색 외투를 입고 있"었고 "키가 너무 작은 것이 흠이었다." "그 여자의 아버지는 목수였고 알심 있는 사내라 두루 평판이 좋았는데 그만 모종의 일로 공안에 끌려가 가슴팍을 한 대 얻어맞은 뒤로 시름시름 앓다가 죽어버렸다. 그 뒤로 장녀인 그 여자가 홀어머니를 열심히 봉양하며 지금까지 살아왔다. 지금까지. 그러니까 스물네 살이 될 때까지… 여자가 참으로 마음씨가 곱고 성실한 아이라고 했다."[62] 스물네 살의 정상인 조선족 여자가 마흔한 살의 언어장애가 있는 한국인총각 성수를 만나러 온 것이다. 가난한 조선족여자는 오직 한국에 갈수만 있다면 결혼상대가 언어장애기 있든 훨씬 연상이든 문제가 되지 않았다. 조선족여자를 데려온 남자, 중매하는 남자는 여자 아버지와 한 직장에서 일하던 동료이고 여자의 아버지나 마찬가지라고 말한다. 그런 남자가 성재에게 해림에서 여자를 데리고 오는데 든 비용, 하루에 백 달러를 부담해야 한다고 했다. 헤림에서 떠나올 때 한족 젊은이와 그렇게 미리 합의를 했고 다음날 만나면 성재 쪽에서 계속 부담해야 한다는 것이다. 성재는 팔십달러로 깎으며 돈 밖에 모르는 중매군에게 넌더리를 치며 선이고 뭐고 다 걷어치운다. 시장경제의 중국에서 자본주의 물결에 젖어 아무런 혼인기초도 없이 상대가 어떠하든 상관없이 잘사는 나라 한국에 무작정 시집가려는 조선족여자, 남녀간의 중매를 모두 돈으로 계산하고 자신의 이익만 따지는 조선족 중매군 남자, 쇼우친이든 조선족여자든 조선족 남자든 모두 금전추구, 물질숭배의

---

62    김연수, 「이등박문을, 쏘지 못하다」, 『나는 유령작가입니다』, 창비, 2005, 191쪽.

인간으로 그려져 있다.

하얼빈에 정착해 살고 있는 한국인의 군상도 별 볼일 없는 인물이었다. 규상은 "서른일곱 살에 이혼을 당했고 같은 해에 비리사건에 연루되어 감사원에서 퇴직을 당했고 서른다섯 살에 이미 주식에 손을 댔다가 집을 통째로 날려버린 경험이 있었다. 퇴직 후 중국으로 건너와서는 형 대신 술을 마셨고 형 대신 여자들을 샀다. 그건 북경을 떠나 하얼삔까지 흘러온 지금까지 여전히 마찬가지였다. 북경에서든 하얼삔에서든 그는 형의 돈과 연줄을 파먹고 살았다."[63] "불규칙한 생활과 매일 같은 술, 그리고 며칠씩이나 연달아 밤을 새우는 포커판" "무언가를 잃어버리기에도 속절 없어져버린 시간들… 노름으로 밤을 새우고, 누군지도 알지 못하는 사람들에게 여자를 붙여주고 꽝꽝 얼어붙어 있는 도시의 한구석에서 새벽담배를 피우고… 그 시간들 속, 생애에 대한 경멸조차도 속절없어져버린 그렇게 비굴해져버린 나이"[64]였다. 자신의 생활터전인 한국에서 망하고 이국인 하얼빈에서 살아가는 규상은 '불법체류자'와 같은 존재로 한국에도 못가는 신세였다.

화선은 어땠을까. 규상이 "그녀를 처음 만났을 때, 그녀는 자신을 이혼녀라고 했고(실제로 이혼을 하지 않은) 그해에 초등학교에 입학하는 아이를 남편에게 줘버리고 자기는 무작정 중국으로 와버렸다고 했다."[65] "그가 그녀와 함께 지낸 것은 육 개월이 채 못 되었다. 그 육 개월 동안. 그녀는 필사적으로 중국어를 공부하고 매일같이 정보지를 뒤적거리고 끼니때마다 값싼 야채시장을 찾아다녔다. 그녀의 책상에는 매일같이 담배꽁초가 수북했고. 집안에서는 담배냄새가 빠져나가지 않았다. 담배를 한손에 들고 자판 위에 담뱃재를 툭툭 떨어뜨려가며 인터넷을 검색하고 혹은 정보지를 들여다보는 그녀의

---

63  위의 책, 122쪽.

64  위의 책, 129쪽.

65  위의 책, 122-123쪽.

모습은 방금 그물로 건져 올려진 새우나 게처럼, 필사적으로 싱싱했다. 그러나 그런 그녀의 모습은 한번 젖은 채 다시는 마르지 않는 성긴 그물처럼 슬퍼 보이기도 했다."[66] "규상이 형의 돈과 연줄을 파먹으며 무위도식하고 사는 것과는 달리, 화선은 중국어를 배우러 하루 결석도 없이 학교에 나가고 정보를 모으고 물가를 조사했다. 매순간이 치열하고 매순간이 숨 가빴던 그녀, 그랬음에도 그녀는 그와 달라 보이지 않았다."[67] 그리고 「감옥의 뜰」에 등장하는 한국인 통역사 "상식이란 그 새긴 중국말이나 좀 할줄 알았지 도무지 믿을 수 없는" 신용이 없는 자이다. 무위도식하는 규상과 아무리 애써도 마찬가지인 화선, "그들은 삶의 물결이 밀어낸 생의 가장자리에서 만난" 별볼일 없는 사람들이었다. 그들의 삶 자체가 희망이 보이지 않는 "감옥의 뜰"과 흡사했다.

한국인의 눈에 비친 쇼우친이나 조선족여자, 중매를 서는 조선족남자는 나사화되고 희화화되어 있나.

하얼빈에서 만난 사람들은 하나같이 자본주의 논리에 따라 자신의 이익을 앞세우며 행동했다. 세상이 급격히 바뀌고 있고 사회의 주요한 가치가 애국심이나 협동적 삶보다는 돈과 개인의 행복 추구로 바뀌고 있으며 영웅에 대해 소홀히 하고 있다. 이러한 것을 풍자하듯 소설 <이등박문을, 쏘지 못하다>에서는 미국 교수가 에둘러 안중근 의사의 영웅 이야기를 꺼내고 있다. 이는 간접적으로 자본주의 물결 속에서 금전만능을 최우선으로 여기는 현대 인간들을 질타하고 그러한 풍조를 꼬집고 있는 것이다.

그들이 본 하얼빈의 풍물은 어떠한가? 하얼빈의 "아청은 발전의 속도를 타기 전인 중국의 모습을 담고 있었고" "아청의 박물관은 화장실에서는 냄

---

**66**  위의 책, 132쪽.

**67**  위의 책, 122-123쪽.

새가 풍기는게 아니라 터져나오는 듯 하고" "이맘때쯤이면 얼어붙지 않은 데가 없는 하얼삔의 도로사정은 최악이 되었으나 그 도로 위를 달리는 택시는 사철 변함없는 고물들이었다."[68] "그런 택시인데도 엄청난 바가지 요금을 씌우고" "비행기가 세 시간이나 연착되고", "예약된 호텔이 취소되고" 그야말로 낙후하고 지저분하고 시간 개념이 없이 제멋대로였다. "성재는 중국은 꼭 1980년대 한국의 모습과 비슷하다며, 대도시라는 하얼삔이 이 정도라면 시골 동네는 어떨지 상상이 잘 가지 않는다고 얘기했다."[69] 성재의 말대로라면 중국이 한국에 20년 뒤떨어졌다는 얘기다.

그리고 이러한 곳에 룸쌀롱도 있었다. "관광이외의 관광, 혹은 관광속의 관광이었다. 술을 마시고 여자를 사는 일. 굳이 보신이니 매춘 따위의 단어를 들먹여 퇴폐적으로 몰아붙일 필요도 없이, 오십대 남자들이 가족도 동반하지 않고 그들끼리만 여행을 왔다면 반드시 따라야 하는 여흥이 바로 그것인 셈이다. 그리고 그 여흥이야말로 관광지를 돌아다니며 사진을 박아대는 일보다 더 중요한 본 게임이게 마련이었다. 하얼삔이든 뻬이징이든 혹은 저 아래 항주와 소주든, 그곳이 여행지인 한 다를 것은 없었다."[70] 시장경제에서 자본주의를 받아들인 하얼빈에는 룸쌀롱과 함께 퇴폐와 타락과 부패가 공존한다는 것이다.

그러면서도 "중국은 정말 어마어마한 나라라고. 십삼억의 시장을 가진 나라가 아니냐고. 북경 북해공원에서 자금성을 내려다보는데 정말 기가 탁질리더라고 크다는 것이 바로 저런 거구나 싶더라고, 십년, 늦어도 십년 후면 한국은 중국에 쪽도 못 쓸거라고… 관광을 온 한국사람들은 누구나 한결같이 중국의 거대함에 탄복하고 중국의 미래에 대해 두려움을 표현했다."[71]라

---

68    김인숙, 「감옥의 뜰」, 『그 여자의 자서전』, 창비, 2004, 105쪽.

69    김연수, 「이등박문을, 쏘지 못하다」, 『나는 유령작가입니다』, 창비, 2005, 190쪽.

70    김인숙, 「감옥의 뜰」, 『그 여자의 자서전』, 창비, 2004, 108-109쪽.

고 현재는 한국에 비할 바가 못 되더라도 앞으로 잠재력이 무궁무진한 중국의 발전가능성에 대해 확신하고 있는 것이다.

요컨대, 하얼빈은 개썰매, 발마사지가 있는 이색적이고 기이화된 공간, 거기에 살아가고 있는 사람들은 자본의 논리에 따라 이기적으로 움직이는 인간들, 삶의 가장자리에서 밀려난 사람들이다. 중국은 낙후하고 지저분하고 공중질서가 규범화되지 않았으며 자본주의 시장경제하에 부패하고 타락한 유흥업소들이 있다. 그러나 잠재력이 있는 어마어마한 발전가능성이 있는 나라라고 확신하였다. 아쉬운 점이라면 타자의 시각에서 바라보는 하얼빈에서 살아가고 있는 사람들의 인격과 그 풍물은 희화화되어 있다는 점이다.

## 5. 나가며: 도시경관의 내재성과 재해석의 필요성

도시경관의 의미는 단순한 배경이나 장소, 공간이 아니다. 도시라는 공간은 단순한 물리적 공간이 아니라 공업화, 현대화, 상품경제, 공용공간, 시민사회, 인간문제 등의 개념이 연관되어 있는 복잡한 가치공간도시이다. 도시경관에 대한 연구는 실제로 작가의식과 작가가 보여주려는 주제에 관한 연구이다. 그러므로 문학작품에 체현되는 도시는 작가가 도시를 표현함에 도시의식을 가지고 예술적으로 승화한 것이라 할 수 있다.

하얼빈은 러시아의 중동철도의 부설과 함께 건설된 도시이다. 하얼빈의 통치세력은 러시아에서 중국으로, 중국에서 일본으로, 일본에서 중국으로 넘어왔다. 그 와중에 하얼빈은 여러 민족이 공존하는 국제도시로 경제도시

---

71   위의 책, 116쪽.

로 부상하였다. 이 글은 중한수교 이후 한국현대소설에 나타난 중국 하얼빈 도시의 경관을 자연경관, 인문경관, 풍물경관 세 부류로 나누어 살펴보았다.

자연경관은 자연그대로의 지역경관으로 지역화와 이역화의 특징을 지닌다. 여기에는 하얼빈 명칭의 유래, 지형지리적으로 송화강, 태양도, 중앙대가 등이 있으며 역사유적지로 소피아성당, 하얼빈역, 731부대, 금나라박물관 등이 있다.

인문경관은 인류의 문화, 인륜의 질서를 아우르는 것으로 인문정신과 정신적세계가 깃들어 있다. 하얼빈은 얼음도시로서의 낭만의 도시, 안중근 의사의 하얼빈역에서 의거로 인한 영웅의 도시, 관동군이 저지른 만행으로 인한 비애의 도시 등의 의미가 있다.

풍물경관은 그 지역에 특성과 인간들이 살아가는 모습이다. 하얼빈에서의 개썰매, 발마사지는 특이한 체험이고 거기에 살아가는 사람들은 금전을 우선으로 하는 자본주의에 흠뻑 젖은 인간들이다. 하얼빈은 낙후하고 금전만능의 사회, 그러나 앞으로 발전전망이 있는 도시로 나타났다.

아쉬운 점이라면 타자의 시각에서 바라보는 하얼빈에서 살아가고 있는 사람들의 인격과 그 풍물이 희화화되어 있다는 점이다. 금후 하얼빈 도시 소재의 한국현대소설에서 긍정적이고 우호적인 인간군상과 하얼빈 도시 경관의 내재성 깊이를 파헤칠 수 있는 작품들이 출현하여 하얼빈 도시 풍물 경관이 재해석되기를 바란다.

# 6장

# 부동한 글쓰기를 통한 공간의 재현

### ─한국현대소설에 나타난 '가리봉동'을 중심으로

## 1. 주체와 타자로서의 글쓰기

글쓰기는 사전적으로 생각이나 사실 따위를 글로 써서 표현하는 일이다. 그럼 문학적 글쓰기란 무엇일까? 톰킨스(G.E.Tompkins)는 "문학창작은 개인의 내밀한 공간과 감정을 당대의 특정한 사회적 규범과 문화적 환경, 집단적 사고체계와 함께 통합하는 과정"[1]이라 한다. 이때 대상이 되는 현상의 모든 국면과 연관된 창작활동은 주체의 대상수용과 수용한 내용의 재구성 그리고 구성 결과의 표현에 초점이 놓인다. 문학창작의 대상은 문학창작 주체자의 자아와 세계, 세상과 감정을 융합 결합의 시도에 의해 완성된다. 이때 주체의 사고력 성장을 통해 객체 혹은 대상을 바라보는 관점이 다양하게 분화될 수 있다.

이 글에서는 한국의 서울시 구로구 '가리봉동'이란 공간을 대상으로 주체

---

1   Tompkins. G.E.Seven reasons why cho;dren shou;d write stories, Language Arls 59-7, pp.718-721, 서울대학교 국어교육연구소 편, 『한국어교육학사전』, 도서출판하우, 2014, 1366 쪽에서 재인용

적 글쓰기에서 자아와 타자 경험이 어떻게 다르게 재현되었는지 모색해보고 자 한다. 가리봉동을 연구대상으로 삼은 이유는 가리봉동의 '벌집'은 '경공 업중심의 수출드라이브' 정책에 따라 1970년에서 1990년 초반까지 한국 젊 은 노동자층의 최하층 거주공간이었다가 1992년 중한수교를 기점으로 90년 대 중반부터 본격적으로 한국에 유입하기 시작한 조선족 이주노동자들의 최하층 거주공간이기에 부동한 글쓰기를 통한 동일한 공간의 재현을 고찰할 수 있기 때문이다.

한국현대소설에서 신경숙의 장편소설『외딴방』과 공선옥의 연작소설「가 리봉연가」, 박찬순의 단편소설「가리봉 양꼬치」는 바로 가리봉을 배경으로 하고 있다. 신경숙의『외딴방』은 70년대 구로공단에서 근무하며 가리봉동에 살던 한국 젊은 노동자들의 이야기를 담고 있고 공선옥의「가리봉 연가」와 박찬순의「가리봉 양꼬치」는 90년대 이후 가리봉동에서의 조선족이주자들 의 삶을 다루고 있다. 그리고 신경숙의 소설이 주체적 글쓰기에 의한 자아 경험의 회고 비슷한 자서전 소설에 가깝다면 공선옥의「가리봉 연가」나 박 찬순의「가리봉 양꼬치」는 창작주체인 한국인 작가가 조선족이란 타자를 제3자의 시각으로 글에 담고 있다. 동일한 공간이지만 문학창작주체가 자아 를 되돌아보며 자신의 이야기를 쓸 때와 타자의 이야기를 쓸 때의 시점과 시선, 인식과 더불어 그 정체성의 재현은 다르다.

이 글은 위의 세 편의 소설을 중심으로 비록 시기는 다르지만 한국현대소 설에서 창작주체인 한국작가들의 글쓰기에 의해 표현된 한국의 젊은 노동자 층과 중국조선족 이주 노동자들의 생활터전이었던 가리봉동이 어떻게 표현 되었는지를 고찰하고자 한다. 그럼으로써 똑같은 하층노동자공간인 '가리봉 동'이지만 작가들의 필 끝에서 표현된 자아 돌아보기와 경계너머 타자를 바라보는 시점으로부터 한국인의 시선과 의식 그리고 한국사회의 문화공간 과 그 정체성을 파헤쳐보고자 한다.

## 2. 주체적 글쓰기를 통한 자아 돌아보기: 한국노동자의 아픔과 이상 실현의 공간─신경숙 『외딴방』

신경숙의 『외딴방』은 90년대 한국의 유신체재말기를 사회배경으로 '나'가 구로공단에서 일하고 가리봉동에 거주하면서 '산업체특별학급'에 다니던 삼년 남짓의 세월에 관한 이야기를 적고 있다. 황석영은 "이 소설을 90년대를 대표하는 작품"[2]으로 평가하였고 백낙청은 "신경숙은 흔히 그 서정적인 문체로 시적인 소설가라는 평을 듣는다. 하지만 실은 어느 특정 대목이나 묘사의 서정성보다 상징의 신축과 섬세한 구사를 포함하여 언어가 가진 잠재력을 최대한 활용한다는 뜻으로 '시의 경지'를 추구하는 작가라 말할 수 있다. 그리고 신경숙의 작품 가운데서도 그러한 노력이 확실한 성공을 거둔 것이 아직은 『외딴방』이 아닐까 한다."[3]라고 신경숙의 글쓰기 기교를 높이 평가했다.

『외딴방』은 현재의 '나'가 과거의 '어린 나'와 대면하며 한 시대에 겪어온 바를 나직한 음성으로 들려주면서도 다른 한편 현재 '나'의 상황과 글쓰기에 대한 탐구를 보여주는 이중구성으로 이루어졌다. 작가는 서두와 결말에서 글쓰기에 대한 질문을 던져주면서 이 글의 문체에 대해 이렇게 정의하고 있다.

> 이 글은 사실도 픽션도 아닌 그 중간쯤의 글이 될 것 같은 예감이다. 하지만 그걸 문학이라고 할 수 있을 것인지. 글쓰기를 생각해본다. 내게 글쓰기란 무엇인가? 하고. (서두 부분 15쪽)[4]

---

2    황석영, 『외딴방』, 문학동네, 2010, 뒤표지.

3    백낙청, 『외딴방』, 문학동네, 2010, 뒤표지.

4    신경숙, 『외딴방』, 문학동네, 2010, 5쪽.

이 글은 사실도 픽션도 아닌 그 중간쯤의 글이 된 것 같다. 하지만 이걸 문학이라고 할 수 있을 것인지. 글쓰기를 생각해본다. 내게 글쓰기란 무엇인가? 하고. (결말 부분 424쪽)[5]

실제로 『문학동네』(1-4)에 연재할 당시에는 결말부분이 없었다고 한다. 단행본으로 묶으면서 추가된 부분인데 이는 서두와 서로 조응되면서도 작가 자신에게는 완성본의 결말로 삼을 만큼 절실한 물음이었던거 같다. 작가는 이 글을 '사실도 픽션도 아닌 그 중간쯤의 글'이라 밝히고 있다. 즉 사실에 입각하면서 완전히 사실은 아니지만 완전히 픽션도 아닌 글이라는 것이다. 이는 과거회상 부분에서 관람한 영화를 「금지된 장난」으로 기술했으나 이내 선배에 의해 「부메랑」이었다는 것이 밝혀지는 것, 현재 '나'에게 지도교수가 전화 와서 "네는 글을 쓰는 것이 뼈를 갉아먹을 만큼 고통스럽게 체력을 소모하기에" "널널이 글을 쓰라고" 충고하는 장면, 과거의 장면을 기술하고 "이 순간 나는 글을 쓰는 것이 행복하다"(54쪽), "글 밖에서 나는 마음이 아프다"(52쪽)라는 현재에 대한 솔직하고 절절한 감성들은 소설이 사실에 더욱 가까움을 상기하게 한다. 그리고 작가는 서두와 결말에서 집요하게 글쓰기란 무엇인가고 물음을 던지고 있지만 글에서는 문학과 글쓰기에 대해 그 답을 밝히고 있다.

나는 끊임없이 어떤 순간들을 언어로 채집해서 한 장의 사진처럼 가둬놓으려고 하지만, 그럴수록 문학으로선 도저히 가까이 가볼 수 없는 삶이 언어 바깥에서 흐르고 있음을 절망스럽게 느끼곤 한다. 글을 쓸수록 문학이 옳은 것과 희망을 향해 가는 것이라고 말할 수만은 없는 고통을 느낀다. 희망이 내 속에서

---

5   위의 책, 424쪽.

우러나와 진심으로 나 또한 희망에 대해 얘기할 수 있으면 나로서도 행복하겠다. 문학은 삶의 문제에 뿌리를 두게 되어 있고, 삶의 문제는 옳은 것과 희망에만 있는 것이 아니라, 옳지 않은 것과 불행에 더 문제가 있다는 생각이 드는 것이다. 희망이 없는 불행 속에 놓여있어도 살아가야 하는 게 삶이질 않은가. 때로 이 인식이 나로 하여금 집도를 포기하게 한다. 결국 나는 하나의 점 대신 겹겹의 의미망을 선택한다. 할 수 있는 것 두껍게 다가가자고, 한겹한겹 풀어가며 그 속에서 무얼 보는가는 쓰는 사람의 몫이 아니라고, 그건 읽는 사람의 몫이라고, 열사람이 읽으면 열사람 모두를 각각 다른 상념 속으로 빠져들게 하는 게 좋겠다고, 그만큼 삶은 다양한 거 아니냐고 문학이 끼어들 수 없는 삶조차 있는 법 아니냐고.[6]

작가는 "문학은 삶의 문제에 뿌리를 두게 되어 있고 삶의 문제는 옳은 것과 희망에만 있는 것이 아니라 옳지 않은 것과 불행에 더 문제가 있다"고 밝히고 있다. 문학이란 진정 삶에 입각하여 "옳지 않은 것과 불행의 진실"을 풀어가는 것이다. 그리고 삶이 다양한 것처럼 문학도 "열사람이 읽으면 열사람 모두들 각각 다른 상념 속으로 빠져들 수 있도록" 다양해야 한다는 것이다. 그러면서 글쓰기는 희재 언니와의 명상의 대화를 통해 '문학'보다도 "문학 바깥에 머물러야 한다"(197쪽)고 밝히고 있다.

소설은 작가가 생활했던 70년대의 구로공단과 가리봉동의 외딴방, 거기에 살던 사람들을 하나하나 재현시키고 있다. 거기에 살던 사람들로는 열여섯의 '나'와 나의 단짝이 되어준 외사촌, 나와 외사촌을 챙겨주는 큰 오빠, 사법고시를 준비하면서도 가족 몰래 데모를 하며 민주항쟁에 나서는 셋째 오빠, 그리고 희재 언니 등이 살고 있다. 우선 구로공단과 가리봉동의 외딴방

---

6  위의 책, 67쪽.

을 보도록 하자.

　　동남전기주식회사는 구로 1공단에 있다.

　　수원행 전철이 통과하는 전철역이 그 동네의 시작이다. 전철역 앞에서부터 길은 세 갈래로 나뉜다. 길은 세 갈래였어도 어느 길로 접어드나 공단과 연결되었다. 단지 그 집으로 통하는 좌측길만 사진관과 보리밭다방사이로 골목이 또 있었고 그 골목을 사이에 두고 집들이 들어서 있었다. 그러나 집들이 있는 그 골목을 벗어나 시장으로 통하는 육교를 건너고 나면 그 시장 끝도 역시 공단이었다. 서른일곱 개의 방이 있던 그 집, 미로 속에 놓인 방들, 계단을 타고 구불구불 들어가 이젠 더 어쩔 수 없을 것 같은 곳에 작은 부엌이 딸린 방이 또 있던 삼층 붉은 벽돌집.

　　서른일곱 개의 방 중의 하나, 우리들의 외딴방, 그토록 많은 방을 가진 집들이 앞뒤로 서 있었건만, 창문만 열면 전철역에서 셀 수도 없는 많은 사람들이 쏟아져 나오는 게 보였다. 구멍가게나 시장으로 들어가는 입구, 육교 위 또한 늘 사람으로 번잡했었건만, 왜 내게는 그때나 지금이나 그 방을 생각하면 한없이 외졌다는 생각, 외로운 곳에, 우리들, 거기서 외따로이 살았다는 생각이 먼저 드는 것이다.[7]

　열여섯 살의 나와 외사촌이 출근하던 동남전기주식회사는 1970년대 한국의 '경공업중심의 수출드라이브' 정책에 따라 구로공단이 섬유, 봉제 산업 등 노동집약적 경공업으로 국내 수출산업의 중심역할을 하게 되면서 생겨난 그 속의 하나이다. 구로공단이 중심지로 떠오르면서 수많은 젊은 노동자들이 구로공단으로 모여들었으며 특히 농촌에서 중학교를 졸업하고 돈을 벌기

---

7　위의 책, 47쪽.

위해 구로공단에 취업한 여성노동자들이 상당부분을 차지했다. 이러한 노동자들의 주거수요를 수용하기 위해 공단 주변의 가리봉동과 구로3동을 중심으로 집단 거주지가 형성되었다. 당시의 젊은 한국노동자들은 단신으로 구로공단에 정착하여 저임금에 장시간 노동을 하는 노동환경 속에서 근무하였으므로 근무지와 인접한 지역에 저렴한 주거를 필요로 하였다. 이러한 수요에 따라서 한 평반 남짓한 공간에 '방 부엌'으로 구성된 쪽방이 한 건물에 10-40가구 밀집하여 화장실을 공동으로 이용하는 특징적인 주거형태 '벌집'이 가리봉동을 중심으로 대규모로 조성되었다. 이는 노동자의 거주수요뿐만 아니라 공급자 측면에서의 임대수입 극대화를 위한 효율적인 공간 활용 형태이기도 했다.[8] '서른일곱 개의 쪽방' 중의 하나인 우리가 살던 집도 거기에 속한다.

열여섯의 나와 나보다 두 살 위인 외사촌은 농촌에서 중학교를 졸업하고 구로공단으로 온 여성노동자이다. 나에게는 위로 오빠 셋에 아래로 동생 둘이 있는데, 여섯 남매의 가족이다. 나는 열여섯에서 열아홉까지 3년을 가리봉동 외딴방에서 지냈다. 공장에서 일을 하다가 공장일과 '산업체특별학급' 야간반 공부를 병행했으며 졸업 후에는 다시 시험을 봐서 서울예술대학 문예창작학과에 입학한다. 본격적으로 작가의 길로 접어든 것이다. 작가가 되는 것, 이는 '나'가 오래전부터 원하던 꿈이었다.

3년간의 가리봉에서의 외딴방 생활은 "내게는 그때가 지나간 시간이 되지 못하고 있음을, 낙타의 혹처럼 내 등에 그 시간들을 짊어지고 있음을, 오래도록"(71쪽) 그리하여 "정면으로 쳐다볼 자신이 없어" "정직하지 못하고 할 수 있는 껏 시치미를 떼었고" "죽을 것 같이 가슴이 아팠"다고 작가는 고백

8    이석준, 「조선족밀집지의 형성과 성장에 관한 연구ー서울시 가리봉동과 대림2동, 자양4동을 중심으로」, 서울대학교 석사학위논문, 2014, 48-49쪽.

하고 있다.

1978년, '나'는 열여섯의 나이로 입사할 수 없어 큰오빠가 나이는 열여덟, 이름은 '이연미'로 가짜신분증을 만들어서 구로공단 1단지 동남전기주식회사 생산직 스테레오과로 들어간다. 거기에서 1번인 '나'의 역할은 "스테레오 속자재 원판을 준비반에서 가져다가 피브이시를 고착시키는 나사 일곱 개를 에어드라이버로 박는 일이다."(59쪽) 그러다가 공장에 일거리가 없고 노동자 재원이 이루어지면서 납땜하는 일도 하게 된다. 공장의 생산 환경은 항상 열악했고 일한 노동에 비해 임금비도 너무 적었다.

> 외사촌과 나의 하루 일당은 칠백 얼마…… (중략) 다른 사람들은 그 돈을 받아서 자취도 하고 시골로도 부치고 동생을 데리고 살기도 했는데…… 나는 다시 믿기지가 않아 78년도의 노동 상황을 이리저리 알아본다…… 연소 여성노동지기 대부분인 견습공의 최저임금신을 노동칭은 2만4천원으로 규제하고 있었는데 실제로 중식비와 교통비를 제하면 하루 일당은 오륙백원에 불과하여 월평균임금은 1만9천4백원에 불과한 것으로 나타났다는 기록을 읽는다. 우리는 3공단에서 1공단으로 걸어 다녀 교통비를 빼지 않아서 12시간의 정상업무시간 외에도 잔입과 철야의 일요일 특근수당을 받아서 그나마 1만9천4백원은 아니었던 것인가.[9]

오육백 원의 일당에, 12시간의 정상업무 외 잔업과 철야의 수당 받아서 한 달에 1만 9천4백 원, 저임금으로 생활비하고 가족을 먹여 살려야 한다. 치약 하나를 삼년 썼다는 공장의 한 노동자, 이는 70년대 한국 도시하층민사회의 보편적인 가난의 형상이며 얼굴이다.

---

**9** 신경숙, 『외딴방』, 문학동네, 2010, 65쪽.

그러나 저임금과 열악한 공장환경과 거주환경에 버텨낼 수 있었던 것은 그들 자신에게 꿈이 있었고 주위에는 따뜻한 사람들의 인정어린 도움의 손길이 있었으며 서로 의지하며 살아가는 사랑의 힘이 있어서였다. '나'가 공장 노동자로부터 작가로 될 수 있었던 것은 서울에서 우산처럼 항상 나에게 부모 역할을 해주었던 겨우 스물셋의 큰오빠, 나의 단짝이 되어준 외사촌, 나를 챙겨주고 말동무가 되어주었던 외딴방의 이웃 희재 언니, 공장에서 '나'가 윤순임의 돈을 훔쳤을 때 나의 자존심을 안 건드리고 비교적 원활하게 처리해준 순임 언니, 야간반을 다닐 때 주산 놓기 싫어 중도포기 하려하자 나에게 쓰고 싶은 소설을 마음껏 써보라고 적극적으로 지지해준 최홍이 선생님…… 나에게 긍정적 에너지인 주변인물들인 이들은 나로 하여금 첩첩난관을 꿰뚫고 앞으로 나아가게 하였다.

나뿐만아니라 소설속의 인물들은 고향 떠나 환경이 열악한 직장과 외딴방에서 고생스럽게 살아가지만 그들의 가슴마다에는 미래에 대한 꿈이 있고 그 꿈을 위해 정직하고 성실하게 노력하여 살아가며 나중에는 꿈을 이룬다. 큰 오빠는 대학을 졸업하고 공무원이 되어 착한 새언니를 만나 행복한 가정을 이루었고 외사촌은 최초의 꿈인 촬영사의 꿈은 접었지만 전화국의 교환원이 되었으며 셋째 오빠도 법대를 나와서 변호사사무실을 차렸다.

다만 희재 언니의 죽음만은 나에게 음영이 되어 내가 지난날의 과거를 회억하는 데 걸림돌이 되고 마음을 힘들게 하고 아프게 한다. 희재 언니는 나와 같은 신분으로 산업현장에서 일하면서 야간반을 다녔는데 외딴방의 삼층에 산다. 그녀는 평소에 나를 많이 챙겨주곤 했는데 큰 욕심 없는 그녀의 꿈은 그냥 사랑하는 사람과 소박하게 평생을 함께 살아가는 것이다. 그러나 임신한 그녀가 아이를 낳아서 사랑하는 남자와 살 수 없다고 판단하자 자살을 선택한다. 임종 전 마지막으로 '나'와 통화를 하고 그의 말을 듣고 문을 잠갔다는 무의식적인 행동이 자살을 도와줬다는 생각에 나는 항상 죄책감에 시달린다. 그러나 초자연적인 장치인 내가 느끼는 희재 언니의 '인기척', '발짝소리'를 들으며 나는 그녀와 대화를 나누며 그녀를 마음에서 보내고 희재 언니의 마지막 당부를 읽는다. 그것은 바로 글쓰기는 "문학 밖에 머무르는 것"이며 "마음을 열고 살아있는 사람들을 생각"하고 지난 이야기의 열쇠는 다른 사람의 손에 쥐어진 게 아니라 나의 손에 쥐어져 있는바 내가 만났던 사람들의 슬픔과 기쁨들을 살아 있는 사람들에게 알리고 "그 사람들의 진실로 나를 변화시키는 것"이다.(404쪽) 톰킨스는 "창작활동을 통한 기대효과는 자기를 이해하고 자아를 완성하기 위한 현실적 체험으로 문학이라는 형식을 통하여 자기완성을 도모하는 작업"[10]이라 하였다. '나'는 과거 어린 나에 대한 회억과 자아성찰로서 마음의 치유를 이루어내고 지난날을 긍정적으로 받아들임과 동시에 글쓰기가 무엇인지에 대한 해답을 내놓는다.

소설은 단순히 어린 나의 과거사인 개인이야기나 가족이야기가 아니라 70년대 산업현장에서의 억압과 불평등, 노동조합의 인권을 위한 투쟁과 노조에 대한 부당한 탄압과 YH사건, 5.18광주민주항쟁, 제5공화국의 독재통치 등에 대해 간접적으로 시대를 증언하고 현실을 고발하고 있어 소설의 완성도와 가치를 높이고 있다.

신경숙의 『외딴방』에서의 가리봉동은 과거의 아픔이자 고달픈 삶의 공간이지만 희망이자 절망이며 처절히 벗어나기 위한 공간이기도 하다. 즉 가슴에 품은 꿈을 실현하기 위해 처절하게 노력하고 몸부림치는 이상실현의 공간이기도 하다.

---

10   위의 책, Tompkins. G.E.Seven reasons why cho; dren shou;d write stories, Language Arls 59-7, pp.718-721, 서울대학교 국어교육연구소 편, 『한국어교육학사전』, 도서출판하우, 2014, 1366쪽에서 재인용.

## 3. 경계 너머의 타자 바라보기: 조선족 이주자들의 절망과 죽음의 공간 ―「가리봉 연가」, 「가리봉 양꼬치」

신경숙의 「외딴방」이 1970년대 한국노동자들이 일하는 구로공단과 가리봉동을 배경으로 하고 있다면 공선옥의 「가리봉 연가」와 박찬순의 「가리봉 양꼬치」는 90년대 이후의 조선족이주자들의 가리봉동을 배경으로 하고 있다.

1990년대 초, 구로공단의 노동자들이 구로구를 대거 이탈하였으며 1990년대 후반에서 2000년대로 진입하면서 그 빈자리를 외국인 노동자들이 대체하기 시작하였다. 90년대로 진입하면서 공단지역 일대의 땅값과 노동자들의 임금이 급상승하였고 값싼 노동력을 활용한 수출지향 경공업은 사양길에 접어들었다. 따라서 구로공단 내 대규모 제조업 공장들은 해외 또는 지방으로 이전하였으며 그 빈자리를 대기업이나 중소기업과 하청관계를 맺은 소기업, 영세 소기업들이 임대 입주하여 대체하였다. 이 과정에서 기업의 영세성은 구로공단 노동자수를 감소시키는데 일조하였다. 노동자들이 빠져나가 공동화된 가리봉동 벌집에는 이후 10대 가출 청소년들, 실직자, 극빈가구 등 도시주변계층이 유입되어 주변지역과의 기능적 연결성이 저하되는 동시에 주거환경이 보수되거나 크게 개선되지 못한 채 슬럼화 되는 경향을 보였다.

같은 시기 가리봉동에는 조선족들의 유입도 증가하였다. 1992년 중한수교 이후 90년대 중반 본격적으로 유입되기 시작한 조선족들은 일자리를 찾아 주로 서울지역에 자리를 잡았다. 그 가운데 가리봉동은 쪽방을 바탕으로 다른 지역에 비해 저렴한 주거를 제공하였고 3D업종 기피현상으로 인력수급에 어려움을 겪고 있는 구로공단 내 중소 및 영세제조업체로부터 일자리를 얻을 수 있었기에 초기 이주 정착지로 선호되었다. 초기에 유입한 조선족 이주자들은 주로 단신으로 돈을 벌기 위해 고향을 벗어나 타지에 정착한 존재라는 면에서 과거 구로공단 노동자들과 유사한 성격을 가지고 있어 가리봉동에서 공단노동자들의 빈자리를 쉽게 대체할 수 있었다. '일자리'와 '저렴한 주거'를 바탕으로 한 이러한 초기 유입 조선족들의 가리봉동 정착은 후속이주자들의 유입에도 영향을 미쳤다. 가족이나 친척, 친구의 소개로 가리봉동에 자리를 잡게 되는 연쇄적인 과정을 통해 가리봉동은 초기 조선족 이주의 핵심적인 장소로 중국조선족사회에 알려지게 되었고 이는 가리봉동의 조선족 밀집지 성장에 중요한 요소로 작용했다.[11] 그러면서 가리봉동은 양꼬치나 중국음식점들이 모여 중국문화거리를 조성하였다.

「가리봉 연가」 소설속의 가리봉동의 거리일각을 보면 "장터식당, 중국음식성, 금고대출 그리고 알아먹을 수 없는 빨간 한자 글씨체의 간판"이 반짝거리고 "인성여인숙, 신도여인숙, 구룡여인숙을 지나면 중국전화편, 동북풍미" 등이 중국동네의 분위기를 물씬 풍기고 있고 "숱한 담배꽁초들이 버려져" 있고 "과자봉지, 종이컵, 전단지들이 뒹굴고 있이" 지지분하다. 기기에 있는 사람들은 "진초록 상의에 진노랑 바지, 진초록 구두에 노랑 양말을 신은 여자" "18롤짜리 땡큐화장지 가방을 든 아가씨", "손에 초코칩 과자를 들고 삼진 오락실 안으로 몰려 들어가는 한 무리 아이들" "'체육복권 1등 1억원 당첨'이라고 쓰여진 노란 휘장 앞에서 이제 막 삼진오락실에서 나오는 방자하게 웃는 여학생", "중국식품점 안으로 들어가 금강산 옥수수면이 있느냐고 떼거리로 묻는 술 취한 한 떼의 남자들"이 있다.(82쪽) 즉 가리봉동거리는 옷을 촌티 나게 입은 여자, 오락실을 들락날락하는 불량배 청소년들, 술 취한 중국인들이 득실거리는 난잡하고 어두운 공간이다. 그뿐만이 아니다. 가리봉동은 "옛날에 여기 공장 많을 때 노동자들이 데모 많이 해"서

---

11    이석준, 「조선족밀집지의 형성과 성장에 관한 연구 – 서울시 가리봉동과 대림2동, 자양4동을 중심으로」, 서울대학교 석사학위논문, 2014, 51-52쪽.

"그때 여기 경찰들이 데모 막느라 고생하다가 그다음에는 또 여기가 가출 청소년 아지트가 되"면서 "그 청소년들 선도하느라 고생"했는데 현재는 "우범지대" "사건사고 다발지역"(104쪽)이다.

소설 「가리봉 양꼬치」에서 등장하는 가리봉동의 거리[12]도 별로 차이가 없다. 더럽고 허름하고 중국 향료냄새가 나는데 거리에 쏘다니는 사람들도 깡패다.

가리봉 오거리는 "마주 오는 차 두 대가 겨우 길을 비켜갈 정도로 좁은 거리"이고 "언제 주저앉을지 모를 만큼 폭삭 삭어 버린 것처럼 보이는 거리"이다. 거기에 당장 무너질 것 같은 나지막한 옛날 집에 쓰레기더미에 뱀파니 호박파니 하는 중국 깡패들이 활개 치며 다니는 안전이 보장되지 않은 위험한 거리다. 이러한 환경 속에서 소설에서 가리봉에 등장하는 조선족이주자들의 이야기도 어둡고 침침하고 절망적이다.

가리봉동은 Logan 외(2002) 시카고학파 생태학자들의 표현을 빌려 말한다면 이민자 밀집지(immignclaves)라 할 수 있다. 이민자 밀집지는 이민자 인구집단이 집중해 있으며, 이 지역을 둘러싼 인근 지역보다 상대적으로 높은

---

12 　마주 오는 차 두 대가 겨우 길을 비켜갈 정도로 좁은 구로공단 가리봉 오거리 시장 통엔 연길양육점(延吉羊肉店), 금란반점(今丹飯店), 연변구육관(延邊狗肉館) 등 한자로 쓰인 허름한 간판이 즐비하고 어디선가 진한 향료냄새가 훅 풍겼다. 앞에서 보면 작고 나지막한 옛날 집들이 피곤에 찌든 어깨를 서로 기댄채 겨우 체면치레를 하고 서있고 뒤쪽으로 돌아가면 버려진 냉장고며 싱크대, 녹슨 철사 뭉치 등 온갖 쓰레기더미를 그러안고 있는 동네였다. 언제 주저앉을 모를 만큼 폭삭 삭아버린 것처럼 보이는 거리는 간판에서 언뜻언뜻 보이는 붉은색으로 인해 겨우 기운을 찾는 듯이 보였다. 이따금씩 머리를 박박 깎거나 스포츠형으로 바싹 치고 짙은 눈썹에 몸집이 건장해 보이는 사내들 몇이 중국말을 주고받으면서 지나갔다. 여름철엔 그런 사내들 팔뚝에 뱀이나 호박 모양의 문신이 새겨진 것을 쉽게 볼 수 있었다. 그것이 뱀파와 호박파를 뜻한다는 것은 나중에 알았다. 교포들은 이들 얘기가 나올 때면 입을 빈정거렸다.
　　"체불 임금 해결사는 무슨, 지들이나 날강도질 말라디."
　　박찬순, 「가리봉 양꼬치」, 『발해풍의 정원』, 문학과 지성사, 2009, 74쪽.

집중도를 보이는 지역으로 정의한다. 이민자 밀집지는 '일반적으로 주거대 상지로 선호되지 않는다'는 물리적 특성과 '최근에 유입되고 사회경제적 기 반이 약한 이민자집단'이라는 거주자 특성에 따라 식별될 수 있다고 설명하 고 있다. 그리고 민족 집단의 인구가 전체 인구의 10%이상인 지역, 또는 대도시 지역권에서 다른 지역보다 소수민족 인구의 비율이 5배 이상 높은 지역을 민족근린으로 정의하고 있다. 가리봉동 대림 지역 외국인중 중국동 포 비율은 90%이다. 그러나 현재는 줄어들고 있는 추세다.[13]

「가리봉연가」에서 중국 흑룡강 해림의 조선족출신 장명화는 중국에서 남 편 용철이가 다른 여자와 바람이 나자 딸 향미는 남편에게 주고 이혼하고 처녀라고 속이고 전라도 시골 가난뱅이 총각 기석이와 결혼한다. 장명화의 한국남자와의 결혼은 다른 한편 돈을 벌어 간암에 걸린 오빠의 병원비를 대기 위함도 있었다. 그러나 결혼생활은 마음에 들지 않았고 한국 배사장과 눈이 맞아 가리봉으로 야간도주한다. 가리봉에서 그녀는 배사장에게 있는 돈을 다 떼우고 가난에 노래방을 전전하며 하루살이 하다가 불량배의 칼에 찍혀 죽는다.

「가리봉 양꼬치」의 주인공 임파도 마찬가지다. 중국 흑룡강 닝안에서 온 임파는 한국에 있는 아버지를 찾고자 달랑 3개월짜리 관광비자로 들어와서 식당에서 3년째 불법체류자로 일하고 있다. 임파가 한국에 남은 이유는 한국

---

13  서울 열린데이터 광장 자료에 따르면 서울 주요 차이나타운 등록 외국인 현황은 아래와 같다. 2018년 대림1-3동 1만 7,342명, 가리봉동 6,290명; 2019년 대림1-3동 1만 8,231명, 가리봉동 6,529명; 2020년 대림1-3동 1만 6,739명, 가리봉동 5,875명; 2021년 대림1-3동 1만 3,004명, 가리봉동 4,354명; 2022년 대림1-3동 1만 2,102명, 가리봉동 4,005명이다. 2022년 기준 1분기 가리봉동의 등록 외국인은 4,005명으로 2019년 1분기(6,529명) 대비 38% 줄었고 대림1-3동의 등록 외국인 수는 같은 기간 1만 8,231명에서 1만 2,102명으로 33% 떨어졌다. 박기현, <중국동포 40% 증발, 코로나 끝난 서울 차이나타운은 '위기 진행 형'>, news1, 2022.11.14. 출처 https://www.news1.kr/articles/4862388

과 중국을 이어주는 무엇인가를 하고자 하는 것, 가리봉동에서의 '발해풍의 정원'을 꿈꾼다. '발해풍의 정원'은 할아버지와 아버지가 꿈꾸던 것으로서 아무도 배고프지 않고 아무도 남의 나라에 얹혀산다는 쭈뼛거림 없이 당당하게 살 수 있는 곳이다. 임파는 식당에서 일하면서 한국과 중국을 잇는 것으로 양꼬치를 생각해내는데 바로 한국사람들 입맛에 맞는 가리봉 양꼬치를 만들고자 한다. 그러다가 식당에서 한국인의 입맛에 맞는 양꼬치 양념을 개발하게 되고 물욕에 눈이 어두운 여자친구 분이의 배신으로 "양념 레시피를 안 밝혔"고 "굴러들어온 개뼉따귀가 장사판을 흔들려한다"는 이유로 깡패들의 칼에 찔려 죽음을 맞이한다.

가리봉동에서 칼에 찔려 생을 마감하는 장명화나 임파는 모두 조선족이주자로서 피해자이다. 가해자는 한국의 불량배, 혹은 뱀파 호박파인 중국인 깡패들이다. 가리봉동에서의 조선족이주자의 삶은 가난하고 어둡고 침침하며 비극적이다. 장명화는 가난을 벗어나기 위해 한국에 들어왔지만 아픈 몸은 고사하고 하루 만원하는 여인숙 비용조차 내기 힘든 처지다. 죽기 직전 노래방 도우미로 노래방에서 가리봉 연가, 아니 <슬픈 노래는 부르지 않을 거야>라는 슬픈 노래를 불렀던 그녀는 결국 돈을 노린 불량배에 의해 칼에 찔려 슬픈 인생을 마감한다. 가난과 고통으로 찌든 그의 삶은 희망도 꿈도 없다. 그러나 임파는 그렇지 않다. 임파에게는 꿈이 있다. 중국과 한국을 잇는 무언가를 하고 싶고 차별이 없는 발해풍의 정원을 건설하고 싶다. 그래서 발해풍의 정원에 한국인들이 즐겨먹는 양꼬치를 만들어냈는데 그것은 바로 양념에 한국인이 먹지 않는 중국 샹차이를 빼고 부추를 넣는 것이다. 발해풍 정원을 꿈꾸던 그는 결국 가리봉동의 "동포를 보호해준다고 다가와서는 도리어 뜯어먹고 사는 호박파나 뱀파"(78쪽)인 깡패들에 의해 생을 마감한다.

이 두 주인공의 조선족 주변 인물들은 별 볼 일 없는 하층민 사람들이다.

장명화가 고향에서 애를 키우고 있음에도 다른 여자와 바람이 난 전 남편 용철이, 친한 친구인 승애 복래반점의 주방장을 상의도 없이 거리낌 없이 높은 가격으로 사가는 해랑이, 몰래 남자친구 임파의 양꼬치 양념 레시피를 팔아넘기고 죽음으로 몰고 가는 분희… 이들은 도덕적으로 인간성을 상실한 부정적인 이미지들이다.

소설 「가리봉 연가」와 「가리봉 양꼬치」 속의 가리봉동은 더럽고 지저분하고 허줄하며 우범지대, 사건사고다발지역, 범죄의 소굴로 등장한다. 거기에 등장하는 인물들도 조선족이주자, 불량배 청소년, 깡패 중국인, 한국하층민 등 부정적 이미지들이다. 가리봉동에서 조선족이주자들은 칼에 찔려 죽음에 이르는 피해자거나 그렇게 죽음에 이르게 하는 가해자로 등장한다. 가리봉동은 조선족이주자들에게 꿈이 있지만 좌절되는 죽음의 공간이다.

재한조선족이주노동자는 한국에서 '도시하위계층(urban underclass)'이다. Sassen(1991)는 연구에서 국제이주사를의 도시 유입과정에서 양극화 이주 현상이 발생하는데 고차서비스에 특화된 글로벌 도시는 그 경제적 능력을 유지할 수 있는 고급인력을 필요로 하는 동시에 저차서비스업(건설, 건물청소, 택배 등)에 종사하는 인력 역시 필요로 한다. 이때 주로 저임금의 소수이주민들이 이러한 저차서비스업을 담당하면서 사회적·민족적 양극화가 진행된다. 이러한 사회적 양극화가 '도시하위계층'이라는 새로운 계층을 만들어냈다는 것이다. Massey 등(1993)은 Piore(1979)의 연구에 의존하여 분단노동시장이론을 소개하고 있는데, 그의 이론에서 선진국은 임금에 대한 구조적 인플레이션의 문제를 가지는 상황에서, 고급노동자와 달리 하위노동자에 대해서는 안정적 고용동기를 가지지 않기 때문에 하위노동자 임금을 억제하여, 임금 격차가 발생한다. 이와 같은 구조에서 선진국 내국인들은 하위고용을 피하여 노동력의 공백이 발생하게 되고, 이러한 공백으로 개발도상국으로부터 선진국으로의 이주가 발생한다는 것이다. 분단노동시장이론은 공급의 발생이 아닌 '수요'의 측면에서 선진국들이 경제구조에 내재한 이주노동인력에 대한 영구적 수요를 이주의 주원인으로 지적하고 있다. 그러나 초기에 사회 경제적기반이 약한 조선족이주노동자들의 도시하위계층으로서의 지위는 고정적인 아니라 현재도 변화진행형으로 나타나고 있다.

작가의 주체적 글쓰기에 의한 경계너머의 지리적 타자성은 간접적인 영향을 많이 받는다. 자신의 직접적인 경험이 없이 언론매체나 서책에 의해 흡수, 판단되는 인식은 편면성이 없지는 않다. 프랑스 철학자이자 작가인 데니 디드로는 무지는 편견보다 진실에 가깝다고 했다. 아무 선입견 없이 모르고 보면 편견 없이 사물을 볼 수 있지만 편견이 끼면 진짜를 못 보게 된다는 것이다. 즉 편견은 진실의 방해꾼이라는 것이다. 한국뉴스나 영화, 드라마 등 미디어에 의해 한국인들은 조선족과 조선족사회, 그리고 그들이 거주하는 가리봉동, 대림동에 대해 많은 편견에 사로잡혀 있다. 그 편견이 다른 편견을 낳는다. 경계너머의 타자 시선의 가리봉 공간은 선입견과 편견의 공간이라 할 수 있다.

## 4. 나가며: 선입견과 편견이 없는 사회로

이 글은 부동한 글쓰기를 통한 공간의 재현방식에 대해 고찰해보았다. 즉 주체적 글쓰기를 통한 과거의 자아 돌아보기와 경계너머의 타자 바라보기이다. 공간은 1970년대 한국의 '경공업중심의 수출드라이브' 정책에 따라 1990년 초반까지 한국 젊은 노동자층의 최하층거주공간이었다가 1992년 중한수교를 기점으로 90년대 중반부터 본격적으로 한국에 유입하기 시작한 조선족 이주노동자들의 최하층 거주공간인 가리봉동을 선택하였고 텍스트로 신경숙의 『외딴방』과 공선옥의 「가리봉연가」, 박찬순의 「가리봉 양꼬치」

를 선정하였다.

　부동한 글쓰기를 통한 동일한 공간의 재현을 고찰해볼 때 신경숙의 『외딴
방』에 나타난 가리봉동은 한국노무자들의 아픔과 추억하기 싫은 공간이기
도 하지만 한편으로 이상 실현의 공간이기도 했다. 소설에 등장하는 인물들
은 생활이 힘들고 고달팠지만 자신의 꿈이 있었고 그 꿈을 위해 정직하고
성실하게 살아나가는 긍정적인 인물들이었다. 그러나 「가리봉 연가」나 「가
리봉 양꼬치」에 나타나는 가리봉동은 조선족이주자들의 희망이 꺾이고 절
망하며 죽음에 이르는 공간이었다. 조선족이주자는 거기에서 피해자이기도
했고 가해자이기도 했다. 한국소설가의 주체적 글쓰기에 의해 이루어진 경
계적 지리적 타자성은 부정적이었다. 그 색상은 어둡고 침침했다.

　가리봉동은 한국의 산업성장기에 지방에서 올라온 노동자들과 중한수교
이후 경제적부를 이루기 위해 한국에 입국한 조선족이주노동자들의 애환이
서려있는 공간이다. 주체적 자아글쓰기에 의한 긍정적 이미지와 주체적 타
자글쓰기에 의한 부정적 이미지는 현저한 대조를 이룬다.

　작가의 주체적 글쓰기에 의한 경계너머의 지리적 타자성은 간접적인 영향
을 많이 받는다. 자신의 직접적인 경험이 없이 언론매체나 서책에 의해 흡수,
판단되는 인식은 편면성이 없지는 않다. 무지는 편견보다 진실에 가깝다.
아무 선입견 없이 모르고 보면 편견 없이 사물을 볼 수 있지만 편견이 끼면
진짜를 못 보게 된다. 편견은 진실의 방해꾼이다. 한국뉴스나 영화, 드라마
등 미디어에 의해 한국인들은 조선족과 조선족사회, 그리고 그들이 거주하
는 가리봉동, 대림동에 대해 많은 편견에 사로잡혀 있다. 그 편견이 다른
편견을 낳는다. 초기에 사회 경제적기반이 약한 재한조선족 이주노동자집단
은 한국에서 '도시하위계층'으로 분류할 수 있지만 그 지위는 고정적인 아니
라 현재도 변화하고 있다. 영화 '청년경찰'로 한국사회가 조선족이미지와
더불어 재한조선족사회에 대해 주목하기 시작하였다. 한국소설가들에 의해

다루어진 조선족, 그들이 살고 있는 공간 인식이 새로운 긍정적 이미지로 받아들여지는 그날을 기대하면서 더 깊이 있는 후속연구는 다음으로 미룬다.

제4부

———

중한수교 이후
한국현대소설에 나타난
조선족 공동체 서사와
정체성 담론

# 7장

# 한국현대소설에 나타난
# 디아스포라 조선족 공동체 서사와 담론

## 1. 조선족 공동체와 디아스포라

조선족(朝鮮族)이란 중국에 거주하고 있는 한민족(韓民族) 혈통을 가진 중국 국적의 주민들,[1] 중국 소수민족의 하나이고 중국 국적의 중국인이다.[2] 개념 정의에서 한국 네이버 사전이 한민족 혈통을 강조했다면 중국 바이두 사전은 중국소수민족의 정체성을 강조했다. 중국에서는 조선족이라 호명되고 있다. 간혹 타민족에 의해 선족(鮮族)이라 호명이 되지만 이는 일제강점기 산물이라는 비판을 받고 있다.[3] 한국에서는 조선족, 중국동포, 교포, 재중동포

---

1    한국 네이버(https://terms.naver.com/entry.nhn?docId=1176421&cid=40942&categoryId=39994 조선족 ethnic Koreans living in China, 朝鮮族)

2    중국 바이두(https://baike.baidu.com/item/%E6%9C%9D%E9%B2%9C%E6%97%8F/131038?fr=aladdin 朝鮮族族称)

3    일제식민통치시기 일제는 조선인이라 부르지 않고 선인(鮮人)이라 불렀다. 일제는 조선과 조선인을 역사에서 지워버리기 위해 조선인의 '태양'을 의미하는 '조'자를 빼버리고 일부러 선인이라고 일컬었다. 조선어와 조선 글을 빼앗고 민족의 호칭마저 거세해버린 것이다. 그 잔재가 남아 중국 동북지역 타민족들은 간혹 선족이라 부르고 있다.

등으로 호명되다가 '조선족'이란 용어가 부정적 이미지가 담겨있다는 여론 조사에 따라 2018년 4월 한국의 '국어 바르게 쓰기 위원회'는 심의를 거쳐 '중국 동포'로 순화되었다. 조선족이란 용어는 기존에 사용되어왔고 한국문학작품에도 사용되었기에 원문 존중과 이해의 입장에서 이 글에서는 '조선족' 명칭을 쓰기로 한다.

조선족은 대체로 19세기중엽부터 조선반도에서 중국으로 이주하였다. 조선족은 한일합병, 3.1운동, 만주사변, 국공내전, 조선반도 광복, 새 중국 창립, 반도분단, 한국전쟁, 대약진운동, 문화대혁명, 개혁개방, 중한수교 등으로 지칭되는 일련의 한국과 중국, 동아시아 근현대의 풍운과 운명을 같이 하면서 중국으로의 이주와 정착, 광복을 맞이한 조선반도로의 귀환, 중국 개혁개방으로 인한 국내국외로의 대이동 등의 디아스로라 삶을 연속하고 있다. 그동안 청국, 중화민국, 위만주국, 새 중국 등 연대를 겪으면서 조선인, 식민지 조선인, 조선인과 중국인의 이중국적, 식민지 신민, 중국의 조선족 등으로의 신분 전환을 하였다.

조선족의 한국으로의 이동은 중국정부가 개혁개방 정책을 추진하기 시작한 70년대 말, 80년대 초이다. 1979년 중국의 개혁개방정책과 1992년 중한수교의 물결을 따라 조선족은 동북 3성에서 국내의 연해도시로, 해외의 한국, 일본 등 50여 개 나라로 이동을 시작하였다. 그중 한국을 선택한 사람이 가장 많다. 조선족은 이주초기 친척방문을 통해 홍콩을 경과하여 한국으로 입국하였다. 중국정부는 한국 법무부에서 발행한 '입국허가서'가 있는 조선족들의 단기간 한국을 방문할 수 있도록 허용하였다. 한국에 입국한 최초 조선족 사례로는 1979년 10월 북경 중국국제방송국의 최원부 선생님이 김포공항에 도착하여 어머니와 눈물 상봉을 한 것이다.[4] 조선족은 1988년 서울

---

4    리혜선, 『코리안 드림, 그 방황과 희망의 보고서』, 아이필드, 2003, 327쪽.

올림픽을 통해 한국이 신화처럼 기회의 땅으로 받아들여졌기에 1992년 8월 24일 중한수교 이후 실시된 1992년 친척방문, 1993년 11월, 산업연수생제에 따라 입국하였다. 그러다가 1997년 IMF사태로 외국인력 귀국조치가 이루어지면서 불법체류자가 속출하였다. 2003년 고용허가제 입법화와 산업연수제 병행실시, 2007년 방문취업제(H-2)[5]가 실시되면서 한국유입이 급증하였다. 출입국외국인정책본부 2019년 2월 기준으로 한국에 체류하고 있는 조선족은 726,709명[6]으로서 전체 외국인의 31.4%이고 전체 중국조선족의 39.6%[7]이다. 조선족의 한국 체류비자 현황으로는 재외동포(F-4) 334,567명, 방문취업(H-2) 222,254명, 영주자격(F-5) 92,147명, 국민의 배우자(결혼이민자, F-6) 22,057명이다.

조선족은 중국과 한국의 영토적 경계, '한민족'이라는 공통분모의 혈연지정학, 냉전으로 인한 부동한 이데올로기 등 원인으로 한국에서 유동적이면서도 복잡한 층위를 갖고 있다. 이는 한국정부가 1999년 8월 재외동포법을

---

5     방문취업제는 25세 이상의 조선족과 CIS의 고려인중에서 한국에 연고가 있는 경우에는 무제한으로, 없는 경우에는 한국어능력시험에 합격한자 중에서 해마다 정해진 인원 범위 안에서 한국 입국을 허가했다. 발급되는 비자는 H-2로 5년 유효하며 입국 후 최장 3년까지 체류할 수 있고 그 기간 내 출입국의 자유도 보장되었다.

6     2019년 2월말 기준으로 작성한 출입국외국인정책본부 이민정보과 통계월보 자료에 의하면 외국인은 2,311,519명이고 중국인은 1,061,982명인데 한국계 중국인(조선족)은 726,709명이다. 2019년 3월 29일자 연합뉴스 <시행 20주년 됐지만 … 재외동포법, 중국동포 포용 미흡> 기사에서 한국이주동포정책개발연구원 통계에 따르면 2018년 말 기준으로 한국국적 귀화자까지 포함하여 중국동포는 87만 8천명이다.

7     2010년 중국의 제6차 인구보편조사보고에 따르면 중국조선족의 전체인구는 1,830,929명으로서 길림성 1,040,167명, 흑룡강성 327,806명, 요녕성 239,537명, 산동성 61,556명, 북경시 37,380명, 상해시 22,257명, 내몽골자치구 18,464명, 천진시 18,247명, 광동성 17,615명, 하북성 11,296명, 강소성 9,525명, 절강성 6,496명, 광서장족자치구 2,701명, 복건성 2,157명, 호북성 1,960명, 사천성 1,548명, 하남성 1,457명, 운남성 1,343명, 안휘성 1,200명, 호남성 1,180명, 섬서성 1,129명, 신강위글자치구 1,128명, 해남성 973명, 귀주성 664명, 산서성 663명, 중경시 637명, 감소성 559명, 녕하회족자치구 403명, 청해성 312명, 서장자치구 26명 등으로서 중국 31개 행정구에 분포되어 있었다.

제정하면서 조선족을 적용 대상에 제외시켰다가 2003년 위헌 판결이 나오면서 2004년 제한적으로 적용시키는 등에서도 볼 수 있다.[8] 한국사회가 조선족 공동체를 바라보는 복잡한 시선은 한국현대소설에서도 재현되고 있다.

한국현대소설에서 조선족이 등장하는 첫 소설로는 소중애의 아동소설 『연변에서 온 이모』(1994)이다. 그 이후로 신경숙의 장편소설 『외딴방』(1995), 공선옥의 연작소설 「가리봉 연가」(2005), 단편소설 「일가」(2007), 김인숙의 단편소설 「바다와 나비」(2005), 「감옥의 뜰」(2005), 천운영의 장편소설 『잘 가라, 서커스』(2005), 김연수의 단편소설 「이등박문을, 쏘지 못하다」(2005), 한수영의 단편소설 「그녀의 나무 핑궈리」(2006), 황석영의 장편소설 『바리데기』(2007), 박찬순의 단편소설 「가리봉 양꼬치」(2009), 김애란의 단편소설 「그곳의 밤, 이곳의 노래」(2010), 조정래의 장편소설 『정글만리』(1, 2, 3, 2013) 등이 있다.

현재까지 한국현대소설에 나타난 조선족의 기존 연구로는 이주의 담론 연구,[9] 이미지 연구,[10] 여성상 연구,[11] 정체성 연구[12] 등이 있다. 한국현대소설

---

8   한국정부는 1997년 10월 재외동포재단을 설립하고 1999년 8월 재외동포법을 제정하였다. 재외동포법은 "1948년 정부 수립 이전에 외국 국적을 취득하여 대한민국 국적을 보유한 적이 없는 200만 명 중국동포 및 50만 명으로 추산되는 독립국가연합에 거주하는 동포는 이 법의 적용대상에서 제외"하였다.

9   김세령, 「2000년대 이후 한국 소설에 재현된 조선족 이주민」, 『우리文學硏究』 제37집, 우리 문학회, 2012; 최병우, 「한국현대소설에 나타난 이주의 인간학」, 『한국현대소설연구』 제51호, 한국현대소설학회, 2012; 송현호, 「「가리봉 양꼬치」에 나타난 이주 담론 연구」, 『현대 소설연구』 제51호, 한국현대소설학회 2012; 엄숙희, 「2000년대 한국소설에 나타난 조선족 의 담론화 양상과 그 의미」, 『한국문학이론과 비평』 19권 2호, 한국문학이론과 비평학회, 2015.

10  전월매, 「'타자'시각에서 본 한국현대소설 속의 조선족 이미지 연구」, 『겨레어문학』 제54집, 겨레어문학회, 2015; 강미홍, 「2000年以後韓國小說中的朝鮮族形象硏究」, 연변대학석사 논문, 2016.

11  이미림, 「2000년대 소설에 나타난 조선족 이주여성의 타자적 정체성」, 『현대소설연구』 제48호, 한국현대소설학회, 2011; 전월매, 「2000년대 한국여성소설에 나타나는 조선족 여성

에 나타난 조선족 공동체에 관한 연구는 미진한 편으로 찾아보기 어렵다. 이 글은 한국현대소설에 나타난 조선족공동체에 대해 주목하고자 한다. 조선족공동체는 한반도에서 중국으로, 중국에서 다시 한국으로, 해외로 이동하는 디아스포라이다. 그러기 위해서는 조선족공동체의 전형적인 특성인 디아스포라 이론에 의거하여 살펴보고자 한다.

디아스포라(Diaspora)의 역사적 이미지는 유대인, 그리스인 또는 아르메니아인의 디아스포라에서 유래되었고 초기 정의는 대개 피해의식이나 정신적 트라우마가 밑바탕에 깔려있다. 1990년대 초 디아스포라의 다양한 사례들이 밝혀지면서 디아스포라 용어에 대한 활발한 재개념화가 이루어지기 시작하였다. 로빈 코헨(Robin Cohen)은 일부의 독특한 특성을 반영하여 디아스포라 용어의 범위를 확장함과 동시에 그 경계를 명확히 하였다. 그는 피해자 디아스포라 뿐만 아니라 노동 디아스포라, 제국주의 디아스포라, 무역 디아스포라, 탈영토화 된 디아스포라 등 다양한 디아스포라를 구분하였다. 브루베이커(Brubaker)는 디아스포라는 단순히 공동체의 정체성을 유지하는 것만을 의미하는 것이 아니며 또한 기원지로부터 한 인구집단이 분산되어 나오는 것만을 의미하는 것도 아니다. 디아스포라는 사람들이 그들의 고국, 기원국의 공동체, 또는 지시적 기원지에 관한 그들의 주장과 계획을 실행하는 태도, 표현 양식, 실천에 더 가깝다고 하였다. 듀푸아(Dufoix)는 디아스포라의 정치적 관계를 특히 중시하였는데 디아스포라가 기원지의 현 정권과 국가 정체성을 수용하는 방향으로 움직일 수도 있고 거기에 반대하는 방향으로 움직일 수도 있음을 보여주었다.[13] 조선족공동체의 디아스포라는 이동과 이주,

---

상 연구」, 『겨레어문학』 제55집, 겨레어문학회, 2016.

12   전월매, 「한국현대소설에 나타난 조선족의 정체성 형상화」, 『다문화사회연구』 제11권 1호, 숙명여자대학교 다문화통합연구소, 2018.

13   데이비드 바트럼·마라차 포로스·피에르 몽포르테 지음, 이영민·이현욱 외 옮김, 「디아스포

경계, 기원국과의 문화적 차이, 디아스포라 정치학, 민족 정체성, 공동체의
해체, 재건설 등의 포괄적인 문제를 안고 있다.

이 글은 로빈 코헨, 브루베이커, 듀푸아 등의 이론을 참조하여 중한수교
이후 한국현대소설에 나타난 조선족 작품을 연구대상으로 디아스포라 조선
족공동체에 대해 담론하고자 한다. 그러기 위해서는 조선족공동체의 코리안
드림의 이동서사와 비극적 삶, 기존 조선족공동체의 해체 위기 서사와 민족
자각의식의 결여, 새로운 집거지에서의 조선족공동체 건설서사와 재영토화
의 가능성에 착안하여 논의하고자 한다. 그럼으로써 21세기말부터 시작된
국가 간 경계를 넘나드는 세계적 흐름과 신자유적 질서의 재편과정 속에서
한국작가들이 바라보는 조선족공동체의 실제, 한국사회의 문화적 공간 및
조선족공동체의 현황, 존재하는 문제점, 향후 나아가야 할 미래방안에 대해
담론해보고자 한다.


## 2. 조선족공동체의 코리안 드림 이동서사와 비극적 삶

이동은 풍요로운 삶을 살고 싶어 하는 인간의 본연적인 욕망의 흐름이다.
중국의 개혁개방과 중한수교 이후, 주로 길림성, 요녕성, 흑룡강성으로 대표
되는 동북3성에서 농촌공동체 마을을 형성하며 안정적인 생활을 하던 조선
족은 산업화의 격변기를 겪으면서 새로운 엄청난 변화의 소용돌이에 휩싸인
다. 못살아도 똑같이 나누어 먹던 사회주의 계획경제가 적자생존의 시장경
제로 넘어가면서 생활 저변부로 밀려난 사람들은 살길을 찾아서, 봉급으로
만 생활하던 사람들은 더욱 나은 삶의 질 향상을 위하여 고임금지대로 이동

---

라 Diaspora」, 『개념으로 읽는 국제 이주와 다문화사회』, 푸른 길, 2017, 79-84쪽 참조.

하기 시작했다. 1990년대 이후 본격화된 중국 조선족의 거대한 이동 물결은 주로 산재된 농촌 거주자들의 인근 도시지역을 향한 이동, 동북3성을 제외한 북경, 천진을 중심으로 한 수도권 지역, 광주, 심수를 중심으로 하는 화남지역, 청도, 연대, 위해를 중심으로 하는 산동지역, 상해, 소주, 항주를 중심으로 하는 화동지역, 서안, 성도, 중경을 중심으로 하는 서부지역 등으로의 국내이동, 한국, 일본 등 외국으로의 국제이동 등으로 나눌 수 있다. 국내이동이 주어진 국가 안에서의 장소의 옮김이라면 국제이동은 체류비자를 필요로 하는 경계를 넘는 국가 간의 옮김이다. 국제이주는 사람들이 다른 국가로 이동하여 임시적으로 혹은 영구적으로 정착하는 것을 의미하는데 이는 정체성이나 사회적 소속감과 관련된 여러 문제를 불러일으킨다.

조선족은 한국과의 내왕이 시작되면서 중국에서 가장 빨리 개방의식이 트인 민족의 하나이다. 세계 50여 개 나라로 진출하고 있는 가운데 조선족이 가장 많이 선택한 곳은 한국이다. 한국보다 더 잘 사는 나라들이 많았음에도 불구하고 한국으로 몰려든 이유는 90년대 한국이 중국보다 평균 월급수준이 5-10배 이상 높아 기회의 땅으로 인식되었고 언어와 문자가 통하고 조상의 숨결이 살아 숨 쉬는 모국이며 지리적으로 가까워 편리했기 때문이다.

한국현대소설에 재현된 조선족의 이동은 코리안 드림을 이루기 위한 결혼이주와 노동이주에 초점이 맞추어져 있다. 즉 한국현대소설에 등장하는 조선족인물들은 결혼이주여성이나 노동이주자이다. 조선족 결혼이주여성으로는 김인숙의 「바다와 나비」에서의 채금, 천운영의 『잘 가라, 서커스』에서의 림해화, 공선옥의 「가리봉 양꼬치」에서의 장명화, 한수영의 「그녀의 나무 핑궈리」에서의 만자, 김애란의 「그곳에 밤, 여기에 노래」에서의 임명화 등이 있다. 이주노동자로는 소중애의 『연변에서 온 이모』에서의 이춘희, 공선옥의 「일가」에서의 당숙, 공선옥의 「가리봉 연가」에서의 명화의 전남편 용철이, 김인숙의 「바다와 나비」에서의 채금 어머니, 김애란의 「그곳에 밤, 그곳에 노래」에서의 려화, 박찬순의 「가리봉 양꼬치」에서의 룡이, 분희 등이 있다.

소설에서 조선족의 한국 이동은 당장의 경제 이익을 가장 중요한 것으로 손꼽고 있다. 「바다와 나비」에서 채금은 "난 조국이니 국적이니 하는 말 잘 믿지 않아요. 한국에 가려고 하는 사람들이 믿는 건, 돈 뿐이에요. 우리들의 아버지나 할아버지들은 어떨지 모르지만, 이미 그들은 늙었지요. 젊은 사람들이 믿는 건 돈이에요. 중국도 결국, 별수 없어요. 이젠 돈밖에는 믿을 게 없게 된 거니까."[14] 공선옥의 「가리봉연가」에서 아줌마도 "내도 중국에서 왔지만 중국사람들 돈 밖에 모릅네. 한국에서도 우리 중국 사람들 내쫓을라 하지만 한번 중국 떠난 사람 다시는 중국에 안 갑네. 자고로 똥파리도 똥 있는데 모여들 듯이 사람은 밥 있는 데로 꼬여드는 것이 인지상정 아니겠습네까?"[15]라고 한다. 중국이나 한국이나 모두 자본이 지배하는 사회이고 '돈밖에는 믿을 수 없'게 된 금전만능의 사회임을 말한다. 그리하여 채금을 비롯한 젊은이들은 "그 돈이 한국에 있으니 한국에 길 수밖에 없"있고 한국에 입국한 중국인들도 한국을 떠나려 하지 않는다고 말하고 있다. 이는 저임금지대에서 고임금지대로의 국제이동이다.

국제이동을 위해 조선족처녀들은 국제결혼, 위장결혼을 선택한다. 90년대 후반 한국은 정부차원에서 농촌총각 장가보내기 프로그램이 가동되었다. 한국남자들은 선보러 중국으로 갔고 조선족처녀들은 코리안드림을 위한 이동에 가장 빠르고 쉬운 결혼이라는 경로를 선택했다. 결혼하면 부모를 포함한 가족과 친척을 초청할 수 있어 가난에서 빨리 벗어날 수 있었다. 소설에서 25세의 조선족 처녀 채금은 한국에서 식당일하는 어머니의 주선으로 마흔이 넘는 납품업자 한국남자와 단 두 차례의 만남, 처음 만나서는 얼굴을 익히고

---

14  김인숙, 「바다와 나비」, 『그 여자의 자서전』, 창비, 2005, 90쪽.

15  공선옥, 「가리봉연가」, 『유랑가족』, 실천문학사, 2005, 86쪽.

**194**  중한수교 30년, 한국소설에 나타난 중국 담론

두 번째 만나서는 혼인신고 서류절차를 밟는다. 림해화는 브로커가 주선한 단 한 번의 선보기로 장애인 남편과 시동생에게 선택되어 만난 지 3일내로 결혼식을 올린다. 만자는 "병든 친정아버지 치료비를 대려고" 경제적으로 엄마에게 의지해 사는 세상 건달이자 소문난 바람둥이인 한국남자 동배에게 시집간다. 장명화는 "무엇보다 간암에 걸린 오빠를 치료하기 위해서는 가족 중에 누군가는 어디로든 가서 돈을 벌어야 했"기에 한국에 가 있던 외사촌이 지하철에서 본 혼인소개소의 소개를 통해 마음에 없는 전라도 시골마을의 가난뱅이 농촌총각 기석과 결혼한다. 임명화는 밀항하여 입국하였으나 식당에서 일을 하다 택시운전자이자 친척들에게 왕따 당하는 한국남자 용대의 눈에 들어 결혼한다. 조선족여성의 국제결혼은 한국에 가서 경제적 부를 실현하려는 욕구와 한국에서 상대를 찾지 못한 남자들의 혼인문제 해결과 상호 맞물려 맞아떨어져 있다.

소설에서 조선족이주여성들의 결혼상대는 신체장애자, 건달, 나이차 많은 남자, 농촌총각들이었다. 중국에서 돈으로 사 들여온 '수입품'(「그녀의 나무 핑궈리」)인 그녀들의 혼인은 모두 비극으로 마무리한다. 『잘 가라, 서커스』의 림해화는 장애인 남편에게 시집와서 자신을 인정해주는 시어머니에게 많이 의지하는데 언어가 통하던 시어머니가 세상을 떠난 후 남편의 심한 감시와 폭력을 당한다. 참다못해 가출을 선택하고 여러가지 일을 하게 된다. 그러다가 병으로 고통에 시달리다 죽는다. 「그녀의 나무 핑궈리」의 만자는 건달 남편에게 수시로 두들겨 맞아 항상 멍이 시퍼렇게 들어있고 자신이 번 돈은 남편이 바깥에서 애인과 흥청망청 써버려 탕진하고 남편이 바람을 피우느라 집에 들어오지 않으면 찾아다니곤 했는데 그 사건 현장의 덜미를 잡아도 오히려 흠뻑 두들겨 맞는다. 결국 만자는 버릇을 못 고치고 바람 피워대는 남편을 거세시키고자 한다. 「가리봉연가」에서의 장명화는 고향에 딸이 있고 이혼한 몸이면서도 처녀라 속이고 순진한 농촌총각과 결혼한다. 그녀는 농촌에서 농사를 지으며 살 의향이 없어 서울로 도주하며 허승희로 개명하고 아픈 몸으로 서울 가리봉동에서 노래방도우미로 전전하다가 불량소년에게 돈을 빼앗기고 칼에 찔려 죽는다. 「바다와 나비」에서의 채금은 만만하고 유순한 납품업자를 골라 결혼하지만 한국 가서 살다가 국적이 나오면 당장 걷어치워 남편을 '계집한테 오쟁이를 질 놈'으로 만들 타산이다. 「바다와 나비」에서는 이러한 조선족이주여성의 혼인파탄으로 이루어진 사회적 문제를 제기하고 있다.

> 어쨌든 마흔이 넘도록 아직 아내를 구하지 못한 한국남자는 어떻게든 여자가 필요했을 것이고, 채금에게는 무엇보다도 한국행 비자가 필요했을 것이다. 처음 듣는 이야기는 아니었다. 그렇게 한국으로 시집온 조선족 여자들이 어느날 자기 몸으로 낳아놓은 아이까지 내팽개치고 주민등록증 한 장 만을 달랑 챙겨 도망 가버린다는, 그래서 심각한 사회적 문제가 야기되고 있다는, 그런 이야기는 한동안 신문과 텔레비전 뉴스에서도 자주 보았던 것이다…. 한 조선족 여자가 그렇게 야반도주를 결심할 때까지, 그들 부부사이에 어떤 일이 있었는지, 남자는 여자를 몇 번이나 두들겨 팼는지, 여자는 조선족이란 이유로 어떤 수모를 당했는지, 그 여자가 견딜 수 없었던 것이 모욕인지, 분노인지, 그리움인지, 사라진 것은 그 여자의 주민등록증뿐만이 아니리 그런 사연들 역시 마찬가지인 것이다.[16]

이는 첫 시작부터 비뚤어진 혼인과 그로 인해 야기되는 사회문제를 말하고 있다. 여자가 필요한 한국남자와 한국행 비자와 주민등록증이 필요했던 조선족여자의 만남, 잘 못산다는 이유로 또는 잘살겠다는 이유로 자신을

---

16    김인숙, 「바다와 나비」, 『그 여자의 자서전』, 창비, 2005, 73쪽.

상품화한 조선족여자, 여자의 결혼 동기가 진실이냐 아니냐에 대한 정확한 판단을 내리기 전에 경솔히 혼인을 결정한 한국남자, 경제적으로 앞선 나라에 산다는 우월감으로 경제후진국의 여자들을 만만하게 보고 쉽게 생각하고 패고 인간취급 하지 않는 한국남자, 고스란히 그 수모와 모욕과 분노를 받아들이다가 나중에는 낳은 애마저 팽개치고 도망가는 조선족여자… 결혼에서 가장 중요한 인간성과 도덕성, 정의 유대감이 무시된 채 인간 대 인간의 결혼을 추구하지 않는 이러한 혼인은 부부가 갖춰야 할 사랑이나 책임감과 협력 정신이 결여되어 있으니 비극으로 치달을 수밖에 없다.

한국소설에서의 조선족이주노동자들도 마찬가지였다. 이들은 거액을 들여 한국으로 이동하였고 한국에 와서는 불법체류자가 되었다. 조선족노동이주자 룡이는 수속을 위해 브로커를 끼고 천만 원이나 들여 한국에 들어왔고 명화와 려화는 생명의 위험을 무릅쓰고 밀항선을 타고 이동하였다. 임파는 3개월짜리 C-3 관광비자로 한국에 있는 부모를 찾으러 왔지만 찾지도 못하고 불법체류자가 되었다. 이들이 하는 일은 더럽고 힘들고 위험한 3D업종인 식당일, 건설현장 일들이었다. 이주노동자의 삶은 고단하고 힘겨웠다. 려화는 식당에서 일하다가 세제가 튀어 한쪽 눈이 멀어 보상도 못 받고 중국으로 귀국하였고 채금이 어머니는 적은 월급과 과중한 노동에도 불구하고 식당에서 몇 달을 버텨내며 악착같이 돈을 버는데 아들이 교통사고로 목숨을 잃고 남편이 다리를 잃었을 때도 중국으로 돌아가지 않았다. 임파는 6개월 동안 건설현장에서 벽돌 나르는 일을 죽도록 하였지만 불법체류자 검거령이 나온다는 말에 임금 한 푼 못 받고 도망간다. 그러다가 식당에서 일하게 되면서 자신이 개발한 양꼬치의 레시피를 알려주지 않았다는 이유로 조폭의 칼에 찔려 죽는다. 용이는 한국에서 본전을 챙기기는커녕 몇 달도 채 못돼 중국으로 돌아가야만 했고 그 빚을 갚자면 또다시 무슨 수를 써서라도 한국에 들어와야만 했다. 중국에선 평생을 벌어도 그만한 돈을 갚을 길이 없었기 때문이다. 노동인력으로 입국한 이들은 한국에서 악착같이 돈을 버는 도중 사고를 당하지만 법적으로 보상과 보호를 받지 못한다. 불법체류자이기 때문이다. 불법체류자는 "언제든 붙잡혀가거나 불의의 사고로 죽어 경찰서 장부에 무연고 사망자로 기록되기 전엔 이 나라 어느 인명부에도 이름이 오를리 없는"[17] 사람들이다. 법을 어긴 사람들이기에 하소연 할 곳도 없다. 그 밖에도 한국에 입국하여 돈을 벌게 되면서 자본주의 병폐에 물젖어 순수하고 묵묵히 일 잘하던 데로부터 일정하게 돈을 모으기 시작하자 일하기 싫어하고 허영심에 들떠 헛욕심을 부리다 번 돈을 날리는 연변에서 온 이모 이춘희가 있는가 하면 고향에서는 순수했지만 다방에 다니면서 못된 것을 배워서 깡패들에게 이용당하고 남자친구에게 배신을 때리는 닝안에서 온 분희도 있다. 이들은 자본주의 매카니즘 속에서 원칙성과 기준이 없이 도덕성을 잃고 변질해가는 인간상이다.

한국소설에 나타난 조선족공동체의 구성원들 하나하나의 이동과 이주 서사는 어둡고 침침하고 불행하다. 그들은 자본주의가 유포하는 환상의 유혹적인 불빛을 따라 코리안드림을 안고 한국으로 이동하고 이주했지만 한국사회는 만만치 않았고 하나같이 행복을 거머쥐지 못했다. '연변에서 온 이모'로부터 '당숙', '중국인 노동자', '수입품', '외국인' '결혼이주여성' 등으로 불리는 조선족 개개인들은 가난과 질병, 무거운 노동과 체류의 불안정, 위선과 거짓, 폭력과 차별로 최하층 밑바닥 삶을 살아가는 인간, 속물적 인간, 부정적 혼종성으로 그려져 있다. 여기에서 자본주의의 논리에 종속되어 경제중심으로 사람의 가치, 그 공동체를 판단하는 한국작가들의 시선을 읽을 수 있다. 나아가서 분단국가의 단일민족으로 '한국=한국인=한민족'이라는 의식아래 국민국가를 걸어온 한국사회의 배타적 인식, 식민지를 거치면서

---

17    박찬순, 「가리봉 양꼬치」, 『발해풍의 정원』, 문학과 지성사, 2009, 82쪽.

뿌리내린 탈아시아적이고 서구우월주의의 세계관, 조선족의 귀환이 돌이키기 싫은 열등하고 빈곤한 식민지 과거의 기억회상과 자본과 국가의 논리 속에서 가난한 조선족의 무용론 인식, 부정적인 면을 특대화하고 과장하여 보도하는 한국언론매체의 관행[18] 등의 한국사회의 역사 문화 공간을 엿볼 수 있다.

조선족의 코리안 드림을 위한 무작정 국제결혼이나 브로커를 통한 이동은 한국입국이 어려웠던 1979년부터 방문취업제가 실시된 2007년까지의 이야기로 개괄할 수 있다. 왜냐하면 2007년 방문취업제 실시 이후, 웬만한 조선족에게는 입국의 문을 열어놓았기 때문이다. 실제로 코리안 드림을 안고 입국하여 꿈을 이룩한 조선족들의 사례도 적지 않다.[19] 이러한 성공사례나 재한조선족유학생들의 서사, 그리고 조선족노동이주자들의 노동현장에서 부딪치는 한국인과의 마찰이나 갈등 서사, 결혼이주여성들의 한국사회의 적응과정에서 오는 문화적 갈등, 정신적 인간으로서의 조선족이 모국에서 느끼는 정체성의 혼란과 고민 등이 한국소설에서 재현되지 않았다는 점이 아쉬움으로 남는다.

## 3. 기존 조선족공동체의 해체 위기 서사와 민족자각의식의 결여

중국으로 이주한 조선족은 동북3성의 농촌을 중심으로 공동체를 형성하며 조선족 나름의 융합문화를 형성하였다. '융합(融合)'의 사전적 의미는 '다른 종류의 것이 녹아서 서로 구별이 없게 하나로 합하여지거나 그렇게 만듦

---

18 　전월매, 「한국영화에 재현된 조선족을 말하다」, 『동북아신문』, 2019.4.13.
19 　김성학 외, 『꿈을 이룬 사람들』, 좋은 문학, 2011. 예동근 외, 『조선족 3세들의 서울 이야기』, 백산서당, 2011.

또는 그런 일'이다. 순수한 한국말로 '비빔', '섞음'으로서 둘이상이 모여 새롭고 유익하게 만들어진 창조적 섞임을 말하기도 한다. 조선족공동체의 문화는 중국이란 생활환경에서 한민족이란 혈연으로, 중국문화, 조선문화, 한국문화가 공존하고 섞여 창조되어 생성된 조선족특유의 혼종문화, 융합문화이다. 이러한 문화는 삶의 가장 기본요소인 언어와 음식, 거주문화 뿐만 아니라 수전과 한전농사에서, 그리고 문화와 예술 등 기타분야에 반영되어 있다.

한국현대소설에서 한국작가들이 바라보는 조선족공동체의 융합문화는 낯설고도 익숙한 풍경으로 안겨왔다. 「바다와 나비」에서 한국인인 내가 본 조선족마을에 거주한 채금의 "집은 중국영화에서 보았던 중국의 전통가옥과는 달라보았다. 방바닥이 꽤 높게 자리를 잡고 있어서 왜 그런가 했더니 온돌을 깔았다. 따뜻한 온돌을 느끼는 순간, 별수 없이 우리는 같은 핏줄이구나 싶은 생각이 들었다. 그러니 창에는 중국인들이 하는 식으로 빨간색 복(福)자를 거꾸로 붙여놓았고 벽에는 중국식의 매듭장식이 걸려있기도 했다."[20] 한국식의 따듯한 온돌, 중국식의 행운을 바라는 복자들이 어우러진 낯선 것과 정겨운 것이 섞이고 조화롭게 공존된 조선족 거주의 융합문화이다. 『잘가라, 서커스』에서 시동생인 한국인 윤호의 눈에 비친 조선족의 결혼문화는 "형과 여자가 여자의 부모에게 큰 절을 올리고 나자, 누군가 노래기계를 틀었다. 여자의 일가친척들이 일어나 노래를 부르고 춤을 추기 시작했다. 찰떡궁합으로 아들 하나에 딸 하나, 나는 터져 나오려는 웃음을 겨우 참았다. 사람들은 모두 나와 얼싸안고 춤을 추었다. 노인들의 어깨춤과 사교춤이 뒤섞인 묘한 춤이었다. 이상한 결혼식이었다."[21] 조선족의 결혼식은 한국식과 중국

---

20 김인숙, 「바다와 나비」, 『그 여자의 자서전』, 창비, 2005, 84쪽.
21 천운영, 『잘 가라, 서커스』, 문학동네, 2005, 20-21쪽.

식이 결합된 독특한 결혼식이다. 신랑을 맞이하여 차린 상에는 과자와 과일, 떡 등 외에 붉은 고추를 문 닭, 담배 피우는 잉어들을 놓는다. 국수 먹기, 선물교환, 바가지 던지기(바가지가 바로 서면 딸 낳고 뒤집어지면 아들 낳는다) 등 결혼식순이 끝난 후 모두 나와서 춤을 추는데 그 춤은 한국전통의 어깨춤과 서양에서 들여온 커플댄스 사교춤이 뒤섞인 융합의 장이다.

흔히 융합문화의 조선족공동체를 사과배에 비유하고 있다. 『잘 가라, 서커스』에서는 림해화가 "제가 살던 용정에는 사과배라는 게 있슴다. 그 사과배라는 게 저희 중국 조선족들과 똑같다 말임다. 왜서 같은가 하면 조선에서 이주해오면서 사과 묘목을 갖고 온 사람이 그걸 연변 참배나무에 접목시키지 않았겠슴까. 모두 세 그루였는데 그중 용케 한그루가 살아남았담다. 그래서 열린 거이 모양은 사과 비슷하고 맛은 배 비슷한 희한한 과일이 나왔단 말임다. 그것이 이젠 용정의 특산물이 되었지 않았슴까… 그러니 중국에서 터전을 잡은 우리 조선족들과 어찌 같지 않겠슴까… 그거이 겉은 사과같이 생겼는데 껍질은 더 단단하고 속살은 꺼끌꺼끌하지 않아 부드럽슴다. 한 입 베어물면 시원하면서도 단맛이 싸악 도는 것이 아주 맛남다"[22] 한반도의 사과묘목에 용정의 돌배나무를 접목시켜 새롭게 탄생한 과일 사과배는 한반도의 문화를 지니고 중국 땅에 이주하여 중국문화와 융합을 이루어낸 조선족과 닮았다. 그리고 겉은 단단하지만 속은 부드러운 외강내유의 속성마저도 닮았다. 사과배는 중국어로 핑궈리(苹果梨)라 한다. 「그녀의 나무 핑궈리」에서 핑궈리는 연변에서 한국에 시집온 만자씨가 삶이 고달프고 힘들 때 고향으로 이어주는 나무이며 고향을 상징하는 조선족 근원의 생명체이다.

나름대로 자신의 독특한 문화를 보존하고 영위해나간 조선족공동체마을은 중국의 개혁개방과 중한수교를 맞이하면서 하해바람,[23] 서울바람이 일면

---

22  위의 책, 58-59쪽.

서 대이동의 물결이 이루어졌다. 등소평의 선부공부론(先富共富論, 일부 연해도시를 먼저 발전시키고 나중에 내지를 발전시켜 공동 부유의 목적에 도달한다는 정책)[24]에 따라 농촌마을들은 소외되고 젊은이들은 빠져나갔다.

시대의 발전에 따라가지 못하고 낙후한 조선족마을의 모습은 「바다와 나비」에 재현되고 있다. "채금이 살고 있는 조선족 마을은 도시의 외곽에 위치했다. 버스를 타고 가는 동안, 거리의 곳곳에서 노역을 하고 있는 죄수들이 무거운 해머를 휘둘러 아스팔트를 부수거나, 그 부서진 자리에 새로운 길을 내고 있었다. 모든 것을 다 깨부수고 완전히 새로운 도시를 만들겠다는 듯이 도시의 구석구석이 매일같이 무너져 내리고 매일같이 새로워지고 있었다. 그러나 도시의 중심으로부터 외곽까지, 개발의 풍경은 십년 단위로 후진되었다. 버스 한 정거장 사이로 십년의 세월이 존재하는 식이었다. 높은 고층빌딩들이 사라지고 넓은 도로가 사라진 뒤, 낡은 구옥들이 보이기 시작했다. 그리고 한국인 거리와는 또 다른 조선쪽 거리의 한글간판들이 나타났다. 그것도 잠시, 곧 붉은 벽돌집들이 즐비한 농촌마을이 보이기 시작했고, 그것이 바로 채금이 살고 있는 조선족 마을이었다."[25] 높은 고층빌딩, 넓은 도로로 하루하루 새롭게 건설 개발 중인 도심은 한글간판이 있는 낡은 집, 후진

---

23    하해(下海)의 최초의 의미는 바다로 가는 행위를 말하였다. 그러나 점차 경제, 정치 색채의 용어로 전이하였는데 일반적으로 원래 하던 일을 포기하거나 보류한 채로 상업을 경영하거나 창업하는 행위를 말한다. 중국의 개혁개방초기에 불어닥친 하해바람은 개체호, 민영기업가, 국영개혁가, 하해창업인, 농촌도급제 하청업자, 변강 개척자 등 인물을 배출하였다. 이들의 경력은 당시 역사의 생동한 기록이라 할 수 있다. 출처: https://baike.baidu.com/item/%E4%B8%8B%E6%B5%B7/23133?fr=aladdin

24    선부공부사상(先富共富思想)은 등소평경제사상이론의 중요한 구성요소이다. 등소평은 1978년 중국공산당 11기3중전회 전후로 선부공부론을 14차례나 제기했다. 1988년에는 우선 연해지역을 발전시키고 연해지역이 내지를 이끌어 공동으로 부유해지는 개혁과 발전방안에 대해 명확히 제기하였다. 賴德胜, 「如何理解邓小平"先富共富思想"的辩证法」, 『经济日报』, 2014. 8.22.

25    김인숙, 「바다와 나비」, 『그 여자의 자서전』, 창비, 2005, 83-84쪽.

농촌 조선족마을과 대조를 이룬다. 개발과 정지, 신식과 구식이 도시와 농촌을 갈라놓고 있다.

림해화의 마을도 도심에서 한참 떨어진 조선족마을이다. "옌지에서 버스를 타고 세 시간을 달려 둔화에 도착했다. 여자의 집이 있는 사허옌(沙河沿)까지 가려면 다시 작은 버스를 타고 삼십분을 더 들어가야 했다. 여자는 이 길을 사십 시간 걸려 왔다고 했다."[26] 길림성 연변조선족자치주 둔화시 사허옌진은 조선족향인데 개발지역에서 소외된 이곳은 교통이 불편하다. 이 지역에는 발해시기의 옛 성터가 있는데 이는 기원전 7세기 말갈족이 생활했던 곳으로 전국중점문화유물보호단위 정효공주묘 등이 있다. 묘지로 가는 길은 먼지가 날리고 비가 오면 "질척질척 흙더미가 신발에 들러붙어 다리를 무겁게 잡아끄는 비포장도로"였다. 개혁개방초기 조선족마을들이 개발지역에서 밀리게 된 것은 동북에 위치하고 농촌이기 때문이다. 19세기 중후엽부터 이주한 조선인들은 광활한 동북대지에 첫 수전농사를 개척하기 시작하면서[27] 농촌에 조선족공동체마을을 형성하였다. 그러나 시대에 뒤떨어진 것은 외곽과 떨어진 조선족마을만이 아니었다. 「발해풍의 정원」에서는 정부에서 지원하여 설립한 조선족민속촌도 새로운 한국바람에 퇴색되고 있는 모습을 담고 있다.

"어릴 때 본 민속촌의 모습이 눈에 아른거려 한국에 나오기 몇 달 전에 다시 한 번 찾아가보았다. 그때는 한복 차림을 한 김희선, 이영애 등 한류 스타들의

26  전운영, 『질 가라, 시거스』, 문학동네, 2005, 17쪽.

27  중국 동북지역에서 조선인이 첫 수전 농사를 한 시간은 연변지역에는 1868년에, 길림성 통하현 하전자에서는 1870년에, 흑룡강성에서는 1895년 오상시 사하자향에서, 료녕성에서는 1905년 안동지역에서 첫 수전농사를 시작했다. 기사, 「새중국 창건 70년, 동북지역에 수전농사 보급해 '중국밥그릇'에 크게 기여한 조선족」, 『흑룡강신문』, 2019.5.8.

모습과 윤도현인가 하는 가수가 기타를 치며 열창하는 모습이 화려하게 장식돼 있어서 널뛰는 소녀들이나 그네 뛰는 처녀들의 모습도 무색해보이고 새납이라는 악기도 초라해보였다."[28]

조선족공동체는 매년마다 단오절을 중심으로 조선반도에서 지니고 온 널뛰기, 그네뛰기, 씨름하기, 새납 불고 장구치기, 춤추기 등 다양한 내용으로 운동축제를 진행해왔다. 그러다가 1997년 중국에 한국 드라마 <사랑이 뭐길래>의 방영을 시작으로 가요까지 합세하면서 한국의 대중문화, 한류는 폭발적인 인기를 끌었으며 중국뿐만 아니라 아시아, 전 세계로 퍼졌다. <대장금>의 대명사이자 한류홍보대사 이영애, CJ 중국영화제 홍보대사 김희선, 록밴드 가수이자 뮤지컬 배우 윤도현 등은 한류문화를 대표하는 인물들이다. 톡톡 튀는 역동성, 한과 흥이 어우러지는 한마당, 문화적 보편주의에 기인한 친근감과 유대감. 이러한 매력을 가진 한류의 등장은 조선족 선동문화인 널뛰기, 그네뛰기, 새납 불기 등을 무색하고 초라하게 만들었다. 이는 새로운 한류문화에 밀린 조선족 전통문화의 퇴장을 의미한다.

한국현대소설에서 조선족공동체 해체 위기 서사는 정책에서의 소외도 있겠지만 한국바람으로 인한 혼인파탄과 남겨진 아이들의 교육문제, 먹고 마시고 노는 나쁜 풍조, 조선족여성들의 한족과의 통혼, 한족문화로의 의식적인 동화 등으로 폐단을 지적하고 있다.

「바다와 나비」의 채금이 어머니는 불법체류자로 한국에 간 후 남편이 차사고를 당했을 때도, 아들이 목숨을 잃었을 때도 중국에 들어가지 않았다. 남편과는 6년을 헤어져 살았기에 부부사이는 할 말이 별로 없었다. 「가리봉 연가」에서 명화의 전 남편 용철이는 한국 가서 바람이 나서 돌아다니다가

---

28    박찬순, 「가리봉 양꼬치」, 『발해풍의 정원』, 문학과 지성사, 2009, 85쪽.

여자에게 돈을 몽땅 털리고 이혼을 당한다. 그의 전처 명화도 이혼을 한 후 거짓으로 처녀라고 속이여 한국의 농촌으로 시집가지만 밤도주하여 서울로 올라간다. 그녀도 한국인 배사장과 눈이 맞아 동거하다가 돈을 날린다. 한국바람에 부부의 일방이 한국에 체류해 있게 되면서 어느 한쪽이 한때의 외로움과 고독, 유혹을 못 이겨 정신적으로 허물어지면서 바람이 나서 혼인파탄을 불러오는 비극들이 발생하였다. 가정을 지키자는 정조관, 책임감이 희박하고 윤리와 도덕성의 흔들림으로 가정이 무너지면서 이혼한 가정이 늘어났다.

그러면서 남겨진 아이들의 교육문제가 수면 위로 떠올랐다. 부모들이 모두 일하러 떠나고 부모 곁에서 생활하지 않는 아이들을 중국에서는 일명 유수아동(留守儿童)[29]이라 한다. 한국에서는 조부모가정이라 한다. 「가리봉연가」에서 명화와 용철이의 딸 향이는 유수아동이다. 처녀라 거짓말하고 한국간 명화는 딸 걱정은 하지만 곁에 있지 않는 한 어찌할 방법이 없었다. 부모 곁에서 생활하지 않는 아이들 중에는 어려움 속에서 더욱 분발하여 훌륭한 사람으로 성장한 어린이들이 간혹 있다. 그러나 중도에 학업을 포기하거나 학습에 취미를 잃고 건성건성 공부하는 애들이 많다. 2011년 6월 기준으로 연변조선족자치주 유수아동은 53,471명[30]이다. 성장기에 있는 많은 어린이들은 부모로부터 사상이나 가치 관념의 교육, 받아야 할 사랑을 받지 못하여 쉽게 가치관과 인식에 혼란을 가져와 극단적이거나 감성이 메

---

**29** 유수아동(留守儿童, the "left-behind" children)는 부모쌍방이 모두 집을 떠나 일하러 나갔거나 혹은 부모의 일방이 일하러 가고 다른 일방은 자녀부양능력이 없어 부모와 정상적으로 공동으로 생활할 수 없는 16세미만의 농촌호구 미성년자를 일컫는다. 2016년 3월말까지 중국의 민정국, 교육부, 공안부가 전국 범위 내에서 실시한 조사에 의하면 중국에는 유수하동이 902만 명이다. 「全国农村留守儿童精准摸排数量902万人, 九成以上在中西部省份」, 『新华网』, 2016.11.11.

**30** 赵红姬, 「朝鲜族学前留守儿童教育问题的几点思考」, 『教育教学论坛』 第45期, 2015年 11月, p.172.

마르고 성격이 이상하게 변할 위험성이 있다.

소설에서는 조선족사회가 먹고 마시고 노는 나쁜 풍조가 있다고 지적하고 있다.『잘 가라, 서커스』에서는 연길시내 "미식가 주변은 사람들로 북적거리고", "온통 다방과 오락성, 요리점 투성"이며 "오백 위안을 받는 복무원이나 천 위안을 받는 교원이나 한국 사람들 노는 식으로 휘청휘청 노는 판"[31]이라고 그 병폐를 지적하고 있다. 한국에서 아글타글(무엇을 이루려고 몹시 애쓰거나 기를 쓰고 달라붙는 모양, 북한어) 열심히 번 돈을 흥청망청 먹고 노는 데 써버리고 낭비하는 폐단은 조선족 공동체의 수준과 질을 한층 떨어뜨린다. 조선족은 한국에서 선진기술을 배운다든가 자아개발과 충전을 하여 쌓아온 경험을 바탕으로 중국에 돌아가서 사회에 유익한 일을 하는 게 바람직하다.

조선족공동체의 앞날에 대한 걱정과 고민은 조정래의『정글만리』에서 중국 시안에서 근무하고 있는 조선족엘리트 최상훈 검찰과장의 이야기[32]에서 재현된다.

조선족 지성인의 우려는 조선족 이동이 불러온 급격한 인구감소와 연변조선족자치주의 해체위기, 조선족여성들의 한족남성과의 통혼과 조선족이 적극적으로 한족문화인 주류문화에 편입하려는 동화문제 등으로 인한 조선족 공동체의 위기와 소실의 우려이다. 연변조선족자치주는 조선이민들이 가장

---

31    천운영,『잘 가라, 서커스』, 문학동네, 2005, 26쪽.

32    "우리 조선족의 앞날이 참 걱정스럽소. 그 수가 자꾸 늘어나더라도 장래 보장이 문제인데, 수가 자꾸 줄고 있단 말이오. 55개 소수민족 중에서 열세 번째로 200만이 미처 못 되는데, 개혁개방 이후 돈벌이하려고 남조선으로, 중국 천지 사방으로 흩어지고 있소. 나부터도 조선족자치주로부터 만 리 넘게 떨어져 있으니, 그러다가는 자치주 자체의 존재가 위협당할 수 있소. 그리고 더 큰 문제는 타향으로 떠난 여자들이 무작정 한족 남자들과 결혼하려는 풍조요. 자기 자식만은 조선족으로 알게 모르게 차별당하지 살게 하지 않겠다는 욕심 때문이오. 당나라 때 주변국 사람들이 당나라 백성 되고 싶어 했던 것과 꼭 같은 심리요. 그것이 몇 십 년 계속되면 조선족 앞날은 어떻게 되겠소. 조선족은 언제까지나 보존되어야 하고, 그러려면 우리끼리 돕는 수밖에 없소." 조정래,『정글만리2』, 해냄, 2013, 242-243쪽.

일찍 발을 붙인 지역 중의 하나이고 중국조선족이 가장 많이 집거한 최대 집거지로서 조선족인구비례가 줄곧 50%이상을 유지하고 있었다. 1952년 연변조선족자치구 성립 당시 68%를 차지했던 조선족의 비율은 2017년 기준으로 36.04%[33]를 감돌며 감소 일로에 있다.

56개 다민족으로 구성된 중국은 2017년 기준으로 인구가 13.9억 명인데 그중 한족이 91.51%를 차지한다. 중국에서는 한족 문화가 주류문화이고 보편문화이다. 중국의 대부분 조선족 학부모들은 현실을 중시하고 실용적이다. 민족학교가 있는 동북의 경우, 자녀들이 중국주류사회에 진출하기를 바라기에 대부분 학부모들이 자녀를 한족학교에 보내고 민족학교가 없는 관내는 당연하게 한족 학교에 보낸다. 장기적으로 한족문화권에서 생활한 자녀들은 조선민족의 특수성보다도 중국주류문화의 보편성에 관심을 갖게 되고 조선족의 언어와 문자, 문화를 모르고 있으며 별로 알려고 하지 않는다. 그리고 자연스럽게 한족이나 타민족과 통혼한다. 이대로라면 6-7세대, 아래 세대로 내려가면서 중국주류문화로의 동화, 조선족공동체의 해체는 시간문제일 뿐이라는 우려를 자아낸다.

조선족집거지의 인구가 날로 줄어들고 주류문화가 거세게 민족문화를 충격하고 있는 오늘날, 조선족사회는 민족적 자각의식과 사명의식을 가지고 조선족공동체의 현황에 대해 진지하게 고민하고 실천하여야 한다. 가장 중요한 것은 잊혀져가는 민족의 근본인 우리의 언어, 문화, 역사를 후대들에게

---

33  1945년 연변의 조선인 인구는 63.5만 명, 1949년 연변의 조선인 인구는 51.9만 명이었다. 제1차 전국 인구 보편 조사 수치에 의하면 1953년 6월 중국 조선인 인구는 112만 405명인데 그중 73만 6천 명이 길림성에 살고 있었고 49만여 명이 연변조선민족자치구에 살고 있었다. 최일, 「조선인에서 조선족으로」, 『지행자』, 2016.10.21. 2017년 말 기준으로 연변조선족자치주 호적인구는 210.14만 명, 조선족인구는 75.72만 명으로서 36.04%를 차지한다. 延边朝鲜族自治州统计局, 「延边朝鲜族自治州2017年国民经济和社会发展统计公报」, 延边朝鲜族自治州人民政府, 2018.4.8.

보급하는 것이다. 글로벌시대, 인터넷과 네트워크를 잘 활용하여 민족문화를 가르치고 민족정신을 전승해야 한다. 민족문화와 정신이 살아있는 민족은 희망이 있고 내일이 있기 때문이다. 실제로 하해바람과 한국바람에 조선족사회는 잃은 것도 많지만 얻은 것도 많다. 경제적 부의 실현, 신분상승, 선진문화와 기술의 습득과 자아가치 실현 등인데 이러한 요인들은 한국현대소설작품에 나타나지 않았다.

## 4. 새로운 집거지에서의 조선족 공동체 건설 서사와 재영토화의 가능성

조선족은 한반도에서 중국으로, 중국에서 다시 한국으로 해외로 이동하는 디아스포라이다. 동북3성을 중심으로 한 조선족의 인구반노는 1990년에 이르러 확 달라진다. 즉 전통거주지에서 집거지역으로 이동해 중국 전국의 31개성, 자치구 직할시에 분포되는 양상을 보이고 있고 2010년에는 인구도 감소되고 이동이 활발해져 국내이동이 50여만 명, 해외진출인구는 80여 만 명이다.[34] 이들은 국내든 해외든 모여서 새로운 집거지와 공동체를 형성하였다. 이러한 전통거주지에서 새로운 지역의 이동에 따른 조선족공동체는 한국현대소설에서 가리봉동을 중심으로 나타났다. 소설로는 공선옥의 「가리봉 연가」와 박찬순의 「가리봉 양꼬치」이다.

가리봉동은 1970년대 한국의 '경공업중심의 수출드라이브' 정책에 따라 서울 구로공단이 섬유, 봉제, 산업 등 노동집약적 경공업으로 국내 수출산업

---

34    기사, 「새중국 창건 70년, 조선족인구판도의 변화, 글로벌민족으로 부상」, 『흑룡강신문』, 2019.5.10.

의 중심역할을 하게 되면서 공단주변의 편리한 지리적 위치로 수많은 젊은 노동자들이 생활하던 집단거주지다. 가리봉동은 젊은 노동자들이 저임금에 장시간 노동을 하는 환경에서 저렴한 주거공간의 수요에 따라 한 평반 남짓한 공간에 '방 부엌'으로 구성된 쪽방이 한 건물에 10-40가구 밀집하여 화장실을 공동으로 이용하는 특징적인 '벌집' 주거형태이다. 90년대로 진입하면서 공단지역 일대의 땅값과 노동자들의 임금이 급상승하면서 대규모 제조업 공장들은 해외 또는 지방으로 이전하였으며 그 빈자리를 대기업이나 중소기업과 하청관계를 맺은 소기업, 영세 소기업들이 임대 입주하여 대체하였다. 이 과정에서 구로공단의 노동자들이 대거 구로구를 이탈하였는데 그들이 빠져나가 공동화된 가리봉동 벌집에는 이후 10대 가출 청소년들, 실직자, 극빈가구 등 도시주변계층이 유입되었다. 1990년대 후반에서 2000년대로 진입하면서 그 빈자리를 외국인 노동자, 조선족들이 대체하기 시작하였다. 가리봉동은 쪽방을 바탕으로 다른 지역에 비해 저렴한 주거를 제공하고 3D 업종 기피현상으로 인력수급에 어려움을 겪고 있는 구로공단 내 중소 및 영세제조업체로부터 일자리를 얻을 수 있었기에 초기 이주 정착지로 선호되었다. 가족이나 친척, 친구의 소개로 가리봉동에 자리를 잡게 되는 연쇄적인 과정을 통해 가리봉동은 초기 조선족 이주의 핵심적인 장소로 중국조선족사회에 알려지게 되었고 이는 가리봉동의 조선족 밀집지 성장에 중요한 요소로 작용했다.[35] 그러면서 가리봉동은 양꼬치나 중국음식점들이 모여 중국문화거리, 차이나타운을 조성하였다.

조선족이 밀집되어 있는 가리봉동은 조선족 특유의 문화거리이다. 「가리봉 연가」에서는 "육교 아래로 장터식당, 중국음식성, 금고대출, 그리고 알아

---

35 이석준, 「조선족밀집지의 형성과 성장에 관한 연구─서울시 가리봉동과 대림2동, 자양4동을 중심으로」, 서울대학교 석사학위논문, 2014, 48-52쪽.

제4부 중한수교 이후 한국현대소설에 나타난 조선족 공동체 서사와 정체성 담론   **209**

먹을 수 없는 빨간 한자 글씨체의 간판이 반짝거린다. 인성여인숙, 신도여인숙, 구룡여인숙을 지나 중국전화편, 동북풍미가 있다."[36] 「가리봉 양꼬치」에서는 "마주 오는 차 두 대가 겨우 길을 비켜갈 정도로 좁은 구로공단 가리봉 오거리 시장 통엔 연길양육점(延吉羊肉店), 금란반점(今丹飯店), 연변구육관(延邊狗肉館) 등 한자로 쓰인 허름한 간판이 즐비하고 어디선가 진한 향료냄새가 혹 풍겼다."[37] 이는 중국에서의 조선족거리를 그대로 옮겨놓은 풍경이다. 한국인의 시각에서 눈에 튀는 빨간 색이나 진한 향료냄새, 알아먹을 수 없는 한자간판들은 상당히 이색적이고 낯선 것이다. 그러나 조선족이 밀집한 가리봉동은 "숱은 담배꽁초들이 버려져 있고 과자봉지, 종이컵, 전단지들이 뒹굴고 있"[38]고 "앞에서 보면 작고 나지막한 옛날 집들이 피곤에 찌든 어깨를 서로 기댄 채 겨우 체면치레를 하고 서있고 뒤쪽으로 돌아가면 버려진 냉장고며 싱크대, 녹슨 철사 뭉치 등 온갖 쓰레기더미를 그러안고 있는 동네"[39]로시 더립고 지저분하고, 낡고 가난한 조신족 집거시였다.

가리봉 거리에 오가는 행인들은 촌스럽고 난잡하고 교양이 없다. 진초록 상의에 진노랑 바지, 진초록 구두에 노랑 양말을 신은 여자, 초코칩 과자를 들고 삼진오락실 안으로 몰려 들어가고 거기서 방자하게 웃으며 나오는 여학생들, 중국식품점으로 들어가는 술 취한 한 떼의 남자들(「가리봉 연가」)이 있다. 또한 가리봉동은 옛날에 공장이 많을 때 노동자들이 데모를 많이 해서 경찰들이 데모 막느라 고생하다가 가출 청소년 아지트가 되면서 그 청소년들을 선도하느라 고생했던 곳이다. 현재는 '우범지대', '사건사고 다발지역' 이다. 소설 「가리봉 양꼬치」에서도 별 차이가 없는데 거리에 쏘다니는 사람

**36** 공선옥, 「가리봉연가」, 『유랑가족』, 실천문학사, 2005, 82쪽.

**37** 박찬순, 「가리봉 양꼬치」, 『발해풍의 정원』, 문학과 지성사, 2009, 73-74쪽.

**38** 공선옥, 「가리봉연가」, 『유랑가족』, 실천문학사, 2005, 82쪽.

**39** 박찬순, 「가리봉 양꼬치」, 『발해풍의 정원』, 문학과 지성사, 2009, 73-74쪽.

들 속에 호박파, 뱀파같은 중국 깡패가 있다. 비록 이러한 곳이지만 한국에 정착한 조선족들에게는 둘도 없는 안식처였다.

공선옥의 「가리봉 연가」나 박찬순의 「가리봉 양꼬치」에서는 가리봉을 지극히 가난하고 불행하고 어두운 공간으로 묘사하였다. 거기의 조선족 인물들은 가난과 질병, 불안과 불신임, 사기와 불법, 편견과 차별로 점철되어 있다. 그들의 삶은 식당일, 다방일을 하면서 가난에 시달리고 병들고 외롭고 쓸쓸하고 고독하다. 심지어 불량배 청소년이나 깡패들에게 목숨까지 빼앗긴다. 공선옥의 소설이 가리봉동에 집거하는 조선족공동체를 자본의 논리시각에 비추어 한국에 건너온 중국인노동이주자로서의 가난에 찌들고 삶이 찌든 불행한 삶의 표면모습과 현상만을 담았다면 박찬순의 「가리봉 양꼬치」에서는 한걸음 나아가서 가리봉동에서의 조선족의 삶과 꿈, 그들의 정체성에 대해서도 말하고 있다. 조선족주인공 임파는 한국에서 노동이주자, 불법체류자로서의 삶이 힘들고 고달프지만 거듭되는 세월 속에서 가리봉동에 정이 들고 한국에 정이 들어 친근하다. 비록 한국에 와서 부모님 찾아다니느라 몇 달을 헛수고를 했고 가리봉동은 불법체류자 어머니, 아버지를 삼켜버린 동네지만 원망하나 없다. 오히려 고향이 중국 닝안인지 한국 서울인지 헷갈릴 정도로 정이 들었고 가리봉동은 시골누나같이 등을 기대고 싶은 따사로움이 있는 안식처로서의 기댐의 공간이었다. 이는 오랜 세월 그 환경에 익숙해지고 정서적으로 친근해지는 후설의 '타향의 고향화'[40]라 볼 수 있다.

임파는 가리봉동에 위치한 자신이 일하는 식당에서 상상속의 발해풍의 정원을 연출하고자 한다. 그것은 닝안에서 보았던 민속촌 발해풍정원을 나름대로 그린 그림들을 식당 벽에 붙이고 유명한 조선족가수 추이지엔(崔健)

---

40  전광식은 후설의 '타향의 고향화' 이론을 참조하여 타향의 고향화는 고향적 이상성 구비, 전통 세우기, 고향다운 환경 조성, 공동체를 이루고 있는 구성원들 간의 상호 유대성 등 요소들로 이루어졌다고 하였다. 전광식, 『고향』, 문학과 지성사, 2007, 191-200쪽 참조.

의 음악을 들려주며 한국친구들을 초대하여 가리봉 양꼬치를 맛보게 하는 것이다. 그림들로는 "알록달록한 한복을 입은 소녀들이 널뛰는 모습, 그네를 구른 뒤 댕기를 날리며 공중으로 날아오르는 모습을 담은 그림, 물레방아가 돌아가고 그 옆에선 여인네들이 고추 방아를 찧는 풍경에다 북과 꽹과리, 새납을 불어대며 풍물놀이를 하는 그림, 징보호(鏡泊湖)의 파란 물결과 세찬 폭포 줄기와 발해성터를 그린 그림"들이다. 여기에서 한복, 그네, 댕기, 고추 방아, 북, 꽹과리, 새납은 조선족특색의 전통문화를 상징하며 농경사회에서 서로 돕고 의지하며 생활한 전통적인 조선족 농촌공동체의 상징이기도 하다. 세계 최대의 고산언색호인 징보호(경박호)와 발해성터는 닝안의 관광지이다. 도시산업화와 세계화의 충격에 따라 전통문화들이 많이 사라지고 있는 현재 이는 전통적인 조선족의 농촌공동체에 대한 그리움이자 고향의 이상성과 전통 세우기에 대한 바램이라고도 할 수 있다. 한국에서의 발해풍의 정원의 건실[41]은 서기에 의미를 너한나.

할아버지와 아버지가 꿈꾸던 발해풍의 정원은 유토피아의 축소판이 할 수 있다. "그 정원은 아무도 배고프지 않고 아무도 남의 나라에 얹혀산다는 쭈뼛거림 없이 당당하게 살 수 있는 곳", "닝안에서도 서울에서도 찾을 수 없는"곳이다. 다시 말하면 이는 물질적으로 배고프지 않고 가난하지 아니하고 풍요로우며 정신적으로 편견과 차별을 받지 않는 남에게 얹혀산다는 쭈

---

41  그림으로 써 붙이긴 했지만 어쨌든 나는 발해풍 정원을 여기 꾸며놓았다. 할아버지와 아버지가 꿈꾸던 정원, 아무도 배고프지 않고 아무도 남의 나라에 얹혀산다는 쭈뼛거림 없이 당당하게 살 수 있는 곳, 거기에다 한국 사람들 입맛에 꼭 맞는 가리봉 양꼬치도 준비되어 있었다. 부모님 생각을 하면 가슴이 미여지지만 나를 믿고 가게를 맡기는 아저씨와 또 내가 좋아하는 분희가 있어 가리봉동은 언제나 등을 부빌 수 있는 언덕이었다. 내 양꼬치로 해서 가리봉, 내 누나같은 가리봉은 이제 유명해질 것이다. 그러면 나는 닝안에서도 서울에서도 찾을 수 없는 발해풍의 정원을 만들 수 있을 지도 몰랐다. 박찬순, 「가리봉 양꼬치」, 『발해풍의 정원』, 문학과 지성사, 2009, 95쪽.

뼛거림 없이 주체성을 갖고 당당하게 사는 조선족공동체사회다. 한국에서는 중국인노동자로, 외국인으로, 저렴한 노동인력으로 취급받았다. 진정한 평등과 풍요를 누리는 유토피아의 실현은 소수자의 삶을 살아가는 조선족공동체사회의 영원한 이상이기도 하지만 나아가서 세계 모든 공동체의 이상이기도 하다. 소설에서 발해풍 정원의 건설은 주인공이 깡패의 칼에 찔려 죽음으로 좌절됨으로 상상속의 공간으로만 남는다.

그러나 소설에서는 한국인과 중국인의 맛을 사로잡는 '가리봉 양꼬치' 개발을 통해서 한국인과 중국인을 맺는 조선족의 역할을 말한다. 양꼬치의 소스로 중국인은 즐기지만 한국인은 싫어하는 고수풀을 빼고 모두 좋아하는 부추를 넣는 것이다. 여기에서 부추는 한국과 중국을 잇는 조선족에 비견된다. 이쪽과 저쪽을 잘 알면서 "겉도는 우리 같은 떠돌이를 흔히들 경계인이라고 말하지." "그런 이들이야말로 상대방의 아픔을 어루만져줄 수 있고 양쪽을 이어줄 수 있는 사람들"이고 "어디에서나 잘 적응하고 살아갈 코즈모폴리턴"[42]이다. 중심이 아닌 변방, 다수가 아닌 소수, 경계인으로서 양쪽을 다 알고 바깥에서 바라볼 수도 있고 경계를 뛰어넘나드는 영원한 이방인의 의식, 코즈모폴리턴의 정신, 이는 조선족공동체가 지니고 있는 디아스포라 정신이고 정체성이다. 그러므로 조선족은 자유롭고 도전적인 정신, 경계 넘나드는 창의성, 무한한 발전의 가능성을 제시하고 있다. 소설에서는 박남준의 「흰 부추꽃으로」를 인용하여 상처받은 나무는 세상을 살면서 등뼈가 꺾인 사람들로서 한번 뭔가를 하면 무섭게 타오를 수 있다고 한다.

한국에서 80만에 육박하는 조선족은 한국의 대림, 영등포, 안산, 건대입구 등 지역에 조선족타운을 형성하였으며 서울 대림동 중앙시장 중심 차이나운, 건대입구 중국조선족 양꼬치거리, 가리봉시장 등 중국조선족 경제 집거

---

42   위의 책, 81쪽.

지가 형성되면서 지역사회의 경제를 주도해나가 시작했다. 그리고 중국내 북경 왕징거리, 요녕 심양의 서탑거리, 청도 청양의 조선족집거지 등은 새로 형성된 조선족 집거지들이고 동북3성 기존의 집거지들은 사회주의 새 농촌 건설 정책[43]에 의해 민속촌으로 거듭나고 발전하고 있다. 브라는 이민자들이 어디에서건 다시 뿌리를 내리고 제2의 혹은 제3의 집과 고향을 만들어갈 수 있는 것에 주목한다. 따라서 집은 한 곳이 아니고 여러 곳일 수 있다.[44] 한국현대소설에서는 조선족들의 이동에 따른 새로운 집거지의 건설과 정착 과정, 기존집거지로의 귀환, 새로운 조선족 공동체 내부에서의 삶의 희노애 락 서사는 찾아보기 어려웠다.

## 5. 나가며: 미래지향적인 조선족공동체를 위하여

조선족공동체는 한반도에서 중국으로, 중국에서 다시 한국으로, 해외로 이동하는 디아스포라이다. 중한수교 이후 한국현대소설에 나타난 디아스포 라 조선족공동체를 코리안 드림을 실현하기 위한 한국으로의 이동서사와 비극적 삶, 기존 조선족공동체의 해체 위기 서사와 민족자각의식의 결여, 새로운 집거지에서의 조선족공동체의 건설 서사와 재영토화의 가능성 세 부분으로 살펴보았다.

한국현대소설에 나타난 조선족공동체의 코리안 드림을 실현하기 위한 한

---

**43** 2005년 10월 8일, 중국공산당 제16차 5중전회에서는 ≪十一五規划纲要建议(十一五계획강 령건의)≫를 통과시켰다. 중국정부는 "생산이 발전하고 생활이 풍족하며 향촌풍기가 문명 하고 농촌 환경이 깨끗하고 관리가 민주이어야 한다."는 요구에 따라 '사회주의 새 농촌건 설'을 착실히 추진하기로 하였다.

**44** 로빈 코헨, 유영민 옮김, 『글로벌 디아스포라−경계를 넘나드는 사람들의 역사와 문화』, 민속원, 2017, 55-70쪽.

국으로의 이동서사는 조선족결혼이민여성과 조선족이주노동자의 이동으로 나타났다. 초국가적 자본의 흐름에 따라 한국티켓을 거머쥐기 위해 한국남자들과 결혼한 조선족이주여성들의 사랑 없는 혼인은 비극으로 막을 내린다. 밀항이나 불법으로 입국한 조선족이주노동자 역시 만만치 않은 한국사회에서 차별과 편견을 받으며 하나같이 행복을 거머쥐지 못한다. 이들의 이동과 이주서사는 어둡고 침침하고, 암울하고 고단한 삶 자체이다. 한국의 자본주의 논리에 따라 한국으로 이주한 개인 혹은 조선족이주공동체는 밑바닥 삶을 살아가는 최하층의 인력, 속물인간 부정적 이미지로 나타난다. 이로부터 자본주의 메커니즘 속에서 경제 중심으로 개인과 공동체의 가치를 판단하는 한국작가들의 시선과 분단국가와 국민국가를 걸어온 한국사회의 빈곤한 조선족에 대한 배타적인식, 차별과 편견의 풍조 등 한국역사문화의 공간을 읽을 수 있다.

기존의 조선족공동체의 해체 위기는 중국에서 나름대로 자신의 독특한 문화를 영위해나가던 조선족공동체마을이 개혁개방과 중한수교를 맞이하면서 닥쳐온 것이다. 소설에서는 그 요인으로 개혁개방정책에서의 농촌의 소외, 한국바람으로 인한 농촌마을의 급격한 인구 감소, 혼인파탄에서 오는 가족붕괴와 자녀교육문제, 풍기문란, 한류로 인한 조선족전통문화의 퇴진, 중국내에서의 조선족여성들의 한족남성과의 통혼, 주류문화에의 편입 경향 등을 들었다. 한국바람에 조선족사회는 잃은 것도 많지만 얻은 것도 많다. 경제적 부의 실현, 신분상승, 선진기술과 문화습득, 자아가치 실현 등인데 이러한 요인들은 작품에 나타나지 않았다. 기존공동체 해체위기에 대해서는 조선족사회가 민족적 자각의식과 사명의식을 가지고 조선족공동체의 현황에 대해 진지하게 고민하고 실천하여야 한다. 가장 중요한 것은 잊혀져가는 민족의 근본인 언어, 문화, 역사를 후대들에게 보급하는 것이다.

새로운 집거지에서의 조선족공동체건설서사는 조선족이 밀집되어 있는 가리봉동이 등장한다. 가리봉동은 중국 거리를 옮겨놓은 듯한데 촌스럽고 교양 없는 사람들이 목격되며 '우범지대', '사건사고 다발지역'이기도 하다. 비록 조선족주인공은 한국에서의 삶이 힘들고 고달프지만 거듭되는 세월 속에서 가리봉동에 정이 들어 고향같고 누나처럼 기댈 수 있는 따뜻한 안식처이다. 주인공은 가리봉동에 정신적으로나 물질적으로 풍요롭고 편견과 차별을 받지 않는 발해풍의 정원을 건설하려고 했으나 깡패의 칼에 찔려 죽음으로 꿈은 좌절되고 상상속의 공간으로만 남게 된다. 그러나 소설은 한국인과 중국인을 잇는 조선족의 역할, 경계인이자 코즈모폴리턴으로서의 디아스포라 조선족공동체가 어디든 뿌리내릴 수 있는 재영토화의 가능성을 제시한다.

한국현대소설에 나타난 조선족공동체는 대체로 일방적이고 부정적 혼종성으로 얼룩져있다. 타자의 시각에서 바라본 조선족공동체는 실체가 아닌 하나의 허상에 불구한바 이는 조선족작가들에 의해 그려진 작품의 조선족공동체의 연구와 결합하여 본다면 힌층 보완이 되리라 생각된다.

조선족은 한국과 중국, 양국 모두 뗄 수 없는 인연이고 중한관계에서 중요한 역할을 담당할 소중한 자산이다. 한국에서는 재한조선족사회의 지각변동에 따른 동포체류자격부여, 객관적이고 긍정적으로 보는 자세, 보다 끌어안는 포용정책이 필요하고 재한조선족은 징기적 차원에서의 정치경제문화에서의 실력 향상이 필요하다. 양자의 노력이 지속적으로 이루어진다면 서로 다름을 인정하고 함께 어울려 살아가는 보다 나은 시대가 될 것이다. 언젠가는 한국소설에 긍정적이고 미래지향적인 조선족공동체가 나타난 작품들이 출현하기를 기대해본다.

# 8장

# 한국현대소설에 나타난
# 조선족의 정체성 형상화

## 1. 조선족 디아스포라와 정체성

조선족은 중국 땅에서 공식적인 55개 소수민족중 하나의 일원으로서의 명칭이다. 한국에서는 구두형식으로 중국동포, 중국교포, 조선족, 연변조선족, 연변사람 등으로 불리고 서면형식으로는 조선족, 재중동포, 재중한인, 한국계 중국인으로 쓰인다. 본 연구에서는 중국에서의 민족적 표기 및 문학작품에서 많이 사용되는 원문을 존중하는 입장에서 호칭의 통일성을 고려하여 '조선족' 혹은 '중국조선족' 용어를 쓴다.

중국조선족은 19세기말엽에 한반도에서 중국으로 이주한 과경민족이다. 조선인이 조선족으로 중국에서 중국국민이란 신분을 얻고 중국정부의 공식적인 55개 소수민족으로 되기까지는 긴 과정을 경과하였다. 근대사에서 조선인의 대거이주는 일제식민지시기이다. 1910년 '한일합방조약'의 체결과 더불어 한반도는 일제식민지로 전락되었고 토지를 잃은 조선인농민들은 조선반도에서 중국동북의 황무지를 개간하고자 대거 이동하였다. 1911-1920년 사이 약 40만 명의 조선인들이 해외로 이주하였는데 그중 22만 명이 중국

동북으로 이주하였다. 1931년 9.18사변 이후 동북이 일본의 식민지로 전락되면서 항일전쟁이 폭발하였다. 일본관동군은 일본인과 조선인들을 대거 중국동북으로 이주시켜 집단부락을 건설하고 수전을 개발하여 벼농사를 지어 아시아전쟁에 양식을 공급하게 하는 병참기지를 건설하고자 하였다. 이 시기 약 153만 명의 조선인이 중국동북으로 이주하였다. 1945년 제2차 대전이 끝날 때는 중국 조선인이 약 216만 명이 넘었는데 한반도의 광복과 더불어 절반의 조선인이 귀환하였다

1927년 중국공산당이 창건하여서부터 조선인은 시종 공산당 연합의 대상이었다. 1928년 공산당은 정식으로 조선인과 한족의 평등한 권리와 국민의 신분을 인정해주었다. 조선인이 적극적으로 홍군에 가입하여 함께 항일을 하였다면 그 대가로 공산당은 토지개혁 때 한족과 동등한 대우로 토지를 조선인에게 분배해주었다. 국공내전 시기 약 65,000명이 홍군에 가입하였는데 그때 110만 명이면 조선인의 6%기 전선에 기서 씨있고 10% 넘는 조선인이 후방에서 지원을 하였으며 이들은 그 이후 1950년에 발발한 6.25전쟁에 참가하였다. 1957년 조선인은 중국 소수민족의 하나인 조선족으로, 중국국적으로 확립되었다.

중국에서 중국공민으로, 조선족공동체를 형성하며 살아가던 조선족은 1980년대 중국의 개혁개방정책과 1992년 중한수교를 맞이하면서 해외진출, 연해도시진출을 하게 된다. 한국과 접촉하게 되면서 조선족은 처음으로 정체성 고민과 갈등을 하게 된다. 한국의 친척방문과 2014년의 방문취업제 도입정책으로 동북의 농촌주거지에 있던 조선족이 대거 한국으로 이주하였다. 한국에서의 노동력 시장의 부족과 중국의 개혁개방정책은 농촌에서 별로 할일도 없고 또한 할일이 있어도 수입이 얼마 되지 않는 조선족농민들의 수요와 맞아떨어졌다. 중국 동북에서 민족공동체를 형성하여 농사를 짓고 살던 대부분의 조선족들은 한국에 가서는 한국의 힘들고 더럽고 위험한 3D 최하

층 현장에서 일하였다. 2017년 3월 출입국외국인정책본부의 통계에 의하면 한국에 살고 있는 중국조선족은 625,039명[1]으로서 전체 외국인의 30.7%를 차지한다. 그리고 2010년의 중국 인구조사에 따르면 중국조선족의 전체인구는 1,830,929만 명인데 이는 약 29%의 조선족이 한국에서 삶을 영위하고 있다는 말이다.

조선족은 일제강점기 한반도에서 중국만주로의 이주와 거주국인 중국에서의 적응, 그리고 중국의 개혁개방 이후 한국으로의 역이주 등에서 정치적 관계, 문화적 차이, 정체성 등의 문제를 안고 있다.

한국현대소설에서 조선족은 등장하는 소설은 20여 편이 된다. 이 글은 조정래의 장편소설 『정글만리』(2013), 공선옥의 단편소설 「일가」(2009), 천운영의 장편소설 『잘 가라, 서커스』(2005), 박찬순의 단편소설 「가리봉 양꼬치」(2009) 등 작품을 대상으로 한국현대소설에 나타난 조선족 정체성에 대해 주목하고자 한다.

현재까지 조선족정체성에 관한 기존연구를 살펴보면 오상순(2013), 강진구(2009), 박경주 외(2010), 박성권 외(2015), 김정은 외(2010), 이사(2013), 차성연(2010, 2012), 최병우(2015), 한홍화(2010) 등의 논문[2]이 있다. 그런데 이들의

---

1   2017년 3월말 기준으로 작성한 출입국외국인정책본부 이민정보과 통계월보 자료에 의하면 외국인은 2,031,677명이고 중국인은 986,804명인데 한국계 중국인(조선족)은 625,039명이다.

2   강진구, 「모국 체험이 조선족 정체성에 미친 영향 연구: 허련순의 「바람꽃」을 중심으로」, 『다문화콘텐츠연구』 제2호, 2009; 김정은·김관웅, 「다문화 시대의 문학과 대중문화; 개혁개방 이후 다문화시대 중국조선족문학에서의 정체성에 대한 모색」, 『국어교육연구』 제26집, 2010; 박경주·송창주, 「이주문학 1990년대 이후 조선족소설에 반영된 민족정체성연구」, 『한중인문학연구』 제31집, 2010; 박성권·오상순, 「조선족 시문학에서의 민족정체성 의식－개혁개방 이후 시문학을 중심으로」, 『현대문학의 연구』 제56집, 2015; 이사, 「중국의 개혁개방 이후 조선족 시문학의 민족정체성 구현양상 연구」, 『겨레어문학』 제50집, 2013; 차성연, 「중국조선족 문학에 재현된 '한국'과 '디아스포라' 정체성: 허련순의 작품을 중심으로」, 『한중인문학연구』 제31집, 2010; 차성연, 「개혁개방기 중국조선족 소설에 나타

연구논문들은 조선족문학에서의 조선족정체성을 연구대상으로 삼고 있는바 한국문학에서의 조선족정체성 연구는 아직 찾아보기 어렵다.

정체성은 라틴어 'identitsa'(아이덴티티)에서 유래한 것으로 20세기 초 프로이드에 의해 처음으로 학문적으로 연구되기 시작했다. 그러다가 심리학 전통에 한정되었던 정체성 연구가 1960년대부터 인문사회과학의 본격적인 연구대상이 되었다.

정체성에 대한 기존의 정의들은 대체로 '어떤 대상에 대한 성찰적 인식'(Giddens 1997:52), '한 행위자가 타자의 시각을 받아들이는 속에서 사회적 객체(socoal object)로서의 자기 자신에게 귀속시키는 의미들의 집합'(Set of meanings)(Wendt 1994:385), '개인이나 집합체가 사회관계 속에서 다른 개인이나 집합체들과 구별되는 방식들'(Jenkins 1996:4), '의미의 원천으로서 중요한 문화적 특징 또는 문화적 특징들의 집합이라는 기초 위에서 의미가 구성되는 과정'(Cassirer, 1970:6), '자아이해'(Self-understanding)(Hall 1999:73) 등으로 정리되고 있다(Giddens 1997:52).

정체성의 유형은 개인정체성과 집단 정체성으로 나눈다.

개인 정체성이란 자신의 특별한 계획들과 과업 또는 목적, 타인과 유사점보다는 차이점을 기반으로 형성되며 개인이 공동체의 목적이나 목표로써가 아니라 개인의 특성으로써 개인적 목적을 추구하면서 오랫동안 쌓아왔던 자아의식이다(윤인진 외 2011:153-159). 이는 자아와 타자간의 분류근거이다. 따라서 항상 비교대상이 있다는 전제하에 가능한 표현이 되는데 예를 들어 '나의 정체성'이라고 할 때는 '다른 사람과 나를 구분 지어주는 것'이다.

---

난 "농민" 정체성」, 『현대소설연구』 제50호, 2012; 최병우, 「허련순의 장편소설에 나타난 정체성의 변화─「바람꽃」「누가 나비의 집을 보았을까」「중국색시」를 중심으로」, 『한국문학논총』 제71집, 2015; 한홍화, 「「바람꽃」을 통해 본 조선족 정체성의 변이양상: 주인공 의식의 변화과정을 중심으로」, 『한국민족문화』 제38집, 2010.

집단 정체성이란 정체성 정치(identity politics)를 말한다. 성별, 인종, 민족, 계급, 국가, 성적 취향을 근거로 집단의 일원이 가지게 되는 정체성에 대한 감각이다. 이는 현대비평과 문화연구에서 주요한 영역을 이룬다. 여기에서 민족 집단은 가장 원초적 집단이며 개인이 자신을 정의하는 가장 기준적인 준거집단이다. 그리고 상이한 정치, 경제, 사상 체재에서 살아온 민족 집단에게 연대감과 소속감을 부여할 수 있는 기반은 민족정체성이다. 민족정체성은 두 가지 의미로 사용되는데 하나는 민족 집단 구성원들 사이에 공유되어 있는 객관적 차원의 특성인데 이는 타 집단과 구별되는 독특성과 차별성을 강조한다. 다른 하나는 어느 한 개인이 어느 특정 민족 집단에 느끼는 주관적 차원의 민족의식이다. 이는 하나의 민족 집단에의 귀속의식, 연대감, 공동체 의식이 강조된다.

중국조선족은 중국에서 조선족공동체를 형성한 울타리 안에서 자신의 언어와 문자를 쓰면서 55개 소수민족의 하나로 살아왔다. 그러다가 개혁개방과 인구유동의 세계화의 물결 속에서 한국과 접촉하면서 자신의 정체성에 대해 고민하게 된다. 조선족의 정체성은 세대에 따라, 공간과 시간이 다름에 따라 변화하였다. 즉 중국에 거주하는 조선족의 정체성은 소수민족이라는 국가정체성에 기울었고 한국으로 이주한 조선족의 정체성은 혈연으로서의 민족정체성에 치우쳤으며 한국과 중국 사이를 오가는 조선족의 정체성은 경계인으로서의 정체성을 확인할 수 있었다.

이 글은 공간-시간-사람 3요소를 적용하여 조선족이 등장하는 한국현대소설에서 조선족 집단정체성을 나타내는 작품을 선정하여 국가정체성, 민족정체성, 경계인으로서의 정체성으로 나누어 살펴보고자 한다. 그 대표적인 작품으로, 조정래의 장편소설 『정글만리』에서는 중국 소수민족으로서의 국가정체성을 나타내는 중국거주의 조선족주인공 조선족처녀와 최상훈이 등장하였고 공선옥의 단편소설 「일가」와 천운영의 장편소설 『잘가라 서커스』에서는 혈연으로서의 한민족정체성을 나타내는 조선족주인공 조선족아저씨와 림해화가 등장한다. 그리고 박찬순의 단편소설 「가리봉 양꼬치」에서는 중국과 한국 사이를 잇는 뭔가를 해보려고 하는 경계인으로서의 정체성을 나타내는 조선족주인공 임파가 등장한다. 이 글은 한국작품에 나타난 세 부류의 정체성 분석을 함에 한국인들이 조선족을 바라보는 시선과 세대에 따라 느끼는 조선족의 정체성과 그 변화에 주목함으로써 이러한 영향을 미치게 한 한국사회의 문화의 역사적 맥락과 원인, 그리고 조선족사회를 해부하고자 한다.

## 2. 중국 국민으로서의 국가 정체성

한반도에서 중국동북으로 이주한 216민이 넘던 조선인은 1945년 한반도의 광복을 맞아 절반은 한반도로 귀환하였고 나머지는 중국 동북에 남아 토지를 분배받고 1957년 중국국민의 신분을 부여받고 55개 소수민족의 하나인 조선족으로 명명되었다. 조선족의 정체성은 개혁개방과 중한수교이전까지 국가징제성에 지우쳤다고 할 수 있다.

이는 중국의 극좌노선이 살판을 치던 1966에서 1976년까지의 10년간에 걸친 문화대혁명시기, "중국공산당의 민족정책은 장기간 변형 왜곡되어 민족의식을 속박하는 것으로 나타났다. 조금만 민족이나 민족 특색을 말하면 계급성을 부인하는 것으로 되고 지방 민주주의를 선양하는 것으로 되었으며 민족역사를 말하면 '민족 혈통론'을 주장하는 것으로 되어 비판 받아야 했다."[3] 이러한 배경 하에서 당이 내세운 구호에 따라 모택동을 찬양하고 공산

---

3    오상순, 『조선족정체성의 문학적 형상화』, 태학사, 2013, 203쪽.

당을 찬양하고 사회주의를 노래하는 작품들이 일색이었다. 이때 중국조선족도 예외가 아니어서 그러한 작품을 쏟아내었지만 대부분이 도식적이어서 작품성이 떨어진다.

문화대혁명 이후, 1978년 덩샤오핑이 개혁개방을 실시하게 되면서 자유롭게 창작의 활무대가 펼쳐졌다. 그러나 조선족은 중국이 조국이고 중국의 국민이라는 조국관은 명확히 자리 잡았다. 조선족문학에서 문학적 가치가 높은 작품으로 손꼽히는 김성휘의 서정시 「조국, 나의 영원한 보모」(1981)[4]에서도 확인할 수 있다.

한국현대소설에서 조선족이 중국국민이자 소수민족으로서의 국가정체성을 나타내는 작품으로는 조정래의 장편소설 『정글만리』를 들 수 있다. 소설에서 조선족 인물인 조선족처녀와 최상훈은 부차적 인물로 등장한다.

소설에 등장하는 스물대여섯 살 나는 조선족처녀는 연변대학 출신으로서 조선족의 젊은 세대를 대표한다 할 수 있다. 그녀는 중국 시안에 있는 한국회사 포스코에 취직하고자 연변에서 며칠간 기차를 타고 면접하러 간다. 면접관인 한국인 김현곤의 눈에 비치는 조선족처녀의 모습은 "키는 작은 편이었고 거기다가 마르기까지 해서 몸매라고는 없었고 더구나 얼굴까지 보통 수준에도 미치지 못하고 있었다. 그런데 외형조건에 치장 또한 전혀 안되어 있어서 그 모습은 초라하다 못해 남루한 쪽으로 기울어 있었다."[5] 그러나 "그녀의 눈, 눈꼬리가 치켜 올라간 그녀의 두 눈이 이상하게 빛나고 있었다.

---

4   시적화자는 조국인 중국은 나의 영원한 보모라고 하면서 조국이란 눈물의 역사, 가정의 행복, 국민의 모든 애증과 이어져있는 이름이며 그를 보모라고 부르는 것은 누가 선심을 써서 신사한 것이 아니라 내 힘과 내 땀으로 새겨 안은 이름이기에 울어도 웃어도 그로 하여 울고 웃고 한다면서 조국은 너그럽고도 엄한 보모, 사랑도 우정도 목숨도 오로지 그를 위해 바치는 품이기에 시인의 노래 매 음향에 깃들어있고 생명의 매 순간을 이어주는 핏방울, 폐부의 날숨이라고 노래하면서 조국에 대한 충성심을 의미심장하게 노래하였다.

5   조정래, 『정글만리2』, 해냄, 2013, 244쪽.

이쪽을 똑바로 쳐다보고 있는 그 눈빛은 맑으면서도 깊었고, 초췌한 얼굴과 함께 무슨 말인가를 간절하게 하고 있는 것 같았다."[6]

면접에서 그녀는 포스코에 취직하고자 하는 이유는 첫째로 포스코가 민족의 희생과 피의 대가인 대일청구권자금으로 설립된 유일한 민족기업이기 때문에 오래전부터 포스코에서 일하는 것이 꿈이었기 때문이고 두 번째는 아버지가 병을 오래 앓다 2년 전에 돌아가시고 어머니는 잡일을 하는 것 외에 생활력이 없어 자신이 고학을 해서 대학을 마쳤는데 졸업하자마자 아래 남동생이 있어서 학비를 대줘야 하기 때문이라고 또박또박 말한다. 이러한 총명하고 생활력이 강한 그녀의 모습을 보는 김현곤은 "그녀의 구지레한 입성이 그 어떤 성장 차림보다도 값지게 보였다"[7]고 하였다.

조선족처녀는 할아버지가 동북항일연군으로서 독립투사의 후대이지만 중국 땅에서 태어나고 교육받은 세대로서 그녀의 조국관과 민족관은 뚜렷하다.

그녀는 다른 조선족들처럼 한국을 '모국'이라고 분명하게 구분했다. 그리고 그들은 중국을 자기들의 '조국'이라고 했다…… (중략) 영원히 갈 수 없는 땅으로 여겨졌던 중국과 어느 날 느닷없이 수교가 되고 그 물결을 따라 만주의 조선족과 남한의 한국사람들은 일순간에 한 덩어리로 뒤엉켰다.

잊을 수 없는 슬픈 역사, 민족이 강제로 이주당해 짓밟힌 땅, 독립투사들이 피 흘려 싸운 땅 만주, 거기서 힘들게 살아온 우리 민족의 성원, 독립투사들의 후손…… 그들의 입에서 나온 소리.

"대한민국은 나의 모국일 뿐이고, 나의 조국은 중국이다."[8]

---

6    위의 책, 245쪽.

7    위의 책, 249쪽.

8    위의 책, 246-247쪽.

소설에 등장하는 다른 조선족인물 최상훈은 중국 시안에서 근무하는 조선족엘리트이다. 그는 검찰과장으로서 "인민해방군에 20년 넘게 근무하고 검찰조직으로 옮겨 앉았는데 그 영향력이 대단한"[9] 인물이다. 그와 김현곤의 대화는 중국에 거주하는 조선족공동체의 집단정체성, 즉 국민정체성을 말해주고 있다.[10]

조선족은 55개 중국 소수민족의 하나로서 자신의 민족 언어와 문자가 있고 교육열이 높은 민족으로 손꼽혔다. 그러나 개혁개방과 중한수교 이후 많은 인구들이 연해도시와 해외로 빠져나갔고 중국에 있는 조선족조차도 중국 땅에 살면서 중국말을 잘해야 중국주류사회에 잘 적응할 수 있다는 인식이 서면서 한족학교로 가는 현상이 허다하고 한족문화권에 있게 되면서 한족과 결혼하는 일은 비일비재의 일이 되었다.

56개 민족으로 이루어진 중국이란 복합민족국가에서 그것도 90%이상이 한족으로 이루어진 한족중심의 문화권에서 단연 한족의 언어가 국어로 되고 한족의 문화가 주류문화 혹은 보편문화로 자리 잡게 됨은 어쩌면 당연한 일인지도 모른다. 한족의 주류문화는 8.42%밖에 안 되는 소수민족에게는 동화의 위협적인 인소이면서도 또한 그것을 수용하지 않으면 안 되는 양날의 칼과 같은 존재이다. 학부모의 입장에서도 향후 후대들의 중국주류권 진출을 고려하여 결코 강박이 아닌 자원에 의해 자녀를 한족학교에 보내는

---

**9**　위의 책, 235쪽.

**10**　"(조선족) 그 수가 자꾸 늘어나더라도 장래 보장이 문제인데, 수가 자꾸 줄고 있단 말이오, 55개 소수민족 중에서 열세 번째로 200만이 미처 못 되는데 개혁개방 이후 돈벌이하려고 남조선으로, 중국 천지 사방으로 흩어지고 있소, 나부터도 조선족자치주로부터 만 리 넘게 떨어져 있으니, 그러다가는 자치주 자체의 존재가 위협당할 수 있소. 그리고 더 큰 문제는 타향으로 떠난 여자들이 무작정 한족 남자들과 결혼하려는 풍조요. 자기 자식만은 조선족으로 알게 모르게 차별당하지 살게 하지 않겠다는 욕심 때문이오. 당나라 때 주변국 사람들이 당나라 백성 되고 싶어 했던 것과 꼭 같은 심리요." 위의 책, 242-243쪽.

경향이 존재한다. 즉 학부모의 입장에서는 민족의식보다는 현실적 이해관계가 더 시급하고 중요하게 느껴진 것이다. 현재 상당수의 조선족학생들이 한족학교에서 공부하고 있다. 2004년 한 통계에 따르면 연변지역에서 고중단계의 조선족 학생 수는 14,297명으로 그중의 6,007명, 즉 42%를 차지하는 조선족학생들이 한족고중에서 공부하고 있으며 초·중학생은 37.2%, 초등학생은 평균 22.2%, 초등학교 2학년 이하는 18%의 조선족학생들이 한족학교에서 공부하고 있다는 것이다.[11]

조선족학생들이 주류문화를 대하는 태도도 조선족 1-3세대에 비하여 뚜렷한 차이를 보이고 있는바 그들은 자민족의 특수성보다도 중국주류문화의 보편성에 관심을 가지고 있으며 현실생활에서의 이해관계를 우선시한다. 그뿐만 아니라 배우자 선택에 있어서도 민족 내 통혼을 주장하던 기성세대의 관례와 요구는 젊은 세대들에게는 별로 의미가 없게 되었다. 오늘날 보편적 현상으로 되고 있는 조선족의 타민족과의 통혼은 어쩔 수 없는 막을 수 없는 사회현상이 되었다. 통혼은 동화와 직결되며 더 나아가서 민족공동체의 해체로 직결된다.

이는 보편적인 조선족공동체의 조국인 중국에 치우친 중국국민으로서의 국가정체성을 말함과 동시에 조선족공동체의 해체위기를 지적하고 있다. 조선족인구의 마이너스성장, 민족학교의 통폐합과 축소, 농촌마을의 폐쇄, 전통문화의 소실 등은 민족공동체의 해체위기를 불러오고 있다. 13억 인구의 거대한 중국에서 창해일속에 불과한 소수민족으로서의 조선족이 자체의 주체적 노력이 없다면 타민족에로의 동화는 시간문제일 뿐이다. 집거지와 인구가 날로 줄어들고 주류문화가 거세게 민족문화를 충격하고 있는 오늘날, 조선족이 짊어지고 있는 과제와 사명은 막중하다.

---

11    연변일보, 2011.6.7.

## 3. 혈연으로서의 한민족 정체성

중국조선족은 중국에서 원천적으로 토착하여 생겨난 자생민족이 아니고 한반도에서 건너온 과경민족, 월경민족이다. 1950년대 이후 조선족은 중국 소수민족정책아래 중국국민의 신분을 가지고 동북에서 자신의 민족공동체를 형성하고 민족학교를 세워 한민족의 언어와 문자, 문화를 지켜왔고 전승해왔다. 조선족 이민 1세나 1.5세에게 한반도는 조상의 숨결이 숨 쉬고 자신이 태어났거나 동년의 추억이 묻어있는 고향으로서 그들의 정체성이 한반도에 치우쳐있다면 조선족 2-3세는 개혁개방정책과 중한수교 이후 정체성 고민을 하게 된다.

한국현대소설에서는 한국에 가거나 조선족집거지에 거주하는 조선족 2-3세로서 한민족의 핏줄이자 혈연임을, 민족정체성이 뚜렷이 부각된 인물들이 등장한다. 그들로는 공선옥의 단편소설 「일가(一家)」에서의 조선족 아저씨, 천운영의 장편소설 『잘가라, 서커스』에서의 림해화를 들 수 있다.

공선옥의 「일가」에서는 중국 랴오닝성 다롄시에서 온 조선족 아저씨가 등장한다. 아저씨의 아버지가 일제시대 만주로 가셨는데 해방이 되고도 돌아오지 않아 소식이 끊겼는데 그 아들인 아저씨가 자신의 아버지가 생전에 하시는 고향 얘기를 듣고 본적지 주소를 달달 외워서 일가인 당숙집에 찾아온다. 열여섯 나는 '나'의 눈에 비치는 아저씨의 모습은 '이상한 말투', 우리 과수원에서 아무렇게나 볼일 보는 불미스러운 행동, 내 행동 하나하나에 조선 사람의 예의범절을 따지는 태도, 손님으로 우리 집에 와서는 갈 생각 안하고 눈치 없이 눌러있으면서 부지런히 집안일을 돕고 매 때마다 술을 달라하는 행동에 반감을 느낀다. 그러다가 아저씨에게서 그의 외할아버지, 외삼촌 등의 가족 이야기를 듣게 되고 그 이후 "나의 일가, 나의 당숙 때문에 울고 있는 나를 종종 발견하게 된다. 그것은 "어떤 사람의 외로움이 이제사

내게로 전해져 왔다"[12]고 한다. 이는 한국인 내가 당숙인 조선족 아저씨의 외로움을 이해하고 그에 대한 동정과 연민의 정서로 전가한 것이다.

소설에서 혈연의 정을 집중적으로 보여준 부분은 중국에서 온 조선족 아저씨와 사촌형제인 아버지의 첫 만남이다. 이 만남은 그야말로 혈육 상봉의 감격적인 순간이었다.

> "아아, 일가가 좋긴 좋구만이. 첨 보는 데도 고저 피가 확 땡기는 거이"
>
> 바야흐로 혈육 상봉의 감격적인 순간인가? 나가서 사진이라도 찍어줘야 하나?
>
> "히야아, 고향에 오니 차암, 밥상다리 부러지갔네에! 이거이 고향의 정이라 넌 거갔지? 허허허."
>
> 아저씨는 도자기로 된 조그만 술잔은 상 밑으로 싹 치워버리고 내가 가져다 준 맥주 유리컵에 넘치도록 술을 따랐다.
>
> "지이, 동생, 이기 우리 오늘이 력시적인 형제 상봉의 날이 이니께, 한간 쪽 들이키자우요."
>
> 그날은 아저씨의 연변 이야기, 아니 랴오닝 성 이야기, 큰할아버지 이야기, 아저씨의 중국 생활 이야기, 아저씨의 외갓집 이야기, 이북에 살고 있다는 아저씨의 외삼촌 이야기, 아저씨가 한국에 들어와 산 이야기를 듣느라 온 식구가 꼼짝도 못하고 지나가 버렸다. 아저씨는 말하자면 한국에 돈 벌러 온 '조선족' 이주 노동자인 것이다. 술잔 비워지는 속도가 점점 빨라지면서 아저씨의 흥분 상태도 고조되고 있었다. 우사에서는 소가 밥 달라고 매애거렸다. 아버지는 안절부절 못하였다. 그러나 아저씨는 아버지를 도통 놓아주려 하질 않는 것이었다. 엄마가 잠깐 '과일이라도.' 하면서 일어설라치면 '과일은 무슨. 일없습네다.' 하면서 극구 만류하는 통에 엄마 또한 주저앉을 수밖에 없곤 하였다.[13]

---

12   공선옥, 「일가」, 『나는 죽지 않겠다』, 창비, 2009, 212쪽.

상다리 부러지게 차린 음식상, 초면이지만 끝도 없는 가족들의 이야기, '피는 물보다 진하다'고 혈육의 정을 느끼게 하는 순간이다. 아저씨는 중국 땅에서 중한수교 이후 이주노동자로 한국에 입국해서 사촌형제인 아버지를 찾아온다. 아버지는 비록 초면이지만 너무나 반가워했고 열정적으로 대접한다. 아저씨는 비록 반백년 헤어져 살았지만 혈육이라는 이유만으로도 구면인양 피가 당기고 화제도 끝없이 이어나간다. 이 시기 초창기인 조선족과 한국인의 만남은 혈연으로서 동족으로서의 만남, 쌍방이 민족정체성을 진하게 느끼게 하는 만남이다.

아저씨의 한국방문은 1992년 중한수교 이후 한국정부가 실시한 일련의 정책과 관련된다. 1992년-1997년 이 시기에는 한국 내 생산직 노동인력의 부족 및 서비스 산업부문의 확대에 따른 시간제 저임금 노동력의 수요가 급격하게 증가하였다. 이에 따라 한국인들이 기피하는 이른바 3D 직종들에 외국인 이주 노동력의 투입이 불가피하였다. 그중에서도 조선족은 한국 문화에 친숙하고 언어를 능숙하게 구사하는 한민족이라는 집단으로 선호되었다.

한국 정부는 1992년 외국국적 동포의 친척초청 정책과 외국인 해외투자 기업 산업연수생제도[14] 실시, 1993년 산업연수생제 도입, 1994년 친척초청 확대,[15] 1995년 2월에는 외국인 노동자보호 및 관리지침을 제정하고 외국인 노동자들도 산업재해보상, 의료보험, 건강진단 등 혜택을 받을 수 있도록 하였으며 1997년에는 연수취업제도 도입 등 일련의 조선족과 외국노동력

13    위의 책, 195-197쪽.

14    1993년 11월에 도입한 제도로 중소기업협동조합이 외국의 인력송출기관에서 산업연수생을 확보한 뒤 이들을 국내기업 가운데 5인 이상 300인 이하의 섬유, 신발, 조립금속 등 22개 중소제조업체를 중심으로 배정해왔다. 단 담배제조업, 출판업 및 기록매체 복제업은 제외되었다.

15    1994년 7월 1일 친척초청 확대로 하여 55세 이상 6촌 이내 혈족, 4촌 이내 인척을 초청할 수 있도록 함으로써 기존 연령제한을 5세로 낮추었다.

유입 정책을 실시하였다. 이러한 일련의 제도와 친척방문은 조선족 등 이주 노동자들이 합법적인 신분으로 입국하는 통로가 되었다.

천운영의 『잘가라, 서커스』에서 조선족인 주인공 림해화는 고향이 헤이룽장 닝안이다. 림해화가 열살 소녀일 때 그는 마을의 무덤 발굴을 돕는 한 남학생을 만나는데 그를 따라 발해 정효공주 무덤 안에 들어가서 발해와 공주의 이야기를 듣는다.

> '봐, 여기 관이 두 개 있었어. 지금은 옮겨놓았지만. 하나는 문왕의 넷째 딸 정효 공주의 관이고, 그 옆의 관은 남편 것이지. 이 앞에, 여기쯤에 비석이 서있었는데 거기 쓰여 있기에는 남편이 먼저 죽었대. 슬픔에 잠겨있던 정효 공주는 일 년 뒤에 죽었고. 정효 공주의 죽음을 슬퍼한 아버지 문왕이 사위와 공주의 관을 나란히 쓰고 비석을 세운 거야. 그들은 참으로 사랑했던 모양이야. 정효 공주가 죽은 후 일 년 뒤에는 문왕마지 죽이. 강력한 왕이 죽고 난 후 왕국은 쇠락의 길을 걷기 시작했고.'[16]

정효 공주의 애절한 사랑과 문왕이 딸 정효 공주에 대한 부애, 더불어 발해의 쇠락과 멸망을 이야기하고 있다. 그리고 "무덤은 일종의 송신탑 같은 것이었다. 멀리 있어도, 오랫동안 연락이 없어도, 그와 나를 이어주는 송신탑, 그 송신탑은 끊임없이 신호를 보내며 서로의 존재를 확인시켜주곤 했다. 무덤을 떠올리면 내 입가에는 저절로 미소가 떠올랐다."[17] 이토록 무덤은 정효 공주의 사랑과 같이 그와 나의 사랑을 이어주는 매개물이자 그와 나에게 '견딜 수 있게 하고', '꿈꾸게 하는' 정신적인 고향이다.

---

16   천운영, 『잘가라, 서커스』, 문학동네, 2005, 34쪽.
17   위의 책, 32쪽.

그러던 그가 그 후 대학에서 사학을 전공하고 동북 지역의 무덤과 성터를 전전하다가 돌연 한국으로 떠나면서 림해화도 그를 찾아 한국으로 떠난다. 그러나 그 경로는 브로커의 소개로, 사고로 장애자가 된 한국남자를 만나 결혼비자로 간다. 한국에 가서 찾으려던 그 남자는 못 찾고 박물관에서 정효공주의 무덤을 보게 된다.

무덤이었다. 공주의 무덤. 발해 공주의 무덤이 바로 내 눈앞에 있었다. 다리에 힘이 빠졌다. 팔다리가 매시근한 것이 도무지 움직일 수가 없었다. 머릿속에는 눈보라가 매삼 치고 물사품이 일었다. 아무 생각도 나지 않았다. 손끝이 저릿저릿했다…… (중략) 그와 함께 내려갔던 무덤, 벽화가 있던 그 무덤이 유리관 속으로 들어가 있었다. 석관과 비석을 제외하고는 예전에 보았던 그대로였다. 나는 자리에 붙박인 채 공주의 무덤을 뚫어지게 바라보았다.[18]

공주의 무덤을 보고 다시 느끼는 전율, 고향과 똑같이 있던 그 무덤들… 무덤은 그녀의 생명과도 같은 존재가 되어 그녀로 하여금 거의 실신에 가깝게 하며 정신세계를 통째로 뒤흔들어놓는다. 림해화는 한국에서 집을 탈출하여 유산된 몸으로 치료를 받지 못하고 아무 약이나 먹는데 이는 그녀를 죽음에 이르게 한다. 임종 전에 그녀는 "버리기로 했어. 모두. 그리고 이젠 돌아갈 테야. 거기. 따뜻한 무덤 속으로. 내가 살았던 곳으로. 이젠 몸을 좀 뉘어야겠어. 누군가 내 이름을 부르고 있는 것 같아. 당신이 온 걸까? 아, 참 따뜻한 봄볕이야."[19]라고 마음의 고향인 무덤으로 돌아가고자 한다. 이는 어쩌면 림해화가 바라는 유토피아였는지도 모른다.

---

18  위의 책, 69-70쪽.
19  위의 책, 246쪽.

천운영의 『잘가라, 서커스』 뿐만아니라 박찬순의 「가리봉 양꼬치」에서도
등장하는 닝안은 헤이룽장성에 위치하고 있는데 여기에는 옛 발해 유적지가
있다. 발해는 대조영이 698년에 건립하여 926년에 멸망하였는데 229년을
유지하였다. 그 수도는 상경, 지금의 닝안 발해진이다. 닝안 옛성의 이름은
닝고탑(宁古塔)이다. 닝안시 인구는 435,000명인데 그중 조선족인구는 33,930
명(7.8%)[20]이다. 한국작가들은 닝안의 발해를 통해 한민족 정서를 이야기하
고자 했다.

한국현대소설에 나타나는 조선족의 민족정체성은 공선옥의 소설 「일가」
에서는 혈육 상봉의 장면이나 조선족에 대한 동정과 연민의 정서로 나타났
고 천운영의 『잘가라, 서커스』에서는 발해 무덤을 통해 사랑하는 사람과의
사랑과 마음속의 안식처 더불어 한민족정서와 그 정체성을 나타내었다.


## 4. 경계인으로서의 정체성

경계인이란 한국의 네이버 사전적 의미로는 "오랫동안 소속했던 집단을
떠나 다른 집단으로 옮겼을 때, 원래 집단의 사고방식이나 행동양식을 금방
버릴 수 없고 새로운 집단에도 충분히 적응되지 않아서 어정쩡한 상태에
놓인 사람"이라 정의하였다. 중국의 최대 검색엔진인 바이두 백과사전[21]에서
는 경계인을 "사회문화변천 혹은 지리변천과정에서 산생한 일종의 과도기적

---

**20** https://zhidao.baidu.com/question/492226647849951332.html 宁安的人口民族《黑龙江省志·
地名录》

**21** 바이두는 하루 이용자가 20억 명이 넘는 중화권의 독보적인 인기 포털 사이트로, 이 중
세계 최대 중문 백과사전이라 불리는 바이두 백과사전은 1,000만 건 이상의 문서를 보유하
고 있다. 이는 영어 위키백과의 2배, 중국어 위키백과의 12배 이상이다. 바이두 백과사전을
찾는 하루 방문자는 2014년 기준 4억 명 이상인 것으로 전해졌다(경향신문 2016.10.6).

인격"[22]이라 하였다. 그리고 경계인에는 광의적인 것과 협의적인 뜻이 있는데 광의적으로는 "어느 군체에도 충분히 참여하지 못한 개인"이고 협의적으로는 "동시에 둘 혹은 두개이상의 문화모식의 군체에 참석하고 그 행위가 다른 군체에 동화된 사람들"[23]을 가르킨다 하였다. 중국어로는 '변제인(邊際人), 변원인(邊緣人), 과도인(過渡人)이라 한다.[24] 경계인이란 말은 나치즘을 등지고 미국으로 향한 쿠르트 레빈(K. Lewin, 1890-1947)이 사용한 심리학 용어이다. 한국에서는 이 용어가 1960년에 발표된 최인훈의 소설『광장』에서 주인공 이명준을 경계인으로 묘사되면서부터 사용되었다.

한국현대소설에서 경계인으로서의 조선족은 박찬순의 단편소설「가리봉 양꼬치」(2009)에서의 임파를 들 수 있다.

「가리봉 양꼬치」는 1인칭 주인공 '나'의 시점으로 가리봉에서 식당일을 하면서 겪는 자신의 이야기를 들려주고 있다. '나'의 이름은 '임파', 일제강점기 때 할아버지는 목수 일자리를 찾아 만주로 왔고 아버지와 나는 헤이룽장성 닝안시에서 태어났다. 아버지는 닝안시에서 조선어 교원을 하셨는데 '나'에게 "우리 같은 떠돌이를 흔히들 경계인이라고 말하지."[25]라고 조선족을 경계인이라고 알려준다. 그러면서 아버지는 안정된 교원 자리를 버리고 한국에 온 어머니도 찾고 중국동포와 한국인들 사이에 뭔가를 하기 위해서 한국행을 선택했다. 나는 소식이 끊어진 아버지와 어머니를 찾아 달랑 3개월짜리 관광비자로 한국으로 왔다. 그러나 한국에서 아버지, 어머니를 찾지도

---

22  https://baike.baidu.com/item/%E8%BE%B9%E9%99%85%E4%BA%BA/7840930?fr=aladdin百度百科, 边际人(바이두백과)

23  https://baike.baidu.com/item/%E8%BE%B9%E9%99%85%E4%BA%BA/7840930?fr=aladdin百度百科, 边际人(바이두백과)

24  https://baike.baidu.com/item/%E8%BE%B9%E9%99%85%E4%BA%BA/7840930?fr=aladdin百度百科, 边际人(바이두백과)

25  박찬순,「가리봉 양꼬치」,『발해풍의 정원』, 문학과 지성사, 2009, 81쪽.

못하고 6개월 동안 노동현장에서 일만 죽도록 하지만 불법체류자 신분이어서 봉급도 받지 못하고 쫓겨서 가리봉동으로 옮기는데 거기의 식당에서 3년째 주방에서 일하고 있다.

'나'가 가리봉동에서 하고 싶은 일은 할아버지와 아버지가 꿈꾸어 오던 '발해풍의 정원'을 만드는 것이다. 그 발해풍정원이란 "아무도 배고프지 않고 아무나 남의 나라에 얹혀산다는 쭈뼛거림 없이 당당하게 살 수 있는 곳,"[26] 조선족만의 발해풍정원이다. 이는 한국인과 중국인에게 인정받는 낙원이며 이상 속의 유토피아 낙원이다. "그 정원을 만들려면 먼저 값싼 양고기를 많이 팔아 돈을 벌어"야 하는데 그러자면 우선 "한국사람들이 좋아하는 양념장에 재어 노린내를 없애야 하는"[27]것이다. 노린내는 중국인이 즐겨먹는 샹차이는 쓰지 않고 한국인과 중국인이 즐겨먹는 '부추'를 양념으로 넣어 없애는 것이다. 여기에서 '부추'는 한국인과 중국인을 이어주는 매개물로서 중국과 한국을 잇는 경계인 조선족을 상징하기도 한다. 아버지의 말마따나 "경계인이야말로 상대방의 아픔을 어루만져줄 수 있고, 양쪽을 이어줄 수 있는 사람들"[28]인 것이다. 한반도인 모국과 중국인 조국사이에 있는 조선족은 양쪽을 다 알고 서로 다른 것을 아우르고 조화와 융합을 이룰 수 있는 존재이다. 그리고 경계선 위에 서서 상생의 길을 찾아 부단히 헤매면서 노력하고 있는 존재이기에 융합문화와 나름대로의 독특한 자생문화를 창출하였다.

소설에서는 에피소드로 '나'가 좋아하는 중국조선족인 록음악의 황제인 추이지엔(崔健)을 들어 경계인으로서 창출한 독특한 음악을 이야기하고 있다.

내 18번은 천안문 광장 시위 때 군중들 사이에 불러지면서 더욱 유명해진

---

26　위의 책, 95쪽.

27　위의 책, 76쪽.

28　위의 책, 81쪽.

<일무소유>였다. 그(최건)의 록이 유달리 흐벅진 느낌이 드는 것은 서양 악기인 트럼펫과 전자 오르간. 색소폰에다 얼후와 대금, 거문고 같은 동양 악기를 혼합해서 쓰기 때문이라고 하는 기사를 어디선가 읽은 적이 있었다. 가사도 마음에 들었다. 발아래 땅이 움직이고, 주위에 저 물은 흐르고 있는데 / 넌 줄곧 비웃었지, 내가 가진 것이 없다고. 내 귀엔 악기의 음색까지 구별돼서 들리진 않았지만 뭔가 꽉 찬 느낌이었고 거침없이 외치는 힘찬 목소리는 마음속 깊은 곳까지 후련하게 뚫어주는 듯했다.[29]

중국조선족인 추이지엔(1961- )은 가수, 작사가, 작곡가, 음악제작인, 기타수, 트럼펫인, 감독, 배우, 편집인이다. 그는 록, 민요, 레게, 힙합, 중국 민속 기악, 펑크, 전자악기에 두루 걸쳐 다루고 있어 그의 음악 풍격은 다양하다. 2010년 통계에 의하면 추이지엔의 음반은 전 세계에서 1000만 장이 팔렸으며 그는 중국 내지에서 처음으로 순회공연 1000번을 기록한 음악가이다.[30]

추이지엔의 록음악이 성공할 수 있었던 것은 서양악기와 동양악기의 혼합, 마음속 깊은 곳까지 후련하게 뚫어주는 거침없이 외치는 힘찬 목소리, 자유자재로 경계를 뛰어넘어 서로 아우르고 조합할 수 있는 경계의 미와 멋에 있다. 중국과 한국의 양쪽문화 뿐만 아니라 나아가서 동양과 서양 문화를 아우르는 추이지엔의 사례는 중국조선족의 무한한 창의성과 가능성을 말해주고 있다.

소설의 결말은 조선족인 임파가 경계인으로서 이루고자 했던 서울 가리봉동에서의 '발해풍의 정원'의 실현은 좌절된다. 경계인은 흔히 뿌리 뽑힌 자, 떠돌이다. '나'는 "아직 옹이가 덜 박힌 나무, 한번쯤 활활 타오를 만큼 옹골

---

29  위의 책, 77쪽.
30  https://baike.baidu.com/item/%E5%B4%94%E5%81%A5/10748?fr=aladdin崔健(邱大立。
    <雷鬼乐鼻祖来了, 曾影响国内多少音乐人> 항주일보 2013.11.8)

차게 옹이가 생기지도 못하고 꺾"인다. 임파는 어릴 때부터 함께 자라온 애인 분희에게 양꼬치 양념을 개발한다고 하면서 3년 동안 고심하여 개발한 양념의 레시피 중 마지막 '부추' 양념은 맛으로 보여주겠다고 했다. 분희는 그것을 깡패인 뱀파에게 알려주었고 결국 임파는 발해풍의 정원의 실현을 눈앞에 두고 뱀파들의 칼에 찔려 죽는다. 소설은 문체상 현재의 상황을 해석하기 위해 지난 일들을 길고 구구절절 설명하면서 결말에 문득 주인공의 죽음으로 닫힌 구조로 마무리되어 독자들에게 낙관을 허락해주지 않지만 그 분위기는 어둡고 침침하지만은 않다. 작가는 떠돌이로서 정처를 잡을 가능성을 말살하고 경계인이 뿌리를 내리지 못하는 것으로 끝냈지만 박남준의 시 "내 몸이 흰 재가 되어 부추 밭에 뿌려지면 흰 부추 꽃이 피어나고 내 목숨도 환해질까"를 인용하여 힘찬 보람과 희망을 은근하고 간곡하게 시사해주고 있다.

소설에서 주인공 임파는 경계인의 광의적 의미에서의 "어느 군체에도 충분히 참여하지 못한 개인"에서 협의적 의미에서의 "동시에 둘 혹은 두개이상의 문화모식의 군체에 참석하고 그 행위가 다른 군체에 동화"되는 시도를 하나 결국 실패하고 만다. 조선족의 협의적 경계인으로서의 한국에서의 정착 실패는 한국문화와 관련이 있다.

방미화는 홈스테드모델로 알려진 VSM의 문화적 가치지향성중의 다섯 가지 중 유용한 개인주의/집단주의, 권력거리, 불확실성 회피성향 등 세 차원을 들어 조선족이 한국 사회에서 소외되고 무시당하는 현상을 설명하였다. 그에 의하면 개인주의/집단주의 시각으로 볼 때, 한국인은 집단주의성향이 강한 집단인데 이는 그들의 유교윤리의 혈연 중심적 가족주의에서 찾아볼 수 있다는 것이다. 그리하여 조선족은 '우리' 집단에 들어오지 못하는 영원한 '남'이고 잠재적인 침략자거나 경쟁자로 부각되며 경계의 대상이 된다는 것이다. 권력거리와 불확실성 회피성향을 볼 때 전통유교사상이 잔존하고 있는 한국 사회에서는 육체노동에 대한 천시가 뿌리 깊게 자리 잡고 있는바 조선족 이주노동자가 종사하는 3D업종은 오래전부터 지위가 낮고 하찮으며 비천한 직업으로 여겨졌다. 이러한 직업에 따른 위계서열로 표현되는 높은 권력거리의 문화 안에서 조선족 이주노동자들은 하층계급으로 편입됨과 동시에 한국인 노동자들보다도 한층 낮은 노동자로 취급되어 그들과의 정상적인 인간관계에서 소외된다는 것이다.[31]

그 외에도 한국인사회의 조선족에 대한 차별과 편견인식은 국민국가를 걸어온 한국 사회와 한국인의 배타적 인식, 자본과 국가의 논리 속에서의 조선족의 무용론 인식, 같은 민족인 조선족의 귀환이 돌이키기 싫은 열등하고 빈곤한 식민지 과거의 기억 회상, 원주민과 이주민 사이의 배타성과 관련이 있다.[32] 그리고 재한조선족 사회에서도 문제점을 찾아봐야 한다.


## 5. 나가며: 세계인으로서 조선족 정체성의 가능성

조선족은 한반도에서 중국 동북으로, 동북에서 다시 한국으로 귀환하는 역이주의 디아스포라 존재이다. 조선족은 사회주의체재의 중국에서 북한의 영향을 받다가 중한수교 이후 자본주의체재인 한국의 영향을 받았다. 한국에게 조선족은 동일한 한민족 핏줄이면서 중국국적을 소유한 복잡한 층위의 요소를 갖고 있는 대상이기도 하다.

이 글은 한반도가 남북통일이 이루어지지 않고 분단된 현 상황에서 한국

---

31  방미화, <재한조선족들의 삶의 현장: 한국문화의 속성을 론하다>, 인민넷 조문판, 2017.12. 18.

32  전월매, 「타자와 경계: 한국영화에 재현되는 조선족 담론」, 『겨레어문학』 제56집, 2016, 167-193쪽.

인들이 조선족을 바라보는 정체성을 한국현대소설을 통하여 살펴보았다. 그 정체성은 중국국민이자 소수민족으로서의 국가정체성, 혈연으로서의 민족정체성, 경계인으로서의 정체성으로 나타났다.

조정래의 『정글만리』에서의 조선족처녀와 최상훈은 중국국민으로서의 소수민족인 조선족신분이 강화된 국민정체성을 지니고 있다. 중국조선족은 해방 전 공산당과 공동으로 항일한 공로를 인정받아 해방 후 토지를 분배받고 국적을 부여받아 중국의 국민이 되었다. 오랜 세월 중국이란 환경에 거주하였기에 중국 대륙의 기질을 더 많이 지니고 있으며 중국 땅이란 국가정체성에 더 치우쳐 있다.

공선옥의 소설 「일가」에서는 혈육의 상봉 장면이나 조선족에 대한 동정과 연민의 정서로 민족정체성을 나타냈다. 중한수교 초창기에 조선족과 한국인의 만남은 혈연으로서 동족으로의 만남, 쌍방이 민족정체성을 진하게 느끼게 하는 만남이었다. 천운영의 『잘가리, 시기스』에서는 무덤을 통해 사랑하는 사람과의 사랑과 마음속의 안식처, 한민족정서와 그 정체성을 나타내었다.

박찬순의 「가리봉 양꼬치」에서의 임파는 경계인으로서의 정체성을 나타냈다. 경계인은 이쪽에도 저쪽에도 속하지 않는 존재. 그렇지만 양쪽을 다 알고 있기에 서로 다른 것을 아우르고 조화와 융합을 이룰 수 있는 존재이다. 주인공 임파는 한국인과 중국인을 이어주는 양꼬치 레시피를 개발하여 한국인이 즐기는 양꼬치를 만들고 차별이 없는 가리봉동의 '발해풍의 정원'을 건설하는 것이 꿈이었다. 그러나 이 꿈은 깡패들에 의해 좌절되며 죽음으로 결말이 마무리된다. 그렇지만 떠돌이로서 정처를 잡을 가능성을, 경계인이 뿌리를 내릴 수 있는 힘찬 보람과 희망을 은근하고 간곡하게 시사해주고 있다. 조선족의 광의적 의미에서의 "어느 군체에도 충분히 참여하지 못한 개인"으로부터 협의적 의미에서의 "동시에 둘 혹은 두개이상의 문화모식의 군체에 참석하고 그 행위가 다른 군체에 동화"되려는 시도와 정착실패는 한국문화와 관련이 있다. 이는 국민국가를 걸어오고 '우리'라는 집체주의 정신이 강한 한국사회의 '타자'의 시선으로 보는 조선족에 대한 배타적 인식, 위계서열로 표현되는 높은 권력거리의 문화 안에서 조선족 이주노동자들을 하층계급으로 편입해버리는 비하인식, 자신 나름대로의 우월주의 인식 등에 기인한다.

중국조선족은 중국 땅에 거주하면서 중국어는 일상용어로, 한국어로 모국어로 이중언어를 자유자재로 구사하면서 중국문화와 한국문화를 융합하여 사용한다. 그리고 중국에서 제1외국어로 일본어를 배워온 조선족은 중한일 3개 국어를 구사한다는 의미에서 동아시아의 민족 중에서도 언어적 우위성을 가진다. 중한일 언어에 영어를 더한 4개 국어를 구사하는 조선족 지식인이나 기업가층도 늘고 있다. 이러한 장점은 취업 시에 여실히 발휘되고 있으며, 일부러 일본의 조선족을 찾아서 고용하는 일본, 한국 등의 기업과 동아시아 시장을 염두해 전략적으로 사업을 전개하는 다국적 기업도 있다.[33]

중국의 개혁개방과 함께 국가간 이동이 시작되면서 조선족들은 해외로 진출하여 일본어, 영어까지 4개 국어를 능통하게 구사하면서 세계인으로서 활약하고 있다. 언어뿐만 아니라 문화면에서도 조선족은 여러 나라 문화를 받아들이고 나름대로 소화하고 발전시키는 월등한 적응력과 생존력, 창조력을 갖고 있다. 아쉬운 점이라면 이러한 세계인으로서의 조선족정체성은 한국현대소설에서 찾아보기 어렵다는 점이다.

---

33 권향숙, 「조선족의 일본 이주와 에스닉 커뮤니티: 초국가화와 주변의 심화사이의 실천」, 『역사문화연구』 제44집, 2012, 1-32쪽.

# 제5부

---

중한수교 이후
한국영화와
재한조선족작품에서의
조선족 서사와 정체성

# 9장

# '타자'와 경계

## ─한국영화에 재현된 조선족 서사와 담론

## 1. 국제 이동과 이주의 서사

20세기 말부터 시작된 국가 간 경계를 넘어선 인구이동의 확대라는 전 세계적 흐름과 신자유주의적 질서의 재편 과정에서 한국은 외국인 이주민 유입 증가와 함께 외국인 200만 시대를 맞이하였다. 그중 중국의 개혁개방과 1992년 중한수교 이후 본격적으로 이동하기 시작한 중국조선족은 628,207명[1]으로서 전체 외국인의 51%를 차지한다.

중국조선족은 19세기중엽에 한반도에서 두만강과 압록강을 건너 중국에 이주한 한민족의 후예로서 인종적으로 한국인과 뿌리가 같지만 중국국적을 가지고 있다. 조선족은 한국인과 같은 언어를 사용하는가 하면 중국어도 사용하며 김치, 된장찌개와 같은 한식을 먹는가 하면 중국음식도 빼놓을 수 없으며 윷놀이, 화투 등 한민족의 문화를 즐기고 장고춤, 부채춤, 사물놀

---

1    2016년 2월말 기준으로 작성한 출입국외국인정책본부 이민정보과 통계월보 2016년 자료에 의하면 외국인은 1,856,656명이고 중국인은 946,895명인데 그중 한국계(조선족)은 628,207 명이다.

이 등을 전승해나가는가 하면 마작 등 중국문화를 즐기기도 한다. 즉 조선족의 문화는 한국문화와 중국문화가 공존하면서도 둘이 섞여 만들어진 혼종문화라 할 수 있다.

조선족은 식민지시기 강제적 이주의 경험을 지니고 있고, 중국에서 중국 공민으로 살아왔으며 1992년 중한수교 이전까지는 같은 사회주의이자 혈맹 관계인 조선과 끈끈한 종족적 유대를 강화하면서 조선의 영향을 받아오다가 수교 이후에는 한국과의 교류가 더욱 빈번해지면서 직접적으로 한국의 영향을 많이 받아왔으며 한국으로의 귀환 내지는 역이주가 이루어졌다.

한국에서 조선족은 한국/중국이라는 영토적 경계뿐만 아니라 '한민족'이라는 혈연의 지정학, 냉전의 부산물인 이데올로기 등 원인으로 유동적이고 복잡한 층위를 갖고 있다. 이는 한국인이 조선족을 '한민족', '재중동포', '중국 조선족', '외국인 노동자' 등 다양한 형태의 담론으로 부르고 있는 데서 볼 수 있다.

본 논문에서는 신자유주의적질서의 재편 과정에서 발생하는 조선족의 초국적 이동과 한국사회가 조선족을 바라보는 시선에 초점을 맞추고자 한다. 그러기 위해서는 오늘날 대표적인 대중매체 중의 하나인 영화를 통해 재현되는 조선족 담론과 그 이미지를 분석하고자 한다.

오늘날 영화는 장 뤽 고다르가 말한 "20세기란 영화 없이는 사유될 수 없는 시대"라고 할 만큼 인간의 삶 속에서 단순한 대중매체 의미의 이상으로 중요한 가치의 생성과 전달 수단으로 영향력을 발휘하고 있다. 즉 영화는 "산업과 테크놀리지, 의식/무의식이라는 범주가 교차하면서 이미지와 서사의 복합체를 조직해내는 예술형식인 동시에 대중문화의 매체이며 독자적인 언어구조를 가진 사회 담론의 장"[2]으로서 사회를 반영하는 사회적 제도가

---

2    로빈 우두간, 이순진 역, 『베트남에서 레이건까지: 할리우드 영화 읽기: 성의 정치학』, 시각

되었다. 영화가 흥행하는 이유는 직접적인 문자나 메시지로 전달하는 것이 아니라 시각, 청각을 동원한 여러 통감으로 미학적 경험을 관객에게 전달하기 때문이다. 그러므로 이는 문학작품이나 다른 매체들보다 이미지나 상상력의 확장에 훨씬 강도 높게 파급적 효과를 생산한다.

증대해가는 영화의 영향력과 더불어 한국영화 최초로 조선족을 주인공으로 다룬 영화로는 <댄서의 순정>(박영훈, 2005)이 있다. 많은 연구자들이 <파이란>(송해성, 2001)을 조선족이 재현된 첫 작품으로 보고 있지만 영화에서의 주인공 파이란은 한국어를 모르는 중국 한족으로서 실질적으로 중국 조선족과 언어 문화 등 면에서 구별된다. 그 외 조선족이 주인공으로 등장하는 <황해>(나홍진, 2010), <차이나블루>(김건, 2012), <해무>(심성보, 2015), <담보>(강대규, 2020)가 있고 부차적 인물로 등장하는 <공모자들>(김홍선, 2012), <신세계>(박훈정, 2013), <차이나타운>(한준희, 2015), <악녀>(정병길, 2017), <청년경찰>(김주환, 2017), <범죄도시1>(강윤성, 2017), <뷰티풀 데이즈>(윤재호, 2018), <우상>(이수진, 2019), <범죄도시2>(이상용, 2022) 등이 있다.

한국영화에 재현된 조선족에 관한 기존의 연구를 검토해보면 김남석, 윤상현, 이명자, 문재원의 논문[3]을 찾아볼 수 있다. 김남석의 논문은 <황해>에 나타난 조선족의 왜곡된 이미지와 조선족을 둘러싼 사회적 긴장관계를 집중적으로 논구하였다. 윤상현의 논문은 이주민을 다룬 <방가? 방가!>, <완득

과 언어, 1995, 23쪽.

3  윤상현, 「한국영화 속 이주민 재현에 대한 연구: 영화 <방가방가>, <완득이>, <황해>, <차이나블루>를 중심으로」, 경희대학교 언론정보학과 석사학위논문, 2014.2; 이명자, 「동시대 한국 범죄영화에 재현된 연변/조선족의 로컬리티」, 『영상예술연구』 24집, 영상예술연구회, 2014, 9-41쪽; 문재원, 「고착되는 경계, 트랜스로컬리티의 불가능성－한국 영화에 재현된 조선족을 중심으로」, 『한일민족문제연구』 제28호, 한일민족문제학회, 2015, 127-158쪽; 김남석, 「<황해>에 반영된 연변 조선족의 이미지 왜곡 현상과 사회상 연구」, 『다문화사회연구』 제7권 2호, 다문화사회연구회, 2014, 107-136쪽.

이>, <황해>, <차이나블루> 네 편의 영화를 대상으로 포용과 공생의 대상으로서 이주민을 바라보는 입장과 낯선 이방인이자 범죄의 주범으로서 조선족을 바라보는 입장간의 대립양상을 짚어보았다. 이명자의 논문에서는 범죄영화에 재현된 사회학의 각도에서 조선족의 로컬리티에 대한 분석을 하였고 문재원의 논문에서는 조선족의 부정적인 전형성이 원주민들사이의 '트랜스로컬리티'의 불가능성에 초점을 두고 다루었다.

본고에서는 기존의 연구를 토대로 하여 전형적인 내용을 나타내고 있는 한국영화 <댄서의 순정>, <황해>, <차이나블루>를 연구대상으로 한국영화에 재현된 조선족의 서사와 담론, 이미지에 대해 서사분석법을 방법론으로 한다. 서사분석은 채트먼(1990)의 서사이론을 바탕으로 한다. 채트먼은 아리스토텔레스로 시작하여 프로프, 토토도로프, 레비 스트로스 등의 서사이론을 종합한 것을 바탕으로 현대 소설과 영화의 분석방법으로 이야기분석과 담화분석을 제시하였다. 채트먼의 서사분석법을 살펴보면 이야기는 서사가 어떤 이야기를 담고 있는가에 대한 것이고 담화는 어떻게 내용이 표현되는지에 대한 내용전달방식에 관한 것이다. 이야기분석은 시퀀스(플롯의 짜임), 사건, 배경, 인물, 인물의 유형, 인물들 간의 관계를 분석한다. 담화분석은 작가, 화법, 서술방식, 묘사, 화자 등 이야기가 서술되는 표현방식을 분석한다.[4]

본고에서는 영화의 맥락을 고려하되 조선족의 서사와 담론 이미지 등 의미 분석에 적합한 것으로 판단된 요소를 채트먼의 서사분석법에서 추출하여 분석대상에 적용시킨다. 이야기분석에서는 시퀀스 분석(플롯의 짜임)과 등장인물 분석을 추출하였는데 이는 전체적인 맥락 속에서 조선족 주인공과 그

---

**4**  채트먼, 시모어 베냐민 저, 김경수 역, 『이야기와 담론: 영화와 소설의 서사구조』, 민음사, 1990, 185쪽.

주변인물에 대한 분석을 위해서다. 시퀀스분석은 이야기를 '균형-불균형-균형'으로 구분하고 상태변화의 원인을 분석하는 방법이다. 등장인물은 주인공과 주변인물로 나누어 분석한다. 그리고 담화분석에서는 화자분석, 조선족이 거주하는 공간이나 의상 등을 둘러싼 서술방식을 분석한다.

본 논문은 서사분석법을 방법론으로 조선족이 재현된 영화들을 대상으로 춤과 사랑의 성공서사인 조선족의 순수하고 순박한 긍정적인 이미지, 폭력과 살인의 서사로서의 범법과 불법의 부정적인 이미지, 중국인가 한국인가하는 경계에서 갈등하는 딜레마 서사 세 가지로 나누어 추적해본다. 나아가서 조선족을 바라보는 한국인의 시선과 한국사회의 문화 공간, 더불어 재한조선족사회를 짚어보고자 한다.

## 2. 춤과 사랑의 성공 서사: 순진무구하고 진취적인 밝은 이미지 <댄서의 순정>

한국영화에서 조선족은 별로 관심의 대상이 아니었다가 2000년대에 들어서서 결혼이주여성을 주인공으로 한 멜로드라마 <댄서의 순정>, <파이란>이 등장한다. 여기에 등장하는 캐릭터들은 비록 촌스럽지만 젊고 아름다우며 순진무구한 밝은 이미지들이다. 그 외 <차이나블루>에서도 이주여성은 아니지만 순진무구의 같은 계열 중국인 주인공이 등장한다. 순진무구한 젊은 여성의 캐릭터로서 <댄서의 순정>에서의 장채린(문근영 분), <파이란>의 파이란(장백지 분), <차이나블루>에서의 칭칭(정주연 분)이 있다. 파이란은 사랑을 이루지 못하고 병으로 홀로 죽음을 맞이하고, 칭칭은 추방당할 길에 놓이는 비극적인 서사를 이루는데 장채린 만이 춤과 사랑의 결실을 동시에 이루어낸다. 그리고 파이란의 위장결혼상대 이강재나 칭칭이 좋아하는 은혁은 모두 조직폭력배나 건달로서 한국사회의 최하층에 놓여있다. 그러나 장채린의 결혼상대 영새는 한국에서 인정받는 최고의 댄스트레이너이다. 환상적인 요소가 깃들어있지만 여기에서는 성공적인 모델 채린을 그린 <댄서의 순정>을 중심으로 다루기로 한다.

## 2.1. 이야기분석

### 2.1.1. 시퀀스

여주인공 장채린은 언니대신 한국행을 선택한다.(균형) 언니 장채민은 중국 연변자치주 댄스선수권대회 우승자인데 한국에 가서 한국 최고의 댄스트레이너라 불리던 실력 있는 댄스스포츠 선수 영새와 춤 파트너가 되어 선수권대회에 출전하기로 되어 있다. 영새는 한국에서 춤 파트너가 있었는데 라이벌이사 무용협회 회장아들인 현수에게 빼앗기고(힘1) 시력도 잃고 대회에서 무릎까지 다친다. 선배이자 브로커이기도 한 상두가 위장결혼으로(당시 정상 비자 수속이 어려워서) 장채민을 한국으로 데려와 영새의 재기를 노리고 있었다. 그런데 장채민의 남자친구가 강력히 반대하면서 부득이 열아홉 살의 여동생 장채린이 대신 한국으로 오게 되었다. 장채린은 학교 다닐 때 춤을 잠깐 춘 경력밖에 없지만 춤을 추려는 꿈이 있었기에 대신 나섰다. 가짜 장채민인 것이 들통나자 채린은 쫓겨난다.(균형) 채린의 입국에 돈을 썼던 상두가 채린을 가리봉동 노래방에 팔아넘긴다. 영새가 이를 알고 채린을 집에 데려온다.(불균형) 영새는 춤 가르쳐달라 사정하는 채린을 가르치며 석달 후의 대회 출전을 준비한다.(균형) 채린도 열심히 배우며 대회에 도전한다. 그러나 채린의 발군의 실력을 보아낸 상두는 재력가인 현수를 찾아가는데 영새는 또다시 채린을 빼앗기고(힘2) 현수의 부하들에게 다리마저 맞아 부상당한다. 채린은 현수와 함께 대회에 출전한다.(불균형) 대회에서 최우승

을 거둔 채린은 대회가 끝난 후, 춤을 그만두고 중국으로 돌아가려다가 현수를 찾아온다.(균형)

영화 <댄서의 순정>의 시퀀스 '균형-불균형-균형'을 보면 장채린이 불균형상태에 빠지는 원인은 언니대신 한국에 간 것이 들통이 났을 때, 브로커에 의해 영새로부터 부득이 현수와 춤을 추게 되었을 때이다. 이는 편법으로 춤을 추고자 하는 채린의 개인적 꿈의 좌절에서 오는 갈등과 자본주의 제도 하에서 금전, 지위를 대표하는 세력의 횡포에서 오는 갈등이다.

장채린이 언니대신 한국에 입국하게 되는 것은 조선족이 정상비자를 받을 수 없는 중한교류 90년대 초기 비일비재 발생한 사건들이었다. 고급감별인식 장비를 갖추지 못하고 육안으로 사진을 감별하는 한국해관의 허술한 심사와 어떤 방법을 대서라도 한국에 가려는 조선족의 욕구가 맞물려 불법으로 호적을 만들거나 여권의 사진을 바꾸는 일들이 난무하였다. 이는 조선족의 초국적 이동을 단적으로 보여주고 있다. 영새가 재력가인 현수에게 두 번씩이나 춤파트너를 빼앗김은 금전과 지위를 갖고 있는 힘을 대표하는 자본의 논리로 사회가 지배되고 있음을 구사하고 있으며 그만큼 장벽과 경계가 많은 애로상황에서 진정한 춤 실력과 진지한 사랑을 이루기란 쉽지 않음을 시사해주고 있다.

### 2.1.2. 등장인물

채린의 이미지는 춤과 사랑을 이루어낸 재한조선족의 성공모델이라 할 수 있다. 그녀는 순수하고 부지런하며, 끈질기고 진취적이다. 한국물정을 몰라 수동적인 면도 있지만 사랑을 쟁취하는 긍정적인 여성이미지이다.

영새를 따라 그의 집에 간 그녀는 어지러운 집안을 깨끗하게 청소하고 정리한다. 비록 댄스선수가 아니지만 영새의 지도하에서 전문적이고 체계적인 방법으로 꾸준히 사교춤을 연마한다. 몸의 기본자세인 어깨, 허리 등 몸각 부위의 위치로부터 유연성 훈련, 홀딩 자세, 그리고 칠판과 연습실 바닥에 도표화된 스텝표에 따라 체계적인 훈련을 한다. 춤 훈련은 강도 깊은 육체적 고통이 따르는 연습인데 그녀는 첫 연습을 마치고 땀범벅이 된 채, 로봇자세로 침대에 쓰러져 그대로 잠든다. 그러나 포기하지 않고 이튿날에도 악착스레 연습에 달라붙는다. 춤은 새로운 기술도 개발해야 하고 꾸준히 연마도 해야 했다. 채린은 영새를 따라 새로운 동작개발을 위해 발레연습 현장에도 찾아가고 체육연습실에서 훈련도 받으며 '그랑 알레그로'(발레동작의 공중회전과 퀵스텝을 적용시킨 최고의 기술)의 동작을 댄스스포츠에 접목하는 시도를 한다. 채린은 오랜 연습과정 끝에 대회에서 남들과 차별화된 영새가 신개발한 동작들을 훌륭히 완수함으로서 최우승을 거둔다. 그녀는 영새에게서 춤 지도를 받으면서 댄서로서의 자질을 발견하게 되고 춤 실력을 최상으로 끌어올리며 최고의 기량을 갖춘 댄스스타로 부상한다.

영화에서 채린은 영새의 가르침을 받으며 춤실력을 쌓기 위해 영새를 따라 여기저기 다닌다. 그녀는 브로커가 현수에게 자신을 넘겼을 때 완강히 거부하지만 어쩔 수 없이 현수의 춤파트너가 된다. 그렇지만 춤대회에서 최우승을 거둔 후 현수가 그녀에게 외국에 가자는 제안을 하지만 거절하고 귀국을 결정한다. 그녀는 귀국 전에 마지막으로 멀리서 영새 모습을 보고 돌아서는데 자신이 키우던 반딧불 곤충이 커서 날아다니는 것을 보고 용기를 내어 영새를 찾아가는, 사랑을 쟁취하는 적극적인 자세를 보인다. 반딧불은 채린이 연변에서 가져온 곤충이다. 해관검사에서 애를 먹었지만 억지떼를 쓰다시피 갖고 온 물건이기도 하다.

채린: 아저씨, 왜 나 안 찾았어요? 난 아저씨가 나 꼭 찾아올 거라고 그렇게 믿고 기다렸었는데…

영새: 반딧불은 자기를 사랑해 줄 누군가를 기다리는 바보잖아. 자기 목숨과

도 바꿀 수 없는 운명같은 사랑이 찾아오기만 기다리는 거지.

-〈댄서의 순정〉 중에서

남에게 불을 밝혀주는 반딧불은 청정 이미지로서 순진무구한 채린을 상징하기도 하지만 주인공 남녀의 순수한 사랑을 상징하기도 한다. 중국조선족 동요 〈반딧불〉에서는 "반짝 반짝 반디불/ 손벽치며 온다야/ 파란 전등 켜고서/ 한들한들 온다야"라고 반딧불의 청정한 모습을 형상적으로 표현하고 있다. 채린은 영새에게서 춤을 배우면서 영새의 전문가다운 춤과 그의 인격에 매료되어 사랑의 감정이 싹트기 시작한다. 어쩔 수 없이 춤파트너가 현수로 바뀌지만 영새에 대한 마음은 변하지 않았고 현수의 풍족한 물질적 조건에도 현혹하지 않았다. 채린은 반딧불처럼 자기 목숨과도 바꿀 수 없는 운명같은 사랑을 찾아간 것이다. 위장결혼에서 진짜 연인이 된 채린과 영새의 사랑은 운명같은 사랑이다. 이들은 자본과 권력, 제도로 상징되는 상두, 현수, 출입국사무소 직원 등의 장벽을 무너뜨리고 온갖 역경을 이겨내며 사랑의 결실을 이루어낸 것이다.

채린의 파트너 영새는 고정적인 수입은 없지만 같은 댄서들 즉 전문가들 사이에서 인정받는 최고의 실력자이며 파트너의 춤 실력을 최상으로 끌어올리는 능력을 가지고 있는 인물이다. 그뿐만 아니라 춤과 마음을 동일시하는 인격적 소유자이기도 하다. 그는 채린에게 일일이 춤의 기본자세, 기본동작을 가르치면서 춤출 때만은 춤과 파트너를 사랑하는 마음으로 혼신을 다하여 춤의 무아지경에 빠질 것을 요구한다. 채린의 성공에는 춤 전문영역의 지식과 인격을 갖춘 대한민국 최고의 댄스트레이너인 영새의 도움이 있다. 반면 영새는 춤공동체에서의 경쟁에서 당하고 빼앗기는 약자의 모습을 보이며 채린을 사랑하면서도 적극적으로 찾아가지 않는 소극적인 자세를 보인다.

영새와 대립되는 인물로 현수가 등장한다. 영새의 라이벌인 현수는 회장의 아들로 재력과 권력을 갖춘 인물이다. 그는 좋은 기술을 연마한 영새의 파트너들을 번번이 빼앗아 가고 영새를 부상당하게 하는 최고의 기량을 자신만이 소유하고자 애쓰는 모습을 보인다. 그는 빼앗아간 채린에게 물질적 수요를 모두 충족시켜주지만 마음은 얻지 못한다. 채린은 풍족한 현수의 물질적 조건에 현혹되지 않으며 오히려 마음으로 추는 춤은 3류 무용수들이 추는 춤이라고 비양거리는 현수를 탐탁치 않아한다. 현수는 자본의 제도하에서의 금전과 춤공동체의 세력을 대표한다.

## 2.2. 담화분석

영화는 시종 직접 드러나지 않는 3인칭 관찰시점으로 내용이 전달된다. 이 객관적 관찰자는 어떤 평가를 내리지 않고 채린의 춤 파트너 영새와 현수, 출입국사무소 직원, 브로커 등을 통해 재린에 대한 시신을 전딜한다.

채린을 바라보는 영새의 시선은 따뜻하고 동생을 귀여워하고 사랑하는 오빠의 시선으로부터 춤을 가르치고 채린이 성장하면서 차차 연인의 시선으로 바뀐다. 그는 채린이 집에서 쫓겨나 가리봉동 쥬쥬클럽에 취직되었다는 소식을 듣고 한달음에 달려가 집으로 데려오는데 채린이 하이힐에 발목이 삐꺽하자 등에 업고 온다. 출입국사무소의 위장결혼 단속기간에 조사 나온 남녀직원은 채린과 영새의 나이 차이에 위장결혼으로 의심하면서 그들에게 냉대와 불신임을 보여주던 데로부터 끊임없는 추적 끝에 그들의 사랑에 수긍하고 추적을 포기하는 태도로 나온다. 상두와 현수의 시선에 비친 채린은 자신의 이익을 위해 서슴없이 돈으로 데려오고 빼앗아 소유하고자 하는 가치 있는 '상품'이다.

채린이 거주하는 공간은 영새의 집이고, 무용을 연습하는 장소도 영새의 집에 마련된 연습실로서 한쪽 벽면에 거울이 부착되어 있고 바(bar)도 설치되어 있으며 바닥도 연습에 적합하게 매끄럽다. 이는 한국인과의 동일한 공간 거주로서 동등한 지위를 말한다. 채린의 의상은 처음에는 촌스럽지만 점차 세련된 여성으로 변한다. 김포공항에 입국할 때 그녀의 모습은 영새의 시각으로 '구두에 양말을 신고' 옷도 촌스러운 소녀였다. 그러나 차츰 파마머리를 하고 세련되고 성숙된 모습으로 성장한다.

영새의 집에서 춤을 연습할 때는 일상복인 츄리닝을 입고 연습용 슬리퍼를 신었으며 대회 출전 시에는 대회에 맞추어 비즈나 프릴 등의 장식이 많고 몸매를 드러내는 패턴의 옷을 입고 하이힐을 신었다. 대회 출전 시 채린은 현수가 준비한 선수복은 무시하고 영새와 함께 입고 출전하기로 했던 뤼드 의상을 입고 입장한다. 이는 채린이 영새에 대한 사랑의 표현이기도 하다.

요컨대 채린은 한국영화에서 열심히 노력하여 춤과 사랑을 이루어낸 유일한 재한조선족의 성공모델이다. 이는 중한교류초창기, 한국인에게 조선족의 이미지가 향수를 불러일으키는 순수하고 순박한 세계로 체현된 것과도 맞물려 있다.


## 3. 폭력과 살인의 범죄 서사: 범법과 불법의 부정적 이미지 <황해>

2010년대에 들어서서 한국사회의 조선족 이미지가 변함에 따라 한국 범죄영화의 장르적 외파를 입고 영화에서 범법과 불법의 기호로 탈바꿈한다. 2010년에 제작된 <황해>에 이어서 일련의 <카운트다운>(2011), <차이나블루>(2012), <공모자들>(2012), <신세계>(2013), <악녀>(2017), <청년경찰>(2017), <범죄도시>(2017) 등 범죄영화에서 조선족은 청부살인업자, 조폭, 깡패, 밀매장사군, 장기매매, 난소적출자 등 캐릭터로서 범죄와 살인을 거리낌 없이 하는 부정적 이미지로 등장한다. 그 중 영화 <황해>는 조선족 청부살인업자 구남(하정우 분)과 연변조폭 면가(김윤식 분)를 범죄주인공으로 집중적으로 조명하였다. 그 외 <차이나블루>에서의 조선족 깡패무리들, <공모자들>에서의 밀매장사군 아주머니, <신세계>에서의 연변조폭 등은 부차적 인물로 등장한다. 여기에서는 조선족 살인청부업자 구남을 주인공으로 한 <황해>를 중심으로 다루고자 한다.

### 3.1. 이야기분석

#### 3.1.1. 시퀀스

영화 <황해>는 택시운전자, 살인자, 조선족, 황해 네 개의 소제목으로 나뉘어 이야기를 펼치고 있다. 연길에서 택시운전자로 일하는 조선족 구남은 아내가 한국가기 위해 진 빚 6만원으로 항상 빚쟁이들에게 시달리며 구질구질한 일상을 살아간다. 한국 간 아내는 6개월째 소식이 끊겼다. 구남은 돈을 좀 벌어 볼가 하는 마음에 마작판에도 가지만 거기서도 번번이 돈을 잃게 되고 택시기사 일자리마저 잃게 된다.(균형) 그러던 어느 날 빚 갚아 준다는 조건으로 구남은 연변조폭 면가로부터 살인청부를 받아들이게 된다. 밀항으로 황해를 건너 한국에 입국한 구남은 한편으로는 서울 강남에 있는 김승현이라는 사람을 탐문하고 한편으로는 아내를 찾아다니는데 결국 자신이 죽이고자 했던 사람이 한국조폭에 의해 살인되는 장면을 목격하게 된다. 구남은 한국경찰에게 살인혐의자로 지목되면서 쫓기게 되고 살인목격자를 없애려는 목적으로 김태원 한국조폭들에게도 쫓기게 된다. 그 와중에 티비로부터 30대 조선족여성이 토막 살인되었다는 소식을 접하게 된다. 한편 돈을 위해 얽혀든 면가도 구남을 죽이려고 한국에 입국해 구남을 쫓는다.(불균형) 구남은 모든 수사망을 따돌린다. 얽히고설킨 결투 끝에 김태원도 면가도 모두 죽게 되고 구남 역시 큰 상처를 입고 아내의 유골함을 들고 중국으로 가는

배에 오르게 되는데 배에서 죽음에 이른다.(균형)

영화 <황해>의 시퀀스 '균형-불균형-균형'을 살펴보면 구남의 불균형은 삼자에게 쫓기는 것인데 그들로는 한국경찰, 한국조폭, 조선족조폭이다. 이는 그가 살인혐의자, 살인목격자, 증거인멸자라는 것과 관련된다. 직접 화면으로 나오지는 않고 간접적인 대사로 전달되지만 한국조폭우두머리 김태원이 김승현을 살인하려는 것은 김승현이 자신의 내연녀를 건드렸기 때문이고, 조선족조폭 면가가 김승현을 살인하려는 것은 김승현의 아내가 김정원이라는 은행원과 불륜을 저지르면서 면가에게 살인을 청구했기 때문이다. 결국 이는 인간의 개인적 욕망에서 오는 살인으로서 자본주의사회에서 인간의 이기심과 난륜의 추악한 영혼을 보여주는 단면이다. 실제로 구남에게 있어 '균형' 부분도 안정적이지는 않다. 아내가 한국 간 뒤 가정은 깨어지고 그 빚으로 시달리는 일상은 절망적이다. 끊임없이 쫓기고 쫓기며 궁지에 내몰리는 구남의 이야기는 시종 어두침침하며 가슴을 답답하게 한다.

카메라는 중국과 한국의 서울 도심, 신간 오지 등 공간을 자유롭게 넘나들면서 구남과 면가, 김태원을 중심으로 그리고 있는바 가난하고 낡고 찌든 조선족의 삶과 인간의 끝없는 욕망, 조선족공동체의 붕괴 등을 표현하였다.

### 3.1.2. 등장인물

구남의 이미지는 깨여져가는 가정을 복구하려는 애착이 있고 끈질기고 강인한 생명력과 야생성에 잔혹성까지 두루 갖춘 복합적인 인물이다.

중국의 개혁개방 물결과 함께 들이닥친 조선족의 한국바람, 그 속에는 구남의 가족도 있다. 구남은 더 잘 살아보자는 의욕으로 인민폐 6만 위안이란 거금을 내고 아내를 한국으로 보냈지만 아내는 소식이 없다. 애는 할머니에게 맡겨진다. 액자유리가 깨여진 구남의 가족사진과 아내가 한국에 가져갔던 깨어지고 버려진 애 사진은 가족 해체와 엄마로서 애에게 책임을 할 수 없는 상황을 간접적으로 말하고 있다. 빚도 갚고 해체된 가족도 복구하고자 구남은 면가의 살인청부제안을 받아들인다. 한국 가서 사람을 죽이고 아내를 데려오는 것이다. 구남이 밀항하기 전에 시골에 있는 어머니와 애를 찾고, 할머니에게 맡겨진 애를 걱정스레 유심히 바라보거나 한국에서 자신의 죽음을 예감하고 밤중에 중국으로 전화해서 자는 애를 깨워 통화하려는 장면은 가장으로서의 부애(父愛)를 말해준다. 그리고 자신에게 배신을 때린 아내가 죽이고 싶을 정도로 원망스럽지만 한국에 가서는 아내를 수소문하며 찾아다니고 아내로 추정되는 30대 조선족여성이 토막 살인당했다는 뉴스를 보고는 남에게 의뢰하여 시체를 확인시키고 화장을 시켜 유골함을 갖고 귀국길에 오른다. 이러한 일련의 행위는 구남이 해체된 가족을 살려내려고 애쓰고 가족에 책임지려는 남자임을 말해주고 있다.

구남의 끈질긴 생명력과 야생성은 황해를 건너가서 추격당하는 장면에서 나타난다. 저음 산 한국거리를 수소 찾아 여기서기 찾아다닌다거나 부더기로 쫓아오는 경찰과 경찰차들을 뒤로하고 마라톤선수마냥 쏜살같이 도로를 질주하는 장면, 승용차나 트럭을 운전하면서 바짝 쫓아오는 경찰과 조폭의 차량들을 따돌리거나 부딪치게 만들고 자신은 홀가분하게 빠져나가는 모습들, 흰 눈이 내린 추운 겨울 야산에서 총에 맞은 한 쪽 팔을 양말로 상처를 싸매는 장면, 험난한 산을 톺아 오르고 오지를 넘나들며 이동하는 모습들은 남성성, 생명의 강인성, 영웅성(?), 야생성을 충분히 보여주고도 남는다.

구남의 잔혹성은 김승현의 엄지손가락을 베여내는 장면에서 집중적으로 나타난다. 김승현의 운전자가 숨이 붙어있는 김승현을 식칼로 숨통을 끊는 장면을 본 후 그와 사투를 벌여 거꾸로 눕히고, 죽어 피가 낭자한 김승현의 시체에서 엄지손가락을 베여내는데 식칼로 몇 번 쳐서도 끊어지지 않자 베어내려고 안간힘을 쓰는 장면은 닭살처럼 소름이 쫙 끼친다. 다른 한편 구남은 쫓기면서 자신이 왜 쫓기는지 영문을 모르고 있고 면가의 배신을 알게 되면서 자신과 거래했던 사람들을 하나하나 찾아서 그 의문들을 풀어나가는데 면가처럼 무작정 죽이는 게 아니고 위협하거나 인질로 삼는다. 구남은 처음에는 절박한 현실에서 선택의 여지가 없이 면가의 제안을 받아들이지만 자신이 처지가 위태롭게 되자 자신을 위협하는 존재들과 싸운다. 구남의 잔혹성은 살아남고자 하는 인간의 최후 발악으로서 생물학적 생존 본능이다.

구남은 면가가 말한 것처럼 알다가도 모를 "희한한 놈이다. 성질은 더러워도 깡패는 아니고 매일 맞고 다니고…" 이는 구남이 어느 부분 여린 마음과 생명의 강인성, 잔혹성을 구비한 복합적인 인물임을 말한다. 나홍진 감독은 조선족에 대한 애정을 갖고 영화제작시도를 했다고 하는데 구남이란 인물에서 어느 정도 느껴진다.

영화에서의 다른 조선족 캐릭터 면가는 폭력성과 잔혹성에 인간성마저 상실한 부정적인 캐릭터이다. 도끼를 들고 다니면서 대부(大斧)로 연상되는 면가는 도끼로 살인을 저지르며 얼굴과 몸은 상대방의 피로 뒤덮여있기 일쑤이다. 그는 구남을 시켜 살인을 저지르게 하고 구남을 죽여버려 흔적을 없애려고 하는 신용이 없는 폭력배이다. 구남을 뒤쫓게 되면서 한국조직폭력배들과 붙게 되는데 도끼로 그들을 한방에 처리해버리며 시체를 처리하는 방식도 "머리는 따로 버리고 몸뚱이는 개한테 줘라"거나 휘발유를 쳐서 몰살당한 시체를 불태워버리는 극악무도한 형상이다.

그리고 주변인물인 구남의 아내, 호텔 카운터의 조선족여성들은 하나같이 저속하고 돈에 눈이 어두워 도덕성을 잃어버린 여성들이다. 구남의 아내 리화자는 남편에게 빚 6만 위안을 안겨주고 한국 가서는 돈 벌어 빚도 안 갚고 다른 남자와 불륜에 빠지며 호텔카운터 조선족여성은 돈에 눈이 멀어 면가를 찾으러 온 한국조폭들에게 돈을 받고 면가가 거주하는 호텔방의 키를 준다. 이들은 조선족공동체의 부패하고 도덕성을 잃어버린 군상들이다. 영화는 이런 군상들을 통하여 일부 조선족들의 도덕성 타락, 한국바람이 불면서 조선족사회에 불어 닥친 혼인의 파탄, 가족의 해체와 더불어 조선족 공동체사회의 위기를 말해주고 있다.

## 3.2. 담화분석

영화 <황해>의 시퀀스 오프닝에서는 내레이션 구남이 마작판에서 어릴 적 겪었던 미친개의 이야기를 들려주는 것으로 시작된다.

> 내가 11살 때에 동네에 개병이 돌았다. 우리 집 개도 개병에 걸렸는데 처음에는 제 에미를 물어죽이더니 후에는 제 아가리로 물어죽일 수 있는 것들을 몽땅 물어 죽였다. 그래서 동네 사람들은 몽둥이로 때려죽이려 하자 그놈은 달아났다. 몇 날이 지나서 그 개는 비쩍 마른 꼬라지로 나타나서 시꺼먼 눈깔로 나를 컨컨히 보다가 드러누워 죽었다. 나는 그 개를 동네 뒷산에 묻어다주었다. 그러다 땅에 묻혀진 개는 그날 어른들한테 다시 꺼내져 잡아먹혔다… 그 후에 돌지 않던 개병이 다시 돌았다. 개병이 돌고 있다.

—<황해> 중에서

미친개 이야기는 <황해>의 서사를 암시하는 역할을 한다. 전체 서사에서 구남의 위치는 어릴 적 이야기 속의 개에 해당된다. 면가는 개장수이고 구남은 면가의 사주를 받아 누군가를 죽여야 하는 처지에 놓이게 되고 결국 쫓기게 되고 죽음에 이른다. 영화는 1인칭 주인공시점으로 구남의 고독과 고통, 절망과 분노 등 어둡고 부정적인 정서들을 밑바탕에 깔고 있다.

조선족의 의상을 본다면 구남은 한국에 가서 항상 모자를 푹 눌러쓰고 고개를 숙이고 다니는데 이는 타자로서의 이방인임을 말해주고 있다. 그는 도합 6차례 모자를 바꿔 쓰는데 처음 쓴 모자는 푸른 모자(帶綠帽子)로서 중국에서는 아내가 바람을 피워 오쟁이 진 남편이란 뜻이다. 처음 신은 신발과 복장은 낡고 더러워서 추운 겨울 그는 바깥에서 손을 비비고 발을 동동 구른다. 조선족폭력조직두목 면가의 머리카락은 검불인양 산지사방으로 뻗었고 옷은 아무렇게나 군복을 착용하였으며 달러 장사하는 아주머니나 구남의 엄마, 구남의 애 의상은 가난하고 더럽고 촌스럽게 되어있다. 이는 깔끔한 스타일의 한국인 김태원이나 김현승의 의상과 대비된다.

조선족이 거주하는 장소도 마찬가지다. 구남이 연길에서 살던 집이나 한국 가서 거주하는 여인숙, 조선족 폭력배 면가를 배경으로 하는 연길의 시장이나 면가가 한국에 가서 거주하는 공간들은 작고 침침하며 난잡한 폐쇄된 공간이다. 이는 한국인 김승현 교수나 한국폭력배 김태원 사장의 크고 호화로운 가정집과 김태원의 깨끗하고 정연한 사무실과 대비된다.

언어는 말하는 화자의 지위, 교육 문화수준, 지역적 배경, 개인의 감정 상태를 말해준다. 영화에서 조선족들이 사용하는 언어는 거친 비속어들이다. 조선족 깡패로부터 일상인에 이르기까지 거리낌 없이 하는 "쌔쌔기같은 새끼" "정신병자새끼 같은 놈들" "미친놈새끼들" "개새끼" "아새끼" 등 비속어들은 조선족의 야만적이고 교양 없는 수준을 간접적으로 보여준다. 게다가 연변방언에 도끼와 칼로 폭력적이고 살인을 저지르는 장면까지 합세하여 조선족의 이미지는 범법과 불법의 기호, 괴물적인 이미지로 전락하였다.

<황해>는 상영된 후 조선족사회내부에서 강렬한 반향을 불러일으켰다. 영화에서의 조선족이미지가 훼손되고 왜곡되었으며 한국인과 한국 사회에서 조선족을 바라보는 시선이 폄하되었다는 불만과 우려가 주를 이루었다. 조선족이 범죄영화의 주인공으로 되어 폄하되는 원인은 국민국가를 걸어온 한국 사회와 한국인의 배타적 인식, 자본과 국가의 논리 속에서의 조선족의 무용론 인식, 같은 민족인 조선족의 귀환이 돌이키기 싫은 열등하고 빈곤한 식민지 과거의 기억 회상, 원주민과 이주민 사이에서의 경계의 포용성의

취약성을 말해주고 있다. 그리고 재한조선족사회에서도 문제점을 찾아봐야 한다.

## 4. 경계에서 갈등하는 딜레마 서사: 중국인가? 한국인가? ─<차이나블루>

한국영화에서 조선족은 순진무구의 이미지나 범법과 불법의 폭력과 살인 이미지 외에도 조선족 특수한 신분으로서 경계에서 갈등하는 캐릭터들이 등장한다. 그들로는 <해무>에서의 밀항을 선택한 조선족들과 <차이나블루>에서의 길남의 캐릭터를 들 수 있다. 전자는 한국입국을 위해 밀항이란 이동 경로를 선택한 조선족 군상들이고 후자는 재한조선족유학생 길남(김주영 분) 이란 청년인데 3인주인공 중의 하나로 등장하고 있다. 여기에서는 <차이나블루>에서의 길남을 중심으로 다루기로 한다.

### 4.1. 이야기분석

#### 4.1.1. 시퀀스

조선족인 길남의 패거리와 한국인 은혁의 패거리는 구역다툼으로 싸움이 자주 일어난다.(균형) 길남의 소꿉친구 중국인 칭칭이 가수가 되기 위해 한국에 오게 되는데(힘) 길남은 소꿉친구인 칭칭의 성장한 모습에 마음이 설레고 은혁은 미모의 칭칭을 보고 한눈에 반해버린다. 세 청춘사이에는 삼각관계가 형성된다.(불균형) 은혁은 위기에 처하는 칭칭을 매번 구해주고 둘은 조금씩 사랑의 감정을 키워가고 은혁은 칭칭의 말을 듣고(힘2) 조선족을 핍박하는 자신의 일을 그만두기로 한다.(균형) 길남은 대학에서 교수와 프로젝트를 함께 하기로 되어 있었는데 교수는 조선족이라는 이유로 한국 학생으로 대체한다. 한국인 윤식은 조선족 위강과 영역 다툼을 하게 되고 위강을 죽인다. 윤식은 인수한 기획사의 회식을 빌미로 칭칭을 겁탈하려 한다.(불균형) 은혁이 등장해 칭칭을 구해주지만 은혁은 죽음에 이르게 되고 은혁의 죽음에 오열하는 칭칭을 길남이 위로해준다.(균형)

영화 <차이나블루>의 시퀀스 '균형-불균형-균형'을 살펴보면 조선족과 한국인의 갈등이다. 즉 조선족 길남과 한국인 은혁의 갈등, 한국인 폭력배 윤식과 조선족 조직 보스 위강의 갈등이다. 전자는 개인적 갈등에 정신적 차원이고, 후자는 집단적 갈등에 물질적 차원이다.

길남과 은혁의 갈등은 영화의 초반에서 중반부까지 조선족과 한국인의 패싸움으로 극명하게 나타나는데 그 갈등의 주요원인은 은혁이 조선족에 대한 혐오감이 크기 때문이다. 그 이유로는 영화 후반으로 가면서 은혁이 칭칭에게 털어놓는 방식으로 구체적으로 제시되는데 어릴 적 아버지가 노동운동을 하면서 감옥에 갇히고 엄마가 아버지를 면회하러 가는 도중 차 사고를 당했는데 이를 목격한 불법체류 조선족이 신고를 하지 않고 오히려 엄마의 지갑을 훔쳐갔기 때문이다. 칭칭이 등장하면서 이들은 삼각관계가 형성되면서 갈등이 더 커지는 듯싶지만 칭칭이 은혁과 길남 둘 사이의 갈등을 중재하려고 애쓰고 그들의 상처에 공감하고 포용해주는 중요한 역할을 하면서 이들의 갈등은 개선의 여지를 보여준다. 특히 은혁이 개인적 증오를 풀고 길남에게 당한 친구의 복수보다는 앞으로의 태도에 대해 충고를 주는 것으로 화해양상으로 치닫는다.

한국인 폭력배 윤식과 조선족 폭력배 위강의 갈등은 개인적 갈등보다는 조선족과 한국인의 집단적 갈등양상이다. 이는 윤식이 개인적인 이유보다는 물질적 이익을 위해서 조선족들의 영업구역을 밀어내고 자신의 영업구역을 확보하여 더욱 많은 이윤을 내기 위한 조선족과의 대립이기 때문이다. 윤식은 일부 조선족들과 손잡고 위강의 영역을 조금씩 빼앗아가며 나중엔 폭력을 행사하여 위강을 죽임으로써 결국 물질적 이익을 위해 살인까지 저지르는 극단적인 모습을 보인다.

영화는 조선족 길남, 중국인 칭칭, 한국인 은혁, 이 세 청춘 간의 갈등과 사랑을 중심으로 한국인과 조선족 그리고 중국인이라는 세 등장인물의 인종적 차이에서 비롯된 반목과 이해의 과정, 그리고 조선족과 한국인의 갈등을 나타냈다.

### 4.1.2. 등장인물

조선족 길남은 중국에서 태어나 부모 따라 한국에 이주하였는바 부모는 식당을 하고 그는 한국의 대학교 교육과정에서 열심히 공부하여 좋은 성적을 거두고 있는 조선족 유학생이다. 이는 한국영화에 재현된 유일한 재한조선족유학생[5]의 모습이다. 그는 한국에 살면서 민족적 정체성으로 갈등하는 양상을 보여주고 있다. 이러한 양상은 한국에서 조선족에 대한 차별적 시선으로 말미암아 이루어진다. 동네에 있는 은혁 패거리들이 조선족을 혐오하여 "짱개"하면서 놀려대자 조선족들을 불러서 패거리싸움이 일어난다. 거주하는 동네에서 겪는 이방인의 갈등도 그렇고 정규교육이 이루어지는 엘리트 집단인 대학에서도 이루어지는 차별적 대우는 길남을 혼란스럽게 만든다. 유리창너머 간접적으로 학생들의 뒷담에 의해 전달되는데 대학에서 성적이 우수한 길남은 한국교수의 프로젝트팀에 들어가기로 되어있었는데 조선족이라는 이유로 다른 한국 학생에 의해 대체된다. 길남은 칭칭에게 자신의 심경을 고백한다.

---

5    2016년 2월말 기준으로 작성한 출입국외국인정책본부 이민정보과 통계월보 자료에 의하면 한국에 외국인 유학생은 105,193명으로서 역대 최초로 10만5천명을 넘었고 그중 중국인이 62,318명으로 전체의 59.2%를 차지한다.

길남: 나는 국내에서 내가 한국 사람인지 중국 사람인지 혼란스러울 때가 있어. 중국에서는 한국 사람이라 생각했는데 여기선 그렇지 않네…

―<차이나블루> 중에서

길남은 한국에서의 차별적 대우를 받고 자신의 정체성에 대한 고민을 하게 된다. 중국조선족으로서 중국에서는 한국 사람이라 생각했는데 한국 와서는 "짱개"라 놀림 받고 타자와 이방인 취급을 받는 것이었다. 도대체 나는 한국 사람인가 중국 사람인가 하는 국가와 민족정체성에 대해 혼란스러워하며 한국에 대해 실망하는 모습으로 비쳐지고 있다. 마사장이 길남에게 하는 말도 한국에서 조선족에 대한 차별적 시선을 잘 대변하고 있다.

마사장: 봐라 한국새끼들이 다 이렇다 말이다. 따지고 보면 다 같은 조상인데 다른 민족보다 더 버러지 보듯이 하잖니. 이런데서 대학 나오믄 뭐 하겠니?

―<차이나블루> 중에서

길남은 한국도 중국도 모두 부정하며 우린 대체 어디에 있느냐고 정체성 혼란을 겪는다. 실제로 중국에서 교육받고 성장한 새 세대 현 조선족대학생들은 조국관, 민족관이 명확히 자리잡고 있어 국가정체성 고민을 별로 하지 않는다. 그러나 영화에서 조선족대학생 길남이 정체성을 고민하고 있고 나아가서 중국과 한국이란 경계에서 중국문화와 한국문화를 동시에 공유하고 있는 젊은 조선족 대학생들이 담당해야 할 중한교류의 매개자 역할이나 희망적 메시지 등은 찾을 길 없어 아쉬움으로 남는다.

다른 조선족 폭력배 위강은 한국에서 회사를 경영하고 있다. 그는 우락부락한 외모에 작고 단단한 체구를 가졌으며 색 바란 가죽점퍼를 입고 있고 말수가 적다. 그는 한국인 폭력배 조직인 윤식과 마찰을 빚는데 일부 조선족들과 손잡고 자신의 영역을 조금씩 빼앗아가는 윤식에게 경고를 남긴다. 그러나 결국 윤식에 의해 죽음을 당한다. 이는 위강이 기존세계의 감각을 깨뜨리는 위협적 존재로 다가오면서 결국 폭력적 공간질서 속에서 배제되는 양상을 보이고 있다.

## 4.2. 담화분석

영화 <차이나블루>는 3인칭관찰자시점이지만 한국인 은혁이 중심으로 이야기를 끌어 나가고 있다. 은혁의 내심세계와 그의 시선으로 보이는 조선족을 간략하게 조명하고 있는데 은혁은 조선족을 혐오하던 데로부터 차차 화해하려는 의지를 보여주고 있다.

길남이나 칭칭, 은혁이가 거주하는 공간은 변방에서 서성거리는 정상적인 남성의 궤도에서 이탈해 있는 최하층의 소외된 한국인들과 외국인, 조선족들이 집거해있는 곳이다. 난잡하고 후진 단층집들과 어지러이 늘려있는 마당과 길목들은 그들의 사회적 신분을 말해주고 있다. 그 속에서도 영역을 넓혀가는 조선족들과 지속적으로 유입되는 중국 이주민들 그리고 이들을 탐탁지 않게 바라보는 한국인의 시선이 패거리싸움, 영역다툼으로 나타나고 있다.

<차이나블루>는 한국인과 조선족 두 집단 간의 차이를 극명하게 제시되기 보다는 극중 장치 정도로 과장된 대립구도로 설정되었으며 조선족의 비중이 약하게 나타나고 재한조선족의 애환을 깊이 있게 담지 못했다는 점에서 아쉬움으로 남는다.

## 5. 나오며: 불평등한, 환영받지 못한

이 글에서는 신자유주의적질서의 재편과정에서 발생하는 조선족의 초국적 이동과 한국사회가 조선족을 바라보는 시선에 초점을 맞추어 오늘날 대표적인 대중매체 중의 하나인 영화를 통해 재현되는 조선족의 담론과 그 이미지를 분석하였다. 그렇게 함으로서 조선족을 보는 한국인의 시선과 한국사회의 문화 공간, 그리고 조선족사회를 짚어보았다.

한국사회에서 조선족 인구의 증가와 함께 영화라는 대중적 매체를 통한 조선족의 재현 시기는 2000년대 이후이다. 낭만적인 멜로영화 <댄서의 순정>(2005)에 이어 불법과 범법의 범죄영화 <황해>(2010), <카운트다운>(2011), <공모자들>(2012), <신세계>(2013), <해무>(2014), <차이나타운>(2015) 등 영화들이 상영되었다. 연구대상으로 대표적성인 춤과 사랑의 성공서사인 긍정적인 이미지로서의 멜로영화 <댄서의 순정>, 폭력과 살인 서사로서의 부정적인 이미지로서의 범죄영화 <황해>, 중국과 한국의 경계에서 갈등하는 딜레마 서사로서의 <차이나블루>를 선정하였다.

연구방법은 채트먼의 서사분석법을 방법론으로 이야기분석과 담화분석을 활용하였다. 이야기분석에는 시퀀스분석, 등장인물분석을, 담화분석에서는 화자와 서술방식, 장소, 의상 등 표현방식을 살펴보았다.

영화 <댄서의 순정>은 재한조선족으로서 일과 사랑의 성공을 이룬 서사를 다룬 유일한 영화이다. 조선족 주인공 채린은 한국에서 열심히 노력하여 일도, 사랑도 이루어낸 유일한 성공모델이다. 그녀는 순수하고 부지런하며, 끈질기고 진취적이다. 한국물정을 몰라 수동적인 면도 있지만 사랑을 쟁취하는 긍정적인 여성이미지이다. 이는 중한교류초창기에 한국인에게 조선족의 이미지가 향수를 불러일으키는 순수하고 순박한 세계로 체현된 것과도 맞물려 있다.

영화 <황해>는 살인청부업자 조선족 구남을 중심으로 조선족의 폭력과 살인의 서사를 다룬 영화이다. 구남은 가족에 대한 애착이 있고 가족해체를 막으려는 남자이면서도 강인한 생명력, 야생성, 잔혹성을 구비한 복합적 인물이다. 조선족폭력배 면가는 도끼로 상징되는 잔인무도한 형상이다. 조선족이 범죄영화의 주인공으로 되고 폄하되는 원인은 국민국가를 걸어온 한국사회와 한국인의 배타적 인식, 자본과 국가의 논리 속에서의 조선족의 무용론 인식, 같은 민족인 조선족의 귀환이 돌이키기 싫은 열등하고 빈곤한 식민지 과거의 기억, 원주민과 이주민 사이에서의 경계의 포용성의 취약성을 말해주고 있다. 그리고 재한조선족사회에서도 문제점을 찾아봐야 한다.

영화 <차이나블루>에서는 중국과 한국의 경계에서 갈등하는 재한조선족 유학생 길남의 형상을 다루었다. 길남은 한국 사회와 대학에서 이방인의 시선과 차별적 대우를 받고 조선족의 정체성에 대해 고민하고 혼란스러워하는 상상을 보인다. 영화는 한국인과 조선족 두 집단 간의 차이를 극중 장치 정도로 과장된 대립구도로 설정되어 있고 조선족의 비중이 약하게 나타나고 재한조선족의 애환을 깊이 있게 담지 못했다는 점이 아쉬움으로 남는다.

이상 세 편의 영화를 한국사회의 조선족 인식 양상과 관련지어 볼 수 있다. 중한교류 초창기에 한국인이 조선족에 대한 이미지는 향수를 불러일으키는 순수하고 순박한 환상적 요소가 깃든 긍정적 이미지로서 2005년 한국영화 <댄스의 순정>에 유일하게 재현되었다. 2010년대에 들어서면서 조선족에 대한 부정적인 이미지들이 확산되면서 2010년 <황해>를 비롯한 <공모자들>, <신세계>, <악녀>, <청년경찰>, <범죄도시> 등 한국영화에서 조선족들은 범법과 불법의 기호가 되었거나 심지어 조롱당하는 이미지가 되었다. 그리고 2012년 경계인으로서 갈등하는 조선족의 이미지는 <차이나블루>에서 유일하게 재현되었다.

한국인의 시각과 언론매체에 비쳐진 조선족의 이미지는 대체로 부정적이다. 조선족은 한국 사회에서 특수하고도 불평등한 존재이다. 조선족을 한국 사회의 일원으로, 편견과 차별이 없는 평등한 존재로 보기 위해서는 한국정부와 언론의 포용정책은 물론이거니와 이미 형성된 한국인들의 인식 전환을 위한 사소하고도 진실된 행동들이 필요하다. 인식이 행동을 낳고 행동이 업적을 낳는다고 한국인과 조선족이 상생하고 공생하는 '윈-윈' 사회를 위해서는 양자의 노력이 모두 필요하다.

영화 포스터들

# 10장

# 재한조선족 시문학에 나타난
# 조선족 정체성과 디아스포라 정치학

### ―『동포문학』의 시작품을 중심으로

 

재한조선족이란 한국에 체류 중인 조선족을 칭한다. 한국에 살고 있는 중국조선족은 625,039명[1]으로 전체 외국인의 30.7%를 차지한다. 조선족의 첫 한국유입은 중국정부의 개혁개방을 추진하기 시작한 1970년대 말인데 그 당시는 친척방문을 위해 홍콩을 통해 한국에 입국한 극소수의 사람들뿐이었다. 1980년대 중반에 들어서서 중국조선족 사회는 '모국방문열'이 일기 시작하여 '친척방문'이란 이름으로 입국이 이루어졌다. 중국조선족의 본격적인 한국 이주가 20여 년이 넘는 현재, 재한조선족사회는 재한조선족중앙연합회를 중심으로 산하에 재한동포문인협회, 재한동포교사협회, 재한동포여성협회 등 여러 협회와 단체들이 활발히 움직이고 있다.

본고에서는 재한동포문인협회에서 펴낸 문학지『동포문학』(1-5)을 연구대상으로 선정하였다. 재한동포문인협회를 중심으로 재한조선족문단이 이루어졌다. 재한동포문인협회는 중국동포 소설가 이동렬[2]을 선두로 문학을 사

---

1    2017년 3월말 기준으로 작성한 출입국외국인정책본부 이민정보과 통계월보 자료에 의하면 외국인은 2,031,677명이고 중국인은 986,804명인데 한국계 중국인(조선족)은 625,039명이다.

랑하고 문학 활동을 이어오고 있는 재한조선족문인들이 2012년 8월 19일 서울 구로구에서 창립한 문학단체이다. 협회의 취지는 재한조선족의 문단이 한국 문단에 등단하고 세계문단으로 나갈 수 있는 토대를 마련하며 유능한 조선족작가의 배출과 육성이다.

협회 문학지『동포문학』은 2013년 5월에 창간호를 발행하여 2017년 4월까지 총 5호를 발행하였다. 제1회는『동포문학』으로 제목을 달았다가 제2회부터는 동포문학에 부제를 달았다. 2014년 6월에 발행된 제2호의 부제는『집 떠난 사람들』이고, 2015년 5월에 발행된 제3호는『뿌리는 바다로 흐르다』이며, 2016년 6월에 발행된 제4호의 부제는『천년의 고백』이다. 2017년 4월에 발행된 제5호는 베스트셀러 고량주 설원의 후원을 받아 공모된 작품들을『설원문학상 공모작품집』으로 펴냈다.

작품집들은 디아스포라에 착안하여 제목을 달았다. '동포문학'에서의 '동포'는 한국에서의 동포, 한국에서의 조선족, 한국과의 유대 등을 말하고 있다. 제2호『집 떠난 사람들』은 말 그대로 한국에 이주한 동포들은 고향을 떠난 사람들이다. 집을 떠났기에 그들의 의식에는 항상 안주와 회귀의 방황과 갈등이 있으며, 마음속에는 풀지 못할 한과 그리움이 응결되어 있다. '집 떠난 사람들'은 고향에 안주하고 있는 사람들이 느낄 수 없는 세계에서 치열한 삶을 살아간다. 이는 디아스포라의 삶을 문학에 담아내는 작업이고, 또한 이것이 동포문인협회가 구축하려는 문학의 영역이기도 하다. 제3호『뿌리 바다로 흐르다』도 위와 비슷한 함의가 내재되었다. 자연의 뿌리는 움직일

---

2  이동렬(1957- ), 중국조선족 소설가, 현 동북아신문 대표, 도서출판 바닷바람 발행인, 재한 동포문인협회 회장, 중단편소설 50여 편 발표, 장편소설『고요한 도시』,『낙화유수』등 2부 출판, 중단편소설집『토양대』,『눈꽃서정』등 출판; 연변작가협회문학상, 연변조선족 자치주문학상(『고요한 도시』), 연변문학 문학상, 천지문학상, 도라지문학상, 연변일보 해란 강문학상, 흑룡강신문 단편소설대상, 한민족글마당 소설대상, 재외동포문학상 소설부문 우수상, 장편소설『낙화유수』2006년 신춘문예에 당선, 연재, 출판.

수 없지만 인간의 생각과 정체성의 뿌리는 움직인다. 삶의 환경과 민족의식에 깊이를 두고 있는 그런 뿌리들은 늘 표류하며 세계화와 글로벌화와 함께 세상이란 바다로 흐른다. 흔들리고 갈등하는 과정에서 의식의 정수들은 더 글로벌한 뿌리가 된다. 디아스포라문학의 뿌리는 역시 '바다'와 화합을 통해 출구를 찾아내는 길이다. 제4호 『천년의 고백』은 재한동포문인협회가 추구하는 디아스포라 글로벌 문학의 지향과 문제의식을 충분히 보여주고 있다.

창간호에서 5호까지 출간된 『동포문학』에서 제4호는 시문학특집이며 1-3, 5호는 시, 수필, 소설 대담, 탐방기, 평론 등 다양한 장르를 아우르고 있는데 그중 시가 차지하는 비중이 크고 질이 높다.

본고는 재중한국동포의 『동포문학』에 발표된 시작품을 중심으로 재한조선족문단의 창작작품에 나타난 조선족 정체성과 디아스포라 정치학에 대해 주목하고자 한다. 조선족 정체성과 관련된 연구들로는 오상순, 박경주, 김관웅, 강진구, 한홍화, 차성연 등 논문[3]이 있다. 이 논문들은 중국의 조선족문학이나 조선족작가의 어느 작품에 착안하여 정체성에 대해 논의를 전개하였는바 재한조선족의 정체성에 대한 논의는 찾기 어렵다. 재한조선족은 일제강점기 조선반도에서 동북으로의 이주, 그리고 동북에서 다시 한국으로의 귀환이라는 점이 중국에 거주하는 조선족과 차이가 있다.

본고는 『동포문학』에서의 시작품을 중심으로 재한조선족들의 시에 나타

---

3   오상순, 『조선족정체성의 문학적 형상화』, 태학사, 2013; 오상순, 「이중정체성과 문학적 형상화-조선족문학의 어제, 오늘 내일」, 『한국현대문학연구』, 2006; 박경주, 「1990년대 이후 조선족문학작품에 나타난 이중정체성의 모순 고찰」, 『문학치료연구』, 2011; 김관웅, 「조선족문학에서 정체성의 통사적 고찰」, 세계한상문화연구재단국제학술대회 논문집, 2011; 강진구, 「한국체험이 가져다준 조선족 정체성의 영향-허련순의 「풍화」를 중심으로」, 『다문화정보연구』, 2009; 한홍화, 「허련순 소설 「무궁화」를 통해 본 중국조선족 민족정체성의 변화양식-주인공의 개인의식의 변화과정을 중심으로」, 『한민족연구』, 2010; 차성연, 「개혁개방 이후 조선족 소설에서의 농민정체성 연구」, 『한국현대소설연구』, 2012.

나는 정체성을 밝힘에 개인정체성과 집단적정체성을 결합하고 공간-시간-사람 3요소를 적용하여 모국인 한국정체성과 한민족 정서, 조국인 중국정체성과 한국사회의 차별시선, 경계인으로서의 정체성, 세계인으로서의 정체성과 재영토화 네 부분으로 나누어 살펴보고자 한다. 또한 세대에 따라 변하는 조선족의 정체성에 주목함으로써 이런 영향을 미치게 한 한국사회와 조선족 사회의 문화를 디아스포라 정치학의 각도에서 해석해보고자 한다.

## 1. 모국인 한국정체성과 한민족 정서

19세기 말엽에 조선인들은 생계를 위해 조선반도에서 동북으로 이주하였고 일제식민지시대에 위만주국 이민정책에 의해서 대폭적인 이민이 이루어졌다. 그러다가 해방 후 220만의 이민 중 절반에 가까운 조선인이 조선반도로 귀국하였고 나머지는 동북을 터전으로 잡아 생활하다가 중국해방 이후 중국소수민족정책에 의하여 중국조선족이 되었다. 비록 중국소수민족의 조선족이 되었지만 이민 1세나 1.5세에게 조선반도는 모국이자 조국이고 고향이 있는 곳이었다. 이는 김기덕의 시 「아버지의 한」과 「고향」에서 나타나고 있다.

시 「아버지의 한」에서는 이주 1세대인 아버지가 고향이자 고국인 조선에 돌아가지 못한 한을 이야기하고 있다.

아버진 언제든지 살아만 있다면/고향 영일만에 꼭 돌아가마 하고/짚신 신고 차디찬 설국을 헤쳐 만주 땅에 왔었다/떠나와서 단 한 번도 돌아 가보지 못한/아버지의 애절한 귀성 갈망, 언제부터인가/먼먼 타관 땅 허공에 걸어둔 북극성이 되어/그때 그 시절을 가슴 깊은 피 방울로 맺게 하고/온 밤 동쪽 하늘을 반짝이

게 하였다/ 영일만 바다의 정이 얼마나 그리웠으면/오매불망 그토록 귀향을 원하시었을까/······우리는 왜서 정든 고향을 멀리 두고/구름처럼 바람에 쫓겨 차디찬 북방에 표박하며/사시나무처럼 온 몸 시리게 떨어야 했냐고

    —김기덕, 「아버지의 한」 일부, 『동포문학 3호 뿌리 바다로 흐른다』, 2015.5

경상북도 동해안에 있는 영일만은 아버지가 태어나고 자란 정든 고향이다. 짚신 신고 차디찬 만주에 온 아버지의 소원은 귀향하는 것이다. 그 간절한 소망은 '가슴 깊은 핏방울'이 되고 '허공에 걸어둔 북극성'이 되었다. 고향의 바다의 정이 그리운 아버지는 결국 고향 가는 길이 막혀 꿈을 실현하지 못하고 이름 없는 야산에 무덤으로 남는다. 아버지의 미귀향은 일제식민지와 남북 분단, 이데올로기에 의한 개인사적인 비극일 뿐만 아니라 민족사의 비극이기도 하다. 아버지에게 조선반도가 고향이자 모국이라면 이주지인 "위만주국"은 정이 가지 않는 '먼먼 타관땅', '차디찬 북방'이다.

거주기간은 거주국의 사회문화에 대한 요해와 친숙도와 비례되어 개인의 생활기회와 가치정향에 미치는 영향이 크다. 이민 1세는 언어장애와 문화적 차이로 인해 거주국에서 민족공동체에 의존하고 참여하는 경향이 높다. 이들에게 민족정체성은 주어진 것으로 거주기간이 길어진다고 해서 크게 약해지지 않는다.[4] 아래 조선족 이민 2, 3세의 시에서 한국에 대한 한민족의 끈끈한 정을 살펴보자.

골목골목 즐비하게 늘어선 한글 간판 거리에서는/ 팔십 년 전 조상의 흰 그림자들이 얼른거린다/······ 지나가는 행인을 붙잡고 누구의 핏줄이라 주어

---

4    윤인진, 『코리안 디아스포라 재외한인의 이주, 적응, 정체성』, 고려대학교 출판부, 2004, 43쪽.

댈 수도 있겠지만/ 우리는 분명 말하지 않아도 서로의 익숙한 냄새를 알아차릴
수 있다.

　　　-전하연, 「낯선 둥지」 일부, 『동포문학 2호 집 떠난 사람들』, 2014.6

　전하연의 「낯선 둥지」에서는 한국은 '내 혼이 살아 숨 쉬고 있는' 고국이
고 한 핏줄임을 말하고 있다. 박수산은 「못」에서 중국어는 '남의 나라말'이
고 중국에서 '좋은 자리'를 위해 어쩔 수 없이 환경에 맞춰 살아가야 하는
조선족의 운명적인 삶을 못에 비유하여 그리고 있다. 그 외에도 한민족 정서
를 표현한 남영전의 「조상의 무덤」, 박장길의 「아리랑」, 김영능의 「두만강
압록강」 등이 있다.

　재한조선족의 시에 나타난 조선반도는 조상의 숨결이 살아 숨 쉬는 모국
이자 자신이 태어난 고향이고, 언어와 문자가 통하고 민족적정서가 닿아있
는 동경과 환상의 대상이기도 한데 이는 주로 이민 1세에게 전형적으로 나타
났다.

## 2. 조국인 중국정체성과 한국사회의 차별 시선

　중국조선족은 중한수교 이후 한국과의 거래가 빈번해지면서 '나는 누구인
가?' '우리는 누구인가?'라는 정체성 고민을 하게 된다. 2004년 한국정부에
서 시행된 방문취업제 도입으로 중국조선족의 한국방문길은 대거 완화되었
다. 62만 재한중국동포 중 방문취업자 수는 절반을 넘는다. 그들은 조선족에
대한 한국 사회의 차별시선을 느끼게 되면서 자신의 정체성에 대해 더욱
확고한 인식을 갖게 되었다. 즉 조국은 중국이고 중국 소수민족의 일원인
중국조선족이라는 것이다.

노무자의 노동현장이나 일상적인 삶을 시적화한 작품으로 김택의 「땀비」, 「그해 겨울은 추웠다」, 「한 노무자의 죽음」, 「금속과 금속이 부딪치는 소리」, 「사상(仕上)」, 「보이지 않는 나무」, 박수산의 「저녁이 좋다」 등이 있다. 시는 주로 삶의 고단함과 그리움 그리고 희망을 표현하고 있다.

김택의 「땀비」는 여름날 뙤약볕 아래 3D 노동현장에서 '땀비'를 흘리며 열심히 일하는 재한조선족의 모습을 리얼하게 보여주었다. 반면에 「그해 겨울 추웠다」는 '찬 바다 바람'과 '그해 겨울'이란 상징적인 단어로 한국에서 춥고 힘든 재한조선족의 고달픈 삶을 표현하였다. 이문호의 시 「고독을 굽다」에서는 타향, 타국에서의 고독감을 낭만정서로 노래하고 있다. 고기를 굽듯이 혼자 구워야 제 맛이니 깊은 야밤에 고독을 굽는다. 그 고독은 일상의 영양소로 응결된 고독이고 타자만이 향수할 수 있는 맛이다.

중국동포들이 사는 풍경을 그린 이문호의 「가리봉시장 일경」은 중국동포 노동자들의 고단한 삶과 그리움, 희망 등을 더욱 세부적으로 스케치하고 있다.

무거운 몸을 지탱한 무거운 발걸음들이다/ 어둑한 저녁, 네온등 불빛에 눈부시게 감긴/ 만두김, 어물전 비린내, 왕족발 구수한 향이/ 허기진 콧구멍으로 밀물처럼 파도쳐 들어온다// 하루 땀 값이다, 핏값이다, 돈을 쪼개/ 동태 한 마리, 무 한 개, 소주 한 병 산다/ 먹고 남은 것은 꿈이다, 웃음이다, 보람이다/ 차곡차곡 모으고 쌓는 것은 희망을 쌓는 것이다// 좁은 골목 쪽방에서 찌개 끓인다, 콤콤히 애락맛 나는/ 보골보골 군침이 서려오는 그리움/ 부모님의 허연 백발이 타래쳐 오르고…

―이문호, 「가리봉시장 일경」 부분,

『동포문학 3호 뿌리 바다로 흐른다』, 2015.5

한국에서 하루하루 부대끼는 고달픈 노동과 열악한 환경 속에서의 거주는 중국동포들의 몸을 힘들게 한다. 그나마 중국동포들이 모여 사는 집거지중의 하나인 가리봉에서 회포를 풀고 그리움을 달랜다. 그들은 중국에 있는 가족과 친지들에 대한 그리움과 앞날에 대한 장밋빛 희망이 있기에 일의 보람과 가치를 느끼고 하루하루 견디며 생활을 이어나간다.

윤하섭의 시 「중국식품 가게」도 같은 맥락에서 읽힌다.

건축 현장에서 지친 삭신이/ 미치도록 고향이 그리워 울 때/ 이름도 성도 H2인 나는/ 중국 식품 가게로 달려간다//그곳엔/ 여자의 행복을 땅에 다 묻고/ 바보처럼 나만 섬겨 온/ 땅콩같이 고소한 아내의 맛이 있다//그곳엔/ 이 못난 아들을 위해/ 평생의 고생을 안으로 곰삭혀 온/ 썩두부 같이 진한 부모님의 향이 있다/ 잠깐 실의에 내가 휘청거릴 때/ 어깨를 툭 치며 등 밀어주던/ 빼갈처럼 녹한 친구늘의 우정이 있다/ 정녕 그곳에 가면/ 해바라기씨 같은 까만 눈으로/ 해바라기 꽃이 되어 나만 쳐다보는/ 십년묵은 아들딸의 기다림이 있다/ 고달픈 코리안드림에 몸과 맘의 배터리가 바닥나면/ 나는 중국식품의 품으로 달려가/ 희망과 인내와 오기를 재충전한다.

―윤하섭, 「중국식품 가게」, 『동포문학 1호』, 2013.6

방문취업제 H2 비자로 한국의 건축현장에서 '삭신이 지치'도록 일을 하는 나에게 중국식품 가게는 유일한 희망과 인내이다. 중국식품가게에 가면 중국의 땅콩, 취두부,[5] 빼갈, 해바라기씨들을 만날 수 있는데 이 맛과 향은 중국에 있는 아내, 부모님, 친구, 아들딸들과의 만남이고 향연이다. 그리하여

---

5  취두부(臭豆腐): 본문에서는 썩두부로 했지만 실제로 취두부이다. 두부를 소금에 절여 발효시킨 후에 다시 독 속에 넣고 석회로 봉해 만든 고약한 냄새가 나는 식품이다.

중국식품가게는 '나'에게 한국의 고달픈 코리안드림이 바닥나면 재충전시켜주는 활력소이다.

한국사회에서의 고달픈 현장의 삶뿐만 아니라 범죄자라는 차별시선은 조선족으로 하여금 더욱 중국 국적의 소수민족이라는 정체성을 확고 시킨다. 박동찬의 시 「대림, 그리고 조선족-박춘봉 살인사건 그 후」는 '한국의 작은 중국'이라 할 수 있는 대림역 12번 출구를 중심으로 한국인의 재한조선족에 대한 차별적 시선과 편견으로 재한조선족은 '불쌍한, 불안한, 그리고 불편한 사람'이 되었으며 한국 땅은 '낯선 땅'이 될 수밖에 없음을 이야기하고 있다. 박춘봉 살인사건뿐만 아니라 오원춘 살인사건 등 중국동포의 범죄사건은 한국의 언론매체에 대서특필되면서 2010년대 들어서서 중국동포는 한국인에게 폭력과 범죄를 서슴지 않는 괴물과 같은 두렵고 무서운 존재, 혐오의 대상으로 전락되었다. 특히 「황해」를 비롯한 한국영화에서는 중국동포의 범죄현상을 더욱 심각하게 재현하고 있다.

실제 통계조사에 따르면 한국에서 중국동포의 범죄율은 한국인 내지는 외국인에 비해 월등히 낮은 편이다. 중국동포가 혐오의 대상으로 지목되어 극대화되는 이유는 여러 가지[6]로 찾아볼 수 있다. 이는 조선족사회에서도 문제점을 찾아보아야 한다.

---

6  첫째는 남북이 분단되면서 국민국가를 걸어온 한국이 "한국=한국인=한민족"이라는 인식 하에 산생된 중국동포에 대한 배타적인식이고, 둘째는 중국동포의 귀환을 바라보면서 떠올리기 싫은 빈곤한 식민지기억의 회상이며, 셋째는 가난한 나라에서 왔기에 별로 도움이 안 된다는 무용론과 비하인식, 넷째는 미국의 언론매체를 본받아 자극적인 보도로 시청률을 높이려는 한국의 언론매체제도 등과 관련이 있다.

## 3. 중국과 한국 사이에서 경계인으로서의 조선족 정체성

중국조선족은 19세기 중엽에 조선반도에서 두만강과 압록강을 건너 중국에 이주한 한민족의 후예로서 인종적으로 한국인과 뿌리가 같지만 중국국적을 가지고 있다. 조선족의 문화는 한국문화와 중국문화가 공존하면서도 두 문화가 융합되어 만들어진 혼종 문화, 경계인의 문화라 할 수 있다.

경계인으로서 중국동포 정체성은 배정순의 「동포」, 박동찬의 「슬픈 족속」, 박수산의 「못」, 송미자의 「여행자」, 강효삼의 「두 사람사이에서」 등 시에서 나타나고 있다.

배정순은 「동포」에서 "한 부모 형제건만 어쩐지 서먹하다/ 고국이 타국인 듯 입양아 돌아온 듯/ 이름도 제대로 없다 서글프다 나그네"라면서 한국에서의 외롭고 소외된 마음을 이야기하고 있다. 박동찬은 「슬픈 족속」에서 "슬픈 일이 있다/ 소국을 능신 재 오랑캐녕을 넘어산/ 일이냐/ 더 슬픈 일이 있나/ 돌아가고 싶으나 그러지 못했던 조국을 가진/ 일이다/가장 슬픈 일이 있다/ 여기에 섰으나 내 조국이라 할 수 없는/ 일이다"라면서 중국동포의 조국이 조선반도로부터 중국으로 바뀌어, 같은 핏줄이지만 이제는 종족으로만 구별되는 조선족의 신분을 이야기하고 있다.

중국동포에게 한국과 중국은 본갓집과 시집 같은 존재이다. 강효삼의 시 「두 사람사이에서」는 이러한 이중적성격의 중국동포의 정체성과 가져야 할 자세를 이야기하고 있다.

나는 지금 두 사람사이에 서있다/ 한 뿌리에 기생했지만/ 오랜 세월 헤어져 있으면서/ 그리움에 한껏 젖어있던 그 사람과/ 낯선 땅 인연은 힘들고 고되어서도/ 기나긴 날 함께한 정분 때문에 뿌리는 달라도/ 지금은 서로가 서로를 닮아가는 사람// 어쩔 수 없이 선택한 운명 때문에/ 나에겐 두 사람 모두 저버릴 수 없지만/ 쪽을 놓듯 어제는 단 한 사람만을 사랑하고/ 다른 한 사람은 덮어놓고 미워해야 했지만/ 지금은 모두를 사랑할 수 있다.

—강효삼, 「두 사람사이에서」 전문,
『동포문학 3호 뿌리 바다로 흐른다』, 2015.5

시에서 두 사람은 한국과 중국을 가리킨다. 한국인과 중국동포는 한민족이고 한 뿌리이고 한 핏줄이지만 이데올로기로 오랜 세월 헤어져 있게 되었다. 비록 낯선 땅인 중국이지만 기나긴 날 함께 한 정분으로 서로를 닮아가게 되었다. 모국인 한국과, 조국인 중국은 중국동포에게 저버릴 수 없는 두 사람이다. 세계글로벌화와 함께 다가온 중국의 개혁개방정책과 중한 수교는 중국동포로 하여금 두 나라를 자유롭게 오고가게 하였다. 이중성격의 운명을 지닌 중국동포는 어느 한 쪽을 편애할 수도 없고 조국인 중국과 모국인 한국, 그리고 양호한 중한관계는 중국동포의 바램이기도 하다.


## 4. 세계인으로서의 조선족 정체성과 재영토화

20세기 말부터 시작된 국가 간 경계를 넘어선 인구이동의 확대라는 전 세계적 흐름과 신자유주의적 질서의 재편 과정에서 중국동포의 초국가적 이동이 시작되었다. 192만의 중국동포는 글로벌화와 함께 한국, 일본, 미국으로 이주를 시작하였다. 세계적 글로벌화의 행렬에 서서 세계의 문을 여는 조선족들은 세계적 흐름과 질서에 따라 세계를 향한 초국적 이동을 선택한다. 홍군식의 「뉴욕일지」, 「도시진출」, 「해외진출」, 「이민」, 박정화의 「뉴욕」 등은 초국적 이동과 거기에서의 삶을 반영한 시들이다.

시에 나타난 남서울은 "진분홍 지폐 주렁주렁 걸려 있"고 도쿄는 "한 시절

만났다고 화들짝 피어나며" 뉴욕은 "허벌나게 힘든 곳이고/ 또 뉴욕은 좆나게 멋진 곳"이기도 하며 또한 "미지의 땅"이기도 하다. 홍군식은 「뉴욕일지」에서 "미국의 뉴욕에서 중화인민공화국 영안시 동경성까지도 가까운 거리가 아닌데 천당보다 지옥이 더 쉽네요"라며 오늘날의 글로벌화와 함께 용이해진 초국적 이동을 말하고 있다. 세계가 하나의 지구촌이 되어 '일일생활권'이란 글로벌화가 이루어지고 있는 오늘날, 외국에서 일상적인 삶을 살아가면서 세계적 안목을 키우고 글로벌화 인식을 가진 조선족 젊은이들을 심심찮게 볼 수 있다.

그러나 세계적 글로벌화와 함께 조선족사회에 불어 닥친 도시진출, 해외진출에 따라 동북3성에 자리 잡던 조선족공동체는 인구가 감소하고 학교가 사라지고 가족이 깨어지고 해체되는 위기에 놓이게 되었다. 홍군식의 「21세기 조선족 현상」의 계열시 「폐교」, 「노총각」, 「생과부와 홀아비」, 허창렬의 「하늘은 알고 있을까」 등에서는 이러한 현상들을 지적하고 있다.

홍군식의 「폐교」는 '소리 굳어버린 종', '깨진 창문', '졸던 들 쥐 몇 마리' 등 이미지화로 텅 빈 학교의 스산한 모습과 예전에 학교에서 존재했던 '애들의 해맑은 미소', 「안녕하세요」라는 동화처럼 다정한 선생님의 말씀, 꿈나무들의 발자국에 대한 그리움을 대조적으로 표현하였다. 허창렬은 「하늘은 알고 있을까」에서 조선족공동체 해체 위기와 함께 타락해가는 조선족의 도덕성을 그리고 있다. 시에서는 "철이는 그리움에 눈이 잔뜩 멀어져가고 있는 것을/ 하늘은 진정 알고 있을까?"라고 반문하면서 무너지는 조선족공동체의 실상과 외로운 아이로 남은 조선족자녀들의 가족 사랑의 부재, 자녀교육문제 등을 이야기하고 있다.

끊임없는 디아스포라로 이어지는 중국동포의 한국 귀환, 역이주와 더불어 한국에는 차이나타운이 형성되었다. 이러한 현상을 '재영토화'라 하는데 중국동포의 재영토화 모습은 박동찬의 「대림, 그리고 朝鮮族」에서 '한국 속의 작은 중국', 이문호의 「가리봉시장 일가」에서의 중국음식인 '만두김', '어물 전 비린내', '왕족발 구수한 향'으로 가득 찬 한국의 가리봉시장 등으로 나타 나고 있다. 아쉬운 점이라면 재영토화는 중국동포만이 모여 사는 모습으로 한국인과의 화합은 찾아보기 어려웠다.

한국에서 조선족은 중국과 한국이라는 영토적 경계뿐만 아니라 한민족이 라는 혈연의 지정학, 냉전의 이데올로기 등 원인으로 유동적이고 복잡한 층위를 갖고 있다. 아쉬운 점이라면 재한동포문인의 시에 한국인과의 교류 가 없고 화합이 없다는 점이다. 경계인으로서의 중국동포는 중국과 한국과 그리고 거주지에서 원주민과 상생공생해야 하는 상황에 놓여 있다. 이후 한국인과의 화합되고 평화로운 이러한 작품이 속출되기를 기대해본다. 이는 민간단체와 정부차원에서의 서로를 이해하기 위한 문화 교류의 필요성이 제기된다.

부록

# 중한수교 30년, 한국소설에 나타난 중국 관련 자료

강석경, 「300마일」(2002), 윤후명 외 『나비의 전설 외』, 이수, 2002.

공선옥, 「가리봉연가」, 『유랑가족』, 실천문학사, 2005.

공선옥, 「겨울의 정취」, 『유랑가족』, 실천문학사, 2005.

공선옥, 「상하이에 두고 온 사람들」, 『우리 시대 좋은 소설』, 해성, 2014.

공선옥, 「일가」, 『나는 죽지 않겠다』, 창비, 2009.

김노, 『중국여자, 한국남자』, 신세림 출판사, 2016.

김애란, 「그곳에 밤 여기에 노래」, 『비행운』, 문학과 지성사, 2012.

김애란, 「벌레들」, 『비행운』, 문학과 지성사, 2012.

김연수, 「나는 유령작가입니다」, 『나는 유령작가입니다』, 창비, 2005.

김연수, 「뿌넝쉬」, 『나는 유령작가입니다』, 창비, 2005.

김연수, 「이등박문을, 쏘지 못하다」, 『나는 유령작가입니다』, 창비, 2005.

김연수, 『밤은 노래한다』, 문학과 지성사, 2008.

김인숙 외, 『바다와 나비』(이상문학상수상작품집), 문학사상사, 2003.

김인숙, 「감옥의 뜰」, 『그 여자의 자서전』, 창비, 2005.

김인숙, 「바다와 나비」, 『그 여자의 자서전』, 창비, 2005.

김재영, 「코끼리」, 『사상계』 2004년 가을호.

김재영, 「코끼리」, 『코끼리』, 실천문학사, 2005.

민정아, 「죽은 개의 식사시간」, 『젊은 소설』, 문학나무, 2014.

박범신, 『나마스테』, 한겨레신문사, 2005.

박범신, 『소소한 풍경』, 자음과 모음, 2014.

박찬순, 「가리봉 양꼬치」, 『발해풍의 정원』, 문학과 지성사, 2009.

박찬순, 「지하삼림을 가다」, 『발해풍의 정원』, 문학과 지성사, 2009.

소중애, 『연변에서 온 이모』, 웅진출판, 1994.

신경숙, 『외딴방』, 문학동네, 1995.

윤대녕, 「피아노와 백합의 사막」, 『1995 이상문학상 수상작품집』, 문학사상사, 1995.

윤대녕, 『남쪽 계산을 보라』, 세계사, 1995.

윤후명, 「누란의 사랑」, 『1995 이상문학상 수상작품집』, 문학사상사, 1995.

윤후명, 「외뿔의 짐승」 1, 2, 3 연작, 『가장 멀리 있는 나』, 문학과지성사, 2001.

윤후명, 『하얀 배』(1995 이상문학상 수상작품집), 문학사상사, 1995.

은희경, 「중국식 롤렛」, 『중국식 롤렛』, 창비, 2017.

이응준, 「아마 늦은 여름이었을거야」, 『문학동네』, 2003.

이현수, 「난징의 아침」, 『장미나무 식기장』, 문학동네, 2009.

조건상, 「중공에서 온 손님」, 『이웃사람』, 성균관대학교출판부, 1998(1988).

조정래, 『정글만리』(1, 2, 3), 해냄, 2013.

천운영, 『잘 가라, 서커스』, 문학동네, 2005.

한수영, 「그녀의 나무 핑궈리」, 『그녀의 나무 핑궈리』, 민음사, 2006.

홍양순, 「동거인」, 『발리에서 만난 프시케』, 황금두뇌, 2004.

황석영, 『바리데기』, 창비, 2007.

## 1부 중한수교와 중한교류 그리고 조선족의 궤적

김병운, 「중국에서의 대학교 한국어 교육과정 현황과 개선연구」, 『한국학연구』 제15호, 2006, 45-46쪽.

김원석, 「중국조선족의 변입 기점에 대하여」, 『한국사학』 제15호, 한국정신문화연구원, 1995.

리해연, 「중국공산당의 국가통합과 내셔날리즘－연변조선족자치주의 장소」, 『중국연구월보』 제696호, 2006.

배종윤, 「1980년대 한국 북방정책의 촉발요인으로서의 정치경제적 측면에 대한 연구」, 『21세기정치학회보』 24권 2호, 2014, 95쪽.

송현호, 「한중인문학 30년의 회고와 전망」, 『한중인문학연구』 제70호, 2021, 10-11쪽.

신현준 엮음, 『귀환 혹은 순환』, 그린비, 2013.

沈圖, 『沈圖回憶錄』, 百花文藝出版社, 1993, 200쪽.

우영란, 『중한·중조조관계사』, 흑룡강조선민족출판사, 2005, 184-185쪽.

윤인진, 『코리안 디아스포라』, 고려대출판부, 2004.

이희옥, 「한중수교 교섭 과정 연구」, 『동북아 평화를 위한 한중관계의 모색』, 동북아역사재단, 2020, 95쪽.

전월매, 「'민족협화'의 허상과 백석의 만주행」, 『재중조선인 시에 나타난 만주인식』, 역락, 2014.

中国科教评价网 http://www.nseac.com/eva/CUSE.php?DDLyear=2022&DDLThird=%E6%9C%9D%E9%B2%9C%E8%AF%AD

최일, 「조선인에서 조선족으로」, 지행자, 2016.10.21.

한중관계 발전 지표, 주중대한민국대사관, https://overseas.mofa.go.kr/cn-ko/wpge/m_1222/contents.do

<중국통계년감 2021>

## 2부 중한수교 이후 한국현대소설에 나타난 중국인 이미지

## 1장 한국현대소설에 나타난 중국 한족 이미지

### 1. 기본자료

강석경, 「500마일」, 윤후명 외, 『나비의 전설 외』, 이수, 2002.

박찬순, 「지하삼림을 가다」, 『발해풍의 정원』, 문학과 지성사, 2009.

박찬순, 「발해풍의 정원」, 『발해풍의 정원』, 문학과 지성사, 2009.

조정래, 『정글만리』(1, 2, 3), 해냄, 2013.

### 2. 논문 및 단행본

김성욱, 「한국근대소설에 나타난 '타자 이미지' 연구: 중국인 '형상'을 중심으로」, 한양대학
　　교 박사학위논문, 2009.

김성욱, 「1920년대 한국소설에 나타난 중국인 '형상' 연구: 소설의 공간 차이에 따른 양상을
　　중심으로」, 『한국언어문화』 제34집, 한국언어문화학회, 2007.12, 111-137쪽.

김성욱, 「시차적 관점에서 바라본 근대소설의 중국 인식: 만주사변 직전 중국인을 형상화한
　　소설을 중심으로」, 『한국언어문화』 제35집, 한국언어문화학회, 2008.4, 5-32쪽.

김창호, 「동아시아 '타자' 형상 비교연구－만보산 사건을 수용한 중한일 소설을 중심으로」,
　　『중국현대문학』 제31호, 한국중국현대문학학회, 2004.12, 379-403쪽.

宋靜, 「일제강점기 한국소설에 나타난 중국인 이미지 연구: 간도배경소설을 중심으로」, 제주
　　대학교석사학위논문, 2014.

위엔잉이, 「가해자에서 같은 배를 탄 동시대인으로: 한국문학에 나타난 중국인 이미지 변주」,
　　『대산문화』 21호, 대산문화재단, 2006.9, 37-40쪽.

유인순, 「근대 한국소설에 투영된 中國·中國人」, 『中韓人文科學硏究』 제8집, 中韓人文科學硏
　　究會, 2002, 169-194쪽.

유인순, 「한국 장편소설에 투영된 중국·중국인1: 『북간도』·『관부연락선』을 중심으로」, 『한
　　중인문학연구』 제13집, 한중인문학회, 2004.12, 333-358쪽.

유인순, 「현대 한국소설에 투영된 중국·중국인」, 『한중인문학연구』 제12집, 한중인문학회,
　　2004.6, 22-47쪽.

전월매, 「타자시각에서 본 한국현대소설 속의 조선족 이미지」, 『겨레어문학』 제54집, 겨레어

문학회, 2015.6, 151-172쪽.

한승옥, 「1930년대 이광수 소설에 나타난 간도의 의미」, 『현대소설연구』 제23호, 한국현대
　　소설학회, 2004.9, 47-68쪽.

崔一, ≪韩国现代文学中的中国形象研究≫, 延边大学博士论文, 2002年 6月.

陳惇 等 主編, ≪比較文學≫, 高等教育出版社, 1997年。

苑英奕, ≪韩国现代文学中中国人形象的变迁小考≫ ≪东北亚外语研究≫, 2013年 9月.

朴玲一, ≪韩国当代文学中的中国形象研究≫, 中央民族大学博士论文, 2018年 5月.

孟華 主編, ≪比較文學形象學≫, 北京大學出版社, 2001年。

郑功成, 黄黎若莲, ≪中国农民工问题与社会保护≫, 人民出版社, 2007年。

3. 인터넷

기사, 『중국 폭력조직 흑사회 한국 장악하나』, 2012.9.1. 출처: https://www.ilbe.com/164612
　　302

기사, 『한국 내 중국인 범죄율 실제로 높은 걸까』, 『연합뉴스』, 2017.9.14. 출처: https://
　　www.yna.co.kr/view/AKR20170913168200797

≪2016年国民经济实现"十三五"良好开局≫, 中华人民共和国国家统计局, 2017.1.20.
　　출처: http://www.stats.gov.cn/tjsj/zxfb/201701/t20170120_145 5942.html

≪进城务工人员≫, 출처: 百度 https://baike.baidu.com/item/%E8%BF%9B%E5%9F%8E%E5
　　%8A%A1%E5%B7%A5%E4%BA%BA%E5%91%98/758713?fromtitle=%E5%86%9C
　　%E6%B0%91%E5%B7%A5&fromid=581&fr=aladdin

2장 한국현대소설에 나타난 중국 조선족 이미지

1. 기본 자료

공선옥, 「일가」, 『나는 죽지 않겠다』, 창비, 2009.

공선옥, 「가리봉 연가」, 『유랑가족』, 실천문학사, 2005.

김인숙, 「바다와 나비」, 『그 여자의 자서전』, 창비, 2005.

박찬순, 『발해풍의 정원』, 문학과 지성사, 2009.

조정래, 『정글만리』, 해냄, 2013.

천운영, 『잘 가라, 서커스』, 문학동네, 2005.

황석영, 『바리데기 공주』, 창비, 2007.


## 2. 논문 및 단행본

김성학 외, 『꿈을 이룬 사람들: 길림신문 기획 재한조선족 동포 성공사례 수기집』, 좋은 문학, 2011.

김창호, 「동아시아 '타자' 형상 비교연구―만보산 사건을 수용한 한중일 소설을 중심으로」, 『중국현대문학』 제31호, 한국중국현대문학학회, 2004.

김호웅, 「재중동포문학의 '한국형상'과 그 문화학적 의미」, 제24회 한중인문학회 국제학술대회 발표논문, 2009.

안성호, 「'타자'의 시각에서 본 조선족과 한국인」, 『지행자』 공중위쳇, 2015.4.17.

이진영, 『한국에 살고 있는 중국동포』, 재외동포재단, 2010.

이호규, 「'타자'로서의 발견, '우리'로서의 자각과 확인: 2000년대 이후 한국 소설에 나타난 조선족의 양상 연구」, 『현대문학의 연구』 제36집, 한국문학연구학회, 2008.

정판룡, 『세계 속의 우리 민족』, 료녕민족출판사, 1996.

차성연, 「중국조선족문학에 재현된 '한국'과 '디아스포라 정체성': 혀련순의 작품을 중심으로」, 『한중인문학연구』 제31집, 한중인문학회, 2010.

최삼룡, 「조선족 소설속의 한국과 한국인」, 『한중인문학연구』 제37집, 한중인문학회, 2012.

최병우, 「중국조선족 소설에 나타난 한국의 이미지 연구」, 『한중인문학연구』 제30집, 한중인문학회, 2010.

陳惇 等 主編, 『比較文學』, 北京, 高等教育出版社, 1997.

孟華 主編, 『比較文學形象學』, 北京, 北京大學出版社, 2001.

## 3장 한국여성소설에 나타난 중국 조선족 여성 이미지

### 1. 기본 자료

공선옥, 「가리봉 연가」, 『유랑가족』, 실천문학사, 2005.

김인숙, 「바다와 나비」, 『그 여자의 자서전』, 창비, 2005.

박찬순, 『발해풍의 정원』, 문학과 지성사, 2009.

천운영, 『잘 가라, 서커스』, 문학동네, 2005.

한수영, 「그녀의 나무 펑궈리」, 『그녀의 나무 펑궈리』, 민음사, 2006.

## 2. 논문 및 단행본

김숙자, 「중한 국제혼인 실태와 그 가정복지」, 제11회 한국가정복지 정책세미나 자료집, 1998.

김이듬, 『한국현대 페미니즘시 연구』, 국학자료원, 2015.

김지연, 「'여성성'의 재조명과 이시영 시의 에코페미니즘적 의의」, 『한국언어문학』 제83집, 한국언어문학회, 2012.

노병춘, 「김선우 시에 표현된 생태사상 연구: 에코페미니즘을 중심으로」, 『비평문학』 제53호, 한국비평문학회, 2014.

류보선, 「하나이지 않은 그녀들」, 『잘 가라, 서커스』, 문학동네, 2011.

명형대, 「여성주의 관점에서 본 은희경의 「빈처」 연구」, 『한국문학논총』 제57집, 한국문학회, 2011.

박미경, 「신동엽 시의 에코페미니즘 연구」, 『현대문학의 이해』 제50집, 한국문학연구학회, 2013.

박선경, 「페미니즘 이론과 문학에서의 '여성성' 변이와 증식 과정: 정이현 작가의 작품을 중심으로」, 『어문학』 제121호, 한국어문학회, 2013.

방민호, 「가난의 천착과 그 의미」, 『유랑가족』, 실천문학사, 2005.

이덕화, 「자기길 찾기로서의 여성문학」, 한국여성문학학회 편, 『한국여성문학의 이해』, 예림기획, 2003.

이미화, 「김명순 소설의 탈식민지적 페미니즘 연구: 「탄실이와 주영이」, 「손님」, 「나는 사랑한다」에 나타나는 제국주의 자본을 중심으로」, 『한국문학논총』 제66집, 한국문학회, 2014.

장진선, 「염상섭 『효풍』의 여성인물에 관한 연구 – 제3세계 페미니즘적 관점을 중심으로」, 전남대학교 석사학위논문, 2004.

정문권·윤남희, 「「경희」의 페미니즘 수사 전략」, 『한국언어문학』 제68집, 한국언어문학회, 2009.

정영자, 『한국 페미니즘 문학 연구』, 좋은날, 1999.

이미림, 「2000년대 소설에 나타난 조선족 이주여성의 타자적 정체성」, 『현대소설연구』 제48호, 한국현대소설학회, 2011.

이상우·이기한·김순식 공저, 『문학비평의 이론과 실제』, 집문당, 2002.

이진영, 『한국에 살고 있는 중국 동포』, 재외동포재단, 2010.

한국문학평론가협회 편, 『문학비평용어사전』, 국학자료원, 2006.

## 3부 중한수교 이후 한국현대소설에 나타난 중국 공간의 재현

### 4장 중국부상에 따른 국제질서 재편론 담론-조정래의 『정글만리』를 중심으로

#### 1. 기본 자료

조정래, 『정글만리』(1, 2, 3), 해냄, 2013.

#### 2. 논문

이승훈, 「기술력 향상의 유인구조」, 『사회과학과 정책연구』 14권 1호, 1992, 99-120쪽.
박령일, 「조정래의 장편소설 『정글만리』에 나타난 중국인 형상」, 『제5회 북경지역 한국학과
    대학원생 학술 포럼 논문집』, 중앙민족대학교 해외한국학 중핵대학 육성사업단, 2014.
金周英, 「全球化和地方化碰撞中的中国-评赵廷来的"丛林万里"」, 『外国文学研究』, 2014年 第1期.

### 5장 한국현대소설에 나타난 하얼빈 도시경관

#### 1. 기본 자료

김인숙, 「감옥의 뜰」, 『그 여자의 자서전』, 창비, 2004.
김연수, 「이등박문을, 쏘지 못하다」, 『나는 유령작가입니다』, 창비, 2005.

#### 2. 논문 및 단행본

「밀정: 배신의 기록, 임시정부를 파괴하라」, 『시사기획 창』, kbs2, 2019.8.13.
김윤식, 「이효석문학과 하얼빈」, 『現代文學』 통권571호, 2002.7, 204-211쪽.
방민호, 「이효석과 하얼빈」, 『현대소설연구』 제35호, 한국현대소설학회, 2007.9.30, 47-69쪽.
방민호, 「'수용소 문학'에 관하여」, 『문학사의 비평적 탐구』, 예옥, 2018, 543쪽.
이경재, 「이효석의 『벽공무한』에 나타난 하얼빈」, 『현대소설연구』, 한국현대소설학회, 2015.
    4.30, 331-358쪽.
서재원, 「이효석의 일제말기 소설 연구: 『벽공무한』에 나타난 '하얼빈'의 의미를 중심으로」,

『國際語文』 제47집, 국제어문학회, 2009.12.30, 265-291쪽.

한홍화, 「일제말기 이효석 소설에 나타난 '할빈'의 의미: 「화분」, 「벽공무한」, 「하얼빈」을 중심으로」, 『국어국문학』 제164호, 국어국문학회, 2013.8.31, 545-565쪽.

박종홍, 「'하얼빈' 공간의 두 표상: 「심문」과 「합이빈」의 대비를 통한」, 『현대소설연구』 제62호, 한국현대소설학회, 2016.6.30, 97-123쪽.

周尚意, 文化地理学[M], 北京: 高等教育出版社, 2004.

## 6장 부동한 글쓰기를 통한 공간의 재현-한국현대소설에 나타난 '가리봉동'을 중심으로

### 1. 기본 자료

신경숙, 『외딴방』, 문학동네, 2010.

공선옥, 「가리봉 연가」, 『유랑가족』, 실천문학사, 2005.

박찬순, 「가리봉 양꼬치」, 『발해풍의 정원』, 문학과 지성사, 2009.

### 2. 논문 및 단행본

가스통 바슐라르, 곽광수 역, 『공간의 시학』, 민음사, 1990.

서울대학교 국어교육연구소 편, 『한국어교육학사전』, 도서출판하우, 2014.

백낙청, 「『외딴방』이 묻는 것과 이룬 것」, 『외딴방』, 문학동네, 2010.

이미림, 「다문화공간에 나타난 지리적 타자성-2000년대 다문화소설을 중심으로」, 『한국문학논총』 제63집, 한국문학회, 2013.4.

이석준, 「조선족밀집지의 형성과 성장에 관한 연구-서울시 가리봉동과 대림2동, 자양4동들 중심으로」, 서울대학교 석사학위논문, 2014.

## 4부 중한수교 이후 한국현대소설에 나타난 조선족 공동체 서사와 정체성 담론

## 7장 한국현대소설에 나타난 디아스포라 조선족 공동체 서사와 담론

### 1. 기본 자료

공선옥, 「가리봉연가」, 『유랑가족』, 실천문학사, 2005.

공선옥, 「일가」, 『나는 죽지 않겠다』, 창비, 2009.

김애란, 「그곳에 밤 여기에 노래」, 『비행운』, 문학과 지성사, 2012.

김인숙, 「바다와 나비」, 『그 여자의 자서전』, 창비, 2005.

박찬순, 「가리봉 양꼬치」, 『발해풍의 정원』, 문학과 지성사, 2009.

소중애, 『연변에서 온 이모』, 웅진출판, 1994.

조정래, 『정글만리』(1, 2, 3), 해냄, 2013.

천운영, 『잘 가라, 서커스』, 문학동네, 2005.

한수영, 「그녀의 나무 핑궈리」, 『그녀의 나무 핑궈리』, 민음사, 2006.


한국네이버(https://terms.naver.com/entry.nhn?docId=1176421&cid=40942&category
    Id=39994, 조선족.

기사, 「새중국 창건 70년, 조선족인구판도의 변화, 글로벌민족으로 부상」, 『인터넷 흑룡강신
    문』, 2019.5.10, 출처: http://hljxinwen.dbw.cn/system/2019/05/10/001329645.shtml

기사, 「새중국 창건 70년, 동북지역에 수전농사 보급해 '중국밥그릇'에 크게 기여한 조선족」,
    『인터넷 흑룡강신문』, 2019.5.8, 출처: http://hljxinwen.dbw.cn/system/2019/05/09/001329
    426.shtml

≪朝鮮族族称≫, 중국바이두百度(https://baike.baidu.com/item/%E6%9C%9D%E9%B2%9C
    %E6%97%8F/131038?fr=aladdin)

≪下海≫, 중국바이두百度(https://baike.baidu.com/item/%E4%B8%8B%E6%B5%B7/23133
    ?fr=aladdin)

赖德胜, ≪如何理解邓小平"先富共富思想"的辩证法≫, ≪经济日报≫, 2014.8.22.

≪全国农村留守儿童精准摸排数量902万人, 九成以上在中西部省份≫, ≪新华网≫, 2016. 11.11.


2. 단행본

김성학 외, 『꿈을 이룬 사람들』, 좋은 문학, 2011.

데이비드 바트럼·마라차 포로스·피에르 몽포르테 지음, 이영민·이현욱 외 옮김, 「디아스포
    Diaspora」, 『개념으로 읽는 국제 이주와 다문화사회』, 푸른 길, 2017.

로빈 코헨 지음, 유영민 옮김, 『글로벌 디아스포라―경계를 넘나드는 사람들의 역사와 문화』,
    민속원, 2017.

리혜선, 『코리안 드림, 그 방황과 희망의 보고서』, 아이필드, 2003.

예동근 외, 『조선족 3세들의 서울 이야기』, 백산서당, 2011.

전광식, 『고향』, 문학과 지성사, 2007.

延边朝鲜族自治州统计局, ≪延边朝鲜族自治州2017年国民经济和社会发展统计公报≫, 延边朝鲜
族自治州人民政府, 2018.4.8.

## 3. 논문

강미홍, 「2000年以後韓國小說中的朝鮮族形象研究」, 연변대학 석사학위논문, 2016.

김세령, 「2000년대 이후 한국 소설에 재현된 조선족 이주민」, 『우리文學硏究』 제37집, 우리
문학회, 2012.

송현호, 「「가리봉 양꼬치」에 나타난 이주 담론 연구」, 『현대소설연구』 제51호, 한국현대소설
학회, 2012.

엄숙희, 「2000년대 한국소설에 나타난 조선족의 담론화 양상과 그 의미」, 『한국문학이론과
비평』 19권 2호, 한국문학이론과 비평학회, 2015.

이미림, 「2000년대 소설에 나타난 조선족 이주여성의 타자적 정체성」, 『현대소설연구』 제48
호, 한국현대소설학회, 2011.

이석준, 「조선족밀집지의 형성과 성장에 관한 연구－서울시 가리봉동과 대림2동, 자양4동을
중심으로」, 서울대학교 석사학위논문, 2014.

전월매, 「'타자'시각에서 본 한국현대소설 속의 조선족 이미지 연구」, 『겨레어문학』 제54집,
겨레어문학회, 2015.

전월매, 「2000년대 한국여성소설에 나타나는 조선족 여성상 연구」, 『겨레어문학』 제55집,
겨레어문학회, 2016.

전월매, 「한국현대소설에 나타난 조선족의 정체성 형상화」, 『다문화사회연구』 제11권 1호,
숙명여자대학교 다문화통합연구소, 2018.

전월매, 「한국영화에 재현된 조선족을 말하다」, 『동북아신문』, 2019.4.13.

최병우, 「한국현대소설에 나타난 이주의 인간학」, 『한국현대소설연구』 제51호, 한국현대소
설학회, 2012.

최일, 「조선인에서 조선족으로」, 『지행자 위챗』, 2016.10.21.

赵红姬, 「朝鲜族学前留守儿童教育问题的几点思考」, 『教育教学论坛』 第45期, 2015年 11月, 172
页.

## 8장 한국현대소설에 나타난 조선족의 정체성 형상화

### 1. 기본 자료

공선옥, 「일가」, 『나는 죽지 않겠다』, 창비, 2009.

박찬순, 「가리봉 양꼬치」, 『발해풍의 정원』, 문학과 지성사, 2009.

천운영, 『잘 가라, 서커스』, 문학동네, 2005.

조정래, 『정글만리』, 해냄, 2013.

### 2. 논문

강진구, 「모국 체험이 조선족 정체성에 미친 영향 연구: 허련순의 「바람꽃」을 중심으로」, 『다문화콘텐츠연구』 제2호, 2009, 101-125쪽.

권향숙, 「조선족의 일본 이주와 에스닉 커뮤니티: 초국가화와 주변의 심화사이의 실천」, 『역사문화연구』 제44집, 2012, 1-32쪽.

김정은·김관웅, 「다문화 시대의 문학과 대중문화; 개혁개방 이후 다문화시대 중국조선족문학에서의 정체성에 대한 모색」, 『국어교육연구』 제26집, 2010, 25-59쪽.

박경주·송창주, 「이주문학 1990년대 이후 조선족소설에 반영된 민족정체성연구」, 『한중인문학연구』 제31집, 2010, 47-73쪽.

박경주, 「1990년대 이후 조선족문학작품에 나타난 이중정체성의 갈등 탐구: 한국사회와의 교류를 주제로 한 작품에 주목하여」, 『문학치료연구』 제18집, 2011, 185-215쪽.

박성권·오상순, 「조선족 시문학에서의 민족정체성 의식－개혁개방 이후 시문학을 중심으로」, 『현대문학의 연구』 제56집, 2015, 431-471쪽.

방미화, 「재한조선족의 정체성과 일상적 실천」, 한국학중앙연구원 박사학위논문, 2012.

이사, 「중국의 개혁개방 이후 조선족 시문학의 민족정체성 구현양상 연구」, 『겨레어문학』 제50집, 2013, 221-253쪽.

장은영, 「중한 수교 이후 중국 조선족 시에 나타난 도시 서정－중국 조선족 문예지 「장백산」 발표작을 중심으로」, 『한중인문학연구』 제46집, 2015, 379-402쪽.

전월매, 「타자와 경계: 한국영화에 재현되는 조선족 담론」, 『겨레어문학』 제56집, 2016, 167-193쪽.

차성연, 「중국조선족 문학에 재현된 '한국'과 '디아스포라' 정체성: 허련순의 작품을 중심으로」, 『한중인문학연구』 제31집, 2010, 75-98쪽.

차성연, 「개혁개방기 중국조선족 소설에 나타난 "농민" 정체성」, 『현대소설연구』 제50호, 2012, 537-566쪽.

최병우, 「허련순의 장편소설에 나타난 정체성의 변화−「바람꽃」「누가 나비의 집을 보았을까」 「중국색시」를 중심으로」, 『한국문학논총』 제71집, 2015, 447-477쪽.

한홍화, 「「바람꽃」을 통해 본 조선족 정체성의 변이양상: 주인공 의식의 변화과정을 중심으로」, 『한국민족문화』 제38집, 2010, 193-216쪽.


3. 단행본

윤인진, 『코리안 디아스포라 재외한인의 이주, 적응, 정체성』, 고려대학교 출판부, 2004.

윤인진 외, 『재외한인연구의 동향과 과제』, 북코리아, 2011, 153-159쪽.

오상순, 『조선족정체성의 문학적 형상화』, 태학사, 2013.

Giddens, A 저, 권기든 역, 『현대성과 자아정체성』, 새물결, 1997.

Cassirer E., *An Essay on Man*, Toronto: Bantam Books, 1970.


4. 인터넷 및 신문

고영득, <중국 바이두 백과사전 "윤동주는 중국인…김구·이봉창은 조선족">, 『경향신문』 (2016.10.6). http://news.khan.co.kr/kh_news/khan_art_view.html?artid=201610060949001&code=940202

방미화, <재한조선족들의 삶의 현장: 한국문화의 속성을 론하다>, 인민넷 조문판, 2017. 12.18.

연변일보, <조선족학생 한족학교입학열기 식어간다>, 2011.6.7.

邱大立, <雷鬼乐鼻祖来了, 曾影响国内多少音乐人>, 항주일보, 2013.11.8.

https://baike.baidu.com/item/%E5%B4%94%E5%81%A5/10748?fr=aladdin崔健

https://baike.baidu.com/item/%E8%BE%B9%E9%99%85%E4%BA%BA/7840930?fr=aladdin百度百科, 边际人(바이두백과)

https://zhidao.baidu.com/question/492226647849951332.html宁安的人口民族《黑龙江省志·地名录》

5부 중한수교 이후 한국영화와 재한조선족작품에서의 조선족 서사와 정체성

9장 '타자'와 경계-한국영화에 재현된 조선족 서사와 담론

1. 기본 자료

<댄서의 순정>, 박영훈, 2005.

<황해>, 나홍진, 2010.

<차이나블루>, 김건, 2012.

<파이란>, 송해성, 2001.

<공모자들>, 김홍선, 2012.

<신세계>, 박훈정, 2013.

<해무>, 심성보, 2014.

<차이나타운>, 한준희, 2015.

<악녀>, 정병길, 2017.

<청년경찰>, 김주환, 2017.

<범죄도시1>, 강윤성, 2017.

<뷰티풀 데이즈>, 윤재호, 2018.

<우상>, 이수진, 2019.

<담보>, 강대규, 2020.

<범죄도시2>, 이상용, 2022.

2. 논문 및 단행본

김남석, 「<황해>에 반영된 연변 조선족의 이미지 왜곡 현상과 사회상 연구」, 『다문화사회연구』 제7권 2호, 다문화사회연구회, 2014, 107-136쪽.

로빈 우두간, 이순진 역, 『베트남에서 레이건까지: 할리우드 영화 읽기: 성의 정치학』, 시각과언어, 1995.

문재원, 「고착되는 경계, 트랜스로컬리티의 불가능성 - 한국영화에 재현된 조선족을 중심으로」, 『한일민족문제연구』 제28호, 한일민족문제학회, 2015, 127-159쪽.

윤상현, 「한국영화 속 이주민 재현에 대한 연구: 영화 <방가방가>, <완득이>, <황해>, <차이나블루>를 중심으로」, 경희대학교 언론정보학과 석사학위논문, 2014.2.

이명자, 「동시대 한국 범죄영화에 재현된 연변/조선족의 로컬리티」, 『영상예술연구』 24, 영
    상예술연구회, 2014.5, 9-41쪽.

채트먼, 시모어 베냐민 저, 김경수 역, 『이야기와 담론: 영화와 소설의 서사구조』, 민음사,
    1990.

출입국외국인정책본부 www.immigration.go.kr

## 10장 재한조선족 시문학에 나타난 조선족 정체성과 디아스포라 정치학
### ─『동포문학』의 시작품을 중심으로

### 1. 기본자료

이동렬, 『동포문학 1』, 도서출판 예지, 2013.

이동렬, 『동포문학 2호─집 떠난 사람들』, 도서출판 바닷바람, 2014.

이동렬, 『동포문학 3호─뿌리 바다로 흐르다』, 도서출판 바닷바람, 2015.

이동렬, 『동포문학 4호─천년의 고백』, 도서출판 바닷바람, 2016.

이동렬, 『동포문학 5호─설원문학상 공모작품집』, 도서출판 바닷바람, 2017.

### 2. 논문 및 단행본

윤인진, 『코리안 디아스포라 재외한인의 이주, 적응, 정체성』, 고려대학교 출판부, 2004.

방미화, 「재한조선족의 정체성과 일상적 실천」, 한국학중앙연구원 박사학위논문, 2012.

**전월매(田月梅)**

천진사범대학교 한국어학과 부교수, 한국학중앙연구원 문학박사, 서울대학교 국어교육연구소 객원연구원, 천진시인민정부학위위원회 교육지도위원회 위원.

저서로 『재중조선인 시에 나타난 만주 인식』(역락, 2014), 『한국문학 연구와 교육의 현장』(학술정보, 2016)을 비롯하여 국내외 학술지 발표 논문 50여 편이 있음.

## 중한수교 30년, 한국소설에 나타난 중국 담론

**초판 1쇄 인쇄**  2023년 3월 10일
**초판 1쇄 발행**  2023년 3월 20일

**지은이** 전월매(田月梅)
**펴낸이** 이대현
**편집** 이태곤 권분옥 임애정 강윤경
**디자인** 안혜진 최선주 이경진 ∣ **마케팅** 박태훈
**펴낸곳** 도서출판 역락 ∣ **등록** 1999년 4월 19일 제303-2002-000014호
**주소** 서울시 서초구 동광로46길 6-6 문창빌딩 2층(우06589)
**전화** 02-3409-2060(편집부), 2058(영업부) ∣ **팩스** 02-3409-2059
**전자우편** youkrack@hanmail.net ∣ **홈페이지** www.youkrackbooks.com

ISBN 979-11-6742-442-6 93810

字數 250,000字

정가는 뒤표지에 있습니다.
파본은 교환해 드립니다.